国家出版基金项目
NATIONAL PUBLICATION FOUNDATION

文化自信与中国散文丛书

吴周文
王兆胜 陈剑晖 主编

天地之心与散文境界

TIAN DI ZHI XIN
YU
SAN WEN JING JIE

王兆胜 著

SPM
南方出版传媒
广东人民出版社
·广州·

图书在版编目（CIP）数据

天地之心与散文境界 / 王兆胜著. —广州：广东人民出版社，2020.3
（文化自信与中国散文丛书）
ISBN 978-7-218-14201-2

Ⅰ．①天… Ⅱ．①王… Ⅲ．①散文—文学研究—中国 Ⅳ．①I207.6

中国版本图书馆CIP数据核字（2020）第027191号

TIANDI ZHI XIN YU SANWEN JINGJIE

天地之心与散文境界

王兆胜 著

出 版 人：肖风华

责任编辑：古海阳
责任校对：黄炜芝
排　　版：奔流文化
装帧设计：礼孩书衣坊
责任技编：周星奎

出版发行：广东人民出版社
地　　址：广州市海珠区新港西路204号2号楼（邮政编码：510300）
电　　话：（020）85716809（总编室）
传　　真：（020）85716872
网　　址：http://www.gdpph.com
印　　刷：广东鹏腾宇文化创新有限公司
开　　本：787毫米×1092毫米　1/16
印　　张：22.25　插　页：2　字　数：320千
版　　次：2020年3月第1版
印　　次：2020年3月第1次印刷
定　　价：58.00元

如发现印装质量问题，影响阅读，请与出版社（020-85716808）联系调换。
售书热线：020-85716826

总　序

　　散文在中国源远流长、历史悠久、积累丰厚。它不仅博大精深，是中国的特产，是受西方文艺思潮影响最小的文体，而且是中国人的文化读本，也是中华民族精神的主要载体。可以说，中国散文在中国文化中占有重要的地位，是中国最大的一笔文学遗产。但是，过去我们对散文研究不够，更没有从民族复兴、当代文化建设，尤其是从国家文化战略、文化自信的高度来研究散文。有鉴于此，丛书立足于传统与现代、历史与现实，将散文看作一种精神纽带，将其同当代文化建设、民族复兴、文化自信，以及整个中华民族国民素质、精神文明水平的提高联系起来。

　　本丛书的理论起点，是基于中国散文与中国文化的一种内在逻辑关系。这种关系主要体现在三个层面：一是中国文化为散文的发展提供了丰厚的土壤，而中国散文则是中国文化的组成部分，是中国文化的一种载体；或者说，是将中国文化具体化、书面化和审美化的一种文体。二是散文与文化处于一种共构共荣、相长相生的状态：它们既共同承载着一个国家、一个民族的精神追求，体现了一个社会共同的价值标准，又是现代人的精神、感情和心灵的栖息地。三是中国文化和中国人文精神唯有在散文这种文体里，才能得到最为充分、扎实的传承和发展，这是其他文体所无法比拟的。

　　当前的中国已进入商业和高科技主导的信息时代，在文化转型的时代急变中，特别在物质文明取得高速发展的同时，要保证国民的精神不空虚、价值不迷失、道德不沦丧、理想不失落、审美不麻木，就必须重新发现中国散文的价值，发掘中国散文丰沃的思想文化和审美资源，以此助益当代文化建设。因此，本丛书的学术价值与现实意义主要体现在：其一，在中国传统散文中挖掘文化的价值。其二，塑造一种新的、符合现代性要求的文化人格，在反思文化中激发对文化生命理想的追求。其三，建构一种适合时代要求，能有效提高国民精神和审美感知水平的审美文化。其四，拓宽散文研究视野，改变传统散文研究就散文论散文的狭小格局。

　　同时，本丛书还具有较强的创新意识和体系意识。这主要从五个维度的展开与"散文文化"的提出这两个方面体现出来。

　　五个维度，指的是传统散文的维度、社会性的维度、中西文化融合的维度、国家文化战略的维度、精神建构与审美感知互补的维度。

　　"散文文化"概念是第一次提出，此前国内尚没有人提出这一概念。在此，我们有必要对"散文文化"进行一点阐释。

　　以往我们一般提"诗文文化"，但由于我国有强大的诗歌写作传统，且诗歌一直被视为最高级的文学样式，所以在许多研究者那里，诗被抬到了至高无上的地位，而"文"却越来越边缘化。事实上，自唐代举行科举考试后，人们便越来越重视"文"，由是散文的作用也就越来越大。及至"桐城派"，散文更是影响了一个时代的文风。所以，从文学史的演进发展来看，"文"对中国文化和人们日常生活的影响最大，它比小说、诗歌更全面、更深刻地影响着当代文化。尤其在信息化的互联网时代，因全民性的网上写作，散文更是全方位地影响着当代的日常生活。

　　中国"散文文化"的价值，首先体现在它与普通人的日常生活的关系上。散文既是一种文学写作，又是一种文化操作实践，一种面对现实生活和广大民众的独特发言。从古至今，散文都是从中国文化最根基性的部位，真实记录历史、社会和普通人的日常生活的。散文作为一种根基性写作，作为中国文化的一部分，已渗透进每一位中国人的精神血脉之中。它在不同的领域被应用，并以其潜在、缓慢又富于韧劲的特有气质参与到当代文化建设中。

其次，"散文文化"是中华民族情感的结晶。我们看历史上那些优秀的散文，无不体现了中华民族的感情结构和心理结构，正所谓："读诸葛孔明《出师表》而不堕泪者，其人必不忠。读李令伯《陈情表》而不堕泪者，其人必不孝。读韩退之《祭十二郎文》而不堕泪者，其人必不友。"可见，散文这种文学形式在整个中国文化当中占据非常重要的地位，它凝结着中国人的思想价值、文化理想，渗透进了中华民族浓浓的情感基因。从这个意义上说，我们研究中国散文就不仅仅是研究一种文字的写作，而是探究一种深植于文化中的大爱和人文情怀。我们的散文研究，要尽量透过散文作品的表层文字，挖掘出深藏于文字背后的民族情感原型和精神原型，使其更好地融入当代文化建设中。

再次，"散文文化"还凝聚着中华民族的智慧。中国的散文里充满了一种东方式的智慧，这种智慧有两个特征：一是"以寓言为广"。如《庄子·养生主》中的"庖丁解牛"，就相当典型地体现出庄子诗性智慧写作的特色，这个寓言主要通过庖丁高超的解牛技巧来隐喻某种生存之道。二是倾心于"平常心是道"的禅风与"以心传心，不立文字"的直觉思维方式。柳宗元的《始得西山宴游记》、苏轼的《记承天寺夜游》都是颇具"禅味"的散文小品。

中国的"散文文化"犹如一条大河，它时而波涛汹涌，时而涓涓细流，时而泥沙俱下，时而明净清激。但不管如何曲折和难以辨析，"散文文化"都是中国人不容忽视的一笔精神财富和文学遗产。梳理、辨析"散文文化"传统的同时，再看看中国当代文学，

我们深感中国当代文学从新时期之初开始，骨子里就缺乏一种文化自信和文化自觉。由于缺乏文化的主体性，才会一切唯西方马首是瞻，抱着如此矮化自己的奴性心态，中国当代文学怎么有可能进入"世界文学之林"？所以，在当下这样一个互联网、新媒体和传统文化相碰撞、相融会的时代，中国当代文学的确有必要回归到产生诗性的原初之处，回归到我国"散文文化"的伟大文学传统中。我们当下的文学创作与研究只有从"散文文化"中获取营养，才能使自己孱弱的身体强壮起来，在实现中华民族伟大复兴的新时代中精神饱满地再出发。本丛书的出版即是在这方面作出的有益尝试和探索。

吴周文　王兆胜　陈剑晖

2019年10月20日

目录

contents

第一辑　总论：天地之道与艺术灵心

第二辑　分论：继承传统与融通再造

第四辑　年度论：时代使命与天地情怀

第五辑

作家论：天人合一与心灵叙事

第一辑

导论：散文文化自信与研究主体性

第一章

散文文化自信与价值重估

在文学的四大文体中，散文最不受重视，它远不能与小说、诗歌甚至戏剧相提并论。究其因，主要有三：第一，散文最为零碎和复杂，它是一个"余数"，即无法归入小说、诗歌和戏剧的文学作品，都被放进散文这个篮子。正因其杂、散、乱的特点，文体特征不够鲜明，所以难以归类和研究，其价值也就大打折扣。第二，古今中外没有成熟的散文理论作为支撑，这给散文研究带来极大难度，更无捷径可循。第三，长期以来，新文学价值评估将"创新"作为绝对标准，散文是一个传统性较强的文体，其价值自然不像小说、诗歌、戏剧那样引人注目。所以，其他文体的研究成果汗牛充栋，但散文研究则门可罗雀。

其实，这种状况既不正常，也是观念的偏向使然，它反映的是整个学界对散文及其散文文化的误解、误读与无知。如改变研究的路径依赖，打破理论至上及西方文化优势的偏见，散文价值就会获得新的阐释。这主要表现在以下方面。

散文之"散"与"杂"，正显示其丰富性与包容性。从文体的纯粹性来说，散文之"散"与"杂"似乎显得杂乱无章，是个缺点；但从丰富多样、包罗万象、有容乃大进行考量，这又是个优点，几乎没有哪个文体在开放性与包容性上能与散文比肩。这也是为什么散文可容纳一百多个分类。如将小说、诗歌比成一条河流，散文无疑是一个大海，其中有不断拓展和增殖的研究空间及其可能。

散文更多地保留了中国传统密码，成为中西文化、文学现代转型的桥梁。现代小说、诗歌、戏剧在向西方学习时走在了散文前面，于是研究者以此为据大谈先锋文学价值。殊不知，向西方学习还要注意学到什么，是精华还是皮毛甚至是糟粕。这种学习有多少创新性，又在多大程度上继承和弘扬了中国传统优秀文化、文学？缺乏这样的追问，向西方学习就不能与价值意义画等号。以往，学界总是站在向西方学习的角度看待散文价值，认为它落伍于时代，在传统中打转，没多少存在价值。事实上，站在继承和发扬优秀文化、文学传统，尤其是站在中西文化、文学融通再造的角度上看，散文比其他文体可能更多地保留了传统文化、文学基因密码，更好地实践和创新了中西文化、文学的现代转型。从李大钊的《青春》、鲁迅的《野草》、林语堂的《我个人的梦》、施蛰存的《论老年》、余光中的《听听那冷雨》、林非的《浩气长存》、史铁生的《我与地坛》、王开岭的《精神明亮的人》等作品中，我们可见其端倪。当小说、诗歌、戏剧还停留在简单地向西方学习和模仿，忽略传统及其现代转型的时候，散文却不弃传统，悄然进行创新性转换，这是不得不承认和应该给予关注的。

散文最深刻影响着人们的日常生活，丰富了话语表现形式。如果说诗歌靠浪漫的想象与诗意见长，小说重视虚构和编织故事，戏剧着眼于制造激烈的冲突，散文则目光向下、直面现实，尤其是写普通人日常生活的琐屑与光影。在以往研究者看来，散文这一特点无疑成为过于现实、琐屑甚至无聊的代名词，无法与小说、诗歌和戏剧的价值等量齐观。但换个角度看，也正因为散文的及物特点，它才被广泛运用，成为社会生活和工作不可分割的话语表达形式。以应用文为例，不要说日记、广告、演说词、辞呈、总结，就是党的文件报告，哪一个能离开广义散文？若无散文功力，十九大报告怎能写得如此深入浅出、生动形象？还有，一些日常生活话语都离不开散文的恩惠。像"岁寒，然后知松柏之后凋也"，语出孔子的《论语》；"人固有一死，死或重于泰山，或轻于鸿毛"，语出司马迁的《报任少卿书》；"业精于勤，荒于嬉；行成于思，毁于随"，语出韩愈的《进学解》；"先天下之忧而忧，后天下之乐而乐"，语出范仲淹的《岳阳楼记》；"谁是最可爱的人"，语出魏巍的《谁是最可爱的人》；等等。试想，如果没有散文的滋养，我们的生活及其话语不知要逊色多少，恐怕连正常的工作都难以开展。

散文更充满人生哲学和智慧，以及高尚的审美趣味。由于散文天高地厚，其中的哲学思想与人生智慧随处可见，其审美趣味也是一种难得的滋养。一本《古文观止》不知培育了多少世代国人的哲思与高尚的美学趣味。表达人生苦短的生命观的王羲之《兰亭集序》，表现超然物外精神的陶渊明《归去来兮辞》，阐明"师不必贤于弟子"道理的韩愈《师说》，倡言不与草木争荣的欧阳修《秋声赋》，还有丰子恺的《渐》和朱自清的《匆匆》，都是这方面的代表作。

我们应充分认识到散文的独特价值，确立散文文化自信，在继承和发扬优秀传统文化、文学基础上，克服以往对西方文化、文学尤其是各种理论的过分依赖和盲目崇拜，呼唤一个散文研究新时代的到来。

第二章

散文的形神凝聚与"心散"

在各种文体中，自20世纪90年代以来，散文占尽先机，不断出彩，到世纪之交，它已呈独领风骚之势。最突出的例子是，由余秋雨引导的"散文热"席卷全国乃至于风靡整个华文世界。近几年，散文渐次降温，其存在的问题也像海水退潮一样浮出水面。在此，笔者主要对近20年来影响文坛的所谓"新"散文观提出质疑，由此反思当下中国散文的几大误区。

一、散文文体的"破"与"立"

纵观中国现代以来的散文，它经历了一个不断破体和建构的过程，而在这一过程中，中国新散文才逐渐跳出传统的窠臼，推陈出新，别具风姿。不过，就"破"与"立"的关系看，显然"破"多而"立"少。换言之，在散文理论的探索中，更多人注重的是突围、变革和革命，而建设性的意见则显得淡弱多了。

就建设性的散文理论而言，大致有下面几个阶段：一是"五四"时期周作人提出了"美文"，在其后才有小品文这一文体的复兴。林语堂承周作人遗绪并将之发扬光大，提出"幽默""闲适"和"性灵"的小品文理论。二是20世纪五六十年代，散文三大家之代表杨朔提出以写诗的方式从事散文创作，于是"诗化散文"大行其道。1963年，台湾的余光中写了《剪掉散文的辫子》，倡导"讲究弹性、密度和质料的一种新散文"，即"现代散文"。①由于时代和政治的关系，余光中这一观点当时流布不广，大陆改革开放后它的影响增大。三是20世纪八九十年代，林非提出了散文的"真情""自由""个性"与"平等"等概念，有助于在更广大的视域和深入的层面提升对散文的理解。还有贾平凹提出的"大散文"概念，对散文文体的变革也是有益的。此时期，刘烨园提出"新艺术散文"的概念，他的看法与余光中比较接近，都强调散文的"密度""浓度"和"厚度"，不过他更强调散文的"读不'懂'甚至感觉也不'懂'"②。四是进入21世纪，陈剑晖的散文理论研究与建构独树一帜，除了比以往的视野更开阔、观念更现代外，他提出"散文的诗学建构"这一问题，希望从中西文化和散文资源的角度，为相对匮乏的中国散文理论做一支撑。可以说，百年中国散文理论的建设是自觉的，也是成绩斐然的。

但另一面，解构的声音更是如雷贯耳，它甚至遮蔽了散文理论建构的努力。最早的要算周作人的"人的文学"，这对中国古老散文的现代转型起了很大的作用。1927年，鲁迅表示："散文的体裁，其实是大可以随便的，有破绽也不妨。"③鲁迅这一观点对后世影响最大！还有梁实秋的看法也是如此，他说："散文是没有一定格式的，是最自由的。"④这极容易给人散文可以随意的印象。1961年4月10日，王尔龄在《散文的"散"》中认为"散文贵散"。⑤5月12日，肖云儒提出"形散神不散"的概念："神不'散'，中心明确，紧凑集中，不赘述。形'散'是什么意思呢？我以为是指散文的运笔如风，不拘成法，尤贵清淡自然、平易近人而言。"⑥这里，虽然对"神"

---

① 《余光中散文选集》第1辑，时代文艺出版社1997年版，第333页。

② 刘烨园：《新艺术散文札记》，《领地》，珠海出版社1995年版，第319页。

③ 鲁迅：《怎么写——夜记之一》，《鲁迅全集》第4卷，人民文学出版社1981年版，第24—25页。

④ 梁实秋：《论散文》，《新月》第1卷第8期，1928年10月。

⑤ 王尔龄：《散文的"散"》，《光明日报》，1961年4月10日

⑥ 肖云儒：《形散神不散》，《人民日报》，1961年5月12日。

和"形"的理解有明显的偏误，但给散文松套，令其"形"散，却是清楚明白的。到20世纪八九十年代，这种解构散文的意识得以加强。像赵玫的《我的当代散文观》、佘树森的《散文不妨野一点》希望打破散文固定的模式，来一场变革。刘烨园说得更明确，他1993年提出，变革后的新艺术散文，应该由以前的"形散神不散变成形散神也飘忽无踪了"[①]。刘烨园没有直言散文可以"神"散，但"飘忽无踪"的意思也差不多。至此，散文的"形"和"神"都可以打破了。我认为，后来散文的根本"破体"，包括余秋雨及其跟随者"义无反顾"的散文文体革命都与此有关。更重要的是，越到后来，散文文体的规范越不受重视，如南帆曾表示："散文令我心动的原因是没有规矩。"[②]陈剑晖也表示："散文又是一种'法无定法'的现代文学中仅存的'古典'。""盖因散文是极自由极潇洒的文体，它的规矩就是没有规矩，它的形式就是没有形式。"[③]在刘烨园、南帆和陈剑晖看来，没有规矩的"散"的自由正是散文的特点和魅力所在。这是散文文体"破"之极致。

应该承认，正如"立"对散文文体建设具有重要意义，"破"也是使其发展的强大动力，否则就很难想象散文何以能冲破重重包围，获得解放与自由。余秋雨散文的融历史、现实于一炉，将知识、思想、情感和感觉贯通起来，从而将原本狭隘刻板的散文体式拓展成"天地之宽"，就很能说明问题。不过，在论者看来，散文的"法无定法"之无规矩也许不言自明，但其表述却容易让人误解，即现在许多散文家奉行和读者遵从的所谓"散文是一种爱怎么写就怎么写的文体"。散文不仅仅可以形散，而且神也可以散，一切都大可以随便。

我认为，不能将散文进行简单化理解，如"爱怎么写就怎么

---

① 刘烨园：《新艺术散文札记》，《领地》，珠海出版社1995年版，第319页。

② 2002年南帆在山东淄博举行的散文研讨会上持有此说。

③ 陈剑晖：《中国现当代散文的诗学建构》，江西高校出版社2004年版，第311页。

写"，又如"形可散神也可以飘忽无踪"，再如"形散神不散"；因为散文的"形""神"如果"散"了，它不仅不能被称为佳作，也不能算是文学，其生命力也就岌岌可危了。这颇似一个人，当他的"形"散了，那就是形销骨立、委地如泥；而他的"神"散了，则不是失魂落魄，就是呆若木鸡，抑或是行将就木了。就如清代姚鼐说的："神理气味者文之精也；格律声色者文之粗也。然苟舍其粗，则精者亦胡以寓焉。"刘勰在《文心雕龙·体性》中言："夫情动而言形，理发而文见，盖沿隐以至显，因内而符外者也。"在《文心雕龙·神思》中亦言："是以陶钧文思，贵在虚静，疏瀹五藏，澡雪精神，积学以储实，酌理以富才，研阅以穷照，驯致以怿辞；然后使玄解之宰，寻声律而定墨；独照之匠，窥意象而运斤；此盖驭文之首术，谋篇之大端。"可见，为文的"形"和"神"都很重要，不能无视其存在，更不能使之"散失"掉了。正是在此意义上说，散文既不能"形"散，更不能"神"散。

那么，什么是散文的"形"和"神"呢？前者比较明确，不易混淆，即"形体"之谓也，指散文的结构布局、用词遣句；后者人云亦云，差别较大，但我认为可理解为"精神""神采""神气"或"神韵"等。如果打个比方，"形"是蜡烛，而"神"则为烛光，二者均不可"散"，因为散则漫溢，散则跳跃、昏暗以至于熄灭。关于此，我们可以古今中外的散文经典为证，没有哪一篇是以"形散神散"闻名于世的。

既然散文的形神都不能"散"，必须"形聚神凝"，那么散文之"散"如何体现呢？我认为，关键在于"心"散，即有一颗宁静、平淡、从容、温润和光明的心灵。换言之，散文的本质不在于形神俱"散"，也不是"形散神不散"，而是"形聚神凝"中包含一颗潇洒散淡的自由之心，这颇似珠玉金质隐于石，更多的时候亦如高僧禅定。也是从此角度说，散文是边缘文体和业余文体，它远离中心、不急不躁、心地坦然、自然而然、知足长乐，充满人生的智慧。而一旦散文成为"中心"，变得"专业化"了，其生命力也就渐渐失去了。

李广田曾这样说："好的散文，它的本质是散的，但也须具有诗的圆满，完整如珍珠，也具有小说的严密，紧凑如建筑。"①在此，作者没有提到"形""神"和"心"，也没有对散文的理论概括，但他的意思与我的"形不散—神不散—心散"比较接近。如珍珠般完整和小说似的严密，可理解为散文之形聚；诗的圆满，可认为散文之神凝；而本质是散的，又可看成对散文"心散"的表述。他还有个关键词，即"好的散文"，因为不好的散文不在论述之例。

总之，散文是在"破"与"立"的互动中发展的，二者也非绝缘的，之所以分开只是为了叙述方便。但百年来尤其是近20年，散文的"破"成为大势所趋，甚至为人们所乐从，这就使得散文的本质被扭曲变形了，越来越失去其本义。在我的理解中，优秀散文的"形聚神凝心散"颇似庄子《逍遥游》中的真人，他肌肤若冰雪，静若处子，动如行云流水，他神采奕奕、玉树临风，有仙风道骨之风采。

二、当下散文的"穷途末路"

至今，恐怕还有不少人陶醉在"散文热"的雾水中，但我却感到当下散文的滑坡，自21世纪始即以较快的速度朝谷底滚动，如果不加控制，散文的命运实在堪忧！20世纪八九十年代，中国散文确实创造了自己的辉煌，但同时也埋下了危险的隐患，而这种隐患被散文界不断放大而不自知。今天的散文已在歧途上越走越远，要获得更大的发展，它必须进行新的调整，不论在观念还是在实践上都应该如此。

无度与失衡是当下中国散文存在的第一大困境。自从散文变得形可以散、神也可以散，甚至于爱怎么写就怎么写，尤其是余秋雨将散文当作可以纵横驰骋的疆域进行创作实践并大获成功后，散文的面

---

① 李广田：《谈散文（二）》，《李广田散文》第2集，中国广播电视出版社1994年版，第371页。

目就与以前大为不同了。从优点方面说，它使散文变得更自由了，而且获得了巨大的潜力、活力和中心地位；但其缺点是背离了散文的常识和本性，进入令人吃惊的"失范"状态。最突出的"失范"是文章以"长"取胜，动辄万言甚至数万或十余万言，人们对"大"散文的理解过于看重文章之"长"。在余秋雨之后，受其影响好为长文者有李存葆、周涛、史铁生、李国文、韩少功、王充闾、梁衡、南帆、林贤治、刘烨园、筱敏、王英琦、素素、朱增泉、祝勇、周晓枫、格致等，他们的散文确实改变了以前的"小格局"，但不加节制的漫漶却是共同的。最有代表性的是李存葆，他的《祖槐》《霍山探泉》和《永难凋谢的罂粟花》等作品过于冗长，更趋向随笔和读书笔记的路数，"形"聚的特点荡然无存。另外是欲望的放纵，这包括写作欲、发表欲、表达欲。我们不妨对散文家的创作量进行研究。有的高产到了比复印慢不了多少；有的一稿多发，竟达数十次之多；还有的随意挥发感情，给人空洞不实之感。如王英琦写她对李小龙的崇拜："虽则我知道，一个半老不老的女人，突然崇拜起一位过世的武术大师，显得多么可疑多么不可理喻。但我的爱你永远不懂——你的爱我就明明白白吗？正是人与人之爱的差别、崇拜的区别，拉开了人与人之间人性及个性的距离和档次。"①这一表述是失度的、不平衡的，也是表面化的。有人指出："在恣意、矫饰、玄虚、纵情、炫鬻、腐朽方面，散文与别种文学体裁一样，不可避免地迈出了未加节制的脚步。"②这一认识是敏锐的。

古罗马诗人、批评家贺拉斯曾提出文艺的"合式"原则，"所谓'合式'，就是从形式到内容都应当和谐统一、合情合理"。"他主张作品结构要首尾一致，恰到好处，艺术家要善于使细节美服从整体美；他反对脱离作品内容而随意卖弄辞藻，他把那种'摆得不得其

---

① 王英琦：《不竭的生命》，《散文》（海外版）2002年第1期。

② 冯秋子主编：《代序》，《人间：个人的活着》，青海人民出版社2002年版，第2页。

所'的华丽藻饰和不能与表达思想感情和谐一致的段落，起了一个'大红补钉'的著名绰号。"①林语堂也表示，他的幽默文学"刚刚足以暗示我的思想和别人的意见，但同时却饶有含蓄"，"这样写文章无异是马戏场中所见的在绳子上跳舞，亟需眼明手快，身心平衡合度"。②因为任何事物都有一个度，超过了度也就物极必反。散文亦然，没有限制而过于随意的书写，必然使之变得支离破碎、不可收拾。因此，当务之急不是让散文之"形"继续"散"下去，而是聚合起来。

当下中国散文的第二大困境是神散或无神。既然散文之神可以飘忽无踪，散文创作也就不要求"神凝"了，所以当前的许多散文是无精打采的，甚至是失魂落魄的。比如，将一篇散文分成若干甚至几十个段落，还有的用互不相干的小题目连缀成篇，成一"集锦"体，令文章结构松散，更重要的是主题分散、精神离散和灵魂出窍。翻开今天的散文杂志，这种散漫气泄之风如疾病一样流行，少有不被感染者。最典型的是题目的毫无生气，像一个病入膏肓者，散文家的懒散无聊令人想到俄国作家冈察洛夫塑造的形象奥勃洛摩夫。看了下面的散文题目就会一目了然：《醉也无人管》《不转眼珠地盯住某人》《今晚大白月亮》《谁都想留住些什么》《刚刚亮起灯来的城市》《那年寒假我在学校值班》《借钱过日子，挺好的！》《父亲，那些看得见和看不见的伤》《一头来自异乡的驴子》《很多死去的树，一块即将死去的地》《把我们自己娱乐死？》《总有一些事情在等待唤醒》《今天给我家装空调的民工哭了》《因为你没有责备我》《平生第一次打小报告》《在黑夜的旷野里听狼叫》。这些题目有不少是名家所为，然而令人沮丧的是它们散发着墓穴的气息，本该金光四射的题目何以成为死鱼之目？作家是心力已竭，是偷懒省事，还是深受散

---

① 胡经之主编：《西方文艺理论名著教程》上册，北京大学出版社1986年版，第88—89页。

② 林语堂：《八十自叙》，宝文堂书店1990年版，第112页。

文神散观念的左右？散文的题目尚且如此，其精、气、神、韵、姿、态就可想而知了！

"脑"大于"心"，有的作品处于心灵缺位状态，这是当下中国散文的第三大困境。如果从增强知识和思想含量的角度看，20世纪90年代以来的中国散文确实有了较大的改观，这主要表现在密度、厚度和深度加强了；但从心灵和人生智慧的角度观之，它又明显表现出淡化和萎缩之势。于是理智大于情感、头脑大于心灵、思想大于智慧成为相当普遍的现象。一般的作家不论，像史铁生这样的优秀散文家也存在用"脑"过度的问题，他的《病隙碎笔》即是被"思想"缠绕的一个例子。作者往往为所谓的概念折磨得不堪重负，唯独缺乏心灵之光的照耀。王充闾的散文有时知识过重，说理色彩过浓，心灵有被过于挤压的感觉。梁衡的一系列伟人论也是如此，理性的冷静分析和刻板的定式，往往有如持了一把手术刀，难显个人的独创性和心灵光焰。李存葆近年的散文越写越沉重，他试图用智力举起泰山般沉重的问题，可总是事与愿违，因为他忽略了心力的潜能与举重若轻的道家功夫！还有朱增泉，他以描写政治和军事人物及事件著称，但描述和分析成为其核心词，而文学性、美感、心性与悟力比较匮乏，这就影响了其散文水准的提升。包括筱敏在内的一些女散文家，她们原本擅长心灵之光的照耀，近些年对理性的偏爱甚至迷信，却相当程度地破坏了其散文质地。其实，散文是最重心灵散淡自由的一种文体，如果过度用"脑"推理，散文之心就容易变得焦躁、生硬、不平，甚至缩小枯萎。何况有的说理并无见解，而是味同嚼蜡。

当余秋雨写《文化苦旅》时，他还是心处边缘，态度从容，加上多年的思想、文化和文学积累，从而使其散文在冲破传统束缚时，基本能做到了形聚、神凝和心散；然而，越到后来，随着他身处中心，心灵浮躁，再加上写作的急迫与随便，散文渐向形散、神散和心急转换。而许多追随者由于缺乏余秋雨的学识学养，所以往往难逃东施效颦之弊。再加上许多人对散文文体不加分析的片面理解，于是出现了当下散文的落花流水之势。换言之，在散文形神俱散的理论与实践中，余秋雨之后的不少模仿者不知所措、骑虎难下：继续按这个路子写下去自觉力不从心，放弃又心有不甘。时下，能够抑制散文颓势的还是传统意义上的散文样式，如近年来抒情散文成绩斐然，其内里就是遵从"形聚神凝心散"的散文特质。

在21世纪，散文正面临20世纪80年代中期以来最为严峻的时刻，20年的探索与解构已使它走进了死胡同，传统的资源早已被弃如敝屣，新的观念尚未形成，这就是我所说的时下中国散文的"穷途末路"。这话听起来危言耸听，其实它反映了真实的现状。

三、前景与构想：21世纪散文变革

我们说时下中国散文正面临巨大的困境，并不是说它已没了希望，只要审时度势和努力探索，就一定能找到走出困局的路径，常言道："山重水复疑无路，柳暗花明又一村。"更何况，如今的散文毕竟建立在多年来不断解放和创新的基础上。我提出散文"形不散—神不散—心散"这一概念，既为抛砖引玉，又试图为21世纪散文奠定一块基石。

"形聚神凝"具有传统的意义，它不言自明，将它作为我散文观的前两项，只是对长期以来"形散神也散"的散文观的反动和纠偏。在此，关键的是"心散"的引入，以及我提出这一核心词的理论依据。第一，"五四"以来的中国文学受西方影响最大，但比较起来，散文的西化程度最弱，即是说它更多地保持了中国传统散文的流风遗韵。这就为散文的"心散"找到了历史文化资源。因为中国古代最重"天地之心"这一命题，所以作为中国传统文化的一部分，散文也应该有其"心"。第二，中国文化极富灵心，这与西方人的头脑更发达形成鲜明对照。重视散文之心正是考虑了中国人的性格特点。第三，在中国现代就有"散文的心"的说法，这为我们从"心"的角度来理解散文提供了可靠保证。如郁达夫说："我以为一篇散文的最重要的内容，第一要寻这'散文的心'；照中国旧式的说法，就是一篇的作

意，在外国修辞学里，或称作主题（subject），或叫它要旨（theme）
的，大约就是这'散文的心'了。有了这'散文的心'后，然后方能
求散文的体，就是如何能把这心尽情地表现出来的最适当的排列与
方法。"①郁达夫所言的"散文的心"是指"作意""主题"或"要
旨"，而我所谓的散文之"心"是相对于其"形""神"而言的，
主要强调的是散文的"情调""情绪""笔调""步调""品格"或
"格调"之类的意思。第四，与西方的现代思想意识相符。因为现代
思想建立在自由、平等、对话的基础上，而散文的"心散"更多地包
含了这些现代内容。林语堂曾说："故西人称小品笔调为'个人笔
调'（personal style），又称之为familiar style。后者颇不易译，余前
译为'闲适笔调'，约略得之，亦可译为'闲谈体''娓语体'。
盖此种文字，认读者为'亲热的'（familiar）故交，真情易于吐
露，或者谈得畅快忘形，出辞乖戾，达到如西文所谓'衣不纽扣之心
境'。"②林语堂没有提到散文的"心"，但其"个人笔调"和"闲
谈笔调"之散淡对我的散文的"心散"是有启示意义的。

从实践意义上说，古今中外的散文经典也成为我散文观立论的基
础。不论是中国古代的《秋声赋》《兰亭集序》《滕王阁序》，现当
代的《背影》《从百草园到三味书屋》《巩乃斯的马》和《人生麦茬
地》，还是外国的《天鹅》《马》《一撮黏土》，都是形聚、神凝和
心散的佳作。以法国布封的《天鹅》和《马》为例，两文都是结构严
紧、精神饱满、心灵散淡。虽然自由思想贯穿文章始终，但作者并没
有从学理、逻辑和概念层面进行推演，而是用散淡透彻、温暖如春的
心灵照亮了，给人甘处边缘和臻于化境的宁静圣洁之美。还有语言也
是珠玉般饱满圆润，它们在文章的金盘中滚动碰击，发出金声玉振的
乐音。可以肯定，凡名留青史的散文经典，形神俱是凝聚简洁，而心

① 郁达夫：《〈中国新文学大系·散文二集〉导言》，《郁达夫文集》第
6卷，花城出版社、三联书店香港分店1983年版，第259—260页。

② 林语堂：《论小品文笔调》，《人间世》第6期，1934年6月20日。

境则总是散淡平和、自然天成的。

那么在21世纪，中国散文如何能够真正达到"形不散—神不散—心散"的境界，它需要做出什么努力呢？我认为有以下几点应当注意：一是必须从观念上破除以往对散文的错误认识，即认为散文是爱怎么写就怎么写，其"形"要散，而"神"也可飘忽。真正树立散文"形聚神凝心散"的新观念。二是从对余秋雨散文的模仿中走出来，力避其不良影响。余秋雨的散文不是不可以学，关键是学什么和怎样学。如果学其形散、文长、知识及其说理，我认为是取其毛皮而弃其神髓，即所谓"买椟还珠"是也。要说就要学他开阔的胸襟、创新的意识、情思理的融合以及文采的飞扬。三是将古今中外的散文传统融会贯通，并以独特的方式进行"化合"与"创新"，只取一点、不及其余，或生吞活剥、方枘圆凿，都是难以创出新散文的。四是中西文化双修，即在更大的范围和更高的层次提升自己的文化品位与境界，同时以一己之"心"穿透历史文化的迷茫。这就是林语堂所说的："两脚踏东西文化，一心评宇宙文章。"[①]五是修身养性，这是写出天地至文最难达到的一环。一般人总认为，散文是"写"出的，但我认为最重要的是如何"修"，即如何将天地自然、社会人生、生命智慧融入心间，变成自己的底气和元气，然后以自然而然、散淡从容的笔法表达出来，这样可以庶几得之。

应该强调的是，对散文的"形""神"进行规范，使其凝聚不散，并不等于说要否认它的开放性，尤其不拒斥吸收多样化的表现手法，这样才能使"形"更有张力，令"神"更加精彩。另外，散文的"心散"也不只是表现为西方的现代意识，它同样也包括中国道家的逍遥自适和禅宗的悟性。同时，它的"散"也不是随随便便，而是有所限制的。在此，散文与水颇似：它的"形"必须固定，否则覆水难收；它的"神"也要在宁静中方能光鉴照人，不然就会在"散"中尽失；它的"心"是"散淡"的，因为这是本性使然。

---

① 林语堂：《八十自叙》，宝文堂书店1990年版，第112页。

第三章

中国现当散文的传统基因与密码

当下，在众多文体中，散文可能是最不受重视的，这在创作和研究两个方面都有表现。作家可能不是诗人、小说家、戏剧家，但很少有不会写散文或没写过散文的，于是散文文体被看轻，因为人人均可成为散文家；研究者若稍有实力，就不会去研究散文，所以至今研究散文的学者并不多见，有影响者更少，因为在学界几乎形成一个共识：散文既无理论，受外国影响又少，而且繁杂无规矩，研究它无甚意义。基于此，散文这一文体在近现代以来被空前冷落，其研究价值也就令人生疑。其实，散文文体远非人们认为或想象的那样简单，其价值应重新得到思考和确认，尤其是它所承载的中国传统文化基因与密码更为重要。

一、中西文化博弈与中国文化断流

作为世界四大文明古国之一的中国的文化，长期以来处于自给自足的状态，在有的朝代甚至达到了世界的巅峰。然而，近现代以来，它却遭遇了前所未有之变局与危机，这不仅表现在外国列强的坚船利炮和文化的冲击，更表现在中国文化内部的纷争与决裂。最典型的是胡适的"文学革命"倡导，陈独秀的打破一切偶像论，以及鲁迅、钱玄同等人的改变汉字与换血换种理论。应该承认，这对突破中国传统文化的板结，建构现代新文化，无疑具有重要的革命意义。不过，也应看到，在这种现代性诉求中却忽略了一个重要问题，即逐渐背离了中国文化的立场、血脉及本根，一种西化甚至是崇洋媚外的倾向甚嚣尘上。我们较少思考：西方尤其是以美国为代表的西方文化是不是人类幸福的最后目标？中国传统文化中的哪些内容成为我们发展的羁绊，哪些则不是？中国明清尤其是晚清的政治腐败原因何在，是不是与中国文化直接相关？中国富强与人类幸福的期许何在，它必须进行彻底的反传统吗？否则，就很难理解，中国现代文化建设何以面临如此令人焦虑的传统文化根本性危机。

我们先不说诚信危机、金钱倒逼正义、缺乏敬畏的人心不古，也不说在中国传统文化中教师、医生、法官、警察这些神圣职业的被异化，我们只说现代性文化所导致的与中国传统文化相关的毁灭性危机。具体而言，主要有以下表现。

第一，传统文化与文物遭受了严重的破坏。如果要说联系今人与古人的通道是什么，那么，文化和文物最为重要。然而，近现代以来，它们却蒙受各式各样的灾难。如果说日本侵略是一次血洗，"文革"是一次付之一炬，改革开放初期是一次连根拔起，21世纪则是一次挖地三尺。表面看来，今天举国上下人人都在搞收藏，殊不知，在金钱利益的诱导下，在人们不断的交易中，文化与文物将变得越来越少、受损的可能性越来越大，因为真正的文化与文物不是"货物"，而是需要"收藏"的。有人说，当下中国农村村落平均每天以300个的速度在消亡，[①]而北京、上海、天津等大城市，又有多少传统文化与文物得以保存？

第二，葬仪制度的变化所导致的文化断层。现在，学术研究最重要的突破途径是地下考古。如有一项地下考古新发现，长期困扰人们的学术难题就会得以解决。然而，现在的火葬制度将改变这一状态，多少年甚至数个世纪以后的学人就会遇到一个断层问题：他们已无法

---

① 参见冯骥才：《古村落消亡速度惊人 一代人当自责》，搜狐文化频道，2012年6月8日。

借助地下考古来进行研究了，因为火葬制度改变了中国传统的葬仪文化。于是，中国传统文化的血脉真的彻底断裂了。

中国近现代以来，以科学、民主、自由等为主体的现代理念对封建专制文化的批判意义，我们当然要给予充分肯定和高度评价。但是，它所包含的盲目性、一刀切、西化倾向必须得到重视和纠偏。博大精深的中国文化绝不能简单地用西方这把"小刀"来进行剪裁，我们需要以更广阔的视野、更深刻的思想和更高的智慧进行审视。

二、西化背景下中国散文的悲剧命运

如果要问"五四"以来中国文化及文学的最大变化是什么，人们会异口同声地说：在西方文化与文学的冲击下，中国现代性建立起来了。也是在此意义上，进化论、创新、向西方学习等成为我们的关键词。关于此，作家和学者走的基本是这样的路径：符合西方标准、向西方学习，就是创新；而有了创新，就应该给予充分肯定。

也许在小说、诗歌、戏剧等文体上可以如是说，因为西方在此有不少优势。但这里存在的问题是，如果就此绝对地说，《红楼梦》不如西方小说，《牡丹亭》不如西方戏剧，陶渊明、李白、白居易、李商隐、李清照的诗不如西方，那恐怕也令人难以置信。最关键的是，我们向西方学习，到底学的是什么，能不能学到其精华，又在多大程度上进行了再造和创新，这恐怕是值得怀疑的。如果我们向西方学的只是皮毛，而作家和学者却将之视为创新，那就大错特错甚至是荒唐可笑的。其实，不少所谓的当代新潮小说创作及其研究就建立在这样的理念与基点上。当然，如果以这样的认识来简单地要求中国散文，那将更是不可思议甚至是南辕北辙的。这就容易导致对中国散文理解的偏向和错误。

第一，在中国古代，散文不叫"散文"，而是泛指"文章"，它是一个更大、更具包容性的概念。只有到了近现代，"散文"作为一种文体才得以确立，中国传统的"文章"才变成我们通常所说的"散文"。而自周作人提出"美文"后，散文的内涵和外延进一步缩小和纯化，于是散文变成一个更为纯粹的"洁本"。很显然，在西方散文概念与中国文章内涵之间，存在着一个巨大的偏角，如果不顾及中国传统特性，就会出现断裂与矛盾。

　　第二，无论怎么说，向西方看齐，以西方标准来衡定中国传统散文，并建构具有现代性的近现代中国散文，这是新文学运动以来比较一致的倾向。"五四"时期的周作人、郁达夫讲究散文的"个性"，20世纪60年代的杨朔注重"将散文当诗来写"①，新时期的余秋雨散文则注入西方文化的价值观，都是如此。这一方面带来了近现代及当代散文的突围与发展，但也使其离中国传统越来越远，有时甚至是风马牛不相及。最典型的例子是，余秋雨的《笔墨祭》用西方的现代性来阐释中国的毛笔文化，其中的文化断裂非常突出。

　　第三，20世纪80年代曾兴起这样的文化和文学思潮，即全面、急迫而又不加选择地引进西方的理论与方法，于是，一场"方法论革命"席卷中国。有趣的是，在小说、诗歌等文体"日日新"的时候，散文界也出现极为强烈的求变呼声，因为散文仿佛是一只巨大的破船，它不仅没有新变，而且是心安理得地在拖其他文体的后腿，并影响了新时期初期的整体文学格局。那时，最为响亮的口号是，散文走的是一条下坡路，它确实落魄了。②散文仿佛一夜间成为一个深陷泥淖的落伍者，再不奋力拔起，就会转瞬即逝，走向终结。这恐怕是有史以来关于中国散文最为悲观的"毁灭论"。而与之相映照的是，新时期以来散文创新的声音一直不绝如缕，它甚至成为一些先锋作家追求的目标和反传统的快刀与利箭，这也是所谓"新散文"不断受人追捧和发出绝叫的理论前提。

　　但无论如何，自从中国古代文章被西方现代散文分割之后，它

---

　　①　杨朔：《〈东风第一枝〉小跋》，《杨朔文集》（上），山东文艺出版社1995年版，第655页。

　　②　参见黄浩：《当代中国散文：从中兴走向末路》，《文艺评论》1988年第1期。

就被捆在西方现代性的马车上，并以加速度向前奔跑，从而形成了其悲剧性质。一方面，创新的引诱使现代散文离传统越来越远，其异化随处可见；另一方面，被现代性和创新意识甩下的散文，几乎成为保守、落后、无用的代名词，它也被先锋派散文家和散文研究者弃如敝屣。可以说，只用西方现代性尤其是创新理论看待中国散文，必然导致其悲剧性的命运。

三、中国近现代以来散文的价值重估

从西方现代性包括创新性角度来建构和研究中国文化与文学并没有错，这是借他山之石以攻玉的重要方法，也是从世界文化大局着眼所做出的有价值的努力和探索。不过，如果将此视为唯一甚至绝对的标准，那就不可取了。如果将西方的糟粕和技术当成精华来吸取，尤其是不能站在人类命运和发展的高度，与中国传统文化割裂开来，甚至不顾各种文学体裁的特性，简单地进行搬用和类比，那就更值得注意和反思了。事实上，在目前的中国文学创作和研究中，有不少人没有跳出这样的樊篱。

近现代中国散文的价值当然可从这一角度来审视，以获得其现代性意义。如研究鲁迅的《野草》和《朝花夕拾》，更多的人往往站在现代性角度看到其反封建意义，以及其中所包含的突破中国传统文化的审美趣味，但却看不到其中所隐含的中国传统文化精神与韵味，更看不到现代与传统的交战与搏斗。看不到这些，我们就无法理解，《野草》中竟有《雪》《好的故事》《腊叶》这样优雅的作品，也难以理解在《朝花夕拾》中也还有《二十四孝图》和《五猖会》这样尖锐作品的穿插。因此，我认为，除了从现代性批判角度看鲁迅的这两部散文集外，还要从传统与现代的交集与变奏角度给予解释，尤其不能忽略从传统文化角度进行审视。而最后一点，往往在那些所谓的现代和后现代小说与诗歌中不易看到。也是从这个意义上说，许多近现代和当代新潮小说的创作与研究需要重新评价。这是因为，它们所受

的西方影响多是一种因袭甚至模仿，还不能算是创新之举，如果从中抽掉所受的西方影响，它们恐怕所剩无几，至少没有多少中国传统文化的底蕴，更不要说基因和密码了。因此，一部中国近现代和当代文学史将来恐怕要重写，其结论是：以往被认为有现代性的文本，价值会大打折扣；而被视为保守、落后甚至愚昧的传统文化因素，则会获得新的价值认定。因此，一直不为人重视的散文文体将会获得新的价值增殖，其中最重要的可能是传统文化因素的保留，以及它与现代文化的张力关系。

朱自清的《背影》可谓中国现代散文的代表作之一。但我认为，其最大价值恐怕不是鲁迅《野草》所表达的现代性诉求（尽管其中也有人生的苍凉意味），而是流动于中国人血脉中的父子情深，尤其是"可怜天下父母心"这一母题，以及表达方式的平淡、自然和细腻。在朱自清和俞平伯的同名作《桨声灯影里的秦淮河》中，虽然充满现代人的悲剧意味，但它们最有魅力的地方恐怕是人与自然、人与人之间的知音之感。据说，1959年俞平伯前往江苏视察，一行人到达朱自清的故乡扬州时，他心事沉重。后来，俞平伯离开大家，一人去南京。对此，大家都感到莫名其妙。直到后来看到俞平伯的《重游鸡鸣寺感旧赋》，方知道他想起了好友朱自清，所以故地重游。①这是中国传统士子的知音之感和高古妙音。如用西方现代性和创新性解读这两个作品，就会进入误读时空，因为二者在主题、审美趣味甚至是题目上都难以区分，没有所谓的创新。因此，不能用现代性和创新性去简单解释中国近现代以来的散文。

如果站在向传统转换的角度，以中国传统文化流失与保存交织的眼光，通过"朝花夕拾"忆旧的方式，我们就会看到中国近现代以来的散文有着独特的价值。因为在义无反顾的反传统文学体裁中，我们已难以看到传统文化的面影，甚至也看不到传统与现代转换的迟疑与停留，而更多的是对西方文化的拿来和崇尚之情，这是

---

①　参见孙荣初：《俞平伯与朱自清》，光明网，2010年7月29日。

令人遗憾的。

总之，中国传统文化确实需要进行现代性转换，尤其是要突破封建专制主义的禁锢，进入现代民主制度中。但是，我们也要注意以下几点。第一，所谓的"现代性"不是西方的现代性，而是人类理想的现代性，因此，我们要承认，"现代性"不是西方的专利，在中国古代文化中也不乏现代性，至少有现代性的因子。第二，中国传统文化有许多优秀成分，尤其是其中有五千年的文明基因与密码，我们不能毫不顾惜地将之随意丢掉。第三，文化与文学除了创新，更需要继承，因为继承既是创新的基础、动力和源泉，又是一个民族得以存在和延续的"常态"。孔子所说的"述而不作"就包含了这层意思。第四，向西方学习固然重要和必要，但不能离开中国本土，因为西方再好的东西到了中国，都需要接受新的检验，也需要以中国作为轴心进行转换。这正所谓"变是为了开新"，而"不变则是为了通久"。因此，在探讨散文中"变"的因素时，不能忽略其"不变"的方面，尤其是包含中国传统文化基因与密码的内容。这是只从散文的现代性和创新性上难以看到的重要方面。在20世纪80年代中期，被视为跟不上时代步伐、缺少创新性的散文文体，从另一层面看正显示出其承载中华民族基因和密码的巨大功能，也包括了我们五千年文明得以承继和绵延的魅力所在。然而，长期以来，不受重视的散文的耀眼光芒却被我们偏激和狭隘的理论遮蔽掉了。

第四章

散文理论话语的自主性

现在，我们通常用四分法来划分文学门类，即小说、诗歌、戏剧和散文。比较而言，其他文体都有自己较为成熟的理论，而散文则缺乏理论，甚至多从小说、诗歌、戏剧中借鉴所谓的理论，于是其理论的困境是相当突出的，而理论自主性的缺乏就更加明显。我们认为，散文应该确立自己的自主性，建构属于自己的理论话语。

一是不应将创新性作为散文唯一、绝对的衡量标准，而要强调继承性，尤其是在继承与创新的辩证关系中，考量散文理论话语的建构问题。

近现代以来的文学理论一直强调创新性，有创新则活，无创新则死，这在散文理论上表现得最为明显。如黄浩在《当代中国散文：从中兴走向末路》一文中，直言没有创新的散文必然走向末路，走向死亡。其实，从创新性角度称量散文只是一个维度，没有创新也未必不是优秀散文，如中国历代写母爱的作品创新性就不突出，但许多作品都非常感人。比较典型的是朱自清、俞平伯的同名散文《桨声灯影里的秦淮河》，如按现代以来的创新性理论进行判断，它们一定无多少价值，因为二者基本是彼此的复制品；然而，若以自主性角度摆脱唯创新性理论话语是从的局限，也就容易获得超越性，其价值就有了新的解释。

其实，"变"与"不变"是一个辩证关系。钱穆曾在《晚学盲言》中说过："一阴一阳之变是常，无穷绵延则是道。有变有消失，有常而继存。继承即是善，故宇宙大自然皆一善。"如果没有"常"作为基础，"变"就会走向消亡。用这一角度反思我们近现代文学、文化发展，求"变"的创新成为唯一有价值的维度，而不变之"守常"就在被否定之列。这必然导致许多美好内容的丧失，包括我们的价值观。因此，散文要想获得理论的自主性，必须突破创新的单一向度，进入继承与创新的辩证理解中。

二是要处理好跨文化、跨界、跨文体散文写作的羁绊，确立散文的体性及其自主性，避免其异化状态。

近现代以来，我们习惯于用西方的"散文"概念进行解释，甚至用它简单取舍中国古代的"文章"，其实"散文"与"文章"的区别很大。"散文"是一个现代学科概念，是与诗歌、小说等比较而言的；"文章"是一个包罗万象的"大散文"概念，是除了韵文以外的文学总称。反之亦然，如用中国传统的"文章"来破解当下的"散文"之体，甚至批评西方散文，那也是不可取的。

还有，用"散文诗"覆盖"诗的散文"，将西方"随笔"与中国古代"笔记"相混淆，都是缺乏自主性的表现。如一般人都熟悉"散文诗"，但对于"诗的散文"比较陌生。其实二者是有区别的："散文诗"的中心词是"诗"，"诗的散文"中心词是"散文"。"诗的散文"尽管有"诗味儿"，但比"散文诗"的诗意淡得多，也比"诗"更加"无韵而冗长"，最重要的是"不分行"。因此，将鲁迅的《野草》称为"散文诗"，是值得商讨的，因为其中的不少作品是不分行的，是"散文"的形式，而不是"诗"的形式。鲁迅《野草》中像《雪》这样的篇章就是"诗的散文"。

如果要确立中国散文理论话语的自主性，一个很重要的方面是，要摆脱中西传统的束缚，并对二者进行比较、融通、再造，从而建立起具有当下性的新的散文理论话语。以"跨文体"散文写作为例，现在不少作家追求以诗的笔法、小说的虚构，甚至用电影蒙太奇的手法来写散文，一方面带来散文创作的增殖，另一面导致散文体性和自主性的异化甚至丧失。如杨朔将散文当诗写，在获得诗意的同时，给人一种做作之感。余光中更是如此，诗的大量掺入直接导致其散文的矫揉造作和滥情状态。余光中有篇散文叫《老得好漂亮》，题目本身就有酸味。他在《金陵子弟江湖客》中写道："津浦路伸三千里的铁臂欢迎我去北方，母亲伸两尺半的手臂挽住了我，她的独子。"如果这句话当诗读，是可以的，但用在散文中就变味了，为什么呢？太夸张了，别扭，不自然，不平易。他在《莲恋莲》里写道："莲是神的一千只臂，自池底的淤泥中升起，向我招手。一座莲池藏多少复瓣的谜？风自南来，掀多少页古典主义？莲在现代，莲在唐代，莲在江南，莲在大贝湖畔。莲在大贝湖等了我好几番夏天，还没有等老。"散文不能这么写，散文这么写就是炫技，像小说一样假。诗性太多了，用在散文里就不自然，散文最大的特色是自然，而且是平淡，散文最高的境界是平淡，如果过分强调诗性就变味了。余光中经常有这样的问题，还有的人用小说的形式写散文，所以有虚假感。因此，在散文的跨体写作时，一定要掌握好边界与尺度。

三是要突破长期以来流行的"形散神不散"的理论，也要突破当下风行的"形散神也散"模式，而进入"形不散—神不散—心散"的新的理论话语中。这是因为，只有"形不散—神不散—心散"才能真正获得散文理论话语的自主性，这包括自由与限制、真实与虚构、中心与边缘等的辩证关系。

理解"散文"的关键在于一个"散"字，但具体而言怎么个"散"法，却少有人进行深入研究，更难摆脱习惯和流行看法。可以说，如果解决不了散文的"散"字所含的深意，那就不可能真正走进散文文体，也不可能克服时下散文的流行病和幼稚病。

1. 散文大可随便

鲁迅曾说过："散文大可随便。"这是针对散文文体过于拘束，有时放不开而言的。然而，人们对鲁迅这个"随便"的理解，往往是相当随便的，认为可以不要束缚，随意而为！尤其是对"大可"二字，人们也加重了分量，认为散文就可以无拘无束地随便写去。其实，这样的理解和认识显然是不正确的。

2. 形散神不散

20世纪60年代，肖云儒提出"形散神不散"的观念，于是成为影响深远的一种散文观念。其核心意思是，散文的形体完全可以放开，使其成"散漫"状态，但"精神"却不能"散"，这就是所谓的"形散神聚"。这种散文观的最大优点是给散文之"形"注入了自由，但保持了散文的"神"的凝聚。

3. 形散神也散

改革开放以来，尤其是进入20世纪90年代后，为散文"松绑"的呼声越来越高，到后来集中在为散文之"神"的松绑。这就是刘烨园所说的"散文不仅要形散，其神韵也可飘忽不定"。还有学者强调，散文最大的魅力是它的"爱怎么写就怎么写""法无定法的自由"。这是导致当下散文"形销骨立"和"失魂落魄"的重要理论基础。今天的不少散文已变得"委地如泥"了。

4. 形不散—神不散—心散

针对学界关于散文之过度解放，我提出了"形不散—神不散—心散"的散文观。其核心意思是：无论是散文之"形"还是"神"，都是不能"散"的，这颇像一个人，如果没了骨架和神韵，他就会变成"非人"，至少是"脱形"和"失去风采"了。既然散文的"形""神"都不能"散"，那么，散文之"散"应表现在哪里？我认为是"心散"，即心灵的散淡、自然、超然，一种超越世俗性的形而上哲学。因此，散文之"散"应打破以往的观念，找回自己的主体性，将重心不是落在"形"与"神"上，而是放在"心灵"上。

四是从"人的文学"模式中解放出来，进入体察万物尤其是关于天地之道的理解当中，这是散文获得自主性理论话语的关键。

应该承认，"五四"以来的中国新文学有一个很大的观念变化，那就是周作人提出的"人的文学"，即由"非人的文学"转变为"人的文学"。但后来，这种"人的文学"越走越窄，甚至变成"人的爱情的文学"，换言之，如果一篇小说不写爱情就没人看。其实，文学表现的视野除了人，还不能离开天地万物；在关注"人之道"时，不可忽略"天地之道"。如果说中国古代文学是以"天地之道"代替"人之道"，那么，中国现代以来的新文学则是因"人之道"忽略了"天地之道"。

具体表现在散文上，当下更多作家进入的是"人之道"的书写，而更为广大的"自然万物"和"天地之道"却被忽略了，作为散文理论研究也是如此。这就带来散文理论话语的窄化与异化。以郁达夫散文《故都的秋》、闽地游记为例，从人的现代性来看，它们确实无甚可观，但从物性和天地之道来看，却写得非常之好，是天地至文。鲁迅笔下的万物尤其是那两棵枣树，在现代性的人的文学观之下，它们往往就会被过度阐释；其实，从物性与天地之道来看，可能更能拉近鲁迅的创作实际及其对天地自然的理解。也是因为对"人的文学"观的片面理解，今天的散文创作与散文理论才会失去自主性，进入一个被"人的文学"过滤的困境。如叶灵凤的香港风物描写、陈从周的园林小品文、周建人的科学小品，还有黄裳、唐弢的书话等，在"人的文学"观底下，往往都失去了重要价值。

理想的散文理论应该将中国古代"物的文学"与中国现代"人的文学"辩证结合起来，即将"人之道"与"天地之道"进行融通和再造，从而使散文理论获得一种新的超越。只有当散文理论话语由人而及物，并发掘出天地自然中人与物的灵光，散文理论话语的自主性才能得以真正呈现。

第五章

呼唤散文研究的春天

　　散文创作有春天吗？有，在中国古代和近现代以来每年都有春天，尤其是"五四"时期。鲁迅在《小品文的危机》中曾说过："到五四运动的时候，才又来了一个展开，散文小品的成功，几乎在小说戏曲和诗歌之上。"[①]然而，"五四"以来，对现当代散文研究没有春天，与其他文体相比，它一直处于边缘状态或者说在孤独寂寞中躲在角落，尽管其间也不乏坚定的探索者。现在到了需要好好反思的时候了，散文研究应感应散文创作的春天，也应有一个温馨滋润的春天。

一、散文创作繁花似锦

　　如何看待当下的散文创作？这是一个看似简单、实则复杂的重要问题。

　　比较普遍的观点认为，散文泥沙俱下：应景之作和急就章多，精品太少。由于遵守传统的散文写作模式，创新难成为通病，所以不少散文还停留在简单的抒情、自我吟哦和小感想状态。散文易写，门槛低，谁都可以来客串一把，不懂文学的人也可以写散文，诗人、小说家写起散文得心应手。散文碎片化严重，缺乏加工提纯，尤其是互联

---

　　① 《鲁迅全集》第5卷，同心出版社2014年版，第96页。

网写作盛行以来，散文更是变成一种廉价文体，随便什么人都可以在此露一手。

以上看法都有合理性，也确实切中散文时弊。不过，这只是一种表面认识，没看到问题的本质。因为散文再泥沙俱下，仍有不可否认的金质，有不可忽略的巨大成就。概括起来，当前散文的繁荣主要有以下表现：一是全民写作散文已成大势。据统计，每年我国长篇小说出版多达数千部，这当然反映了小说数量的繁盛；不过，与散文比，长篇小说的数量恐怕还是有限的，它无法与散文创作比肩，虽然我们无法统计散文创作数量，但用沙粒一样多来形容，恐不为过。二是散文读者甚众。从接受美学的角度看，在四大文体中，当前读者最少的恐怕是戏剧，其次是诗歌，再是小说，而散文读者会最多。以贾平凹的《自在独行》一书为例，这本多有旧作的散文集竟在短期销售多达200万册，令人惊讶。陈剑晖发表于2019年2月13日《解放日报》上的《散文的现代性，主要还是体现在散文文体的变化上》，"上海观察网"第一天浏览人数就高达66万，第四天则突破百万，这还不算其他转载的客户端。在当下纸本阅读走低的情况下，这件事似乎不可思议，其实反映的是贾平凹散文的影响力，以及散文有着极广大的读者面。三是散文的水平质量值得肯定。当下不少散文质量确实不高，习作者和一般写手多，但整体而言，很多散文都是好的，中等以上水平的写作者为多，精品不少。当读者不愿浪费时间阅读水平不高的长篇小说，也无意阅读无病呻吟的诗歌，更不想观看那些奇奇怪怪的戏剧时，散文就成为人们的首选，以滋养精神和打发时光。目前，老作家的散文写得扎实、老到、有思想；中青年作家的散文多有探索性和创新性，令人耳目一新；初入文坛的新秀写的散文规矩方圆少，常能出人意料。

值得提及的是，散文文体对作家的特殊功用。散文最重真实和平淡，不能掺假遮丑，与人生、社会、生命最近，所以易产生佳作。只要是一个真实的人、有故事的人，他能自然坦荡地将胸中块垒吐露出来，就会让人感动和受益。诗人、小说家写散文，为什么容易写好？

一个很重要的原因是，诗歌写作需要激情，小说写作需要纪律，散文写作则没有规矩方圆。另外，许多诗人和小说家写散文，往往不是将其当成文学创作，更多了些闲笔、逸趣，是诗歌和小说创作后的一种休息与调节，这正贴近了散文的本性。也是在此意义上，不少诗人、小说家的散文水平很高，其成就甚至超过诗歌和小说。

时下散文创作名目繁多，如大文化散文、历史散文、乡土散文、女性散文、新感觉散文、生态散文、新艺术散文、在场散文、军旅散文、官场散文、网络散文、科幻散文，等等，不一而足。从命名看，这些称谓和概括都很随意，也比较混乱，缺乏科学依据。不过，从中可见散文创作的繁荣景象，这是毋庸置疑的。

二、散文研究冷落寂寥

与散文创作的繁荣相比，散文研究可谓冰火两重天。

散文研究之冷主要表现在以下方面：

第一，研究队伍薄弱，且有快速衰退迹象。在文学四大文体中，诗歌和小说研究最盛，研究队伍高度集中，戏剧和散文则门前冷落鞍马稀，尤其是散文研究者少得可怜。更重要的是，年轻学者对散文研究兴趣不大，这就形成后继无人的状态，使本来人数就不多的散文研究队伍雪上加霜。如将散文研究人数与诗歌、小说研究人数相比，那一定是个相去霄壤的状况。还有散文研究机构的衰退，以往的散文研究虽然落伍，难望诗歌和小说研究之项背，但仍有一个"架子"和"平台"，不少大学和科研单位都有散文研究力量，也形成一种互相联动的对话关系。然而，近些年，随着老一辈散文学者退场，这样的架子和平台就变得柔弱难支。在近年一次福建师范大学召开的散文研究联谊活动上，大家普遍感到原来就不强大的散文研究队伍正在弱化，像中国社会科学院文学研究所、北京师范大学文学院、首都师范大学文学院等都是如此，恐怕只有福建师范大学文学院还葆有相当实力。试想，当研究者都云集于诗歌和小说，散文这块沃土却少有耕耘者，且日益变得荒凉，这不能不说是个极大的遗憾。

第二，研究理论的苍白和研究方法的落后。目前，散文研究基本上有两个落后趋向：一是固守传统的散文理论和方法，这就带来研究的缺乏新意和乏善可陈。二是用西方的一些流行理论尤其是诗歌和小说理论来套用散文研究，于是出现文不对题甚至荒唐可笑的怪现象。当散文研究不是出于细读作品，不是将理论化为血液，不是将理论上升为智慧，而是拾人牙慧般跟在理论和方法后面亦步亦趋，那是没有希望，也是不会有进展的。试想，当前的不少诗歌、小说研究跟在西方的理论后面邯郸学步，而散文研究又跟在诗歌和小说的理论后面照本宣科，这样的无效研究可想而知。

第三，在文学史写作中散文的缺席和僵化。文学史不仅用于教学，更是学术研究的总结和深化。目前的中国现当代文学史基本是以诗歌、小说为主的写作，散文几乎不占位置，即使有也是拼盘式的，且有互相借用甚至东抄西挪之嫌。当文学史的写作者对散文没有研究，甚至毫无兴趣，也看不起，那么，他的文学史天平的失衡就在情理之中。还有一种散文缺席，那就是不少学者在散文史写作中，对散文的不自信。他们虽是研究散文和治散文史的，但根本不认为散文有独立价值，认为在诗歌和小说面前，散文就是个余数。至于为什么研究散文，也是出于聊胜于无的无奈之举吧？

第四，在做文学选本时存在歧视现象。文学选本尽管主要是资料搜集和整理，但也是另一种研究，需要以某种理论和审美眼光进行价值判断和选择。然而，在文学选本中，普遍存在"去散文化"倾向。有的关于改革开放40年的文学选本，成为小说一统天下的局面，而散文则可有可无，几乎不占位置。

我有个基本判断：改革开放40年，一般人都认为，诗歌和小说的成就最大，散文则不值一观。但我认为，诗歌和小说一直求变，注重创新，成就不容抹杀；但它们过于强调向西方学习，模仿痕迹重，有形式大于内容和食而不化之弊，其成当然就会大打折扣。散文在向西方学习时，更多保持传统的审美趣味，尤其是有中国人的智慧升华，所以整体而言成就大于诗歌和小说。果真如此，长期以来我们的文学研究就值得反思：为什么更有价值的散文被弃若敝屣，而模仿西方的诗歌和小说却被奉若神明。如先锋文学作为一种观念探索和方法变革，是必要也是有价值的，但从人生智慧和感动人心方面言，它就多停留在技术的层面。

三、散文研究的难度

散文受到学界冷落，原因多多。看不到散文的价值是一种，缺乏研究基础是一种，没有足够的理论支撑是一种，长期形成的"跟着走"研究定式也是一种。但我认为，还有一种值得注意和探讨，那就是难以从文体上理解"散文的难度"。作为研究对象，散文具有复杂性：一方面，它被学者看不起；另一方面，它让学者无从下手，很难研究，这就是散文研究的难度。

散文是一种与诗歌、小说不同的文体。它不重视诗歌的直抒胸臆和跳跃式表达，也不似小说那样强调虚构的力量，而是在真实与平淡中展开世界人生的叙事，以及在心灵和生命层面达到情感共鸣和知音之感。因此，散文是最不容虚假、最需要平常心的一种文体，任何虚饰伪装和矫揉造作都会伤害散文的生命。换言之，散文就如同一个人的人生，要在淡中出奇，更要在奇中平淡，所以高明的作家都认为，散文的最高境界是平淡。散文书写的是生命中最庸常而有韵味的那部分，是有境界和品位的人生智慧。如果说，小说是一生漂浮于大海之上那个有故事的水手，诗歌是大海上乘风破浪的闹潮儿，那么，散文则是这样一个人：将大海的故事与新鲜抛在身后，告老还乡后坐在村口大树之，沐浴着夕阳的余晖，舒缓而又平淡地谈天说地。也可以这样说，散文的形、神都不能散，关键要"心散"，即让心灵变得散淡、平易、自然、自由和超然。这就好像一个女性，素面朝天、布衣饭菜可乐终身，一定比那些花枝招展、心比天高者富有韵致。当然，研究散文也必须进入这样的境界：抛弃所有的花招和技术，用纯朴之心与庸常智慧与作家对话。以余光中和王鼎钧散文为例，前者是技术派，有时甚至具有世俗和世故的人生观与价值观，这在《借钱的境界》《我的四个假想敌》《我是余光中的秘书》等散文中表现最为明显；然而，后者是入道者，是深潜于世界人生智慧的畅游者，所以有大道藏身，能超越世俗羁绊。因此，研究此二人是有难度的：第一，研究者极易为余光中的光环笼罩，失去鉴赏力和判断力；王鼎钧则如沉实的谷穗，往往不为人注意。第二，余光中散文代表的是世俗价值观，王鼎钧散文则超越了世俗性，对世界人生有形而上理解。第三，余光中散文不乏才情，但在散文中加入过多诗性，从而导致情感的虚假和泛滥；王鼎钧以真实自然、平淡超远为主，所以拙朴无华。还有黄裳的散文也是难以进入的，因为它们古色古香、从容不迫、平淡自然，以出世态度做入世文章，研究者很难达到这样的人生境界。

真正的散文佳构一定有天地情怀和包罗万有，并以平淡自然、深入浅出的笔调写出。但这并不等于说，让散文"散"掉，成为碎片化写作。相反，文章更讲究，更用心，更精粹。所以，金圣叹如此点评陶渊明的《归去来兮辞》："凡看古人长文，莫以其汪洋一篇便阁过。古人长文，皆积短文所成耳。即如此辞本不长，然皆是四句一段。试只逐段读之，便知其逐段各自入妙。古人自来无长文能妙者，长文之妙，正妙于中间逐段逐段纯作短文耳。"①所言甚是。因此，研究散文真正要有心得，绝非简单套用和征用理论，而要与文本和作家心气相通，在对话中了然于心，也产生强烈的共鸣。其实，这一点可能是散文研究中最难的。

四、散文研究的向度

包括散文在内的学术研究有何目的？当下不少人恐怕给予形而

---

① 吴楚材、吴调侯编选，王水照等译注：《古文观止》，上海古籍出版社2010年版。

下理解，即有比较明确的功利性，像拿学位、评职称等。某种程度上
说，这无可厚非，但却远远不够。因为任何研究都需要兴趣，更需要
热爱，还需要有更为广大长远的方向感。当下的散文研究亟须调整方
位和站位，确立使命感和审美趣味。

作为文学的一个重要门类，散文研究迫切需要破冰之旅。纵观20
世纪以来的文学研究，尽管散文一直处于被冷落的状态，但也要看到
一直有人在默默坚守和辛勤耕耘，进行学科建设。如改革开放以来就
涌现出不少散文研究的拓荒者，像林非、佘树森、俞元桂、孙绍振、
刘锡庆、范培松、吴周文、姚春树、傅德岷、汪文顶、楼肇明、张振
金、庄汉新、王景科、丁晓原、王尧、陈剑晖、喻大翔、陈旭光、陈
亚丽、梁向阳、古耜、韩小蕙、王剑冰、段建军、江震龙、周海波、
袁勇麟、吕若涵、李晓虹、李一鸣、黄科安、谢有顺、黄开发、李林
荣、曾焕鹏、何平、蔡江珍、王晖、滕永文等都有不俗的表现，尤其
是林非和陈剑晖在散文理论上所做的贡献最大。但也要承认，面对散
文创作的丰富性、复杂性、深刻性，还需要更多人做更多的努力和探
索，否则就很难撬动像北冰洋一样深厚的冰层。更何况，散文研究这
一独立学科建设绝非一日之功，需要做出长久的艰苦奋斗。

散文是最贴近民生和人生的文体，对人生、社会、国家、人类的
发展至为重要。某种意义上说，散文比诗歌和小说更能反映时代与社
会发展动向，最能显示世道人心，对人的滋养作用更大。因此，如何
使散文创作摆脱过于沉溺于历史书写，过于世俗化地理解世界人生，
过于被消费文化和网络文化牵引，就变得相当重要了。也就是说，散
文研究不能满足跟在散文创作后面解释，更不能应和大众审美趣味而
一味地褒扬，而是要有反思性、前瞻性和预见性。当然，散文不能直
接甚至站在时代前头指手画脚，而要以文学的、边缘的、审美的态度
反映时代，尤其是社会存在的重要和重大问题，以起到文学是社会和
时代敏感神经的作用。

审美性是散文当前面临的另一重要问题，有必要给予足够重视。
在国家的发展过程中，启蒙现代性固然重要，但更重要的是审美现代

性。然而，在现代化发展过程中，工具理性潜滋暗长、功利欲望污染人性、审美感受力下降，这是我们不得不面临和解决的焦点问题。当一个人、一个作家、一个学人失去了审美人生的兴趣和能力，那是非常可怕的。在所有文体中，散文恐怕是最具社会审美教育功能的文体，因为它更贴近民生、更接地气、受众更多，也更加丰富多彩和颇多趣味。因此，散文研究者更应发挥散文的熏染移情作用，从细读作品开始，养成良好纯正的审美趣味，这样既能指导自己的研究，又会使研究进入审美愉悦的境界。从此意义上说，当下有些固化甚至僵化的散文研究真的需要来一场变革。

散文研究既是学科建设之事，也要启人心智，有益于社会发展；散文研究既是研究者自己的事，又与作家、读者以及国家和人类命运相关；散文研究既要建构自己的话语体系，更要有审美超越和心灵共鸣。如此，散文研究春天的脚步会不会加快到来？

第六章

当代散文研究亟须实现跨越式发展

在文学的四大文体中，散文研究最为落寞。这既表现在研究队伍薄弱，研究机构很少，也表现在研究水平不高，质与量都无法令人满意；还表现在思想观念和思维方式的陈旧落后，从而导致研究大大滞后于创作，更无法与诗歌、小说研究相提并论和等量齐观。现在，到了该对当前散文研究进行反思的时候了，更需要有建设性和前瞻性的建议与构想。用"当下散文研究亟待大胆革新"来形容，亦不为过。

一、开展航拍式的"鸟瞰研究"

若要指出当下散文研究的局限，可用一个词概括，那就是"一线天"式的观瞻。至于更为狭窄的井蛙观天、盲人摸象、管窥蠡测则更具普遍性。我们往往受制于视野、学识、观念与审美，也由于受惯性思维和路径依赖影响，很难走出固辙与樊篱，进入一个更加开阔、系统、联动的境界。今后散文研究必须打破现有格局，实现航拍式的"鸟瞰研究"。

一是打破散文名家名篇的狭小研究格局。纵观我们的文学史、散文史写作，基本停留在极其有限的散文名家名篇叙述上，所选作家作品高度类同，固态化、模式化与同质化特别突出，仿佛我们的散文研究只是对有限几个名人名篇的重复书写而已。散文批评和散文研究也是如此，被集中关注、较有代表性的当代散文家有杨朔、秦牧、刘白羽，再就是巴金、冰心、孙犁、史铁生、余秋雨、贾平凹、张炜，港澳台地区的有余光中、张晓风。可以说，散文研究翻来覆去不外乎就这几个人。还有各种散文选本、年选，也是高度类同化、圈子化，有过于集中和抱团取暖之嫌，缺乏更广大的视野和多元化选择。其实，散文的天地可谓大矣，除了这些名家，还有更多别的名家、普通散文家、非作家散文写手；另外，即使名家往往也不限于大家耳熟能详的那几个名篇。因此，与大海般博大的散文相比，当前受到热情关注的名家名篇只是几朵浪花，远不能代替山丰海富的散文天地。还有，与诗歌和小说相比，散文天地更为博大和包罗万象。很可能是这样：一个名不见经传的普通散文爱好者，就有令人称赏的佳作名篇。

二是改变简单以诗歌、小说、戏剧作为衡量作家水平的标尺。当代作家研究慢慢形成这样的习惯：散文不为研究者所重，一个作家的水平、地位、价值往往不是由散文确定，而是因诗歌、小说、戏剧显名。这对有的作家可如是观，但还有许多作家就不能这样看。史铁生的散文成就明显高于小说，但研究者除了反复提及他的散文名篇《我与地坛》，其他散文少有人关注；贾平凹的小说与散文写作都多，但从水平上看，我更看重和喜欢其散文，然而，学界更多研究其小说，并以此为其学术史定位，却少有研究者用散文来确定其价值和高度；张炜研究也主要集中在他的小说，但庞大、精细、美好的散文创作明显不被重视；莫言的散文，在我看来，比小说更有境界，也写得更感人入心，然而在更多研究者那里，其散文几乎上不了台面，小说却有着太多的拥趸；刘烨园、苇岸的散文有创新性，也充满天地情怀和浓郁的诗意，然而对其研究却很不够，更不要说进入文学史与那些诗人、小说家一比高下。当包括散文史在内的文学史家看不起散文这一文体，那么散文研究就自觉不自觉被边缘化甚至贬值了。其实，如果确立了散文的文化自信，我们就会认识到：散文在社会世道人心的锻造、审美的社会化、传统文化与文学的继承、人生智慧的凝聚等方面，都发挥着更大的作用。

三是全面拓展和整合散文研究的疆域和版图。目前的散文研究虽多有涉猎，但整体上仍有支离破碎、各自为政的局限，除了缺乏思潮流派的散文研究，缺乏散文的比较研究，在地理意义上的散文观照也较为缺乏。如改革开放以来的散文创新是一种趋向，也改变了散文创作的整体格局。但是，除了施战军较早对之进行比较全面深入的研讨，我写过新时期现代主义和后现代主义散文方面的文章，后面则缺乏跟进，尤其缺乏系统性研究。另如，地域散文得到一定的关注，但目前做得很不够，缺乏创新性和深度研究。如山东散文、四川散文在中华人民共和国成立70年以来的成败得失，至今并未得到认真总结，许多散文家包括一些重要的散文家都没得到系统研究，几乎被淹没于诗歌、小说研究的洪流中。如钟鸣和蒋蓝这样优秀的随笔文体家，又有多少像样的研究著述？更不要说那些以四川地域文化为描写对象的散文，这包括阿来、裘山山、阿贝尔等人的散文，也包括像翟永明、杨献平、周闻道、陈霁等人的散文。有研究者称："活跃于上个世纪八九十年代四川当代散文创作园苑的作家，不仅有李致、流沙河、阿来、裘山山、伍松乔、钟鸣、陈明云等这样的中坚力量，也有陈之光、王尔碑、意西泽仁、林文询、陈焕仁、程宝林、聂作平等一群以小说或诗歌创作为主又兼营散文的老中青作家，更有像廉正祥、戴善奎、张放、徐康、金平、洁尘、郁小平、卢子贵、赵英、朱丹枫、李加建、晓荷、邓高如、邓洪平、高虹、张怀理、汪建中、岱峻等这些成熟的中青年散文作家。""除上述作家外，谷运龙、张生全、仁真旺杰、龚静染、格绒追美、李汀、李存刚、牛放、言子、熊莺、杨雪、曹蓉、周书浩、刘光富、赵良冶、雍措等，他们无一不是四川当代散文创作领域里富有各自个性和一定特色的优秀散文作家。"①然而，这些散文家又有多少进入研究者的视野并被深度研讨呢？以此观之，全国各省又有多少散文家没有得到研究者关注，恐怕是一个天文数字。再如，海外华人散文丰富多彩、水平较高，但我们的研究极其

---

① 参见冯源、孔明玉：《在流变中的进击和跃升——对改革开放40年来四川散文创作的理论观察》，内部资料。

有限，更未将其纳入当代中国散文版图，尤其缺乏价值审美层面的审视，致使散文研究挂一漏万，很不完整。学界应将海外华人散文看成中华散文的一部分，并与中国散文一起作为一个整体进行研究，尤其要在与中国传统文化、世界文化的对话中，彰显其独特价值魅力。

其实，要跳出当前散文研究的局囿，这既包括视野上的，也有功能性的，更是观念更新的问题。如只盯住几个经典作家作品，就会失去更广大的散文作家群体；若先验地将散文视为一种次文体，过于拔高诗歌和小说等文体地位，散文研究永远是一种跛行甚至是一个余数；倘只将目光放在大陆散文，港澳台散文就会变得可有可无，更广大的华文散文就被忽略甚至排除掉了；还有，应以平等、包容、和合、融通的理念，研究不同地域的中华散文，从而形成一个有机统一体。果能如此，散文研究就会克服盲目、短见、狭隘，获得天地之宽与博大的情怀。

二、确立"正、反、合"的研究理路

一种健康的文化模式，往往都具有正、反、合的特点。儒家文化需要道家文化进行补充和纠偏，佛学能在中国落地生根更离不开禅意，所以中国文化讲究"取中用弘""和而不同""天人合一"。目前的散文研究远未达到这一点，而是陷入"顺势"思维，有跟着跑的滞后状态。

最突出的是西化倾向，这在文化选择、价值趋向、审美趣味上表现得最为明显。由于"五四"尤其是改革开放以来对西方文化的过度张扬，文化研究、文学研究、散文研究有"唯西方马首是瞻"的情况，这些年这一状况虽有好转，但并未得到根本改变。如用西方概念、理念、价值简单否定中国古代散文，用"创新性"来否定新时期以来的散文成就，用西方文化及其作家来衡量中国当代散文成败，都可看出端倪。有研究者用西方的"散文"概念，到中国古代追根溯源，提出中国早有"散文"。这看似为提升中国古代散文地位，实则是一种贬低，更是无视中国古代文章的特性。因为中国古代的这个"散文"与中国现代甚至与西方的"散文"概念有着不同的性质。有研究者用"创新性"来衡量散文价值，于是对传统散文不以为然，甚至全面否定，却将所谓的"新散文"捧上天。还有研究者将梭罗的《瓦尔登湖》看成散文经典，奉为神明，却没看到其价值观与时代和社会发展格格不入，也有不合人情和不健康的因素。其实，素朴的人生对纠偏都市文明尤其是工业文明是有益的，但过于沉溺乡土文明尤其是重复洞穴式原始人的生活状态，也显示了过于消极的人生观和价值观。因此，研究者很少看到梭罗的《瓦尔登湖》对中国作家特别是散文家的负面影响。其实，西方文化、文学、散文有其可取之处，尤其可用之激活中国古代文化；但其最大问题是，它很难解释中国散文精神，也不一定代表人类美好的未来，中国传统优秀文化在数千年的积淀中，自有其独特优势。理想的散文创作和研究应该是：确立中国文化站位，吸收所有外来文化之优长，在与中国传统优秀文化进行沟通、对话时，实现现代转换和再造。这是一种正、反、合的思维方式。

要跳出散文研究跟在诗歌、小说、戏剧后面跑的局限。因为散文一直没有自己的理论体系，所以研究者苦于缺乏理论支撑，只能从诗歌、小说和戏剧理论中吸取营养。某种程度上说，这未尝不是简捷有效的一种方法，因为没有哪种理论是完全自足的，学习借鉴其他理论就是"借他山之石以攻玉"。不过，也应该认识到，散文与其他文体不同，如果不能避免概念套用和征用，不能从散文作家作品入手，不能考虑散文文体的特性，就会形成简单阐释和过度阐释的局限，甚至会造成"驴唇不对马嘴"的笑话。如有研究者征引朦胧诗、小说的陌生化等理论研究散文，对于理解散文的密度、作者的情绪、文体的间距是有益的；但往往远离散文"心灵的对语""促膝谈心""真情实感"等体性，从而导致散文美感的失效和境界的走低。还有研究者借助小说的故事性与叙事功能研究散文，这对故事性强的历史文化散文可能有效，但对抒情散文尤其是散文的思想智慧表达就显得有些滑稽。总之，散文研究可向诗歌、小说、戏剧理论学习，但要有"反思性"，还要有"化合"与"再造"之工，否则难免陷入邯郸学步和南辕北辙的陷阱。

要避免跟在别的散文研究者后面亦步亦趋。纵观当下的散文研究，一个最大的困境是扎堆式的同质化倾向。别人研究哪位散文家，人们就跟从甚至会蜂拥而至。这一面反映了散文研究的焦点、热点问题，另一面说明研究者缺乏主体性，更缺乏选择能力和审美趣味。这也是散文研究过于集中在极少数典型作家作品的重要原因。这样的倾向带来的最大危害是：第一，很多散文作家作品被忽略甚至遗落，尤其是有价值的作家作品没有得到关注和研讨。如黄裳、王鼎钧、林清玄、钟鸣、刘烨园、鲍尔吉·原野、王开岭等，都是值得深入探讨的散文家。第二，缺乏自己的价值判断，像潮水般被潮流裹挟着难以取舍。当代散文研究虽已取得不少成就，也有很多经验值得总结，但真正有自己的价值判断和独立人格的并不多见。相反，以别人的研究为研究，以他人的结论为结论，随从世风时风者相当普遍。最典型的是关于杨朔等"三大家"的评价：当年是一片高歌赞美，新时期以来又都汇入全面否定批判的洪流。在此，我们缺乏的是逆向思维与和合价值观，即在赞歌声中看到其不足，在喊打声中认识到其价值。余秋雨散文也面临这样的尴尬：赞之者一片高歌，毁之者不顾一切倒脏水。少有研究者能对余秋雨散文给予实事求是的科学判断，既看到他的重大贡献，又看到其不足。整体而言，散文研究目前最缺乏的独立意识、反思精神、批判性，以及一种出于公心、富有整体感的纯正研究理念和趣味。学界对众多不知名散文作家作品的无视与忽略，也充分说明这一点。第三，片面追求知识、概念、逻辑甚至思想，从而导致研究偏向。新时期散文虽有不少创获，但知识崇拜、思想迷信一直非常流行，以至于堵塞了散文的灵感和气孔，有的简单地将散文"写死"了。在这方面，散文研究也有突出表现。这包括研究者自己对散文创作无多少体会，过于相信西方的知识谱系和逻辑思辨，甚至将思想性视为散文的最高境界。这样的研究就造成引文铺天盖地、概念满天飞，片面追求思想深刻，于是僵尸式研究充斥于学界。当然，向西方学习严密的逻辑、明晰的表达、知识的丰沛，对散文研究不无益处；问题的关键是，最终还是要靠智慧将研究照亮，即使是深刻的思想也离不开智慧之光。因此，目前，八股文式的散文研究太多，真正有灵性、思想性、智慧的研究太少。这也是为什么，至今少有研究者看到笼罩于史铁生散文中的"不清明"，以及被逻辑和思想缠绕后失去智慧的局限。

确立"正、反、合"的散文研究理路，有以下优点：一是不跟风，有自己强大的主体性和审美选择。应研究什么，怎样研究，用什么理论与方法，完全结合自己的实际情况，这是坚持个人化研究的关键。二是保持冷静，形成宁静致远的智慧观照方式。只有让自己静下来，才能有智慧生成，才能在距离中产生自己的独立判断和美感形式。三是增强批判、反思、自省能力，使研究进入一种有个性的现代意识表达中。如在余光中、李国文、李存葆、周涛、梁衡、张承志、王英琦等名家的散文中，到底存在哪些不足，至今少有研究者进行探讨，这就大大限制了散文研究的深度。四是在文学史、散文史的坐标中看待散文家的贡献水平，以避免过于随意和个人化的理解与判断。还以余秋雨散文为例，有人可以批评它有硬伤，也可以不喜欢它情感表达的别扭，甚至对其有点自恋表示反感；但不可否认的是，余秋雨的散文改变了一个时代，它真正让散文放开手脚进入一个完全自由舞蹈的状态，也让散文从边缘走上了舞台中心。甚而至于，余秋雨散文的结构可以立体多元，知识以至于学问都可以成为文化的运演，大气磅礴与汪洋恣肆的情感逻辑有排山倒海之势，如果没有点自恋和自信，恐怕很难做到这一点。也是在此意义上说，散文研究不能离开"正、反、合"的辩证思维及其理路。

三、关于散文研究的体系化问题

人数不多的散文研究具有随意、零碎、散漫的特点，这就决定了散文研究是一个没有组织、缺乏联动、少有协作、不顾承继、更无未来的自生自灭体。基于当代散文创作的巨大成就，散文本身又具有不可代替的社会功用，加之散文文化自信需要得到确立，笔者有必要提出今后散文研究的体系化问题。这是改变目前散文研究处于弱势、劣势、颓势地位的关键。

首先，应加快建立当代散文研究的学科体系。散文研究要真正取得实效进展，关键是学科建设问题。以往，虽然散文不受重视，但有的大学有散文研究中心，有的开设散文研究专业课，有的还设置写作课；然而，近些年，这一状况急转直下，让本来并不强势的散文研究更趋走低，许多散文研究中心不是解散就是变弱甚至有名无实，设置散文专业课的大学也越来越少，能招散文的博士点也屈指可数。还有，各地的散文研究学会也趋于式微，有影响力的更少，不少地方形同虚设。关于散文的评奖、研讨会也并不多见，于是在文学奖项和会议满天飞的情势下，散文变成有些沉默寡言。还有，在课题立项上，散文选题不论在数量和中标率上，都无法与诗歌、小说等文体比肩，这也直接影响了散文学科的建设和发展。今后，亟需加强散文学科体系建设，大学、科研院所、作协系统甚至民间团体等，应将散文作为一个关系国家战略发展的学科加以重视和倡导，形成全社会都关心散文、热爱散文、创作散文、研究散文的新局面。这样，散文才能如诗歌、小说等文体一样，形成鲜明独特的学科意识。以许多实用性散文为例，它对人民群众生活、工作，对国家政治、文化发展，都具有重要意义，其巨大作用和影响力并不亚于诗歌和小说。因此，应从国家战略发展高度建立散文专业学科，加强散文各种组织和社团建设，以促进散文创作和研究的繁荣。当未来散文学科像春天的花朵一样争相绽放，散文研究队伍和发展也就水到渠成了。

其次，重视当代散文研究的学术体系建设。学术体系主要是指某一学科相关知识与学问的系统化，是与学术命题、学术思想、学术观点、学术标准等直接相连的重要问题。就散文学科建设来说，它的现状不很令人满意，其发展成熟更要假以时日；至于学术体系更是残缺不全，许多学术命题并未生成，关于学术思想尤显薄弱，有代表性的学术观点远不能覆盖整个散文研究，学术的判断与评价标准更是没有建立起来，以至于真正有价值和影响力的散文学术研究成果并不多见。整体而言，当代散文研究还刚刚起步，离完备的学术体系还有相当大的距离，这就需要今后付出更加艰辛的探索和研讨，以适应散文创作和时代社会发展要求，尤其能为新时代国家战略发展做出贡献。以学术标准为例，在2003年海南召开的"中文散文与中华民族精神"国际学术研讨会上，有人提出这样的疑问："什么是散文，什么是好散文？"结果专家们众说纷纭，莫衷一是，最后争得面红耳赤，也无结果，更没有达成共识，甚至出现各种稀奇古怪的看法。这充分说明，散文研究的学术标准比较混乱。试想，散文研究中的基础问题都得不到解决，其学术体系建设可谓任重而道远。未来，散文作为一个学术命题，其体系建设既是一块硬骨头，也是不得不面对和解决的重要问题。

再次，创建当代散文研究的话语体系。整体而言，20世纪以来的中国文学研究主要遵循的是西方话语，像现代性、文学性、人的文学、潜意识、女性主义理论、接受美学、民间伦理、革命话语等。具体到小说研究，叙事学、主体间性、能指与所指、陌生化等都是重要的话语形式。比较而言，当代散文研究话语相对贫乏，这与中国古代、现代形成鲜明对照。如中国古代散文研究话语有风骨、气韵、意境、性灵、境界等，现代散文研究话语有青春、真诚、自由、闲适、幽默、独语、对语等；而当代散文研究话语则少得可怜，除了"形散神不散"，还有"形不散、神不散、心散"，以及诗性、智性等。很显然，今后应在当代散文研究中创建话语体系，这既包括有标志性的相关概念，还要有研究观念与范式，更有语言、风格、趣味等，总之是能真正切入散文本体的话语体系，这是与研究主体直接相关的重要问题。可以说，有了系统成熟的话语体系，散文研究就会如虎添翼，增强分析力、概括力和穿透力。当然，散文话语体系建设必须在继承中国古代优秀传统的前提下，大胆向西方学习，然后进行现代性转换和再造。还有，话语体系在散文研究中也不是万能的，它必须建立于对散文文本的细读，依靠思想和智慧，并结合心灵的感动与感悟。

目前，当代散文研究虽取得一定成绩，但仍属于初级阶段。今后需要做大量系统、深入、细致的开拓创新工作。这主要是指观念、视野、理论、方法以及路径选择等方面，其中最重要的是反思批判和建构意识，而这又离不开研究主体的现代理性自觉，以及国家战略发展的顶层设计所做的制度安排。

第二辑

总论：天地之道与艺术灵心

第七章

20世纪中国的艺术家散文

人是生活在社会之中的，所以，他不可避免地被打上"角色"的印痕，从此意义上说，人是社会关系的总和。虽然一个人可能兼具几个角色，但他或她总会有一个是最主要的。20世纪中国散文也可作如是观，不管作家的角色如何不同和复杂，但他都有自己的角色标志，这就形成了不同门类的散文样式，像作家散文、学者散文、报人散文、军旅散文和艺术家散文都是这样。比如，自从有了作家协会，也就有了职业作家，那么作家散文的特点就越来越明显；又如，现在的许多散文都出自报纸的编辑记者之手，那么，我们就可探讨报人散文的特殊性；再如，身为军人，其散文作品就不可能不带有军旅生活的独特风采。还有，艺术家作为一个特殊角色，他的散文肯定有着与其他角色散文不同的个性特征。

所谓艺术家散文就是指由那些艺术家创作的散文作品。大致说来，艺术家主要包括书法家、画家、音乐家、建筑设计家、演员和歌唱家等。站在这一基点考察，像李叔同、丰子恺、齐白石、梅兰芳、孙福熙、倪贻德、刘海粟、张大千、叶灵凤、黄宾虹、徐悲鸿、钱君匋、陈从周、吴冠中、叶浅予、黄苗子、郁风、黄永玉、新凤霞、范曾、刘炳森、方成、洪丕谟、朱以撒、巴荒等的散文，都可归入艺术家散文的范畴。总体来说，20世纪中国艺术家散文取得了不可忽略的成就。

一、取法自然与思考人生

与作家、学者、报人和军人等角色相比，艺术家可能更接近于天地自然。古希腊哲学家柏拉图和亚里士多德都认为，模仿自然是艺术的本质。中国的艺术家也一直认为，艺术是师法自然的产物。董其昌曾说："画家以古人为师，已自上乘，进此当以天地为师。"[①]宗白华也说："弦上的节奏即是那横贯全部宇宙之和谐的象征。""真正的艺术生活是要与大自然的造化默契。"[②]一个画家往往主要是以天地自然作为自己的摹本，不要说那些山水画家、花鸟画家，就是人体画家也是将人体看成大自然不可分割的部分，一个离开天地自然滋润与启示的画家是不可想象的。一个园林艺术家也主要是生活在大自然的情趣和氛围之中，换言之，他是在天地自然的坐标系里构筑自己的艺术天地。还有音乐，这被人们称誉为"天籁"的艺术，显然是由天地自然幻化而成，像梧桐是制作乐器的良材，而一个好的歌唱家显然又离不开天造地设的嗓音和天才的艺术感觉。即便是舞蹈和书法艺术，它们也都必须源于自然，取法于自然的，因为前者是形体的艺术，而后者是线条的艺术。汉代书法家蔡邕有言："凡欲结构字体，皆须象其一物，若鸟之形，若虫食禾，若山若树，若云若雾，纵横有托，运用合度，方可谓书。"[③]可能正是由于这种"近水楼台"的职业性特点，使得艺术家更偏重纪游散文和花木散文的写作。

当然，对艺术家散文来说，偏重纪游和花木还不具有独特性，因为其他作家也常常是如此，它最具有个性气质的可能还是对天地自然之道的关注和吸收。换言之，艺术家借助于他们对天地自然的深

[①] 董其昌：《画诀》，转引自北京大学哲学系美学教研室编《中国美学史资料选编》下册，中华书局1981年版，第147页。

[②] 宗白华：《美学散步》，上海人民出版社1981年版，第196、198—199页。

[③] 蔡希综：《法书论》，转引自甘中流《蔡邕书法地位的变化与相关的历史问题》，《东岳论丛》2011年第8期。

入理解，发现了一些更具自然规律性的道理，并用它们来指导现实人生。丰子恺曾写过一篇《渐》，充分反映了作者对天地自然"渐进"规律的认识，他说："这真是大自然的神秘的原则，造物主的微妙的工夫！阴阳潜移，春秋代序，以及物类的衰荣生杀，无不暗合于这法则。由萌芽的春'渐渐'变成绿阴的夏，由凋零的秋'渐渐'变成枯寂的冬。"而正是这天地自然的法则，被人生所包裹着，作者说："使人生圆滑进行的微妙的要素，莫如'渐'。"知道了"渐"的自然法则，那么，真正的大人格当是珍惜有限的生命，知足常乐，确立一种宁静、和平与谦让的人生观。在另一篇散文《缘》中，丰子恺探讨天地自然和人生中存在的奇妙的"缘"，他最后归结说："仔细想来，无论何事都是大大小小，千千万万的'缘'所凑合而成，缺了一点就不行。世间的因缘何等奇妙不可思议！"当然，丰子恺在师法自然的时候还有他的盲目性，那就是往往主要站在人的角度，相对忽略了天地自然的根本性。比如，他虽然谈"渐"是自然规律，希望人们能够从中获益，但又说"造物主骗人的手段，也莫如'渐'"。我们平常不理会自然的这一法则，是"可怜受尽'渐'的欺骗"！这显然是误会了天地自然的"渐"。试想，天地自然永远是那样的"渐"变着，它何曾考虑去欺骗"人"？还不是人的无知和愚妄难以理解"渐"的真谛？丰子恺还在《佛无灵》中说过这样的话："但我的护生之旨是护心，不杀蚂蚁非为爱惜蚂蚁之命，乃为爱护自己的心，使勿养成残忍。""爱物并非爱惜物的本身，乃是爱人的一种基本练习。"这里，一面反映了丰子恺对天地自然之道的理解，从而超越了许多散文家过于黏着于现实人生而忽略了天地自然那个更广大的世界；另一面又表露了丰子恺过于偏激的人类本位，这就不可避免出现人本主义的某些盲点。

其实，如果我们不是简单地理解人及其天地自然，那么，就应该确立这样的基本信念：天地自然是包含着人的，而不是相反。站在这一角度观察，人就应该对天地自然怀着一份虔诚和畏惧之心。也就是说，除了人类，作家还应该着力去发现天地自然的本性，比如物性，比如天地自然之道。徐悲鸿曾写过一篇散文《造化为师》，强调人类艺术不能离开对天地自然的师承，他说："吾国艺术，以万家水平等观，且自王维建立文人画后，独尊山水，故必师法造化。是以师法造化、或师法自然，已为东方治艺者之金科玉律，无人敢否认者也。"这里，我们可以看出，徐悲鸿与丰子恺的不同，那就是从"人间本位"转变到"自然本位"：人不可过于'自私'和自大，而应该以造化为师。不过，徐悲鸿还说："艺之来源有二：一曰造化；一曰生活。欧洲造型艺术以'人'为主体，故必取材于生活。"这种区分是对的，但他却忽略了一个重要问题，那就是西方画家的人体画也是天地自然的产物。换句话说，如果人体不能更好地展现了天地自然的"美"与"和谐"等规律，那它绝不会引起画家的兴趣与创造艺术的灵感。也是从此意义说，人体画家对人的世俗性不感兴趣，而往往震撼于人体所展示的神奇而微妙的天地自然之"法则"。画家郁风的散文《自然与人》里有这样一句话："在自然里无处不盈溢着生命，而生命便是希望啊！"接着，她又说："但是在这自然里生长的'人'呢？他们活在土地上，像蚱蜢蚂蚁一样的自生自灭，再悄悄地回到泥土里去。"如果没有对天地自然永恒生命的深入理解，作者如何能产生关于人类生命短暂而又卑微的悲剧式感受？知道了这一点，人才能变得热爱生命和谦恭起来，而不至于成为一个自大狂。张大千在《谈画》一文中更加强调人不可离开对天地自然"物性"的关注，如果一个画家只专注于人，而不去理解物性，那也是不能够成为一个真正的艺术家的。张大千这样说："作画要明白物理、体会物情、观察物态，这才算到了微妙的境界。""由理生情，由情生态，由态传情，这是自然的道理。"

园林艺术家陈从周对物性的品味最值得重视，他以生花妙笔写出了那么多关于自然万物，且充满物性和天地之情的散文。读陈从周的散文，我们似乎感到了他那颗天地之心：在这里，人远远不是一般人所理解的为天地之精华、万物之主宰；相反，物都是那样有血有肉、有情有态，甚至有高于人的境界和品位。在世俗人烟中的人类不仅不应该无视甚至蔑视天地自然及其中的万物，反而应该向"物"学习，充分体悟天地自然之道，并从中受益。在《说兰》里，作者说："小斋内夏兰开了，竹帘上映上了几叶兰影，恬静得使人可以入定，静中有动。"此时恬静的几叶兰影几近于道，似乎可以成为人类尤其是烦躁不安的现代人之导师的。在另一篇散文《说龟》中，陈从周一改人们对龟的错误看法，而是认为："在龟的身上，体会到它的一些在人们眼光中微不足道的好处。……因为它心地高洁，所以它寿长了。"还有，龟往往"闲适得很，它是小天地中悠然自得，却不是宦海沉浮"。另外，黄苗子的散文《寂寞》和《知不知》，其中都包含了老子的天地自然之道。

范曾可能是20世纪对天地万物最为关注的艺术家之一，这主要表现在他多年沉溺于老庄哲学的探讨，而老庄哲学说到底是关于天地自然之道的哲学。为此，范曾还写出了大量的有关老庄文化思想的随笔散文。只从题目上看来，范曾都是天地自然之道的热爱者与追求者，如《和谐，宇宙的大智慧》《道法自然》《书家对自然的复归》《大美不言》《庄子的自然社会观》都是这样。而在这些随笔中随处可见作者关于自然之道的阐述和发挥，极见思想和智慧的光芒。如在《道法自然》中，作者说："中国画家力图排除皮毛外相的迷惑而深入对象自然本性的过程，同时也是画家与自然邂逅而最后心性与自然凑合的过程。"也可以这样说，范曾散文中最突出地表现出对天地自然之道的关注与探索之情。

值得强调的是，探索天地自然之道，并用它来思考人生，这不只是属于艺术家散文的专利，其实，在别的散文样式中也是存在的，如自觉在冰心、周作人、林语堂、鲁迅等人的散文中时有所见，只是像艺术家散文这样集中、自觉而又深入地探讨天地自然之道却是少见的。艺术家往往发挥自己与天地自然的密切关系及深刻理解来从事散文创作，于是容易使其散文富有广度、深度、力度和厚度，也使其散文充满天地间的浩然元气。

二、个性风采与自由精神

从与传统文学的关系来看，中国现代新文学即是个性的文学，也是自由的文学，因为它打破了以往的文学传统，去除了一切思想束缚和精神禁锢，完全以张扬人的解放为前提。郁达夫早就指出："五四运动的最大的成功，第一要算'个人'的发见。""现代的散文之最大特征，是每一个作家的每一篇散文里所表现的个性，比从前的任何散文都来得强。"[①]从这个意义上讲，20世纪中国散文无疑也是充满个性和自由的。但比较而言，由于艺术家的个性和自由更为鲜明和突出，也由于散文对艺术家具有业余的性质，所以其散文在这一点上就更加超然而放任，那种不守成规、卓尔不群和我行我素的特征最为突出。

其他样式的散文如作家散文等在思想、手法等方面可以变新，但在文体上却往往不易突破。即使突破了传统，但也难以真正地冲出一些约定俗成的规约。如形散神不散，如景、情、理，如开头、过渡和结尾，如精致、文雅和完美等都是这样。而艺术家散文则往往没有那么多的"规矩"和"限定"，除了少数几位文学性比较强的艺术家像丰子恺、孙福熙、叶灵凤和倪贻德等之外，他们大都随意写去，完全按照自己的兴趣与感觉自由地书写。这也是为什么艺术家散文给读者更为散漫自由、随意而为的艺术感受。也可以这样说，艺术家散文往往最能显示作者的个性和自由品格。

范曾的《老子心解》和《庄子心解》都是皇皇大文，每篇都长达数万字，不仅破除了散文短小精致的规矩，而且有引证，有问答，有感思，有评说，并且充满强烈的个性和自由。可以说，范曾散文不论是思想观念还是表达方式往往都满溢着一种个性风采和自由精神。就像他在《庄子心解》的结尾中所说："庄子学说给人的首先是心灵

---

① 郁达夫：《〈中国新文学大系·散文二集〉导言》，《郁达夫文集》第6卷，花城出版社、三联书店香港分店1983年版，第261页。

的大解脱，大自由。"刘海粟的散文也是这样，尤其是那些纪游散文往往没有什么规矩，也不太符合散文的文体，而是信笔写来，走到哪里，看到哪里，想到哪里，也就写到哪里。初看起来，他的这些散文像一些非常随意而又漫不经心的"流水账"，一任作者自己的眼、脑、心、情及其感觉而流动，但细细品味，又处处显示出作者的天才与慧心：那丰富的知识，那精细准确的描述与刻画，那常常滚滚激荡的心潮，那对美的热爱与敏感，那大胆而奔放的想象，那形象而生动的语言等都是这样。刘海粟散文往往没有一般作家散文的人为痕迹和文体标志，而是像一条大河一样从它的源头向大海流去，在强烈的个性化和自由精神之下，又显得那样平易朴素；在自然天成的从容叙述中，又表现出作者的才情。如在《巡礼意在利》中作者这样写道："一直到太阳落下去才从斗兽场回来。在电车上又渐渐驶进繁华的市街，万家灯火齐明，路上往来的女子，蝉翼般的短袭轻裙，在凉风里飘扬，她们的祖先之豪奢的梦影，似乎还留下了几分。"这里作者文字不多，但涉及面广，而且举重若轻、举轻若重。还有，作者的叙述不断切换视角，给人一种迷离忙乱但又清晰的感觉，足见作者的内在功力和心灵自由。

最为突出的是黄苗子和黄永玉的散文，这是更为自由的个性和心灵表达。两人的散文都充满十足的幽默感，从选题到内容再到叙事都是这样，这既是作者聪颖智慧的表示，又是其卓尔不群和追求自由自在表达的方式。如黄苗子写过《床虱》《说真话》和《秃发》，其中的幽默俯拾皆是。《床虱》说的是作者在"文革"期间被关押，自己成为无数虱子的进攻对象，而要捉它们又捉不到，后来明白了捉不着的缘由：原来墙上的虱子人一拍它就迅速跳下地面。为此，作者想出绝招：用一手拍打，而用另一手在下面等着，结果虱子在劫难逃了。从这样的故事和叙述中，作者将"文革"的苦难与悲剧解构了，代之而来的是一种超然达观、幽默闲适、我行我素的自由精神。《说真话》里有王安石说真话的故事。作者这样写道："宋朝宰相王安石，平日不修边幅，身上长了虱子。"他的一位下属有一次看到相爷胡须上有物蠕动，就将它捏下来，并立即扔到地上。嘴上却说："我道是个虱子，谁知却不是。"而王安石却偏偏将虱子拾起来说："我道不是虱子，谁知是。"从王安石的幽默、机智与潇洒上，我们可以看到黄苗子的影子。《秃发》写的是一个秃头和一个矮子的故事。作者这样叙述说，有一次，秃头对矮子说："三寸丁，谷树皮。"矮子不懂，回家问其妻，老婆告诉他这是暗骂他是矮子。后来，矮子依了妻子的教导报复秃头说："原谅，原谅，有失远迎。"秃头不懂，他妻子告诉他，那是骂他的秃头又"圆"又"亮"。矮子的妻子还告诉他骂秃头说："借光，借光。"可秃头见了矮子却把这话给忘了，因为要用这句话骂人，矮子一直挽留秃头，不让他走。当秃头非走不可时，矮子还是想不起骂秃头的话，也只有直言："有两句话要对你说，可现在忘了……反正说，你是秃子。"故事是通俗了些，但却别有意味在其中。与黄苗子一样，黄永玉也是位"笑话大王"，他的散文里也是笑话连天，处处幽默。一方面是他喜欢如此，另一方面也反映了他的生活态度、审美倾向和心灵世界。在《笑话散论》里，黄永玉叙述了好几个笑话。一个是：保姆煮咖啡给客人喝，当客人都说好喝时，主人叫来保姆问明所以。而保姆却说是用主人的袜子煮的。当主人责备她时，她又解释说："你别急啊！我没有用您的新袜子，都是用穿过的……"另一个是：夫妻二人晚上吵架，最后闹得势不两立，不共戴天。丈夫摸黑睡在客厅沙发上，结果往下一躺，却躺在妻子身上。还有一个是：某骗子将大粪搓成药丸在街上叫卖："先知先觉丸，一粒五块钱，吃了先知先觉！"一人买了一丸放进嘴里吃，觉得味道不对说："这么臭，是不是大粪做的？"谁知骗子却说道："你看！可不是先知先觉了吗？"作者还在作品中说，对这些笑话，有的人说"不真实"，而有的人又说"太黄了"，其实他们都不知道笑话的价值意义。他还表示说："创作一个笑话比写一篇长文章难多了。"的确是如此，这些笑话往深处想想，寓意还真是深刻呢！最重要的是，透过这些散文里的笑话，我们看到了黄永玉无拘无束的个性和对自由表述的迷恋，哪怕是虚构的，也看到了他的散文观。在这里，散文失去了以往那种"雅致"，而代之以嬉笑怒骂。鲁迅当年说，大便、臭虫和蛇不应该进入文学作品。按照这样的理解，精美而真实的散文更应该是这样。而黄永玉不顾这些，只要有意味的内容，他都可以随心所欲地表达在散文里。还有，黄永玉的散文叙事更为自由而富有个性。最典型的是他叙事的关键词是"老汉我"（这个词在黄苗子散文中有时被用着"黄老汉"），而且这个词在黄永玉散文中使用频率高得惊人！如在《漂亮论》中作者有这样一段话："老汉我不漂亮，老汉我有自知自明。老汉我自知不是靠漂亮而活着。如果人长的漂亮一点当然也是可取的；但如果长得不漂亮似老汉我这样，也用不着惭愧。咱们不端那种靠漂亮吃饭的饭碗就是了。"谈到曹操，作者说："这算什么干净呢？手上沾满好人的鲜血还干净个屁！""他虽然雄才大略，却是个十足心胸狭窄的混蛋。"从中也可看出黄永玉散文叙述的个性化与自由度，这对以往的散文结构模式和审美观念无疑是一个根本性的突破。

三、灵性浑发与艺术感悟

黄苗子和黄永玉的散文虽然个性更为鲜明，也更为自由率真，甚至有些乖戾，但其中的灵性还是饱满充足的，作者似乎很讨厌散文的八股气息，即过于有章法、有板有眼、拿腔拿调，因为如此这般就失了鲜活的生命力量！不仅这两位黄氏艺术家，就是其他艺术家也都是注重灵性为先。陈从周的园林散文处处闪着灵光片羽，往往一言一句皆成锦绣，读他的散文总给人以"大珠小珠落玉盘"之艺术感受，这是作者灵心外发的表现。如《轻风柔波》一文一看题目就透出诗意和灵性，而其中还有这样的评论："我们造园对水景有刚柔之分，水曲因岸，水隔因堤，曲池水多柔，阴滩水多刚，而软风扶梦又为诗人所向往，因此欣赏江南景物，我希望能在'软'与'柔'上多下功夫，那才抓着其神态了。"这种眼光和表述如果没有灵性慧心蕴之于内那几乎是不可能的。还有倪贻德的散文，那是更接近作家散文的一种文体样式，但其中的灵性却似胜于许多作家散文一筹，这一点比较接近冰心、许地山、林语堂、郁达夫、朱自清和俞平伯的散文。如在《秦淮夜雨》中，倪贻德通过"乡愁""月下""白鹭洲""红叶""玄武湖之秋"和"暮雨"等意象，非常灵性地表达了自己对天地自然万物及其人生的独特感受。洪丕谟的散文尽管多写天地自然的草木虫鱼，也多写生活琐细，但却往往充满灵性，并且在那幅闲适从容、心洁手灵的笔墨中处处透出自己的真知灼见，读后爽心悦目，一片清明空灵。像他写的《清炒苦瓜》《太湖莼菜》《吃荔枝随谈》《买只莲蓬剥子吃》《杏子杏仁随缘尝》《保肺清心话百合》《白茶》及《吃蟹琐话》我都愿意读，究其原因，除了其中的知识性，最重要的是那种去了火气后从容淡静的灵光，这莹莹的灵气就如美妙的梦境将我笼罩和浸透。如《闲话樱桃》一文开篇即写道："樱桃色彩明丽，红得透亮，恰如丰盈少女美唇一点，在想象中还带着点艳，就是西方人所说的浪漫情调了。……要是把樱桃搬进画里，边上再映衬着一些时鲜瓜果，那纸面上跳出来的那几颗殷红，也是一种欣赏，一种讨人喜欢的美美享受。"

　　艺术家在面对天地自然之时，最重要的理解方式往往不是理性与逻辑，而是感觉和感悟，这与前面所谈的灵性是联系在一起的。关于这一点可能与诗人散文家、诗性哲学家比较接近，但艺术家可能更为感性化一些，生命的感受更为直接和鲜亮一些。画家毕加索曾说过："画家仿佛是出于排泄他的感觉和幻觉的紧急需要才作画的。"[1]比如，艺术家面对一天白云、一山草木、一块奇石、一个美女或一丛鲜花，他往往更直接和更鲜活地感悟到它们后面的生命意识和天地之道，并会更形象地将之表现出来。林风眠在《知与感》中说："艺术之价值，不是由知得得到的，乃是由感得得到的。"比如范曾的散文《飞来石》有这样的一段话："一日展楮素壁，凝视之际，忽忆黄山

---

　　① 转引自丁亚平：《艺术文化学》，文化艺术出版社1996年版，第109页。

飞来之石，振笔速追已块然纸上。本欲画一小猴独坐，挥写之际，不思而成伸臂，伸臂必有所向，不勉而童子援石。"这里作者重视的不是所见，而是所感、所悟和所思，从而体悟天地之间人兽的互通、互感和互助：山深少人迹，人猴为伴侣。还有丰子恺的散文、洪丕谟的散文也都是从天地自然中来体悟物性和道理的。

艺术家散文还有一个重要特点，那就是艺术气质比较浓郁，对声音、色彩、形体和气味等的感觉非常敏锐，这一点比其他样式的散文都显得突出，这也是由艺术家独特的职业、个性和思维方式等因素决定的。比如，孙福熙的散文感觉非常敏锐，他非常善于运用色彩构画出一幅幅美妙动人的风景画，有时有一种油画式的浮雕感。如在《送别》中，作者写道："天空青绿，橘红而微微带紫的云片，缓缓地在这天底下移过，不绝地过去，然而也不绝地继他们而飞来。"在《地中海上的日出》又说："深蓝的水上覆以深蓝的天，天上满撒星点，水上遍起波澜。"《野花香醉后》里有这样雕塑式的描绘："这时云雾捣成碎片，如流水上的落花与浮萍，落花被流水所爱，牵了手去了，浮萍打着回旋等候流水们送来的知己；山峰最喜欢儿嬉，忽高忽低，忽左忽右，与白云追赶或者逃避，有时躲在很远的地方，然而不久又回到我眼前了。"显然，没有画家的眼睛和心灵，那是很难进行这样的描绘的。还有在倪贻德的散文里，我们处处可见这样精美的"画面"，只是与孙福熙的积极乐观相比，倪贻德更多的是用水也洗不去的哀愁流溢于其间罢了。在《秦淮暮雨·红叶》里，倪贻德描写道："这一带疏林枫叶，枫叶经了秋阳的熏染，经了秋风的吹拂，也有红的了，红得如玛瑙般的鲜明；也有黄的了，黄得如油菜花般的娇艳；也还有绿的，那仿佛还在长夏时一般的滴翠；后面有红墙古屋的衬托，上面有蓝天的掩映！……这又好像是我的一个好友曾经在那里表现过的一幅画境……"这真是文中有画，这是用文字渲染的一幅鲜亮欲滴的油画。倪贻德散文还有一个特点，那就是强烈的音乐感，那种如歌曲一样流动的节奏感与和谐美。在《玄武湖之秋》中，作者有这样一段文字："这玄武湖上，原是桃李争艳之地，荷花柳丝之乡，所以她的年华，是在烂漫的芳春，是在蓬勃的长夏。一到了深秋，华年逝了，游人也散了，所遗留下来的，只是一些寂寞与悲调。"

总之，艺术家散文在表现方法上可能更具有艺术气质，而文学性相对不足。也可以这样说，它们的感性往往大于理性、体悟多于沉思、想象大于现实、灵性大于知性，渲染大于刻画。这也是为什么，艺术家散文往往缺乏学者散文的理性和知性，也缺乏作家散文的精致优美，还缺乏报人散文的强烈的社会责任感和使命感。艺术家散文就如同天空的白云、淙淙的溪水、镜中的花朵一样呈现出灵悟而逍遥的境界和神情，一种脱离世俗人烟的智慧、灵性及其悟力。

当然，艺术家散文与作家散文、学者散文的界限并不能绝对分开，它们既有相关和重叠处，又有不同处。还应该注意的是，艺术家散文远远不是那么高超而完美的，它只是众多门类中的一种样式，它既具有不可替代性，又有自己明显的局限性。概括起来，艺术家散文最大的问题是文体过于随意，在冲破散文成规的同时建设性不够。就如同舞蹈要有规矩一样，艺术家散文在突破中也还不能忽略一定的规矩，否则就容易逸出散文的文体范畴。还有，艺术家散文的文学性相对较弱，除了丰子恺、孙福熙、陈从周、倪贻德、范曾、洪丕谟等少数人的散文外，大多数散文都比较粗糙，也过于随意，这既与许多艺术家的文学修养有关，也与他们对散文及其文学的理解有关。所以，艺术家散文整体上面临着一个文学性提升的问题。这也可能是21世纪中国艺术家散文要解决的一个最大的难题。

第八章

中国现代"诗的散文"发展及其嬗变

　　也许人们习惯"散文诗"这一说法，人们总是称那些富有诗意的散文为"散文诗"。但严格意义上说，"诗的散文"和"散文诗"有明显区别：前者"中心词"是"散文"，后者"中心词"是"诗"。显然，一者是"散文"，一者是"诗"，它们属于不同的文学体式。近年有学者对二者做了区分，认为"'诗的散文'即指那些富有诗意的、不分行的、无韵律文章。……它不要求押韵，比之于'散文诗'，篇幅更长，其内容可描述更为繁杂的事物和心理，更富有散文的基因"①。早在1922年，郑振铎就提出"诗的散文"概念，他说，"有一种论文或叙述文，偶然带了些诗意，我们就称它做'诗的散文'"②。冰心曾对"散文诗"和"诗的散文"进行简单区分，"无韵而冗长的诗，若不分行来写又容易与'诗的散文'相混"③。通常，我们将法国波德莱尔称为"散文诗"鼻祖，其实，他在《巴黎的忧郁》中已称自己的作品为"诗的散文"，并给它下了明确定义："我们当中谁没有在他怀着雄心壮志的日子里梦想过创造奇迹，写出诗的散文，没有节律、没有脚韵，但富有音乐性，而且亦刚亦柔，足

---

　　① 傅德岷等：《中国现代散文发展史》，四川教育出版社1997年版，第66页。

　　② 郑振铎：《论散文诗》，《文学旬刊》1922年第24期。

　　③ 冰心：《〈冰心全集〉自序》，《冰心七十年文选》，上海文艺出版社1996年版，第731页。

以适应心灵的抒情的冲动,幻想的波动和意识的跳跃?"①从波德莱尔"诗的散文"定义出发,被人们惯称的波德莱尔、屠格涅夫、泰戈尔、纪伯伦等人的"散文诗",有的实际属"诗的散文",而在20世纪中国被惯称的"散文诗"也多属"诗的散文"。

所以,与"散文诗"相比,"诗的散文"诗性弱,没有节律,没有脚韵,篇幅往往较长。与其他散文文体相比,"诗的散文"最大特点是:有"诗性"在。"诗性"是最富心灵性的散文表达,作家的苦与乐、悲与喜、泪与笑、梦与醒、充实与虚妄、孤独与向往等都在心中纠结缠绕。一部现代"诗的散文"史也可称为散文家心灵的诗性发展史,留下了散文家发自内心最深处的真诚声音。

一、感应天启

冰心最初以问题小说登上文坛,自1920年开始发表"诗的散文",并产生广泛影响。与问题小说一样,冰心诗的散文也写人间的苦难感。此时冰心虽青春年少,但却有些早熟,她时时感到社会、人生、生命的悲凉。疾病、战争、虚伪、平庸、欺诈、贫困和死亡总笼罩着冰心孤独的心。《"无限之生"的界线》开篇说,"我独坐在楼廊上,凝望着窗内的屋子。浅绿色的墙壁,赭色的地板,几张椅子和书桌;空沉沉的,被那从绿罩子底下出来的灯光照着,只觉得凄黯无色"。这是现实黑暗在冰心心灵的投影。对人生,冰心并不多么渴望,而是充满怀疑与虚无,《〈往事集〉自序》说"失望里猛一声的弦音低降,弦梢上漏出了人生的虚无"。本该是英雄浪漫的时代、英姿飒爽的年纪和欢唱的日子,而冰心却"满蕴着温柔,微带着忧愁"。

为超越世界和人生含"泪"的体验,冰心的心灵和思绪常飞升天

---

① 波德莱尔:《恶之花·巴黎的忧郁》,人民文学出版社1991年版,第378页。

地之间，在大自然中体悟天地之心、自然之道，亦即体味那种超脱的"笑"。与浩瀚的宇宙相比，人和人生又算得了什么，只不过一场戏罢了，所以一个人要超脱世俗的苦难，就不能过于执著，过于滞黏于物，而应作旁观者，笑看世界和人生。在《五月一号》中，冰心说，"一个人生在世上，不过这么回事，轰轰烈烈和浑浑噩噩，有什么不同？——然而也何妨在看透世界之后，谈笑雍容的人间游戏"。一般人认为，如此看待人生很不严肃，甚至肤浅，而我认为这正是冰心的深刻处：只有认识世界的无限和人生之有限，认识人生的本质悲剧性，人们方能达观从容，而不至于不知天高地厚，不顾天地之道，与天争胜。这种逍遥自适，游乎于天地间的幽默情怀自老庄、陶潜、苏东坡以下一脉相承，反映了中国人对天地之道的感应、理解与顺和。

　　星、光、云、霞、月、影、风、雪、海、树、花、石等都会成为作者感兴的对象物。透过这些自然精灵，冰心常获得超拔世外的感受。这种感受比"看透世界后，谈笑雍容的人间游戏"又进一层，这就是彻悟与明透，一种"一孤灯而照千年暗"的心眼通明的独特感受。《"无限之生"的界线》这篇诗的散文题目本身就含着哲理，作者感悟说，"我想：何必为死者难过？何必因为有'死'就难过？人生世上，劳碌辛苦的，想为国家，为社会、谋幸福；似乎是极其壮丽宏大的事业了。然而造物者凭高下视，不过如同一个蚂蚁，辛辛苦苦的，替他同伴驮着粟粒一般。几点的小雨，一阵的微风，就忽然把他渺小之躯打死，吹飞。他的工程，就算了结。我们人在这大地上，已经是像小蚁微尘一般，何况在这万星团簇，缥缈幽深的太空之内，更是连小蚁微尘都不如了！"

　　当看到死去女友"朗若曙星的眼光"时，作者"忽然灵光一闪，觉得心下光明朗彻"，并一下子感悟会通了，"有，有，无论是生前，是死后，我还是我，'生'和'死'不过都是'无限之生的界线'就是了"，"万全的爱，无限的结合，是不分生——死——物的"。《宇宙的爱》写"白线般的长墙，横拖在青绿的山上。在这浩浩的太空里，阻不了阳光照临，也阻不了风儿来去，——只有自然的爱是无限的"。《笑》表达了受到天启后所达到的心地清明、一片愉快,作者说,"这时心下光明澄静,如登仙界,如归故乡,眼前浮现了的三个笑容,一时融化在爱的调和里看不分明了"。

在冰心诗的散文中存有三个"世界":一是现实世界,二是心灵世界,三是宇宙世界。作为现实世界,它是悲苦的,令人心郁气闷,悲观虚妄。然天地宇宙却有无数意象,可供人心感悟。换言之,天地宇宙以其"道心"开启人的愚冥,使人心感悟、明澈、超脱,进入无滞无碍的境界。这种作品结构方式显得极为开阔和开放,具有极大的张力和进行填充的可能性空间。

冰心诗的散文最重要的表现方式是"感悟",即用透明的心灵感悟天地之心、天地之道,倾听和抚摸来自天宇的声音和光芒。"心灵"通往宇宙道心之路如此遥远而渺茫,可借助的"意象"又那样普通,但冰心却能捕捉那些"灵光",并为之感动,身心沉醉,并从中受启,这在"五四"时期是难能可贵的。可以说,冰心诗的散文具有使世俗人间超凡脱俗的"神圣"魅力,这也是高尚的审美情趣和境界。

冰心诗的散文另一表达式是借助"梦"。《梦》直接用"梦"来构思作品,在梦境中,作品轻灵、自由而超脱。《"无限之生"的界线》虽不用"梦"结构全篇,但其基本结构仍是"梦"。在孤独中想念死去的女友,自己慢慢进入迷蒙的梦境,并与女友的灵魂交谈。自己对人间苦的痛感和绝望都是靠梦中女友的抚慰和启发才得以超越的。就如《红楼梦》中的甄士隐,他通过梦幻通灵和开悟一样,作者超越现实时空的局限与束缚,可以自由想象和组合,从而使作品更为灵动、朦胧和超脱。

冰心诗的散文语言有较强的诗性,它氤氲卷舒,却不枝不蔓、典雅清丽,很有陶渊明和李清照的流风遗韵。这表现在透明的诗心,简洁、明晰的叙述和修辞。

郁达夫曾说,"冰心女士散文的清丽,文字的典雅,思想的纯洁,在中国好算是独一无二的作家了"(《中国新文学大系·散文二集》导言)。这一评价用在《寄小读者》等散文中比较准确,但用来概括冰心诗的散文风格却不充分。因为冰心诗的散文还有内在、悲婉、沉雄和神圣的一面。试想，在茫茫天宇，以一颗虔诚苦难之心去承接天光普照和甘露滋润，在巨大的反差中，那份心灵的沉凝就不是清丽、典雅和纯洁能够概括的。是否可这样说：冰心诗的散文在保持纯洁、典雅和清丽的同时，还有神圣而悲郁的美学底蕴。

"世事沧桑心事定，胸中海岳梦中飞"，这是冰心恳请梁启超写的书法对联。如果将这气势雄浑、悲郁灵动的诗句与冰心《寄小读者》以及郁达夫对冰心散文的评价相比照，我们会感到二者有着巨大反差。我们甚至疑惑：在冰心那轻盈、灵秀和温情似水的心中，怎能承载如此宏大、悲郁的世事沧桑和天地意象？然而，用这句诗来解读冰心诗的散文，是那么贴切、准确！一面是现实的沉重，一面是心灵的飞翔；一面是世事的沧桑，一面是心事的静定；一面是人生的悲郁，一面是胸中的通达。这是一个"天地人心"的命题，是一个有限人生对无限宇宙不断感悟的过程，是用"神圣"超越世俗人烟不断飞升的心灵之旅。

二、承载苦难

作为文学研究会成员，冰心以其灵明、博大和神圣为特征，诗的散文即是这一风格的最好注解。文学研究会另一成员诗的散文则与冰心同中有异，他就是许地山。许地山最早打动文坛的是小说《命命鸟》，它有着异域的风情、浪漫的色调、缠绵的抒情和对苦难、死亡的独特理解。但为他带来更大声誉，也最具艺术魅力者是诗的散文集《空山灵雨》。沈从文称："以佛经中邃智明辨笔墨，显示了散文的美和光，色香中不缺少诗，落华生为最本质的使散文发展到一个和谐的境界的作者之一。"[①]《空山灵雨》确有不少篇什对大自然万事万

---

① 沈从文：《论落华生》，载《许地山选集》，海峡文艺出版社1985年版，第733页。

物的空灵、和谐进行细致体悟，这与冰心诗的散文有某些契合。蝉的薄翼无疑是大自然精华之孕育，香的缭绕也是天地自由之心的表征，天衣则有着"不可思议的灵"，梨花花瓣带着雨水纷纷向大地飘落，这都是许地山从自然中所获的感悟。《春底林野》以灵性、诗心极尽感悟天地之能事，表现了一种天地情怀。在作品中，薄云、花鸟、小草都被拟人化和诗化了，它们有感知、善意、粉泪，能大醉和随节拍舞动。这样的天地灵物空灵、超脱，能升华人的境界。然而，与冰心的天地之境、万物之心的广大雄浑不同，许地山对自然的感悟有一定限度：一方面，在社会现实的沉重面前，许地山的自然感悟往往较弱；另一方面，即使对自然感悟，许地山也深怀人生的苦难感，换言之，许地山不仅不能如冰心那样在天光的引导下升腾和超越，反而时时回顾，将人生的苦难涂沫到自然万物上，这就给他诗的散文带来非神圣性和世俗化。许地山是在承担人生难以承受之重，表现了一种献身的伟大精神。

在许地山诗的散文中，有些作品直接写人生苦难。如《公理战胜》说，"你这灿烂的烟火，何尝不是地狱底火焰？若是真个地狱，我想其中的火焰也是这般好看"，纪念战争胜利的典礼烟花在许地山眼里却成为地狱的火焰。在自然轻灵的物象上，许地山并未真正解脱和轻灵起来，而是仍充满苦难感。《蛇》表达的是"人比蛇毒"的观念：在人的眼里，它是毒蛇；殊不知，在蛇的眼里，人比蛇更毒！《蝉》的羽翼被雨水打湿，不能飞动了。更可怕的是"蚂蚁来了！野鸟也快要看见它了"。蝉将面临被蚕食或吞食的命运！《海》表达的是"人底自由和希望，一到海面就完全失掉了"。《梨花》里，花瓣零落，有些被"鞋印入泥中"；有些粘在身上，"被她带走"；有些"浮在池面，被鱼儿衔入水里"；有些被"那多情的燕子不歇把鞋印上底瓣和软泥一同衔入口中，到梁间去，构成它们底香巢"。在许地山看来，这就是"天地本质"，一种落地成泥的苦难结局吧？最能代表许地山这一观念和诗的散文特征的可能是《光底死》。在冰心那里，天光启人灵性、令人开悟，是感受天地一片清明的重要、神圣的意象，然而，在许地山这里，它不仅没有了神明的光圈，反而为世俗误解、弃绝。许地山这样写天光，"光离开他底母亲去到无量无边，一切生命的世界上，因为他走底时候脸上常带着很忧郁的容貌，所以一切能思维、能造作底灵体也和他表同情；一见他，都低着头容他走过去；甚至带着泪眼避开他"，"光因此更烦闷了。他走得越远，力量越不足；最后，他躺下了。他躺下底地方，正是这块大地。在他旁边有几位聪明的天文家互相议论说：'太阳底光，快要无所附丽了，因为他冷死底时期一天近似一天了'"。

"光"本该是另一世界的使者，是人类摆脱困境寻到自由的依恃，就如冰心所感悟的那样，但在许地山这里，它却黯淡无光，越来越微弱，以至于躺下了，世人都不理解、接纳它，而且"还有人正诅咒"它呢。面对人世间的苦难与可恶，"光"只有"躺在那里叹息"。显然，"光"这种神圣的自然灵物被世俗世界折磨得虚弱不堪，以至于只得在人世间"安息"了。

如果说冰心诗的散文中黑暗的现实世界可被天光照亮，沉重的心灵可获超越，从而达到神圣明透的境界，那么，许地山的诗的散文里现实苦难则是命定的、先验的、永恒的，不要说自然生灵，就是天光也对它无可奈何，甚至也成为它的俘虏和牺牲品。从此意义说，冰心与许地山诗的散文所表现的宇宙世界具有不同的特点：前者明透、轻灵、神圣、含笑，后者暗淡、沉重、世俗、含泪。既然不能如冰心那样靠神圣灵光消融世间苦难，那么，许地山如何对待这个"生本不乐"的人生呢？或者说，许地山有没有自我解脱的力量呢？我认为还是有的，这就是锻造心灵的承载力。

如同大地以惊人力量承载高山、泥土、海洋和万物生灵，人心也需要担当能力，需要坚忍与意志去承受世间的苦难与忧伤。这样，人生苦旅可在心灵港湾得以驻足，冬季严寒可在心中得到温暖，世间苦难可在心里得到安慰，现实黑暗可在心房得以照亮。在许地山看来，一个坚忍的灵魂最重要的不是向外求助，而是自救，当然也要救人，拯救那些更悲苦更可怜的生灵。所以在许地山诗的散文中，有那么多隐忍者、无言的承受者。面对苦难并不惊慌，也不张扬，而是默默承受。当梨花花瓣片片零落，纷纷遗失，没了踪影，作者并不认为这有什么不应该，而是很自然的事情。在人生的海里，大船底部坏了，渐渐沉没，人们坐在不如意的救生船里，面对茫茫大海，并不怨天忧人，而是心安理得，尽管地划吧。看来，葆有一颗平常心，一颗对苦难与幸福、光明与黑暗一视同仁的心灵，那么就可以承载世界的一切苦难了。《暾将出兮东方》说："黑暗是不足诅咒，光明是毋须赞美的。光明不能增益你什么，黑暗不能妨害你什么，你以何因缘而生出差别心来？若说要赞美底话，在早晨就该赞美早晨；在日中就该赞美日中；在黄昏就该赞美黄昏；在长夜就该赞美长夜；在过去、现在、将来一切时间，就该赞美过去、现在、将来一切时间。"

《愿》表现出许地山崇高的牺牲精神，将自己比成融化于水的盐，宁可"形骸融散"也恩泽于人。许地山很赞同妻子对他说的话，"我愿你作无边宝华盖，能普荫一切世间诸有情；愿你为如意净明珠，能普照一切世间诸有情；愿你为降魔金刚杵，能破坏一切世间诸障碍；愿你为宝盂兰盆，能盛百味，滋养一切世间诸饥渴者；愿你有六手，十二手，百手，千万手，无量数那由他如意手，能成全一切世间等等美善事"。这很有点"舍身饲虎""我不下地狱谁下地狱"的情怀。在冰心那里，"我"是靠天光普照和超度；而在许地山，"我"则要普照和超度众生，粉身碎骨也不足惜！当"光"的母亲看到"光"躺在人间叹息，要它回去，而"光"却说，"母亲我不能回去了。因为我走遍了一切世界，遇见了一切能思维、能造作底灵体，到现在还没有一句话能够对你回报底。不但如此，这里还有人正诅咒我们哪！我那有面目回去呢？我就安息在这里罢"。不计较一切，而以自身承受世间苦难和怨恨，全力为人类造福，这是许地山心灵世界最重要的部分。

以一颗肉心来承载世间所有苦难，那是太艰难、太沉重了，在许地山，他也有别的超脱方式，那就是"爱"与"乐死"。《空山灵雨》的不少篇章内含爱的柔情蜜意，在这些爱的花瓣上，有无数快乐的蜜蜂在翻飞，在诉说自然和人间的美好。相互的感应、理解和真挚、温柔的爱冲淡了苦难人生。《空山灵雨》还有一种"乐死"倾向，如《鬼赞》"那弃绝一切感官底有福了！我们底髑髅有福了"，这显然与佛教"厌生乐死"的思想有关。

许地山诗的散文有时采用"梦"和"感悟"方式结构作品，从而为作品增添了空灵和神秘色彩。另外，"叙述—归纳"是许地山最喜爱运用的结构方法，作者常先展开叙述，将景物、人物和故事情节的发展交代清楚，而结尾处则进行哲理概括和归纳。这种方式的优点是明晰，可娓娓道来，使作品节奏舒缓、从容不迫、富有韵致，但也有过于雷同的缺点。

许地山诗的散文也有灵光与超脱，但对比冰心却黯淡多了。冰心令人想到天空，那里有天光朗照，有流云、彩霞和飞鸟，有点点闪烁的繁星。而许地山则令人想到大地，这里更多的是遮天蔽日的森林，淙淙流淌的河水，摇橹声声的行船，默默的高山和土地。许地山诗的散文风格也是这样，在灵动、超脱中含了较多的沉实、质朴、悲郁和徐缓。也可这样表述：冰心诗的散文被天光由外照亮了，而许地山诗的散文则是被自己的心灵照亮了。

三、地火的奔突

比《空山灵雨》略晚是鲁迅诗的散文集《野草》。对《野草》文体，长期以来学界多称之为"散文诗"，如孙玉石说"《野草》是鲁迅对散文诗艺术探索的一个高峰"。何谓"散文诗"？他解释道，"因为散文诗的灵魂是近于诗的，因而我们习惯把它看做是诗歌的一种形式。……过去人们往往只从形式着眼，把散文诗笼统地归于散文之列，其实是不正确的"①。这一看法的支撑可能来自鲁迅，鲁迅曾

---

① 孙玉石：《〈野草〉研究》，中国社会科学出版社1982年版，第258、233—234页。

自称《野草》为"散文诗"（《南腔北调集·〈自选集〉自序》）。

我将鲁迅的《野草》定为"诗的散文"，而不是"散文诗"，依据有三：一是有不少学者认为《野草》是散文。如林非说，"鲁迅的抒情散文《野草》，用瑰丽的色彩、神奇的意境和象征的手法，写出了像诗一样凝练、含蓄和优美的篇章"。俞元桂虽仍称《野草》为"散文诗"，但这个"散文诗"是散文，他说《野草》是"这样有着'诗'的色彩的抒情散文"。傅德岷不仅肯定《野草》是散文，且将它称为"诗的散文"，他说，"《野草》，作于北京，系1924—1926年间的'诗的散文'"①。二是郁达夫将《野草》的一些篇章看成散文，并在1935年将之编入《中国新文学大系·散文二集》，对此鲁迅未表异议。三是波德莱尔认为"诗的散文"中第一点是"没有节律、没有脚韵，但富有音乐性"。冰心认为，"无韵而冗长的诗，若不分行来写又容易与'诗的散文'相混"（《冰心全集·自序》）。我认为《野草》多数作品没有脚韵、不分行，不是"散文诗"，而是"诗的散文"。确立鲁迅《野草》诗的散文性质，才能探讨它的价值意义。

一般说来，《野草》精神主旨有两方面：一是战斗性，即刺向统治者和愚民的投枪；二是自我解剖性。但我认为，对外在世界的揭示、批判及对自我的剖析，这只是《野草》的一面，甚至是外在方面，更内在、更重要者是这些方面所覆盖的东西。这里，我将它称为"深层生命意识"和"潜意识"。就如地火，它深藏地心，流动、奔突、冲撞。《野草》总给人一种异样感受，它不似冰心在天空的飞翔游走，光明一片；也不同许地山的大地散步，体味一种醒悟，那是地心里激情的涌动，地狱里光影的闪灭，坟墓中沉寂与空虚的体味。鲁迅为我们营造了一个不可见、不可听、不可触摸，甚至难以感受、想象和定形的世界。

---

① 傅德岷等：《中国现代散文发展史》，四川教育出版社1997年版，第123页。

在冰心和许地山诗的散文中，心灵是平静、明澈，也是和谐的，而《野草》则不然，那是一颗孤独、寂寞、复杂而又矛盾的心灵。此时鲁迅的心灵底色是"暗"，心灵感受是"空"，自己就如同在无边无底黑暗中下坠的黑色羽毛。所以，《野草》偏爱写夜、黑、影、梦、死、墓、地狱、深渊、荒野，写那些模糊、玄缈、空虚的意象。只有在这些意象中，那颗孤独之心才能得到片刻安妥。

然而，鲁迅又不甘沉沦在无边无底的黑暗深渊中，他是生命力非常强大旺盛的人，是对生、善良、正义、光明、美好和爱充满渴望的人，这就表现了鲁迅的另一侧面，为自己更为人类寻找光明与火。所以，《野草》不是单面的，而是多面体，或者说是由无数矛盾而统一的双面体构成的多面体。这个多面的心灵世界中，交织着这样一些矛盾双面体：生与死、明与暗、醒与梦、有与无、爱与恨、热与寒、行与止、充实与空虚、希望与绝望、开口与沉默、痛苦与舒适，等等。在每个双面体中，对立的双方都是反差极大的两极，从而构成了一个具有无限扩延性的"小场"。而许多这样的"小场"又构成一个更广阔的"大场"。当然，这些"小场"间并非孤立存在，而是有着内在联系的。鲁迅的心灵一直在这些"场"中上下跃动、左右冲突、前后进退、内外出入，有时是理性的、有意识的、自觉的，但有时却是非理性的、无意识的，就如同天地间被狂风吹拂的树叶。

《野草·题辞》开篇即说，"当我沉默的时候，我觉得充实；我将开口，同时感到空虚"。与常人体验不同，鲁迅提出具有悖论性的双面体：沉默—开口、充实—空虚。沉默与开口、充实与空虚都是对应的两极，它们各自形成一个具有极大张力的"小场"。而这两个"小场"交叉又形成了"大场"，即沉默时充实、开口时空虚。一般说来沉默应空虚，而开口则应充实，而鲁迅却认为正好相反。

沉默怎能导出充实，开口又怎能导出空虚？我想原因有三。第一，天地之道不可言说，能言说者就不是"道"，所以老子有言：道可道，非常道。因此，沉默几近于道，在沉默中方能领略自然之道和天地之心，才能感得与天地同在的实有；一旦开口，那就远离了道，就空泛了。第二，沉默是孤独的境界，宁静方可致远，它比开口更容易接近充实、丰富和深刻。第三，自由人与外在世界伦理、道德、价值标准往往相背逆，在沉默中还容易保持充实，一旦开口则必然与这外在规范发生冲突，而这种被误解和被冷落甚至被嘲讽，将会更令人感到空虚。

《墓碣文》中，"我"梦见自己看到墓碣上的文字有"……于浩歌狂热之际中寒；于天上看见深渊，于一切眼中看见无所有；于无所希望中得救……"这里有多个双面体：热—寒、天上—深渊、有—无、绝望—得救。由反差极大的两极构筑了巨大的张力空间，留下无限想象和体味的可能性。本来，在狂热中不可能体会寒，在无所希望中也不能得救，然而，鲁迅却从中感到了，这是深刻理解了狂热之虚假和无所希望之真实的结果。这是鲁迅对深层生命的理解与感悟。《这样的战士》提出一个重要命题：无物之阵。这里鲁迅构筑了"无—有"双面体。《一觉》是鲁迅式"死—生"双面体。《复仇（其二）》写自以为是神之子去钉十字架的以色列王，他感受"痛得柔和""痛得舒服"。本来痛—柔和、痛—舒服是相反的两极，它们不可能会通，而鲁迅却找到深层生命意识上二者的关联：为人类受难，肉体痛楚，精神反倒柔和与舒服。

《野草》常将"我"投进"暗色"和"寂静"中，在既暗又静且向四周无限延伸的"深渊"里，鲁迅充分体会自己的孤独、自由、充实与存在。《野草》有《空山灵雨》的"厌生乐死"情结，容易使人联想波德莱尔和王尔德。当谈到黑暗、阴沉、冰冷、丑恶、朽腐、死亡、坟墓等意象，鲁迅往往充满激动、活跃，甚至有些向往，也在此时，鲁迅往往激情荡漾、灵性浑发、想象奇绝、智慧闪烁、妙语连珠、充实饱满，有一种特异的美，这与波德莱尔、王尔德、厨川白村和裴多菲等人的影响有关。当然，"明与暗"等双面体不可分割，它们往往纠结一处，难分难解。《野草》的独特性是：在具悖论性质和极大反差的两极之间面临着艰难选择。同时，在二者交合处又有一"似是而非"的特殊地带，鲁迅常在这里彷徨无措。如《影的告别》的"影"到底是被黑暗吞没，还是从白天消失？鲁迅的选择颇为困苦。

　　作为生命意识，它有表层和深层之别。《野草》的生命意识主要是深层的，是那些隐形部分。比如，从痛中体会痛楚，从沉默里体会孤独，从热中体会温暖等，这都属于表层的生命意识，但鲁迅却相反，从痛中体验柔和与舒服，从狂热中体验寒，从沉默中体会充实，从绝望中感受希望，从开口中理解空虚，从暗中感觉明，从梦中体悟醒，从死里体会生……这是生命的深层意识。当然，鲁迅对生命的独特体验并非随意的、没有根据的，而是建立在对事物本质和规律的认识上，因为相反两极中就包含相互转化的可能性。乐极生悲、福祸相倚、苦尽甘来等都是对两极互相依存与转化的概括。《野草》还揭示了鲁迅的潜意识。《墓碣文》说，"抉心自食，欲知本味"和"痛定之后，徐徐食之"。一般研究者总认为这反映了鲁迅的牺牲精神，但我认为这包含了鲁迅的潜意识心理，即自虐情结。试想，剖开自己的胸膛，取心自吃，以此慢慢体味它的本味，而痛定后再慢慢自食。这里包含了强烈的自残性。其实，这是容易理解的，一个自由、富有个性的思想家，他与外在世界甚至与自己常常格格不入，那么积淀于内心的被压抑的苦痛必须找到发泄渠道，而自虐就是其中之一。如此就易理解鲁迅何以那么偏执于黑暗和阴冷。

　　要表达内心深处的深层意识，只靠一般手法是不够的，作家必须找到恰当契合点。《野草》表现手法独特，除研究者都注意到的象征，还有三种方式。

　　一是梦。在冰心和许地山诗的散文中，也曾写到梦，但那不具代表性，而《野草》中的梦却成为最突出、最有价值的表现手法。20篇作品的《野草》竟有7篇以上是用梦来结构作品的。"我梦见自己……"是《野草》许多篇章的结构表达式，这表明此时梦对鲁迅的意义。"梦"被鲁迅如此广泛使用，给其散文带来独特效果。（1）扩大了表现空间。（2）增强了表达的自由度。（3）将被压抑在心灵深处的意识和潜意识表现出来。（4）有助于感觉、灵性、趣味和韵致发挥，使散文充满生命活力。《死后》既表现在梦的变幻起伏、时空的交融，又表现在叙述视角的多样性，更重要的是作家能从死人角度感受活人世界。在这里，人情的冷落、世事的纷扰、感觉的异样、心灵的隔膜等，都令梦中的"我"揭开人生和死亡的秘密。假若不用梦，鲁迅如何能够体验人生的虚妄和死的悲凉呢？《死火》在梦中让自己进入冰谷，以体验冰冷和青白，体验死火的形与色、冷与热、绝望与希望。还有《失去的好地狱》，"梦"引领"我"在天堂、人间、地狱，感受不同世界的争斗、拼杀和统治、被统治。

二是复沓与咏叹。《野草》比冰心和许地山诗的散文感情强烈，要表达这种不断奔突、涌动的感情，必须借助特殊的修辞，复沓和咏叹是其中最重要的方式，可以说，《野草》是复沓和不断咏叹的诗的散文。《求乞者》揭示出社会的、人心的污浊，也表达厌恶的心情，数百字的篇幅竟用了四次"微风起来，四面都是灰土"，极大地强化了作品的抒情。在文末鲁迅进一步写"灰土，灰土……"这在原来的重叠上又进了一步，再加上省略号，更使作品笼罩了一层雾一样的气氛。《野草》中感叹号、问号、破折号和省略号的使用频率非常之高，这是最富情感和语气的符号。因为要表达内在孤独与复杂情绪，有时语言无能为力，有的用语言又无法表达，那就交给重叠、省略和感叹了。

三是晦涩的表达。《野草》比较难懂，可以说是晦涩的，除了"不能直说，要用曲笔"的需要，除了文笔的简凝和高古的追求，除了"诗"的性质，除了内涵的丰富、复杂和深厚，还有一个重要原因，那就是审美方式和表现手法的独特性。我们知道，现代主义的特点之一是对以往现实主义和浪漫主义的反动，它往往对其强大的理性、浪漫的抒情和明晰的表述等美学原则不以为然，而追求一种非理性、内在性、个人化和陌生化的叙事。有学者指出，"所有的现代主义文学和艺术都对个人化的审美经验甚至审美臆想倍加鼓励，这使得它们常常以在一般读者看来未免晦涩艰深的样态出现，但其实每一种现代主义都在营造不同的晦涩"。《野草》既有强烈的现实主义和浪漫主义，又有浓郁的现代主义性质。我认为，中国现代主义散文的开端应是鲁迅的《野草》。如果从此意义上理解，那么《野草》的难读和晦涩，不仅不是缺失反而是其长处。因为面对如此污浊、虚伪、黑暗和空泛的外部世界和孤独、寂寞的内在世界，鲁迅如何能用明晰的语言和思维进行通畅表达？对苦闷、矛盾、孤独等最好的表达是：借助极富张力、极具矛盾、极为感性化的语句、意象、色彩、声调、标点符号，调动独特的审美经验。换言之，打破以往现实主义和浪漫主义的美学规则与经验，建构一套极具表现力和弹性的审美话语体系。而这些，对传统的读者来说必然是陌生的、晦涩难解的。如《影的告别》就相当晦涩难解，"影""黑暗""光明"是中心意象，作者是这样进行陌生的表述，"人睡到不知道时候的时候，就会有影来告别……然而我终于彷徨于明暗之间，我不知道是黄昏还是黎明，我姑且举灰黑的手装着喝干一杯酒，我将在不知道的时候独自远行"。"影子"就是"我"，它孤独寂寞，处在强烈的矛盾和不确定中，又那么短暂，作者只有在自己也无法解释的语境中聊慰、自叹、自释。

《野草》如水中冰山，小部分浮出水面，大部分则在水下，需要读者好好体味。

四、画梦人生

《野草》时期，鲁迅已深感"五四"后中国政治、社会、人生的黑暗与沉重，这在他的内心投下厚厚暗影。然而自20世纪20年代末、30年代初始，动荡与苦难日益加剧。这样的社会境遇和由此生发的悲感就必然投影于文学创作，而作为心灵感应性极强的诗的散文就成为最为重要的载体之一。此时期较有代表性的诗的散文集是何其芳的《画梦录》和李广田的《画廊集》《雀蓑记》等。

《画梦录》与冰心、许地山和鲁迅诗的散文一样，有着一份沉重，这当然与现实生活的苦难直接相关。但何其芳的这份沉重好像还有一个重要来源，那就是过去的记忆，即对那些消逝了的往昔岁月的回味。这里，有对16岁少女的回想（《墓》），有对伐木工人的体会（《伐木》），有对淳于棼、白莲教某的奇思（《画梦录》），有对姑姑们的纪念（《哀歌》），有对林小货的忆旧（《货郎》），等等。但集中地说，少年青春、县城风光、乡下逸事、古旧宅府都会牵动作者思绪，令他进入沉重境地，也令他回味着、浅唱着。如果再进一步，真正压抑在何其芳内心的沉重情结是"古宅"和家门外的"城堡"。

《我们的城堡》等写"城堡"对自己的影响，"我曾先后在它里面关闭了五六年。冰冷的石头；小的窗户；寂寞的悠长的岁月"，"我们的城堡却充满着一种声音上的荒凉"。"古宅"给作者的印象更为沉重和阴冷。作者写"那缺乏人声与温暖的宽大的古宅使那些日子显得十分悠长，悠长"，"作为分界的堂屋前的石阶，长长的，和那天井，和那会作回声的高墙，都显得一种威吓，一种暗示"，"让我们离开那高大的空漠的古宅吧。一座趋向衰老的宅舍，正如一个趋向衰老的人，是有一种怪僻的捉摸不定的性格的"。看来，与冰心童年美好的记忆和鲁迅童年那些快乐的往事不同，在何其芳笔下回荡着水都难以洗去的沉郁底色——童年对城堡和古宅的感觉。理解这一点，就容易理解《画梦录》沉郁悲愁的基本格调。《画梦录》与《野草》有较近的色调，即"暗"，但二者又有明显区别。《野草》虽笼罩着悲观主义情调，但总还有亮色在，而《画梦录》则由悲婉与压抑贯穿始终。《画梦录》最突出的意象是雾，是笼罩在天地之间的雾。它比冰心的天光，许地山的土地，鲁迅的地火意象更增加了一层迷茫和神秘。《画梦录》中还有与中心意象雾相关联的意象，如烟、气、暮色、灯光、香味等。何其芳之所以喜爱使用雾这一意象，主要因为雾极似他心中的忧愁和哀伤，它不知起于何时何地，也不知有多少有多重，更不知道它意味着什么，说明着什么，还不明白它将归向何方。但它又确实存在，弥漫心间，荡漾着、升腾着。《画梦录》随时随处笼罩着一腔愁绪。写人物，人物都罩上哀伤，充满悲剧色彩。写景物，也一样蓄满伤怀和忧愁。何其芳笔下的景物往往都涂了一层淡淡的愁。就好像在黑色画纸上画画，可用黄，可用绿，也可用白，还可用红，但那底色却是涂不去的，即使盖住也还隐在其中。这种悲愁不似《野草》里来得强烈与深刻，但也是蕴含得满满的，如水一般就要从纸面上流逸出来似的。《画梦录》往往不单独写忧愁和欢乐，而是将二者渗透在一起。《黄昏》写"我曾有一些带伤感之黄色的欢乐"，这与《墓》里的"她是在寂寞的快乐里长大的"是一样的表达式。本来，快乐与伤感、寂寞是两极性对立概念，很难统一，但作者却以通感方式打通它们，以达互补、互证和互解。这很像《野草》的双面场，也似波德莱尔的"恶之花"。《画梦录》最擅长、最喜爱的是"梦"。就如《画梦录》这个书名所表达的那样，"梦"也成为何其芳的诗的散文的中心意象之一。有时作者用梦来结构全篇，有时作者随意用梦加以点染。将梦运用在诗的散文里，这一点何其芳与鲁迅非常接近，从中可见二人的某些契合与关联。如果从功能角度比较，《野草》的梦用来进行时空切换，以便创作主体自由自在、上天入地，又便于更好地表达深层生命意识和潜意识，还有助于用曲笔越过检查。而《画梦录》的梦则主要表达一种氛围，一种人生感受。透过梦的点染，作者无限的愁绪可有所依托，也得到相当程度的化释。换言之，何其芳主要不像鲁迅，用梦揭示其深层心理，而是营造一种气氛，使自己孤独寂寞的心有所附丽。在梦中，鲁迅致力于矛盾和冲突的自我呈现，而何其芳则偏于忧愁与寂寞的超脱。何其芳的梦似一只纸船，它载起所有的沉重人生，超脱而逍遥地追逐流不尽的生命逝水。

　　《画梦录》解脱忧愁的另一途径是幻想，在富有神秘色彩的想象中，心灵的沉重也随之升腾飞逸开去。何其芳少年就喜读《聊斋志异》，说它的作用胜过私塾老师。所以《画梦录》有许多对想象和幻想的迷恋，他似乎有一种强烈的对神奇事物的向往。《魔术草》中，作者希望有一种"魔术草"，"无论怎样难开的锁都不能抵抗它"。作者还说"我最羡慕小说里的一种隐身草，佩了一根就谁也不能看见"。这种幻想将作者从现实苦难中抽身而出，也将读者带到逍遥境地。

《画梦录》写得很空灵，诗性充溢，处处闪着哲理和灵光。尽管作品笼罩着无尽哀伤、莫名愁绪，但其灵心智慧却是包不住的。《画梦录》是何其芳画的一个"梦"：虽然世界人生充满黑暗与苦难，也满含悲愁与忧伤，但却弥漫着轻柔而朦胧的烟雾，这烟雾涌动着、回旋着，幻化出各种美妙的图案和色彩，使人有逍遥与解脱之感。当然，何其芳营造的这种氛围不是万能的，也受到不少限制，因为它毕竟停留在雾、梦和幻想层面，是以心造的幻象为前提。对比心灵的彻悟和坚忍，对比直面人生的勇毅，这种幻想更显示出道家的情怀。与《画梦录》交相映照的是李广田《画廊集》和《雀蓑记》。与何其芳不同的是，李广田的诗的散文更为朴实，也充满坚定的希望。但二人相同的是，作品都充满雾一样的忧愁和孤独寂寞，都有对梦的向往。《黄昏》写"他喷一口烟雾，同时是一口叹息，好像他已经嘘出了他的郁积，而那烟雾，依然是转着圈子，慢慢地，散在空中，消在这黄昏里。天空阴得颇沉"。这种笔调与何其芳多么接近。有趣的是，李广田还写了篇《雾》，表达自己对雾的偏爱，"走吧，到外边去，到雾中去，到雾中去看雾吧"。整个作品都被雾包裹和弥漫，以至于作者感到"雾还是这么重，看起来就如充塞在天地间的一种固体"，"你又在作梦吗？你看你看，雾为我们的发丝上串了细碎的珍珠"。看来，苦难与忧伤是那个时代共同的感受，而给人生画一个美梦也就成了许多人试图解脱与超越的方式。

冰心于1936年发表了诗的散文《肥皂泡》，作者写到童年时的游戏之一，即吹肥皂泡，这是一篇灵动飘逸而又包含对生命进行深切感悟的作品。作者写那肥皂泡仿佛有了生命和灵性，将人的心都吸附在它上面。作者还用肥皂泡的破裂象征人生的短暂与易碎，真是一个妙喻！文中虽没有何其芳和李广田的雾一样的忧愁，但多了一层透明与亮丽。冰心还在文中说："自然的，也像画梦，一个个的吹起，飞高，又一个个的破裂，廊子是我们现实的世界，这些要她上天过海的光球，永远没有出过我们仄长的廊子！"冰心与何其芳一样也在"画梦"，也希望解脱与超越，只是对比何其芳，冰心更显透彻罢了。

第九章

新时期以来中国散文价值评析

转眼40年过去了，改革开放如同春风，吹绿了祖国山川和大江南北，形成一个别样的景观。文学如同那只报春的燕子，带着希望、歌唱甚至呢喃，为新时期做了一个形象的剪影。其中，散文具有衬托作用，但它却像暗影一样使文学这一立体剪影变得生动鲜活起来。这是新时期散文在默默中坚守和前行，具有不可或缺的价值的关键。

一、感应时代脉动

有人曾说："一时代有一时代之文学。"如要探讨新时期以来文学与时代的关系，一定离不开散文，散文以其实用性、现实感和人文关怀起着重要作用。

新时期之初，冰心、臧克家就写了《无士则如何》《博士之家》等文章，关注知识分子命运及国家未来发展的重大问题，并产生强烈反响。后来，林非的《招考博士生小记》、韩小蕙的《季羡林：大儒无声》等承续这一话题，以忧国忧民的知识分子情怀呼唤国家能重视知识和文化。一个民族与国家要富强，尤其是要成为现代化强国，没有知识、文化、思想几乎是不可能的。这对当时盛行的经济至上和物质主义盲目追求，无疑是一副警醒剂。今天，知识、科学、文化越来越得到党和政府的高度重视，而当年的呼吁言犹在耳，显示了超前性。

随着经济快速发展尤其是盲目追求GDP，城乡发展失衡，不少地方出现大拆乱建的困局，环保和生态成为一个不得不面对的严峻问题。在此，散文随笔表现出它特有的优势，具有前瞻性和高度的理性自觉。吴国盛的《现代化之忧思》和赵鑫珊的《人类文明的功过》可为代表，作品一面肯定现代化发展的价值，一面对过度发展及能源危机将给人类带来危害表示担忧，这也是一个警世钟。还有，李存葆的《大河遗梦》、王宗仁的《藏羚羊跪拜》、梅洁的《楼兰的忧郁》、迟子建的《祭奠鱼群》等，都将触角伸向生态环保，发出了深沉的呼唤。特别要提及的是冯骥才，他不仅全身心投入城乡文化尤其是民间文化的保护之中，以实际行动挽救文化的遗失，还写了大量散文随笔表达自己的切肤之痛，像《年文化》《抢救老街》《维也纳森林的故事》等都有强烈的忧患和社会责任感，对文化生态保护作用甚大。

在城镇化过程中，对乡村与农民命运的忧思，也成为新时期散文的一个重点。城镇化一定程度上牺牲了乡村和农民，所以受冲击和破坏最严重的也是乡村和农民。在此，杨献平的《生死故乡》、梁鸿的《中国在梁庄》、吴佳骏的《掌纹》、彭家河的《锈》，许多以农民工为书写对象的作品，以及贾平凹写乡村的众多散文都很有代表性。面对城市的加速度成长以及乡村的快速消亡，一种强烈的忧思一直笼罩于此类散文作家心头，成为紧贴时代的一长串思考。就如贾平凹在《当下的汉语文学写作》中所言："从理性上我在说服自己：走城镇化道路或许是中国的正确出路，但从感性上我却是那样的悲痛，难以接受。"①

时代的发展日新月异，它的快捷、迅猛和超常态令人惊异，互联网最有代表性，这在不少散文家那里都有表现。较有代表性的是南帆，他的《读数时代》《现代人》《生命在别处》等都有强烈的时代感和超前意识，读来耳目一新。黄集伟多年来一直进行精短甚至微写作，关注互联网等问题，是以散文形式书写网络话语的典型代表，其中有时代的敏感、心灵的感悟、理性的思考，也不乏人生智慧。

当年，梁启超以《少年中国说》、李大钊以《青春》、瞿秋白

---

① 见《美文》2017年第5期。

以《饿乡纪程》和《赤都心史》开启现代散文的新声，1949年后的散文三大家——杨朔、刘白羽、秦牧也成为时代歌手，新时期以来的中国散文也继承这一传统，在时代主题上又有所开拓和创新，从而显示了文学当随时代的特点，也得到读者的喜爱和共鸣。不过，也应该承认，许多新时期散文有偏离时代的倾向，对时代的关注不够，更难为时代把脉，揭示时代深处的矛盾困惑以及未来走向。

二、以历史为鉴镜

历史是一面镜子，它可以拿来照人也可自照。郭沫若的《甲申三百年祭》即属于历史文化散文。新时期历史文化散文的书写，可谓成果累累，所取得的成就亦不可低估，更不能简单否定。

最典型的是余秋雨的大历史文化散文，它将以往的散文格局进行扩容和增殖，这不仅表现在篇幅动辄为几万字甚至更长，也表现在将知识、议论、文化与审美融为一炉，还表现在观念的自由解放与大胆突破。如果说，原来的散文多是一段抒情、一件小事、一点审美，那么，余秋雨将散文的边界大大拓展了，将散文的许多成规打破了，将散文的意趣改变了，于是散文成为一匹可纵横驰骋、自由奔放的野马。他的《文化苦旅》《山居笔记》《霜冷长河》等都具有经典性。不过，也要看到，在进行散文"革命"的过程中，余秋雨散文也带来不少问题，如感情的泛滥、知识的爆炸，尤其是有不少硬伤，致使其散文成为某种审美化的论文，这也是后来它不断受到诟病的重要原因。

与此同时或之后较长一段时间里，还出现大量的历史文化散文，比较突出的有一大批老作家，还有李国文、林非、王充闾、贾平凹、李存葆、张承志、梁衡、卞毓方、穆涛、夏坚勇、朱鸿、素素、王英琦、筱敏、祝勇、朱以撒、冯伟林、王开林等人的作品。这些作品与余秋雨的散文一道形成一种历史意识，在借鉴历史文化资源的基础上，进行现代性反思，为现实发展提供借鉴。巴金的《随想录》最为突出，它的批判性和反思性异常强烈，开启了新时期散文的一扇大门，也带来启蒙的呼声。另外，张承志在《清洁的精神》中提出荆轲的诚信和操守，王充闾在《驯心》中大力批判专制主义对国人的驯化，卞毓方将审美品位融入历史文化散文，穆涛从历史的碎片甚至缝隙中梳理和发现金质，朱鸿能抚摸到历史的心跳和一呼一吸，祝勇则以独特的敏感与理性对历史的断裂条分缕析。最值得一提的是林非的历史文化散文，它用现代意识对中国历史尤其是专制主义进行批判，除不被知识堵塞和避开历史的缠绕，还有着学者的辩证思考。如张承志以荆轲的清洁精神对当下进行批判和否定，并将之视为不可逾越甚至"魅得动人"。而林非在《浩气长存》中则一面赞赏荆轲精神，一面又指出其局限，即认为荆轲的刺杀行为背后包含的盲动和恐怖主义风险，并认为真正的民主社会就不需要荆轲的刺杀行为了。这样的思考超越了张承志的情绪化、简单化和历史偏执。

包括余秋雨在内的大历史文化散文确实为新时期散文注入动力、活力、张力和魅力，也改变了散文在四大文体中的结构关系，这是需要给予充分肯定的。不过，不少文本问题丛生。像余秋雨的《笔墨祭》就是一个用现代性对中国毛笔文化进行简单解读的文本，李国文的历史文化散文对历史进行解构时多跑偏，张承志以宗教情怀写历史容易用力过猛，更多的历史文化散文往往出现知识堆积、理性的板结和固化。需要说明的是，贾平凹倡导的"大散文"并不专注于余秋雨的散文之"大"，而是以"小"见"大"，这就更加辩证，也符合散文的创作实际。但无论如何，历史尤其是大历史文化散文的鉴镜作用不可忽略。

三、对生命的沉思

"五四"新文学强调"人的文学"尤其是平民文学，这在新时期散文中得以集中体现，而对生命的沉思则为其核心内容。

这些散文往往视野开阔、思想敏锐、境界高远，在平易的叙述中具有文学性，也包含生命的律动。这既包括对丰富生活的描写，也有人生的点滴经验，还有生命的智慧闪光，以及对生死、得失、进退、荣辱、雅俗等的理解和体悟，从中可见在继承传统中的不断拓展。较有代表性的有孙犁的《吃菜根》、史铁生的《我与地坛》、铁凝的《一千张糖纸》、周国平的《安静》、毕淑敏的《造心》、张抗抗的《瞬息与永恒的舞蹈》、韩少功的《性而上的迷失》、李书磊的《宦读人生》、筱敏的《幸存者手记》、冯秋子的《我跳舞，因为我悲伤》、彭程的《对坐》、潘向黎的《茶生涯》、王开岭的《精神明亮的人》、郭文斌的《静是一种回家的方式》、鲍尔吉·原野的《针》、黄永玉的《黄裳小识》、李一鸣的《我的理发馆》、李登建的《黑火焰》、王月鹏的《栈桥》、穆蕾蕾的《架下蔷薇香》、北乔的《坚硬里的柔软》等。它们可能并无太大的人生波澜，只是生活的原生态描写，却充满生活哲学和人生智慧，给人留下不少回味。

李书磊在《宦读人生》中表示，他所向往的乃是向学的人不坠其阅历实践之志，实践的人不失其向学求道之心，众生都能在尘世修炼中达到人的圆满与完善。北乔的《坚硬里的柔软》有言："河流以流动的方式储存时光，深藏众生的生死悲欢，从不会主动向世人讲述岁月的故事。河水越深，之于我们的神秘和敬畏越多。河底的淤泥里，是一部动静合一的历史。我们只有打开自己的灵魂，从浪花中读懂河流的秘语，才有可能进入它记忆的内部。河流，是生命莫测、人世无常的象征。面对河流，从诗人到不识字的农夫，都能顿生许多感慨和体悟。涌动的河流，如此。一旦水面平静如镜，更会增加神秘感。尤其是我们面对一条陌生的河流，它越安静，我们的恐惧感会越强烈。"①这种表述对世界和人生的理解较前有所深化。

对生命的觉悟是一个过程，新时期散文在此有较大突破，尽管在表现形式上并不显山露水，更多的是以静制动、深入浅出、平中见奇、淡中有味。表面看来，这些散文没有什么，但在继承传统中都有变化，也比较耐读有趣，尤其是从内在功力和常识的开拓上产生新

---

① 见《人民文学》2018年第9期。

意，整体反映了新时期散文的巨大成就。

四、物性与天地智慧

从周作人1918年提出"人的文学"观开始，文学创作便改变了航向，将笔力主要放在人的描写上。这包括人的个性解放、人性的大胆张扬。一方面，这标志着历史的进步，但另一面又使文学变得狭窄，对"物"的忽略即是其一。新时期散文不仅在人性探索上有所突破，而且在物性体察和天地之道探求上也有较大推进。

这方面的作品较多，包括季羡林的《神奇的丝瓜》、贾平凹的《红狐》和《丑石》、莫言的《会唱歌的墙》、楚楚的《洞箫》、张炜的《炉火》、梅洁的《风中的芦苇》、肖凤的《鸟巢》、周涛的《阳光容器》、王剑冰的《草木时光》、唐敏的《心中的大自然》、刘元举的《悟沙》、丁建元的《泥哨》、鲍尔吉·原野的《针》、朱以撒的《进入》、高维生的《二胡》、刘梅花的《草木禅心》、傅菲的《床》等。有时物性远比人性博大，也包含更多人性所难以理解的内容，其中的天地之道远超人之道。还有，人与物、人性与物性、人之道与天地之道可互为融通，在主客间达到互文性，也达到物我两忘境界，这是物性被人的现代性照亮，也是现代性被物性提升的关键。如贾平凹曾写到山中看石，他说，看得多了，慢慢地石头变成了"我"，而"我"又变成一块石头，这是对物性、人性、天地之道的深入理解。庄伟杰在《一棵移植的树》中说："一棵移植的树，以沉静的姿态立于岸上，自然，从容，满怀渴望，近乎决绝。或清晰或朦胧，俨若一道风景。不愿萧瑟，不仅守望，只为自由地生长和呼吸。""一棵生命树，从一个空间移居到另一个空间。树影像它的名字，令我充满绿色的幻想。"这里都充满物性与人性、天地之道和人之道的彼此照亮。

在中国古代，物性在散文中随处可见，但由于天地自然对人的限制和压抑，人性往往不张。近现代以来，散文多侧重人性描写，物性渐渐失去应有的位置，新时期这种情况更加突出，从而导致了散文的偏向甚至异化。然而，仍有不少散文具有超越性，在继承传统重物的同时，也强调人的主体性，并将物性与人性进行辩证理解，以显示散文的张力。这是一种"制天而不逆天"的散文书写，对探索天地万物尤其是天地大道至为重要。一方面，人是天地的主宰，万物的精华，因此要强调"人的文学"；另一方面，人又是茫茫天宇的一个渺小微粒，在更大范围内，人又有其局限，需要向物学习，体察天地之道。认识不到这一点，人就会被自身的局限束缚，也会陷入自我封闭的自大狂中。

五、发扬光大抒情传统

有人用"抒情传统"概括中国文学，这是有一定道理的。因为与西方重逻辑思辨不同，中国人往往更重情感和心灵的体悟。对于研究对象，中国人往往也强调同情之理解。散文的情感载重往往比小说等文体更大，也最讲究真情实感，以至于林非将真情看成散文的生命线；季羡林认为不但是抒情散文，即便议论文也离不开情真意切。纵观中国散文传统，真正能成为经典的往往都以情动人，王羲之的《兰亭集序》、诸葛亮的《出师表》、陶渊明的《归去来兮辞》、王勃的《滕王阁序》、韩愈的《祭十二郎文》、苏轼的《赤壁赋》等都是如此。像浪花的飞溅，情感是散文大海的激情与浪漫。

新时期散文远接中国古代散文的大传统、近续现代以来散文的小传统，并进行新的创新性发展，从而产生不少以情感见长的优秀之作。像巴金的《怀念萧珊》、季羡林的《赋得永久的悔》、宗璞的《哭小弟》、林非的《离别》、阎纲的《我吻女儿的前额》、潘旭澜的《小小的篝火》、王充闾的《碗花糕》、肖凤的《小久寻母记》、梅洁的《我的丈夫走在那青山绿水间》、贾平凹的《写给母亲》、莫言的《母亲》、张炜的《我跋涉的莽野》、李登建的《家族河流的上游》、朱鸿的《母亲的意象》、刘亚洲的《王仁先》、王宗仁的

《镜嫂》、杨海蒂的《我与姐姐》、张清华的《桃花转世——怀念陈超》、迟子建的《三姨父》、彭学明的《娘》、蒋新的《娘心高处》等，都是以情动人的新时期散文的重要收获。在这些作品中，有的情感奔放昂扬，但更多的则含蓄充沛，尤其是包含了现代意识的烛照，有超越小我的博大与仁慈，也有某些内心的碰撞和尖叫，这是传统散文所不具备的。

新时期散文中的许多母亲再也不像中国古代散文笔下的形象那样，有着传统的拘束甚至保守落后，更多了些个性张扬，也有了将大爱播撒世间的情怀；亲情、友情、爱情也得到了提升，具有形而上的哲学意味。可以说，被现代意识烛照的新时期情感散文像生了翅膀，可自由飞翔，达到了较高的人生境界。

六、思维变革与艺术探寻

整体而言，散文是一种守成的文体，它注重回忆、向后看和细细品味，这就带来其继承性、历史性、生命力。不过，散文又不能一味退守，需要一种变革力量，以突破过重的历史惯性。一方面，传统散文并不是一成不变，它自身也有变革与发展，只是不那么突出鲜明罢了，如朱自清、俞平伯的同名作《桨声灯影里的秦淮河》，表面看来题目一样、内容相同、审美趣味切近，但仍有现代气息弥漫其间，且二者之间也有细微差异。另一方面，新时期散文一直有一种创新的声音，这在思维变革和艺术探寻上表现得最为明显。

可能与现代尤其是后现代思想文化的影响有关，也可能受到余光中强调的散文的密度影响。新时期散文开始借鉴西方现代和后现代的优长，进行大胆实验和突破，从而改变了一向比较平稳、内在、从容的写作格局。新时期有一些超越现实主义风格的散文家，他们有现代主义甚至后现代主义的追求，随后，新散文、新感觉散文、新艺术散文、在场散文等不断开拓创新，从而带来散文的变革。这些作家并不占主流，但范围广，既包括曹明华、刘烨园、赵玫、斯妤、叶梦、张立勤、马莉、钟鸣、周晓枫、蒋蓝、宁肯、黑陶，也包括桑桑、南妮、胡晓梦、匡燮、黑孩，甚至还可以包括黄永玉、孙绍振、李敬泽、穆涛等。如刘烨园20世纪90年代就倡导新艺术散文，在某种难以言说的隔膜中呼吁散文的密度、厚度、质地，于是有了那篇著名的现代主义散文《自己的夜晚》。南妮的《城市荒诞》《脸》《派》和《串味》等散文对都市的异化表示强烈不满，认为都市时不时把这样一些人塞进你的生活，在都市里电钻是机器的屁，而拷机是声音的鬼魂。胡晓梦在《这种感觉你不会懂》《我只是逗你玩》中，则有一种"你爱谁是谁"的感觉，她的《创作自白》更表明：写作没有追求，更谈不上责任感，充其量只是有一点现代感。黄永玉散文的放任自为很有点后现代意味，一种嬉皮士的"玩"的感觉，但却透出人生的智慧和潇洒自若。

具有现代主义和后现代主义性质的散文，为新时期增加了亮色。这主要表现为：表达与生活的世界人生之间的隔膜，尽显自己的孤寂；以反思性和批判性克服平淡、平庸与世俗；敏锐的感觉与创新性语言使散文的质地、美感都有所提升。不过，如何不失敬畏之心，把握好度，避免碎片化与虚无，尤其是要看到传统的继承性与根基作用，这是现代主义与后现代主义散文应该注意的方面。

或许与小说等其他文体的不断变化和奋力前行不同，新时期散文更多地保持着传统的特性，在向传统保持敬意时，更多进行的是默默前行与深化，在不少方面也有探索创新，从而形成一种看似平淡无声、实则积极进取的姿态。它像一个殿后部队，既收容前面突击队留下的缺憾，又与追击者保持链条般的拉锯关系，具有桥梁和纽带作用。改革开放40年的散文成就绝不亚于小说等其他文体，更不是可有可无的，对此必须保持清醒，以科学理性的态度加以对待。这既需要改变既成观念，又需要做大量细致的梳理工作，还需要细读作品和进行比较研究。因为无论是在数量与质地、思想与智慧、境界与品位上，还是在社会文化和审美功能上，新时期以来的散文都值得大书特书和给予充分肯定。

第十章

新时期文化散文的发展及其命运

　　文化是一个相当复杂的概念，它有广义和狭义之别。广义上，它是指人类创造的一切物质和精神成果，是人类赖以生存的物质和精神文明生活方式。狭义上，它就是指与政治、社会和道德相区别的精神、心理、人格和审美方式。我们使用的"文化"不是广义的，而是狭义的。从此意义上说，文化散文更多的是带有文化内蕴，内含一个民族乃至人类共同的生活方式、情感方式和审美意趣。1990年，有的学者指出，"贴近生活的又一表现，就是世俗化倾向。人情种种，世俗百态，成为一些散文家观照的热点。由于这种观照常取文化视角，伴以历史文化反思，故又称文化散文"[①]。

　　大致说来，"五四"开始的中国现代散文可分为两大类：一是从政治、社会、思想和道德方面切入的文明批判，我们称之为意识形态散文；二是从文化角度展现人的精神、心理、生活和审美方式，我们称之为文化散文。比较而言，在中国现代散文中，意识形态散文为主潮，而文化散文则处于边缘地位。

　　到新时期，尤其到1985年以后，这一对比关系发生了调换，就是说，意识形态散文相对弱化，而文化散文则空前繁荣起来。究其原因，大概有四。一是革命战争和阶级斗争的风雨业已结束，代之而来

　　[①]　佘树森、陈旭光：《中国当代散文报告文学发展史》，北京大学出版社1996年版，第258页。

的是比较和平的生活，生活的变化必然带来文学的变化。二是意识形态和文学的关系有所松动，那种文学为政治服务的原则已被打破，人们越来越认识到文学自身的独立性，文学以其自身的文学性方能获得其长久的生命力。三是作家的学者化呼声很高，一些学者步入作家行列，这就带来了散文的文化化。四是读者文化品位的提高也要求散文承载更大的信息量，做到更入情入理，有着更高的品位与境界。此时期，出现了一大批文化散文家，他们有冰心、萧乾、柯灵、孙犁、钱钟书、张中行、季羡林、汪曾祺、黄裳、余光中、林非、宗璞、余秋雨、张晓风、贾平凹、张炜、周涛、林清玄、张承志、史铁生、韩小蕙、王小波、素素、郑云云、伍立杨、王开林、刘鸿伏、祝勇等。

值得注意的是，新时期文化散文的兴盛还有一个原因，这就是"五四"以来中国现代文化散文的影响。在新时期文化散文家中，有的就是当年活跃于文坛的散文大家，如冰心、孙犁、钱钟书，那些中青年散文家也都是喝过"五四"以来现代文化的乳汁长大的，从中国现代作家那里都可找到他们的师承或源头。比如，汪曾祺直接师承沈从文、废名。贾平凹在《四月二十七日寄友人书》中"曾惊叹过三十年代的作家，深感到他们了不起，后越是学习他们的作品，越觉得他们都是从两个方面来修养自己的，一方面他们的古典文学水平极高，一方面又都精通西方的东西"。张中行和黄裳又分明得益于周作人的文化散文。林非、张炜与鲁迅的文化散文关系密切。

那么，新时期文化散文在哪些方面继承和深化了现代文化散文呢？

首先，对人性、人情进行了深度的开掘。一般说来，中国现代散文比较重视表现人的阶级性，而对人的非阶级性则关注不够，当年鲁迅和梁实秋那场笔战就很能说明问题。某种程度上说，中国现代文化散文弥补了这一不足。比如，林语堂、丰子恺的文化散文较多关注人的普通人性，即衣、食、住、行和真、善、美、爱等，如林语堂的《论躺在床上》。丰子恺的《放生》《素食之后》都属此类作品。

到了新时期，探讨人们共通的人性和人情成为文化散文的共同追求，作家逐渐认识到衣、食、住、行、性、爱、美、趣味等是人生存

的基本前提，也是人生不可或缺的。如郑云云的《住房心情》、伍立杨的《悲欣交织说口腹》等都是自觉探讨人性的基本方面的作品。另外，亲情、夫妻和友朋之爱是新时期文化散文的一个母题。季羡林的《赋得永久的悔》、苏晨的《老伴》、林非的《离别》、宗璞的《哭小弟》、韩小蕙的《悠悠心会》等都是这方面的杰作。这些作品与鲁迅的《藤野先生》、冰心的《南归》、朱自清的《背影》都有内在的联系，从而丰富和深化了文化散文中关于人情至美的母题。这些作品较前或许在观念上没有太多的突破，但在抒情的真挚、描写的细腻、叙事的方式和感人的深度上都有新意。

事实上，爱作为人类永恒的母题，它世世代代为人抒写，然而又是常写常新。看来，问题的关键不仅在于写什么，而且在于怎么写。比如林非的《离别》让人想到朱自清的《背影》，它们都写父（母）子之爱，然而写法又明显不同。一是在叙事方式上，《背影》是从儿子的视角用直叙的方式，表达离别前父亲的对儿子体贴入微的关怀；而《离别》则通过父亲的视角运用倒叙回味的方式，描写父母亲对儿子的思念之情。《离别》中，儿子出国前父母的准备和机场送别时的千叮万嘱都被省略了，作品是从儿子离别后的空荡写起。"一个被抚摸着长得这么大的背影终于消失在匆匆奔走的人群中间"，"真可惜自己的眼睛无法跟他拐弯"，尽管儿子多少次回头告别，但母亲肖凤却自言自语："为什么不再回头瞧我们一眼？"父母回到家里，"推开门，觉得阴凄凄的，冷飕飕的"，尽管时令正值盛夏。此时，"往日的欢乐都到哪儿去了？"肖凤的心更是高悬着，她"走进儿子的小屋子里，轻轻抚摸着他写字的桌子，抚摸着他今天早晨还睡过的被褥，眼泪终于掉下来了"。其实，离别前和离别中的伤情固然强烈，而离别后的伤怀往往更深厚，尤其对父母来说更是如此。那么大的空间需要用思念去填充、回味，从而产生较大的艺术张力。二是在情感表达方式上，《离别》较《背影》更节制。《背影》中写了两次流泪，一次是看到家道衰落，想起祖母，"不禁簌簌地流下了眼泪"；一次是离别时父亲为"我"准备一切，后又消失在来来往往的人里，

"我的眼泪又来了"。而《离别》也写了两次流泪：一次是儿子的身影消失后泪水溢满眼眶，但强忍着，没有让它流下来；一次是母亲回到家中，看到儿子的用品，抚摸着儿子早晨留下的体温，"眼泪终于掉下来"。这种节制的感情更为感人，它在最应该表达的时候一涌而出，既表达出作为学者、作家的父母之克制力，又表现出内在情感的深度和流程，这里，《离别》比《背影》的情感表达又胜了一筹。三是在细节的描写上，《离别》比《背影》更扣人心弦。父亲送走儿子，"觉得自己的眼眶里正涌着泪水，绝对不敢开口说话，怕这轻轻的震颤，泪水会掉下来"。这是何等细微的体味，这仿佛是人走在一根发丝上，又好像早晨的露珠滚在草叶上，让你的心也为之震颤。

　　与此相关，倡导人性向善也成为许多文化散文的共同追求。在这些散文中，"善"不仅成为个人的一种修为，更重要的是，它能使自己避免受到异化和污染。在表达方式上，新时期文化散文比较注重审视人与动物的关系。1989年，冰心曾写了《我喜爱小动物》，其中表现了作家与小猫和小狗间的亲近。张炜也酷爱小动物，在他的散文中屡屡写到小动物，其中表达了他的向善之心，也表达了对那些残忍者的诅咒。在这里，我主要谈谈张炜的散文《圣华金的小狐》。在张炜笔下，小狐狸已不是狡猾放荡的野兽，而是周身充满灵性与美的象征。它的灵目，它的秀鼻，它的软毛，它的长须，它的大耳，都透出生命的光泽。然而，就是如此可爱的小生灵，"到本世纪末，它们可能灭绝"，而灭绝小狐的罪人就是人类。作者表达了其对人类残暴性的痛恨之情，"这样的一双目光，一张脸庞，令人心动。可是更多的时候，人类已经在残酷的追逐和杀戮中失去了感动的能力。对于死亡、流血、可怕的变故和异类的伤痛，已经变得相当漠然"，"圣华金小狐，还有其它无数的可爱生灵，都将在残酷的时间和命运的害和淘洗下，消失终结"。作者最后还警示说，面对小狐的眼睛，人类"都应该长长的反省"，"人类在这样的一双眼睛面前，应该全面地检点自己的行为，追索自己的品质"。面对人性的异化，张炜的呼喊是沙哑的、滴着血的，从中可见某种绝望。在另一篇散文《老人》

里，张炜关注的是类似的问题，只不过这里的动物比小狐幸运得多，它们与美丽的花朵一起聚集在两位栖身山中的老人身边，做着美丽的梦。老人从动物身上获得欢乐，而动物也得到老人的饲养和守护。有趣的是，作者对动物进行了拟人化的描写，它们之间甚至它们与老人之间都可以用语言进行交流。我认为，作者对动物如此富有童心，是在呼唤人类与动物、自然和谐相处，修成一颗善良仁慈之心。在丰子恺笔下的动物是可爱而温情的，但在张炜笔下的动物则可以与人类交流、亲近和会通，换言之，张炜笔下的动物与人已难分彼此和高下，而是荣辱与共、合为一体了。更重要的是，张炜站在人性异化的角度来审视动物，对人类的命运深怀忧患。长期以来，人类往往将自己看成是大自然的精灵、万物的主宰，而将动物看成野兽。但在张炜看来，动物与人都是大自然的子民，他们共生共长共灭，从心性上看，动物并不比人类来得残酷与可怕。

还有一位以动物为参照呼吁善心的散文家值得注意，她就是唐敏。在《心中的大自然》中，唐敏写到鹰，写到虎。对鹰，孩子时的"我"是充满敬佩与热爱的。然而，有一次，它却被一个战士击落，因为这个战士说，他的班长眼睛瞎了，而鹰脑是最好的治眼药。作者虽没有张炜的愤怒，但对人类的残暴深为不满，对人类至上的观念也表示怀疑。对虎，"我"一直怀有恐惧。然而，有一次，在山里，"我"一人与老虎突然相遇，相距仅仅五米。老虎竟然看了"我"两秒后悠然离去。这是我没有想到的，在作者看来，老虎并不是传说中那样"凶猛残忍"，而是多么善意啊，它完全可以与人类和平共处！

琦君曾写过《人鼠之间》和《黑人与小猫》两篇散文，表达了她的慈爱善心。尤其是《人鼠之间》更是不可多得。在一般人笔下的动物都是可爱的，对可爱者施仁行善是可以理解的，而对人见人恨、人见人恶的老鼠，作者也同样能给予善待，那就难得了。作者这样写道，"我本来对小动物都非常的喜爱，猫狗自不必说，就连人见人厌的过街老鼠，我也无心杀害。尤其是对于眼前这只楚楚依人，饥肠辘辘的小老鼠，越发动了怜悯之念"。这里，琦君做法的正误姑且不论，最重要的是她的宅心仁厚，有着深深的宗教情怀，她似乎要让日益变得功利、褊狭和凶残的人类清醒，葆有一颗善心是多么重要啊！

在人性日益异化的今天，新时期的文化散文表现出悲天悯人的情怀，作品呼吁人类要有一颗善心，对人，甚至对动物都应该如此。残酷与凶暴不是先天性的，它是后天被异化了的，找回善心，保住本性，这样，人类才能有健康与幸福。

讲究趣味是新时期散文的重大收获。我们知道，在中国现代文化散文中，林语堂和丰子恺是非常注重散文的趣味的，林语堂还曾专门著文《论趣味》，表达了自己的审美理想。但是，在那个特殊的年代里，鼓吹趣味是不能无所顾忌的。到新时期，趣味已成为许多散文作家的追求，比较典型的是贾平凹、董桥和伍立杨。董桥写过《说品味》《听那立体的乡愁》《满抽屉的寂寞》《文章似酒》，贾平凹写过《丑石》《五味巷》《酒》《灵渠》《闲人》《美食家》《红狐》《狐石》《坐佛》，伍立杨写过《文字灵幻》《寂寞》《水月镜花》《诗酒年华》《诗与水墨韵味》《梦中得句之趣》《悲欣交织说口腹》，仅仅从文章的题目即可见出作者的审美趣味：这是对生活和艺术中真、美和趣味的无边欣悦与崇尚。为了表达趣味之妙，作者往往运笔自如，行云流水，妙语连珠，有时真似如有神助一般。这是中国文化散文中重"性灵"的一脉。只是与林语堂等人有所不同，董桥散文中有一种"怪味"，贾平凹散文多了一股"妖气"，而伍立杨散文则将林语堂的绅士风度加以发挥，增添了如许华美。这是明显的深化与发展。

其次，在中西文化的大背景上，对知识分子的文化人格进行了深度的剖析。"五四"开始的中国现代新文学最突出的特点是，在西方自由、民主、科学和平等思想的支撑下对中国传统文化进行了毫不留情的批判。此时，先驱们非常坚执，绝不容许反对的意见，带着明显的霸气。在他们看来，中国传统文化已经从根部腐坏，必须进行彻底的"换血"，而西方文化则朝气蓬勃，意气风发，代表着人类发展的方向。鲁迅将中国旧文化概括为"吃人"二字，以"拿来主义"的姿态对西方文化进行全面吸收；郭沫若则在批判中国传统文化的同时，热情洋溢地将滚滚的工业烟柱比喻为美丽的花朵。应该说，将西方文明的优秀部分注入衰老的中国传统文化肌体中，使之起死回生，这是必要的，但这一批先驱也存在明显的局限，即是将西方文化神圣化了。这就势必带来中国现代散文的主导倾向，即对西方文明的赞美甚至崇拜之情。

当然，中国现代散文对西方文化也不是完全认同的，其中也有疏离，这主要表现在那些文化散文上。鲁迅的《朝花夕拾》、废名的《竹林的故事》、沈从文的《湘行散记》、冰心的《寄小读者》都表现出对中国传统文化的靠拢与皈依，更应注意的是，林语堂在他的"两脚踏中西文化，一心评宇宙文章"思想指导下，确是创作了一些比较优秀的文化散文。但总体说来，中国现代文化散文确实存在这样的不足：往往偏向而不是中正地对待中西文化。

新时期的文化散文也同样存在这样的倾向，或是过于依恋中国传统文化，或是过于信仰西方文化。但与现代文化散文相比，许多新时期文化散文对这一倾向都有新的超越。这些散文往往站在20世纪人类文化发展的高度，采取批判吸收的态度，表现了比较健康成熟的文化精神和审美倾向。这类散文作家主要是学者，他们包括余秋雨、史铁生、张中行、季羡林、林非、王小波等人。

余秋雨在散文《笔墨祭》中谈到中国的毛笔文化，认为这种文化尽管是中国文化的象征，其中也包含美与人格，但世界文化的发展已不容许中国人仍手握毛笔慢悠悠地爬行，新的世界和新的文化已是人们对这种毛笔文化进行美的祭奠的时候了。他这样概括毛笔文化的局限，"过于迷恋承袭，过于消磨时间，过于注重形式，过于讲究细节，毛笔文化的这些特性，正恰是中国传统文人群体人格的映照，在整体上，它应该淡远了"。显然，这是针对世界文化的发展来说的。如果不站在世界科技的高速发展中审视，余秋雨或许还沉迷于毛笔文化的"美"中不能自拔。同样，在《西湖梦》中，余秋雨还对梅妻鹤子的隐逸文化人格进行批判，认为这样就会使中国"群体性的文化人格日趋黯淡"，"文化成了一种无目的的浪费"，"封闭式的道德完善导向了总体上的不道德。文明的突进，也因此被取消"。站在西方竞争文化的角度看，中国几千年的隐逸文化也确实产生了很大的负面作用。如果不改变中国人的文化结构，中国将永远被甩在世界的后面。只是余秋雨的分析还欠深入，他没有看到毛笔文化和隐逸文化在中国文化中的正面意义，也没有看到造成中国这种"柔性哲学"的根本原因是残酷的专制制度，更没有看到世界文化建设过程中，中国文化的柔性是其中不可分割的一部分。问题的关键不是清除而是继承与发展。这是余秋雨在中西文化大背景下存在的误区。

比较而言，林非的文化散文要清醒得多。在《旧金山印象》中，作者一面惊异于物质文明发展的速度之快，一面又感到这种物质文明存在与人性和人类发展相悖的地方。作者这样写道："从挖掘洞穴的原始人，到建造摩天大楼的现代人，其间的进步实在太惊人了，人的创造力量实在是太无穷无尽了。然而当人们将各种最富流线型的高楼大厦汇集在一起，却也同时给自己造成了一个失掉阳光的环境，多少重复了洞穴中那种阴暗的气氛。"这是一个对中西文化有深切理解的学者的眼光，合情合理，深入透彻。这里让我们想起新时期文化散文有的过于强调桃花源式的生活环境，甚至崇尚原始的洞穴式生活方式；有的过于沉迷于都市生活的钢铁结构中。这两种生活理想都是有问题的，都缺乏现代的理性精神，都带有感觉和情绪化的倾向。可以设想，如果人类完全舍弃物质文明的便利条件和优秀成果而追求远古的自然风光和情调，或一味跟随现代物质文明的疯狂发展不顾人类的精神家园，那怎会产生健康的人格和人类的幸福生活呢？用桃花源式的文化理想来反拨现代都市文明的异化是有价值的，让人类享受符合人性发展的现代文明部分也是不错的，而如果非理性地顾此失彼则永远难以超越人类异化的困境。

中国知识分子的人格健全是新时期文化散文最为关注的问题之一。余秋雨曾说："如果辉煌的知识文明总是给人带来如此沉重的身心负担，那么再过千百年，人类不就要被自己创造的精神成果压得喘不过气来？如果精神与体魄总是矛盾，深邃与青春总是无缘，学术与游戏总是对立，那么何时才能问津人类自古至今一直苦苦企盼的自身健全？"[1]张炜曾这样给知识分子下定义："没有关怀力、判断力，在民族发展和转变的关键时刻毫不动心，漠然处之，甚至尾随污浊，即便有再多的学问，能算得上一个知识分子吗？"[2]显然，在张炜看来，健全今天的知识分子人格是一项非常迫切的工作。

在余秋雨的散文中，知识分子一直是他关注的核心，知识分子成为余氏透视中国文化、审视自身的一个聚光点。在《一个王朝的背影》里，王国维成为作者剖析的对象，虽然一个王朝业已覆灭，而被传统文化同化又不能自拔的旧式知识分子王国维却"没有从心理挣扎中找到希望"，与那个朝代一同逝去了。

史铁生是一个孤独者，他在那篇《我与地坛》的文化散文中表现了一个知识分子进行心灵探险的心路历程，在对精神家园的寻求中，史铁生获得了哲学意义上的感悟，那就是人在与万物的和谐中体会真、善、美，美好的生命就是在自然的秩序中倾听上帝无言的声音。史铁生似乎对厚重的历史和纷乱的文明碎片不感兴趣，而是穿透它们，直接走进人生、生命之中，用心灵和智慧去感悟永恒与永生。

王小波的散文也在探讨知识分子的人格与精神品质，只是他比余秋雨和史铁生多了一份明晰、一份超脱。王小波《我的精神家园》建立在对中西文化理性的批判与整合上，在坚持自由、民主、平等和科学精神的基本原则上，王小波以一个"浪漫的骑士"对中西文化展开无情的批判。王小波作为一个自由作家，他不仅反对中国封建专制制度，蔑视封建伦理道德，而且指出中国知识分子的"信使"角色。"面对公众和领导时，大家都是信使，而且都要耍点滑头"，"现在的人文知识分子在诚恳方面没几个能和马老（指马寅初，笔者注）相比"。由此可见，保持知识分子独立人格的重要性。中国知识分子缺乏的往往不是理想主义和从众意识，而是自己的身份与独立人格。在

---

① 余秋雨：《文化苦旅》，知识出版社1992年版，第2页。

② 张炜：《纯美的注视》，上海远东出版社1996年版，第40页。

《椰子树与平等》中，王小波指出，"人人理应生来平等，这一点人人都同意。但实际上是不平等的"，这种不平等就是"有人聪明有人笨"。这里，王小波提出了一个存在论问题，即人本质上的悲剧性。最可悲的是，我们的文化往往用这样的方法去消除这种不平等，即"给聪明人头上一闷棍，把他打笨些"，或"一旦聪明人和傻子起了争执，我们总说傻子有理，久而久之，聪明人也会变傻"。如此把握我们的文化和知识分子的命运，令人感到悲凉自心底升起，从中可见作品的深刻性。

如果说，中国现代文化散文还未能解决好中西文化互补融合的问题，那么，新时期中国文化散文则在此问题上向前迈进了一大步。有些作家能够站在20世纪学术研究的最高点思考文化和人类的发展命运，自觉而理性地对待文化和人类面临的异化问题，并提出自己的建议与对策。同时，新时期文化散文主要已不是像现代文化散文那样从政治、社会、道德和思想层面，而多从文化的角度，即从思维方式、心理结构、精神追求和审美理想等角度，来反思中西文化，尤其是反思知识分子的健全发展。这可以说是较前的一次深化。

再次，文体模式的演进与突破。长期以来，散文这一文体一直以其短小精粹为特色，叙事散文、抒情散文、杂感、通讯、小品文、散文诗、书话都是如此，即使是随笔也往往篇幅不大。散文似乎已经形成了不成文的体式，以短小的篇幅快速地反映自身及发生在身边的人和事，从而形成气魄小、承载量不大的文体模式。这一模式自有其优点，自然、活泼、灵动而快捷，容易表达诗意和情感。中国现代散文一直以这一模式为主导，形成了与小说不同的另一种风格。

新时期的较长时间里，散文创作都是遵循着现代以来短小精悍的散文传统，只是到20世纪80年代中后期，这一局面有所改变，出现了较长篇幅、较大容量的"大散文"，有的学者称之为"文化散文"。为了与篇幅较短、容量较小的文化散文相区别，我们将这类散文称之为"大文化散文"。此类散文比较有代表性的作家是余秋雨、史铁生、周涛、张承志、素素、祝勇等。这种划分定义方法既可突现此类散文"大"和"文化"的特点，又可与非文化散文，与一般的文化散文区别开来，使其更明晰、更准确。

　　"大文化散文"有什么特点呢？一是自由度大。短小的篇幅固然有其特长，但它也有明显的短处，那就是容量小，这就限制了散文只能选取较小的题材。对那些较大的题材，作家也只能有所选择，截取其中的精华部分。久而久之，散文甚至形成了"形散神不散""叙事—抒情—说理"的模式。到新时期中后期，客观形势的变化、诗歌与小说的创新、文化寻根的推动、散文作家和理论家的呼吁，终于使这一传统散文模式有所松动，"大文化散文"应运而生。这种散文体式打破了既定的散文模式，完全以自由的心态进行创作，在题材上注意把握大的文化命题，在叙事、抒情和议论上都舒展自由，以内心的展示为依据。这里，余秋雨和周涛比较有代表性。余秋雨以学术论文随笔的形式展开，他往往选中一个大的文化命题而后多角度多侧面阐发，行文如江河纵流，不择地势，浩浩荡荡。这类文章往往都很长，有上万字的规模。《一个王朝的背影》《苏东坡突围》《抱愧山西》《十万进士》等都是这样。周涛则以多个单篇组合而成长篇的方式成文，表面看来，这些单篇散文间的联系往往并不密切，但其内在精神却不无关联。如长篇文化散文《吉木萨尔纪事》《蠕动的屋脊》《伊犁秋天的札记》《游牧长城》等就是这样。这种文体极有助于作家自由挥洒，纵横驰骋，充分发挥自己的才情。二是忧患意识强。这类散文与一般性文化散文，如汪曾祺、贾平凹、孙犁等的散文不同，它们更多的是站在民族文化、中西文化和人类文化的高度来表达自己的文化观念和审美理想，这类散文的理想性强、参与意识强，往往具有较强的启蒙性质。余秋雨站在文明和文化的中心焦虑地呼唤知识分子人格的健全与发展。周涛以边地文化的倡导者身份，迫切希望中华文明不要遗忘边陲文化的美。史铁生用自己的心灵默默地又是忧心忡忡地寻找人类的精神家园。素素对东北久远的文化细心考察，希望尽快找回失去或即将失去的文明记忆。祝勇面对老北京文化精神的日益衰落发出忧心如焚的寻问。这种忧患具有一种弥漫和辐射作用，使其散文有着强烈的生命力和悲感意味。三是理论色彩浓厚。"大文化散文"与一般文化散文比较，明显增强了说理的成分与逻辑的力量，有时议论推陈铺排，如山海涌来。有的善于引经据典，以增强自己论点的说服力。还有的运用思考的力量层层递进。浓郁的理性力量使得此类散文可信性强，并有着大气磅礴的深刻力量。余秋雨的散文充满历史史料、考证证据、说理议论，从而使其散文带有强烈的理性色彩。这对表现作家文化选择的自觉是有益的，但也带来了一些副作用，如作品过于沉重，有呆板和概念化的倾向，有好为人师和贵族化的优越感。对周涛散文的理性，有的学者认为，"周涛散文有理性过强、思想太密集，而难免使得构架粗疏空泛，寄托、附丽思想的底座（材料、具象）不够坚实有力"①。这一评价是相当准确和中肯的。

需要说明的是，这类"大文化散文"并不是无源之水，平地而生的，它有中西文化散文作为深厚的背景。比如英法随笔的影响是明显的。另外，中国现代文化散文中，梁遇春和林语堂的文体对其影响最大。林语堂的文化散文《机器与精神》和《中国文化之精神》都属于"大文化散文"的范畴，无论在精神实质还是文体形式上都是如此。只是林氏带有明显的绅士风度，不显得过于沉重忧患罢了。尤其是在中国现代，林、梁毕竟还属个例，而且他们远没有余秋雨等人来得自由与自觉，也未形成巨大的声势。

总之，新时期中国文化散文是一个可喜的收获，虽然在总体格局上仍未脱离中国现代文化散文传统，但在广度与深度上显然有较大的开拓与深化，某些地方还有明显的突破。值得指出的是，新时期文化散文并不因与传统的紧密联系而减损其成就与价值。可以说，从艺术水准和感染力的深度来说，文化散文最有生命力，它对新时期散文的贡献也最大，这是其他散文体式都不可比拟的。

---

① 佘树森、陈旭光：《中国当代散文报告文学发展史》，北京大学出版社1996年版，第270页。

第十一章

改革开放以来散文的母爱叙事

长期以来，不论是文学创作还是文学研究都有一个致命短板，那就是往往更关注那些遥远甚至玄渺之事，忽略甚至无视与我们最近且息息相关的珍贵部分。"母亲"这个生命之源就是如此。天底下没什么比她更亲近、更重要、更内在、更意味深长，然而，我们的作家和学者对她的研究却很不够。作家肖复兴说，多年来，他写过很多普通人，但后来才发现，自己却从没想到，也应该写写自己的母亲。①有人研究过小说中的母亲，但与散文家笔下最密不可分的母亲却被忽略。中国现代散文中的母亲受到学者一定的关注，但改革开放以来40年中国散文的母爱叙事却不受重视，这是一个需要不断被开拓和发现的重大命题。

一、博大的母爱无所不在

有学者发现，中国古代讲礼教、重人伦、尊孝道，但颂扬母亲和母爱的文学作品并不多见，能成为经典的更少。只有到了"五四"时期，母亲和母爱才随着"人"的发现被发现。然而，中国现代散文

① 参见肖复兴：《母亲》，《梦幻中的蓝色》，文汇出版社2001年版，第329页。

对母爱主题的表现并不充分，更未能展示其无限深厚的文化内涵。[①]
这样的认识是有道理的，它既反映了"五四"文学的发现，也反映了
"五四"散文的局限。这在改革开放以后40年的中国散文创作中有所
拓展，也有不少新的创新。

早在1923年，冰心就在《寄小读者》中高度赞扬母爱，既发现
母爱的本体性，又发现母爱的普遍性，还发现母爱的神圣感，所以她
才能发出这样的感兴："这时宇宙已经没有了，只母亲和我，最后我
也没有了，只有母亲；因为我本是她的一部分！""她的爱不但包围
我，而且普遍的包围着一切爱我的人；而且因着爱我，她也爱了天下
的儿女，她更爱了天下的母亲。""只有普天下的母亲的爱，或隐或
显，或出或没，不论用斗量，用尺量，或是用心灵的度量衡来推测；
我的母亲对于我，你的母亲对于你，她的和他的母亲对于她和他；她
们的爱是一般的长阔高深，分毫都不差减。……当我发觉了这神圣的
秘密的时候，我竟欢喜感动得伏案痛哭！"[②]可以说，冰心散文在发
现母亲和母爱时，也发现了一个具有哲学意义的形而上命题，那就是
"爱的哲学"。爱的哲学一下子将母亲和母爱提升和升华了，为包括
散文在内的中国现代文学打开了一个天窗，从而实现了现实与天宇的
思接千载。不过，也应该看到，由于冰心笔下的母爱过于哲学化，
有抽象化甚至玄学化倾向，所以给人不接地气的飘浮感，难以产生
撼动人心的力量。林语堂曾在《我的生活》中这样写母亲："我有一
个温柔谦让天下无双的母亲，她给我的是无限无量恒河沙数的母爱，
永不骂我，只有爱我。这源泉滚滚昼夜不息的爱，无影无踪，而包罗
万有。说她影响我什么，指不出来，说她没影响我，又瞻之在前，忽
焉在后。大概就是像春风化雨。我是在这春风化雨母爱的庇护下长成
的。我长成，她衰老，她见背，留下我在世。说没有什么，是没有什

---

①　参见王富仁：《〈芭蕉花〉序》，邓九平、于海婴编《芭蕉花——忆母
亲》，中国对外翻译出版公司1995年版，第3页。

②　冰心：《三寄小读者》，少年儿童出版社1981年版，第36、38页。

么，但是我之所以为我，是她培养出来的。我想天下无限量的爱，是没有的，只有母爱是无限量的。这无限量的爱，一人只有一个，怎么能够遗忘？"[1]林语堂笔下的母爱虽没有冰心的哲学抽象，但也具有普遍性和神圣感，尤其是诗意的提纯将母爱变成美好的梦境，可以超度每个儿女的坎坷人生。不过，也正因此，这样的母爱有点不食人间烟火的空洞，令人只能借助于想象。

改革开放以来的中国散文，在母爱的书写上，数量大幅增加，很多作家都自觉不自觉写到母亲。在母爱描写中，虽然也有一些神圣感，但更多了些现实感、生活化、世俗性，尤其是从天上来到人间，从想象进入现实，由理想归于平淡，有笑也有泪，一种贴近大地所发出的歌吟、呼喊、尖叫、悲思。总之，时代的、家庭的、个人的、心灵的震颤，都能从这些散文中找到投影。

对过去岁月的回忆，激起了对时代的浪花、社会的变动、人世的沧桑以及生命的短暂的思考。丛维熙在《母亲的鼾歌》中写自己的母亲在困苦时从不打鼾，一旦安顺则有香甜的鼾歌，中华人民共和国成立时是这样，改革开放后也是如此。所以，作品这样写道："只有母亲的鼾声，对我是安眠剂。尽管她的鼾声，和别人的没有任何差别，但我听起来却别有韵味；她的鼾声既是儿歌，也是一首迎接黎明的晨曲。她似乎在用饱经沧桑的鼾歌，赞美着这个来之不易的太平盛世。"[2]该文写于1984年丛维熙51岁生日时，也正是改革开放的发轫期，全国上下思想解放、文艺兴起、人心思变，所以作者笔下的母爱也就换了人间，充满时代感和动人的力量。毕淑敏的《抱着你，我走过安西》写母亲随军，通过寻找、团聚、相伴、分离等描写，在山东、新疆、北京等地的艰苦跋涉中，展示了母亲的坚强不屈、忠诚无悔、脉脉含情，也映衬了共和国在艰辛中成长的步履。肖凤的《小

---

① 《林语堂自传》，江苏文艺出版社1995年版，第272页。

② 邓九平、于海婴编：《芭蕉花——忆母亲》，中国对外翻译出版公司1995年版，第327页。

久寻母记》写"我"生下来从没见到母亲，50多岁了，才知道母亲在台湾的下落，于是，通过千辛万苦找到母亲，并约定在香港与母亲见面。这是只有改革开放、两岸关系转暖之时才有可能实现的。由李小树口述、王恒绩整理的《疯娘》是一篇感人之作。散文写疯娘受尽磨难与屈辱，甚至被奶奶、丈夫、儿子剥夺了做母亲的基本权利，生下儿子连给他喂奶甚至抱一抱的权利都没有。然而，她却像普天下的母亲一样有母爱，千方百计为儿子做事，最后竟然为讨他欢心到山崖摘野桃而丧命。所以，作者说："我明白这不是母爱，即使神志不清，母爱也不清醒的。""也真是奇迹，凡是为儿子做事，娘一点儿也不疯。除了母爱，我无法解释这种现象在医学上应该怎么破译。"作品还写道，2000年前后，"奶奶不幸去世，家里的日子更难了。民政部将我家列为特困家庭，每月补助四十元钱，我所在的高中也适当减免了我的学杂费，我这才得以继续读下去"①。可以说，改革开放以来的中国散文实际上是一面镜子，它在回忆历史时，也映照了我们的时代，尤其是折射出人生和人性的深刻。

母爱更多凝聚于家庭，体现在个人尤其是子女的深切感受中。在此，既有像宗璞的《花朝节的纪念》、王安忆的《风筝》、吴青的《我的妈妈冰心》这样的高级知识分子之家，也有林非的《记忆的小河》这样由富裕转向困顿的家庭，更多的则是莫言的《母亲》、韩静霆的《爱之岸》、和谷的《游子吟》、丁亚平的《悠悠长旅妈妈伴我走》、郭文斌的《布底鞋》、厉彦林的《仰望弯腰驼背的娘》那样的贫困之家。这些作品都有着一种母子情深，也有一种来自挚爱的血脉关联，还有着更加珍贵的精神传承。韩静霆是这样写母子情深的复杂意蕴的，以及难以言说的水乳交融："母爱就是这样。她是人间最无私的，最自私的；最崇高的，最褊狭的；最真挚最热烈最柔情最慈祥最长久的。母亲无私地把生命的一半奉献给儿子，自私地渴望用情爱

---

① 张国龙主编：《真情感动中国的36篇至情散文》，天津社会科学院出版社2005年版，第91—92页。

的红绳把儿子系在身边；母亲崇高地含辛茹苦教养儿女，褊狭到夸大儿女的微小的长处，甚至护短。她的爱一直会延展到她离开人世，一直化成儿女骨中的钙，血中的盐，汗中的碱。"①丁亚平通过母亲的病、早逝，以及对自己的爱，这样写道："我常常在想，无论走到哪里，无论何时何地遭遇怎样的曲折坎坷，无论经过怎样的歧途岔道，领受怎样的痛苦与欢乐的反复锤打，我都该时时刻刻记着，我的路是妈妈为我设定的，我一生的意义是妈妈创造并给予我的，悠悠长旅，有妈妈引导我，有妈妈的爱心伴我，我要一直往前走。"②

与以往相比，改革开放以来写母爱的散文与时代贴得更紧，更带着社会体温，也更重细节表达，所以透出生活气息、生命本真和人性的光芒，当然也更容易感人。不过，如何将个我、小我融入群体、大我之中，从而显示出天地之宽和博大的仁慈，这是改革开放以来中国散文最值得称道之处。

我们发现，不论是多么个人化的母爱叙事，往往都不是沉溺于个人的感官，而是被赋予了更大的视野和更高的境界。这是一般意义上的散文所难以做到的。如在梁晓声《母亲》这篇主要写母亲对儿子之爱的文章中，有这句话："我对人的同情心最初正是以对母亲的同情形成的。"蒋新的《娘心高处》写的是别人的娘，但她却对侄子、外人都怀着同情和关爱，甚至对偷盗者以德报怨，唯独对自己则省吃俭用。莫言在获得诺贝尔文学奖时发表感言，其中叙述了母亲及其博大的爱。一是"我"对当年打过母亲一巴掌的那个高大的男人，想施加报复。结果母亲却拦住"我"说："儿子，那个打我的人，与这个老人，并不是一个人。"另有一次，一个乞讨的老人来到"我"家讨饭，"我"端起半碗红薯干打发他，却遭到对方愤恨的质问："我是一个老人，你们吃饺子，却让我吃红薯干，你们的心是怎

---

① 兆一、葛正夫编：《我爸我妈》，中国文联出版公司1998年版，第434页。

② 林非主编：《中国现当代散文三百篇》第3卷，中国社会科学出版社2003年版，第1102页。

么长的？""我"气急败坏地说："我们一年也吃不了几次饺子，一人一小碗，连半饱都吃不了！给你红薯干就不错了，你要就要，不要就滚！"结果，母亲训斥了"我"，将她自己那半碗饺子，倒进老人碗里。莫言一下子将母亲的大爱写活了。改革开放以来，还有不少散文写的是继母、后妈，这在世俗生活中往往充满残酷，然而汪曾祺的《我的母亲》、张正隆的《后妈》、肖复兴的《母亲》等作品却写出了继母后妈的"大爱"，这在人世间难能可贵。张正隆说："生母去世时，我10岁，大妹6岁，小妹4岁，小弟1岁多。"然而，这个继母却并不嫌弃他们，第一次见面就用"一只手将我拉过，另一只手把小弟揽在怀里，又伸出去搂住两个妹妹，泪水断线珠子样滴落在我的脸上，滴落在妹妹的脸上，滴落在小弟糖叶和泪水模糊的脸上"，以至于"直到今天，我还能感到那手的温暖，感觉到那泪水是甜的"。①另如肖复兴笔下的后妈，"宁肯自己穿芦花做的棉衣，也决不会让我的弟弟穿的"。当后妈的女儿远去内蒙古时，她竟让女儿将唯一的一件像样的棉大衣留给弟弟——两个并非亲生的儿子。后母的无私奉献也真正感动了"我"，以至于"我从来不讲她是后娘，也绝不允许别人讲"。②彭学明的《娘》也是有大爱的：娘对非自己所生的儿子视为己出、疼爱有加；对陌生人施以仁爱，因为她最见不得穷人、可怜人，所以才能做到给乞讨者钱、领他们回家洗澡吃饭；对于曾打骂、欺负甚至污辱过自己的生产队队长，一旦他登门求助，很快心软并原谅了他，还不计前嫌求儿子给他帮忙。作品有一个强烈反差：在娘的一生中，很少得到他人帮助和关爱（"我"的舅舅和舅母例外），但她却可怜每个有难处的人，包括那些曾将自己逼上绝路的仇敌。

　　像阳光洒落大地和人间，改革开放以来中国散文中的母亲、母爱描写可谓民胞物与，具有人性深度和天地情怀。母爱不仅扎根于儿女

---

　　①　兆一、葛正夫编：《我爸我妈》，中国文联出版公司1998年版，第455—456页。

　　②　肖复兴：《母亲》，《梦幻中的蓝色》，文汇出版社2001年版，第338、348页。

心田，成为前进和奋斗的原动力，更将爱给予亲戚、朋友、非亲生的儿女、陌生人，甚至动植物和一沙一土一石，从而将更广大深厚的爱传达出去。这对中国现代散文的母爱书写，既有继承更有超越，这种超越基于真情实感，是可以触摸的，从而拨动了时代、家庭和个人的心弦。

二、社会问题反思与爱的教育

并不是所有的母爱都在歌颂之列，也不是所有子女都是孝子孝女，而这一切又离不开社会和家庭环境的影响。母爱自"五四"文学的神圣感和宗教化，到改革开放的现实性与人生化，是一个重要突破；而对之给予进一步的世俗化理解，甚至看到其异化方面，这是另一种深化，从中可见母爱并非纯而又纯，甚至不食人间烟火，与现实人生处于完全绝缘状态。

首先，不少写母爱的散文具有社会批判性，也考量着人性的深度。叶倾城的《母爱，不能承受之轻》对医生、单位领导给予无情鞭挞，以至于作者感叹："这年头，吃人的并不嘴软，拿人的并不手短。""护士说再不能缴费就要停药的口吻；那些一扇扇关上的门；那些冷淡的笑容；闷热尘沙的大道上他越来越疲倦的脚步；他曾经昧着良心，把质次价高的器械卖给客户……"[1]梁晓声的《母亲》写母亲的贫穷与无奈，也写了为儿女生存，作为一个母亲所能做到的勤劳、慈爱、屈辱、坚韧，还透露出对社会、人性的批判和赞扬。文中有个细节：作为孩子的"我"在电影院门口出租小人书赚钱，结果被警察收缴。为此，母亲领着"我"去讨要。在冷漠的刁难中，一对母子忍饥挨饿、苦苦等待，反映了世道和人心的冷膜。不过，作品最后写，警察终于将小人书还给"我"和母亲。当"我"发现少了三本，

---

[1] 张国龙主编：《真情感动中国的36篇至情散文》，天津社会科学院出版社2005年版，第102、104页。

向警察索要，"他笑了，从衣兜里掏出三本小人书扔给我，嘟哝道：'哟哈，还跟我来这一套……'"母子刚要离开时，却又被警察叫住，原来他拦截了一辆小汽车，让司机将母子送回家，并表示"要一直送到家门口"！这一笔将人性的善写活了。

其次，母爱也有失落甚至失误之时，对比那些纯洁美好的母爱，另一些则充满迷惑、冷漠甚至异化。胡适曾写过《我的母亲》一文，其中写"我母亲管束我最严，她是慈母兼任严父"，有时竟然到了不近人情地步。比如，责备、行罚、罚跪，甚至拧儿子的肉，还不许哭出声来。当儿子去美国留学，母亲竟没送行，多年留学中，母亲不让儿子回家探亲。母亲去世了好长时间，胡适在国外竟不知道，一直能按时接到母亲让人提前写好的书信。然而，母亲又是深爱着胡适的，所以在儿女得了眼翳后，她竟相信偏方，用舌头舔去儿子的眼翳。[①]这是一篇外冷内热的母爱散文。改革开放以来，有的作家对母爱问题也进行了冷处理，但往往更注重发掘母爱的偏向甚至异化，从而展示了另一种母爱的情状。席星荃的《生命深处的痛楚》写到自己的母亲，并说"母亲年轻时是一个羞涩的人。那时她不会骂人，不会吵架；那时的母亲会唱歌"。然而，经过岁月的磨难，母亲开始骂人打架。母亲跟父亲、孩子没完没了地吵架，还与父亲打得你死我活，以至于临死都得不到父亲的原谅。作品写母亲让"我"教训倔强的侄子，没得到回应，她就大动肝火，立即开骂道："好，你不揍！你不揍！你不揍你就不是我生出来的！""母亲半瞎的眼里露出恶狠狠的光，青色的火焰在瞳子里跳跃，两手战栗，嘴唇直抖。那样子，如果可能，是会吃掉我的。""这恶毒而粗鄙的话也激怒了我，我的脸腾地发烧，感觉就要发疯……"作者文末还说，父亲在母亲临死时坚决不去看她一眼，且和老人谈起此事，仿佛是一大骄傲。"在父亲，这是何等的绝决！在母亲，这是何等的伤痛！九泉之下，母亲的灵魂能

---

①　参见林非主编：《中国现当代散文三百篇》第1卷，中国社会科学出版社2003年版，第35—40页。

够安息吗？给我们儿女赞成的灵魂的痛楚能够抚平吗？"①这是一个被异化的母亲形象，也是在亲人间不懂如何爱的母亲形象。彭学明的《娘》也是一个母爱被异化的文本，她可以爱天下万物，爱非自己所生的孩子，爱穷人、仇人，唯独不会爱自己的儿女、丈夫，结果成为一个备受欺侮和怨恨的弃者。如在娘与父亲之聚合分离中，就包含了双方的爱的无知与盲目：在一起不知道珍惜，更不会相爱；分开了却变得爱怜和珍惜起来。这是一个有着深刻内涵的潜在话题，值得深思和研讨。还有娘对儿女的爱，表面看是深厚浓郁，但却充满无知甚至溺爱。当儿子在外面受气，娘就奋不顾身与人打架，甚至以命相搏，而不是充满包容和用智慧解决。面对女儿的婚姻，娘越俎代庖和以死相逼，却不给她自由。当儿子遇到高考、晋升难题，娘不是教孩子树立正确的人生观，反替他走后门和拉关系。面对儿子的犯浑与不自重，娘不是因势利导，反而无原则地包容和纵容他。所有这些都牵扯到爱的教育。在此，作品中的娘既无能又无知，还令儿子难堪和无奈。所以，娘这一形象在情感表达上多是逆向的，即她的心是好的，但方法和效果却不对。显然，彭学明的娘与席星荃的娘虽有不同，但都暗含了"如何去学会爱"的问题。越该好好相爱的人，越不易相爱，反而充满强烈的矛盾、冲突甚至令人绝望的隔膜与仇恨。现实上往往也是如此：我们可以全身心爱那些宠物，对陌生人彬彬有礼，对同事朋友都保持联系和友善，唯独忽略亲人，特别是至亲。因此，我们要学会爱，从最亲的人开始，以此为起点和圆点，将对他人、朋友、陌生人甚至于万事万物的博大的爱传达出去，这样的爱才有附丽，才有力量，也才更可靠。

再次，以自我剖析甚至饱含忏悔意识进行母爱叙事，成为一种更加深入的爱的教育。纵观一个世纪以来的母爱书写，有一个普遍特点：在母爱面前的自责、自嘲、自醒、自我忏悔。如萧军的《我的童年：乳娘》最初发表在20世纪40年代末，作品写乳娘郝妈妈将"我"

---

① 见《散文》（海外版）2007年第5期。

视若己出，但随着年岁增长，"我"却并不领情，甚至有点讨厌她的"爱抚"。这是一次关于人间大爱的自白与忏悔。徐懋庸写于1957年的《母亲》也是如此，作品写"解放以后的不去看看母亲，实在是罪无可赦的事"，"能够见到我的面，能够在精神上占有我——至少一部分，在她，这才是幸福的真谛。但是我，剥夺了她的全部幸福"①。不过，在以往的散文中，这样的剖白和忏悔还不占多少分量，而改革开放以来这则变成一种趋势，且增加了广度、深度、密度。季羡林一生最后悔的是，很早就离开母亲出外求学，甚至在国外读书十多年，没在母亲身边尽孝，所以他在《赋得永久的悔》中说："我这永久的悔就是：不该离开故乡，离开母亲。""我后悔，我真后悔，我千不该万不该离开母亲。世界上无论什么名誉，什么地位，什么幸福，什么尊荣，都比不上呆在母亲身边。"②史铁生的《我与地坛》可做多种解读，但自我剖析和忏悔是不可忽略的。作为儿子，"我"在地坛中，有时母亲来找，但"我"看见母亲，故意不做回应，"这也许是出于长大了的男孩子的倔强或羞涩？但这倔强只留给我痛悔，丝毫也没有骄傲。我真想告诫所有长大了的男孩子，千万不要跟母亲来这套倔强，羞涩就更不必，我已经懂了可我已经来不及了"。"多年来我头一次意识到，这园中不单是处处都有过我的车辙，有过我的车辙的地方也都有过母亲的脚印。"③贾平凹的《我不是个好儿子》是对母亲的心语：母亲养育了儿子，用他那双满是老茧的手。儿子像小鸟一样飞走，离开母亲的巢，很少再想到母亲。相反，累了、病了、不顺了，还要母亲惦记，但母亲从不求回报，一如既往地疼爱着。于是作者剖析说："在纸灰飞扬的时候，突然间我会想起乡下的母亲，又是数日不安，也就必会寄一笔钱到乡下去。寄走了钱，心安理得地又投入到我的工作中了，心中再也没有母亲的影

---

① 邓九平、于海婴编：《芭蕉花——忆母亲》，中国对外翻译出版公司1995年版，第184—185页。

② 见《光明日报》，1994年3月26日。

③ 史铁生：《好运设计》，春风文艺出版社1995年版，第99—100页。

子。老家的村子里，人都在夸我给母亲寄钱，可我心里明白，给母亲寄钱并不是我心中多么有母亲，完全是为了我的心理平衡。"[1]朱寿桐的《从俗如流》写自己作为一个知识分子，不得不在为母亲办丧事时，遵从当地迷信的风俗。这说出天底下多少儿女心中的无奈。

最有代表性的是彭学明的《娘》[2]，这是一个自我忏悔的文本，其中充满儿子的深刻反省，以及对母亲的深刻自责。首先，《娘》写"我"对娘不好，甚至于有罪。有一次，从乡下跟"我"进城住的母亲，见街上的乞丐，想起自己一生的行乞生涯，就将他们领回家吃喝，还让他们洗澡，结果被骗，还被骗子拿走了"我"的手表。于是，作品写道："看着被两个小蟊贼弄得脏兮兮的毛巾、地板，我气得欲哭无泪，搬起板凳就往地板上砸，甚至，还有了把娘一脚赶出家门的罪恶念头。"作者还反思自己对母亲的凶恶："儿子的凶面孔，儿子的毒语言，儿子的冷暴力，儿子的铁心肠，把娘的自豪与尊严，把娘的希望和寄托，全都击得粉碎。娘在儿子面前，就像一个惊恐的小孩和一只胆怯的老鼠，整天提心吊胆、战战兢兢，实在可怜！"作品还通过对比写"我"对母亲的忽略："世界上那么多好看的地方，我看了，却没带娘看过。世界上那么多好吃的东西，我吃了，却没带娘吃过。世界上那么多好穿的衣服，我穿了，却没带娘穿过。世界上那么多好听的语言，我讲了，却一句都没给娘讲过。我算什么孝子呢？我有什么值得称道的呢？"这样的自责和自剖深入骨髓。其次，作者反思自我。"我"对社会甚至陌生人充满关爱，却经常忽略自己的母亲。作者在思考一个重要问题："最亲的人，往往是我们最以为可以无所谓的人。""可悲的是，我那么关爱他人时，却从未关爱过娘，无论在北京开全国人代会还是在外地出差，我从没有想过给娘打一个电话、报一声平安，更没想过打一个电话问问娘的冷热、娘

---

① 兆一、葛正夫编：《我爸我妈》，中国文联出版公司1998年版，第296页。

② 彭学明：《娘》，山东文艺出版社2018年版。本节引文均出于此。

的病痛。有时开完会，我还想着为家乡和百姓办点什么好事，可就没想过给娘办点什么好事。""我以我博大的爱心，为贫困山区盖起了一栋崭新的教学大楼，为含冤受屈者撑起了一片天空，却以我狭小的心肠，把娘的世界变成了一片废墟。"为此，作者痛心疾首道："为什么我对天下人都好，唯独对娘不好？一个把娘当作敌人的人，是没有资格和脸面谈自己有一颗'亲民爱民'的菩萨心的；一个成天凶恶地对待娘的人，再善良伟大也是小人。于那些我给予了最大帮助斩弱者，我是一头披着狼皮的羊。于一个我无数次打击伤害的娘亲，我是一头披着头皮的狼。"作者清醒地认识到："总之，这是我人生一大罪恶。娘的一生，儿女最重，儿女之中，我是全部的重，我却将娘放在了可有可无甚至完全虚无的境地。"在此，作品提出一个重要问题："人要学会去爱"，尤其要学会爱自己的母亲。这也是为什么，最亲的人最易受到伤害，最爱的人最易被忽略。再次，作品还对"孝顺"进行阐发，希望能改变自己，重获爱的真义。作品概括说："孝顺，孝顺，既要孝，更要顺，顺比孝大，先顺后孝。顺了老人心愿，老人开心快乐了，就是最大的孝。不顺老人心愿，老人不开心快乐，就是最大的不孝。""我从没替娘想过什么，总是认为娘欠我的，从没认为我欠娘的。""偌大的宇宙和世界啊，当娘容纳了我和我的一切时，为什么就没有一处可以容纳娘的心？"

常言道："母子连心。""知子莫若母。"其实，最能理解母亲的也是子女，尤其是能体恤外在世界和子女给母亲带来的伤害。还有，子女在母亲面前将放下所有自尊、骄傲甚至狂妄，回归为一个"人之子"，即使像彭学明《娘》中的"我"，对卑微贫贱的母亲也怀着一份忏悔、感恩和挚爱。管桦曾写过《只跪大地只跪母亲》，表达的就是这种"只有母亲"的情怀。莫言在获诺贝尔文学奖时，也将所有的成功与荣誉归结于母亲，这个像泥土一样卑微的人。阿成在《母亲》中说："其实，这个世上，夸奖我的，批评我的，并不算少。但我最在意的，的确是母亲的话。""母亲喜欢花……我也愿意养花——这是母亲的力量。花养久了，会对生活有完全不同的感受。"①可以说，母亲是儿女尤其是当了作家的儿女的神经里，最重要的那根生命线。应该说，改革开放以来的中国散文与时代发展、社会变动、思想解放息息相关，但从本质的意义上离不开母亲，这个由"我"的母亲、故乡母亲、国家母亲、大地母亲、人类母亲所组成的意象。我们40年来的散文紧紧围绕"母亲"这个圆点在画圆，既歌咏母亲的无私付出，又反思母亲所受到的忽略和伤害，散文作家更多是从自身找原因，通过解剖自我进行生命和灵魂提升。

三、直达人心和感天动地

在文学的四大门类中，散文最不受重视，人们往往把更多目光集聚在小说、诗歌上。至于价值评估也是如此：由于散文不像小说、诗歌那样多变和富于创新性，所以学界对散文的评价较低，甚至认为它拖了文学的后腿，是日暮黄昏和穷途末路，根本不值得一观。其实，这是一种错误认识，是预设了"变"和"创新"的进化论。如站在"常"与"继承"的角度，尤其是以"变与常""创新与继承"的辩证关系观之，散文的价值就会得以凸显。写母爱的散文最有代表性，它虽然也有"变"和"创新"，但更多的是写人之常情，是涌动于人的心灵和灵魂的地下泉水，是最为自然真实、朴素动人的美好篇章。读每篇关于母爱的散文，既无写母爱小说、诗歌的虚构与夸张，也没有先锋文学的模仿与做作，而是回归自我、自然、真心、真情，完全呈现出自己的真面目。

直抵人心和动人心魂是改革开放以来中国散文的突出特点。以往写母亲的散文也以情动人，如周作人的《先母事略》、胡适的《先母行述》、冰心的《回忆母亲》、老舍的《我的母亲》、萧乾的《我是妈的命根子》等都是如此。不过，此时的情感抒发仍受到传统文化限

---

① 兆一、葛正夫编：《我爸我妈》，中国文联出版公司1998年版，第495页。

制，往往比较含蓄，难尽情愫，这与放达恣肆地歌颂爱情的散文明显不同。另外，叙述、记事、理性的文体和思维也限制了情感的宣泄。如丰子恺的《我的母亲》写得比较理性，整篇文章中规中矩、情感平稳。散文用母亲"眼睛里发出严肃的光辉"和"口角上表出慈爱的笑容"分别多达十次，重复句式产生了加强形象的效果，也留下了过于理性和刻板的局限。尤其是用"眼睛里发出严肃的光辉"来塑造劳动之余正襟危坐于高椅上的母亲，一下子将母子之情冲淡了。

然而，改革开放以来的中国散文则情深意切，母子之爱有的如火山喷发般不可遏止，有的像山谷的飞瀑用所有的重量撞击着大地的胸膛，还有的则似小桥流水、山间云雾弥漫心田。张洁的《世界上最疼我的那个人去了》，题目本身就令人心灵震颤。整个作品充满着自怨、自责的思念与倾诉，给人一种撕心裂肺的沉痛感。作品写道："我老是一厢情愿地觉得，妈还是拉扯着我在饥寒交迫、世态炎凉的日子里挣扎、苦斗的母亲。有她在，我永远不会感到无处可去，无所信托。即使是现在，我看上去已经是足够的强大、自立、独立的样子了。只有妈深知，这不过是看上去而已。""妈也一厢情愿地想着她不能老，更不能走。她要是老了、走了，谁还能像她那样呵护我、疼我、安慰我、倾听我……随时准备着把她的一腔热血都倒给我呢？"尽管母亲去世时，张洁已50多岁，但从文本中看，她仿佛还是个孩子，是一个需要母亲在物质、精神、感情、心灵和灵魂上牵引的童子。因此，那种脐带断开后的情感失落与灵魂出窍，令张洁笔下的母女之爱铺天盖地和经久不散。梅洁以抒情见长，散文尤甚，而在写母亲的《那一脉蓝色山梁》更是血泪之作。作品写道："母亲活着时，尽管天涯海角尽管十年八年，女儿归来故乡偎母亲床边总可以再做一番女儿，此后呢？生之匆匆死之匆匆，苦之楚楚累之楚楚，我到何方再觅母亲膝下的这份浓福？谁能再给我这劳顿的心以无边的抚慰？""含泪望母亲的山梁，山顶的月碎了，凄凉如水。扬一扬手吧，母亲。在你高高的山梁上，扬一扬手……"①读这样的文字，会禁不住泪水长流，我们眼前会出现自己的母亲，离别时的千言万语和万语千言，以及再无千叮咛万嘱咐后的不断的"扬一扬手"，在山梁上、火车旁、渡口上，以及睡梦中。洪烛的《背影留给母亲》是写母子情深意长的，而所有这些则主要通过"别离"来展现的。其中，包含了多少母亲的爱意与儿子的思念，像悠悠不尽的滚滚东去的逝水，我们看到作家笔下的情意绵绵。作品中有这样的句子："母亲简直就是故乡的一部分。我炊烟般袅袅升起的乡愁，最浓郁最无法割舍的一缕是属于母亲的。""母亲是游子精神上的故乡。而故乡对于我，相当于被放大了的母亲的概念。""而18岁，只是这一次漫长的离别的开始。此后的离别，在重复着母亲的痛苦。作为游子的母亲，她的体验的痛苦，注定将是常人的许多倍。""母亲的音容笑貌是我流浪生涯中最隐晦最柔韧的寄托。母亲无论居住在哪里，哪里都是我的故乡。游子的心室供奉着一枚隐形的磁针。"文中作者还写道："写这行字时，我的手在颤抖，我的心在颤抖。"文末，作品进一步写母子的难分难舍："阳台上的母亲，你别再流泪了。千里之外的母亲，你别再衰老了。请你一定站在原地，别动，等我回来。千万别动啊。"②如此的真情、浓情、深情在别的文体中较难看到，恐怕只有在写母爱的散文中方能尽显光彩。余秋雨的《为妈妈致悼词》表面理性，还有某种轻松，但却内含深情。文末说："妈妈，这是我们的山路，我们的山谷。现在，野兽已经找不到了，山顶上的凉亭早就塌了，乞丐的家也不见了。剩下的，还是那样的山风，那样的月亮，那样的花树。妈妈，我真舍不得把您送走，但是，更舍不得继续把您留在世间。昨天晚上，我又找出了您年轻时风姿绰约的照片。九十一年的艰难世间，越想越叫人心疼。那就到山里去休息吧，妈妈。谢谢大

---

① 邓九平、于海婴编：《芭蕉花——忆母亲》，中国对外翻译出版公司1995年版，第346、347页。

② 兆一、葛正夫编：《我爸我妈》，中国文联出版公司1998年版，第497—502页。

家，陪我和妈妈说了这么多话。"①谢望新的《珍藏起一个名字：母亲》写了一个关系错综复杂的家庭，母亲经过多次婚姻，年轻时就将年幼的儿女送给他人。第三任丈夫还有个重病的前妻，于是他们复杂地生活在一起，而"我"则被外婆与舅舅收养。后来，"我"与亲生妈妈和姐姐相认，并理顺了长久以来被误解的亲情。最重要的是，"我"不仅理解了母亲，还与母亲第三任丈夫的病妻相识和理解。整个作品营造了一个克服人生、人性隔膜，进入彼此和解的友爱情境，其叙述方式也是圆融智慧的。这是一种经过苦难后实现的精神超越，其真情友爱如水般自由地流淌。贾平凹的《我不是个好儿子》结尾充满辛酸，年迈的母亲到医院看"我"这个患重病的儿子，"把母亲送出医院，看着她上车要回去了，我还是掏出身上仅有的钱给她，我说，钱是不能代替了孝顺的，但我如今只能这样啊！母亲懂得了我的心，她把钱收了，紧紧握在手里，再一次整整我的衣领，摸摸我的脸，说我的胡子长了，用热毛巾捂捂，好好刮刮，才上了车"②。这是人世间最动人的母子之情，儿子再老也是母亲的孩子。季羡林曾表示，散文的精髓在于"真情"二字，即使是叙事文，也必有一点抒情的意味。③以此观之，写母亲和母爱的散文有真情、浓情和深情就自不待言。

为了表达母子情深，改革开放以来的散文往往多用借喻，以物化的方式，用诗的情怀进行表达。而这些物化对象往往具体可感、形象生动，情感表达则或奔放激扬，或含蓄内在，诗意也像光之闪烁、花之幽香。如张炜的《人生麦茬地》是写母亲的，也是写大地母亲的，但它用"麦茬"这一物象，既写了母亲的艰辛、执著，又写出了她的牺牲奉献，还写出了其孤独、寂寞、希望和梦想。这是一首关于母亲

---

① 见《美文》2013年第2期。

② 兆一、葛正夫编：《我爸我妈》，中国文联出版公司1998年版，第300页。

③ 参见季羡林：《漫谈散文》，《三真之境》，海天出版社2001年版，第3页。

大地的生命之歌，是用血泪、汗水、光影和梦幻交织的一幅母子相爱图，其间我们甚至能听到母亲大地的心跳，闻到母亲大地的呼吸。牛汉的《绵绵土》和鲍尔吉·原野的《针》都是写母亲的，写子女对母亲的深情厚情与感恩之情。一个以绵绵土为背景，展示母爱的博大仁慈；一个以针为隐喻，写母亲将辛苦、慈爱、思念缝进被子和衣服，后面跟着长长的线。在此，"绵绵土"和"针"成为母亲大地的隐喻，也成为儿女永远的牵挂。《针》中有这样的描写："针在家里是最小的什物，因此母亲藏针的时候最为仔细，不是珍贵，而在它太容易丢失了。这一枚光滑尖锐的利器，并无兵刃的悍意。它在刀剪的家族里，也是一个女人，身后总带着牵挂。那些绵绵的白线，被它缝在被子，包括膝盖的补丁上，像一串洁白的、小小的足印。在家的王国里，针线与棉花布匹生活在一起，一起述说关于夜、体温和火炕的话语。这些话被水洗过，被阳光晒过。阳光和水的语言被远行的孩子带到了异乡。"①这是一种高明的母爱叙事，它像画家给画作打上光，也像玉石和木器被把玩后的光彩照人，没有深厚的内功和纯朴的心灵，是很难达到这样的境界的。换言之，写母爱的散文仿佛是母亲和子女的互照：在母亲的镜像中可看到子女的影子，在子女的写作中映照出母亲的光辉。而在这样的双向互动中，感动显得摇曳多姿，一如李白笔下营造的"三影共徘徊"意境。

对比、排比、呼唤、感叹等修辞，成为改革开放以来中国散文的一个显著特点。许多作品喜欢用母亲与子女互相对比和映照的方式进行表达，以增加情感的张力效果和强大的爆发力。如史铁生的《我与地坛》、洪烛的《背影留给母亲》、张炜的《人生麦茬地》、贾平凹的《我不是个好儿子》、莫言的《一个讲故事的人》、张洁的《世界上最疼我的那个人去了》、李小树的《疯娘》等都是如此。这样的互相映照有时是顺势的，更多的是逆势的，但都起到了意想不到的效果。如叶倾城的《母爱，不能承受之轻》中的母子冲突，就是源于双

---

① 鲍尔吉·原野：《掌心化雪》，吉林文史出版社2000年版，第101页。

方的不理解甚至是误解：父亲得了绝症，需要巨款医疗费。为了让母亲安心，也为了满足自己的虚荣心，儿子谎称费用可以报销，于是他投入了为药费奔波的艰辛之中；然而，母亲看到儿子不陪护爸爸，甚至在父亲弥留之际都不在身边，于是不认这个儿子，并再也没有原谅过他。这种对比所形成的巨大反差和强大力量，使母子间形成沟壑一样的隔阂。作品写道："母亲再也没有原谅过他。而他，宁愿母亲恨他薄情寡义，怨他不够尽心尽力，他不介意母亲恨他十恶不赦，只要这样母亲能宣泄老来丧夫的悲苦。他明白，罪，也是责任的一处，必须终生背负。"①梅洁的《那一脉蓝色山梁》是一篇呼唤母爱的作品，那一声声、一句句、一字字的啼血的呼声，透过遥远的时空，迈过高高的山梁，进入故乡和母爱的回音壁中。作品写"我"从外地回家，回到家时母亲已经逝去，看着棺木中的母亲，"我"喊道："起来呀，我的母亲！这粗糙的、狭小的鬼地方何以能容你的宽厚、你的豪爽、你生生不息的劳苦？我母亲宏大的、无边的、细致的感情原本在滚滚流淌，何以凄凉的寂寞的被堵截在这里？坐起来！坐起来！！坐起来！！！我的母亲！你说过了四月五月你到北方去。你起来，我们走。去北方，不去那鬼地方……"②在梅洁笔下，有设问、反问、感叹、排比、复沓、省略，有的地方连续用三个叹号，可谓一咏三叹、千呼万唤，读之令人断肠。作者情真意切，一腔热血从心中迸发而出，包含了母女情深的难以言喻。这是感天动地的灵魂叙事，是一般散文或诗歌、小说难以比拟的。

　　还有的散文在写母爱时，手法和风格有所探索。如熊育群的《生命打开的窗口》有现代主义和后现代主义特色，王兆胜的《母亲的遗物》以梦境映照生活的真实与虚幻。这些作品有跳跃感，有对人生的虚无感，也有某种对"不知"的朦胧的探求。如熊育群以近乎恍惚的

① 张国龙：《真情感动中国的36篇至情散文》，天津社会科学院出版社2005年版，第104页。

② 邓九平、于海婴编：《芭蕉花——忆母亲》，中国对外翻译出版公司1995年版，第343页。

眼神、灵魂丢失的情态、天问般的问答、肯定与否定的迟疑、生死界限的泯灭、得与失的追问、真与假的怀疑、明与暗的闪烁，来写母亲之死。从中可见超现实主义和印象主义的复杂与斑驳，这是一种具有复调叙事的散文风格。

总之，改革开放以来中国散文的母爱叙事既有继承又有创新发展。看不到创新发展就会忽略这些散文的新意和价值，不重视继承就会失去历史感、文化意蕴、民族情怀和人性深度。从历史的长河中打捞母爱散文的金质，这既包括立足于创新性，又离不开千古流传下来的基因和密码。像生了锈的农具，只要我们的目光清新、观念鲜活，即使是那些表面看来没多少创新的母爱作品，依然能擦出生命的亮色与艺术的火星。问题的关键是，我们不能只用新和旧、创新与保守等二元论进行研究，从而得出传统散文没多少价值的可怕结论。当然，书写母爱时容易造成情感失控，也容易让人进入一种无限拔高的误区，还容易失去必要的距离感，从而导致散文精品和经典作品不多。这一情况在改革开放以来的中国散文中也同样存在。也是在此意义上，史铁生的《我与地坛》是较难达到的艺术高度。

第十二章

70年来中国散文的文体变革

中华人民共和国成立70年，各行各业都发生了翻天覆地的变化。文学也不例外，它见证了共和国的成长与壮大，并成为时代的心声，有时还成为一个前瞻和引领者。作为文学的一个门类，散文比诗歌、小说、戏剧迟缓一些，变数明显要少得多；不过，它也发出了自己的光与热，并对国家社会发展产生较大影响。其中，文体变革就很有代表性，这是值得好好总结与思考的重要问题。

一、在开放中探索创新

如果用一个词概括70年来中国社会发展，那就是"开放"。从中华人民共和国成立，到改革开放后变得富强并走向世界，都离不开对外开放。作为文学的一个门类，散文也就是在这样的开放中探索创新的，没有文体变革创新，1949年来的中国散文可能还是过去的老样子。因此，在开放中探索创新是1949年来的中国散文最大的亮点。

与以往相比，中华人民共和国成立初期的中国散文是以歌唱为主，文体上呈现宏大叙事，以及积极进取、昂扬向上的浪漫情调。其间，散文中的小我让位于大我，悲观为乐观和达观代替，与时代紧密相连尤其是为祖国歌唱成为主调，作家也进入了一种真情抒发、心灵激荡的境界。尤其值得强调的是，此时期的散文人民性强，从而获得了广大读者的热爱。较有代表性的是魏巍的《谁是最可爱的人》。这是一篇为时代、祖国、人民和英雄歌唱的经典作品，其文体宏大、壮阔、激昂、浪漫、优美，直到今天也仍保持其经典散文的魅力。还有巴金，他先后写出《空前的春天》《变化万千的今天》《我们伟大的祖国》《最大的幸福》《人间最美好的感情》《欢迎最可爱的人》《向着祖国的心》等。曾克写了《因为我们是幸福的》《写在国庆节来临的时候》《革命战士永远无畏》。这些带有为时代歌唱特征的散文，都发出激情与亮色，为祖国和人民增光加彩。与此相关的是散文三大家，他们是杨朔、刘白羽、秦牧。尽管三人散文风格不同，内涵有别，审美趣味有异，但从文体上说，都是热情洋溢的歌唱体，是一种为时代、祖国、土地、人民、正义、美好而歌的美学风尚。如果从文体角度为中华人民共和国成立初期的散文命名，我会称之为"国体散文"，是一种为国家与人民歌唱的散文样式。值得注意的是，20世纪90年代以来，学界开始对杨朔散文模式进行全面否定，由原来的肯定转为全面否定，这是有失公道，也是站不住脚的。尽管杨朔等人的散文有这样或那样的不足，但至今还没有哪种散文能代替它，特别是在为时代、祖国和人民而歌这点上更是如此。

改革开放后，中国散文进入了一个深刻的发展期。作家尤其是一些老作家带着"文革"的伤痛，以对祖国未来发展的焦虑与期盼，写出了反思性、批判性和前瞻性较强的散文。比较有代表性的作家有冰心、巴金、臧克家、孙犁、陈白尘、季羡林等人。与中华人民共和国成立初期散文一样，这些散文属于宏大叙事，与时代、国家、人民同呼吸，但落脚点则从歌唱转向反省，包括自我批判和自我忏悔。最有代表性的是巴金，他从1978年到1986年完成了《随想录》，这是以真诚、反思和批判为文体风格的经典散文作品，开启了改革开放与散文创新的时代风潮。如果为此时的散文命名，那就是"真情散文"，是自我内心开启，面向读者、历史、时代和未来的散文文体形式。还有冰心写出了《我请求》和《无士则如何》，前者为中小学教师待遇低和教育危机发声，后者强调在现代化建设中知识分子的重要性。臧克家写了《博士之家》，林非写了《招考博士生小记》，二人均对"金钱至上"下的博士生活处境担忧和呐喊，希望有关方面重视知识、教育和文化。可以说，改革开放之初的散文承接了中华人民共和国成立初期散文的国家、民族、人民主题，从思想深度和知识文化角度进行了开拓，提升了散文文体的境界与品位。

20世纪80年代后期开始尤其是90年代以来，中国散文有向内转的趋势，即更注重散文的形式变革。由于不满传统散文的叙述、抒情的同质化表达，不少散文开始运用现代主义和后现代主义风格进行创作，以增加散文写法的多样性，也承载对世界的别样的理解。比较突出的散文家有曹明华、刘烨园、钟鸣、杜丽、黑孩、马莉、冯秋子、赵玫、南妮、胡晓梦、斯妤、艾云、张立勤、周晓枫、海男、庞培、于坚、张锐锋、汗漫、蒋蓝、祝勇、黑陶等，他们往往注重形式感，尤其是语言的力量和魅力，散文文体革命意识强烈。作家往往以一种陌生感来重新观察、评定、选择世界和人生，由此也创造出思想内容和审美风格不同的文体。如刘烨园表示："如同我们在所谓现代派的异域文学中本末倒置，领会的不是阅读时心与心朦胧相撞的感觉，而是那种几乎所有的服装厂都能成批生产的流行衣裤似的'技巧'一样。""散文的复兴、发展，在于人的解放，心灵的真实，在于青年，在于'散文'的批判，走出困境就是走出束缚，走出角落，走出模仿走出自欺走出非个性走出对先人对散文的误解和俗浅，承认心灵就是心灵，坚信散文不是你或旁人认为的社会已经'承认'并由于各种原因印成铅字的'散文'；你完全可以创造散文。"[①]这种带有散文革命宣言色彩的说法，虽然有些冒火和偏激，但舍我其谁的文体创新意识非常强烈。钟鸣在散文文体尤其是随笔的创新上贡献最大，它的四卷本、200万字的散文随笔《旁观者》打破一切成规，完全以自由之思想和自由之心开拓自由之文，充分显示了其思想者和文体家的魅力。在钟鸣的随笔中，小说、诗歌、文论、传记、注释、翻译、

① 刘烨园：《走出困境：散文到底是什么？》，《文艺报》，1988年7月23日。

新闻、摄影、手稿浑融一体，在人与物、历史与现实、内容与形式、中国与外国、知与不知之间相互碰撞，从而实现一种更加富有主体性的创造性活动。当然，在意境、形象、语言、趣味上，此时期散文也向感觉化、陌生化、张力效果方面突破，带来了与以往不同的审美感受。与此同时，余秋雨大文化散文颇有革命意义，因为它是与现代主义、后现代主义散文大相径庭，但文体革命意识更加开放。这主要表现在：改变传统将散文当文学来写的理念，也打破散文多为短制的传统，来了一次融知识、文化、理性、情感、趣味于一炉的论文式散文探索。于是，我们看到，余秋雨散文以纵横驰骋、汪洋恣肆、江河万里、气贯长虹的方式，来表达他的世界观、人生观、文学观、散文观。最重要的是，余秋雨所带来的"散文热"将散文拉到了文坛中心，并带动了众多模仿者。虽然余秋雨散文有这样那样的缺点，但其文体革命的价值不可否认。

21世纪以来，散文文体的探索创新兴趣有所减退，这似乎代表了散文的某种落寞。但我认为，散文并未停止探索创新的脚步，只是更加内在化了，即在某种"回归"中显示了新的探索创新。这主要表现在对现实、时代、国家、人民的重新关注，对形式创新的深化，对传统的重新发现，对世界和人生的辩证理解，对大文化尤其是大文化历史散文的纠正与调整，等等。换言之，21世纪以来的中国散文已进入一种更加理性、自觉的多元化追求中，这在散文文体上都有所表现。南帆的散文文体传统性强，基本是理性叙述和思想剖析，随笔特色突出。不过，由于他更关注时代命题，尤其是数字化、智能发展等问题，其散文文体就多了现代性和人类命运的维度，也充满睿智之光，像《神秘的机器》《读数时代》《现代人》《媒体时代的作家》《科学让我恐惧什么》等都是如此。王开岭、毕淑敏的散文充满道德信仰与精神力量，初看起来也是传统的理路，但由于更关注人类的健全发展和人性的光辉，所以是一种正大光明的散文体式，像《精神明亮的人》和《造心》都很有代表性。还有，冯骥才对环保生态与传统文化的关注，就使其散文具有家国意识和天地情怀；梁鸿、杨献平等人的非虚构农民工散文和乡村散文跟时代相呼应，现实性和批判性比较强；厉彦林散文立足乡土，将国家和人民作为关键词来书写，给人以阔大正气和积极进取的正能量；蒋蓝随笔在钟鸣基础上又有了新的探索，形式感和语言的爆发力更强；林非、王充闾、朱鸿、祝勇的大文化散文写得更为平正从容，是对余秋雨散文的继承和发展；熊育群突破了现代主义和后现代主义散文的生涩与偏执，在与现代主义的结合上做出成功尝试。

总之，70年来中国散文在文体上的探索创新并不是一帆风顺的，但却有一个螺旋式的上升发展过程。一是散文文体探索创新意识逐渐增强，到新时期散文文体的丰富多彩已然形成。二是思想文体、形式文体的探索创新并行不悖。改革开放前后主要立足于思想文体，经过了20世纪90年代前后的形式探索后，21世纪以来又归于思想和形式文体的结合。三是散文文体探索经过了一个正、反、合的发展过程。改革开放前的散文文体为"正"，20世纪90年代前后为"反"，21世纪以来则为"合"，即在经过了长久的"探索性"后，走向如今的"创新性"。当前，已较少有人简单、机械甚至形式主义地理解散文文体了，而是进入一个更加丰富、包容、融通、创造的境界，这是未来中国散文文体发展的关键。

二、在继承中推陈出新

长期以来，我们对创新的理解有很大偏差。这主要表现在：其一，将创新作为唯一甚至绝对的价值尺度，即创新就是好的，不创新就不好。其二，所谓创新，就是新、新、新，这是一种让"新"进入勇往直前状态的创新焦虑症。其三，为创新而创新，有时陷入拔苗助长的状态之中。其实，创新是有前提的，也是水到渠成的，更是建立于守正、从容、自信的基础上的。这就是习近平总书记所说的"善于

继承才能善于创新"，"在继承中发展，在发展中继承"。①然而，对于散文，长期以来我们陷入一种过于重视"创新"、忽略"继承"的迷阵，尤其形成一种单一的"创新"观察和研究视角。这就在评价70年来中国散文时出现较大偏差甚至失误，关于散文文体的变革也是如此。

一是由物性所引发的诗性，从而对传统散文进行了现代意义的烛照。众所周知，"物"是中国传统一个核心概念，像"感时花溅泪，恨别鸟惊心"是这样，"两岸猿声啼不住，轻舟已过万重山"是这样，"格物致知"也是这样。似乎中国人早就形成了对天地万物的关注与感念之情。21世纪以来的中国散文越来越重视"物"的描写，尤其是将作家主体的诗性情怀灌注其间，从而形成一种与天地万物融通的现代观念。如苇岸的《大地上的事情》表面看来很传统，它用散点式的透视来写一草一木，特别是农事和二十四节气，但素朴甚至素食主义的追求则是梭罗式的，是现代精神的表征。鲍尔吉·原野笔下的细枝末节都是物，但它能被诗意点燃，于是升腾起生命和智慧之光。朱以撒的散文仿佛是以毛笔在宣纸上进行浪漫的舞蹈，那被写成像苇花般的毛笔被蘸上墨，然后在绵软的宣纸上书写，于是产生了生命的某些感知、对话、融化以及升华，这是现代精神在中国传统文化中的闪光。彭程的《心的方向，无穷无尽》是一个关于在大地行走的文本，但因为诗意盎然，有对世界与人生的豁达，有现代生命的举重若轻，所以内含精神的飞扬与灵魂的升华。楚楚的散文表面看来也很传统，但却如一个现代舞者在洞箫的声色中飘扬。杜怀超在《苍耳》中以大地上各式各样的草为题，但其中却贯穿着博物学的知识谱系，也有人类情怀和天地之气的闪动，所以写得极有深度。作品写道："一株植物就是人类的一盏灯，一盏充满神秘与未知的灯，我们都在这些光亮里存活。"从物性到诗性，再到人性，我们似乎看到了这些传统

---

① 习近平：《从延续民族文化血脉中开拓前进　推进各种文明交流交融互学互鉴》，《人民日报》，2014年9月25日。

散文中的现代蕴涵，也看到了"传统"中的"现代"、"继承"中的"创新"。

二是看到历史碎片的闪光，并用现代意识进行激活。应该承认，许多历史文化散文不论在内容还是形式上都缺乏创新性，这是由其观念的陈旧决定的。有的表面看来是创新的，但实际上却是保守甚至落后的。以余秋雨、李国文、张承志的历史散文为例，这些作品就让我们常常感到观念的陈旧。当余秋雨以现代意识否认中国传统毛笔文化和知识分子价值时是如此，李国文以借古鉴今的态度恶搞司马迁时是这样，张承志将古代荆轲说成是清洁精神的代表也是这样。其实，这样的审视是"现在性"而不是"现代性"，是对"现代性"的机械理解。同样是写荆轲，林非在肯定他的信、义、侠的同时，又指出其存在的危险性，那就是弄不好它会成为一种恐怖主义。林非说："当然是绝对地不必大家都去扮演刺客的角色，尤其是在像希特勒那样被历史所咒骂和唾弃的专制魔王最终绝迹后，民主的秩序必将替代个人的独裁，刺客是专制魔王的惩罚者，却也是民主秩序的破坏者，因此一般地说来也就不需要刺客们去建立正义的功勋了。"①林非还在美国游记中，就高楼大厦遮挡了阳光的情况，批评现代都市文化某种程度上又重复了原始洞穴生活的样态。还有，林非散文中常有"祝愿"之语，有关于国家富强、现代、美好的修辞，有一直贯穿始终的"反思性""批判性"和"自省意识"，从中可见在表面传统的文体中，包含了现代叙事策略，也可见巴金散文的影响与流风遗韵。穆涛的历史文化散文极具穿透力，它能在历史、现实、未来之间找到通道，并打捞出民族文化的精气神，那些像珠玉一样的生命闪光。

三是在天地自然中发现大道，那种人类应该珍视的健康健全人性。以冰心、孙犁、张中行、贾平凹、张炜、迟子建等人的散文为例，一般人都觉得那是一些过于传统的散文，与现代主义和后现代主

① 林非：《浩气长存》，《世事微言》，中国世界语出版社1999年版，第197页。

义，尤其是那些光怪陆离的求新散文不可同日而语，甚至有人从中看到了一些"杨朔模式"的影响。其实，这是一种表面化理解，没有深刻体味其间的创新变化以及现代气质。像迟子建的环保生态意识，张炜以现代农业文明反拨工业文明的异化，都是如此。张中行有《顺生论》一书，其中就有"天心"和"天道"的篇目。韩春旭写过《生命之道》，强调"平衡就是生命，生命的全部奥秘就在于怎样经常地移动和平衡"。贾平凹能从山上的石头中，看到它们的静默，以及"我就是石头""石头也慢慢变成我"。范曾曾在《老子心解》和《庄子心解》中表示："钝于言说中敏于心灵"，"相反的，那些唠叨的、多话的、声嘶力竭的、唾沫星子直喷的人大体思绪混乱"，"单纯中的丰富、沉默中的深思使聋哑人比较容易接近道之所在"。这些"道"观是将现代与传统进行融通和再造后的结果，是属于传统中的探索创新，只是比较容易被人忽略罢了。

还有一种传统的散文文体创新应该注意，那就是抒情散文。许多论者包括散文文体创新者最看不起、批评最多的往往是抒情散文，他们认为这是导致散文滥情、矫揉造作的最坏的文体。其实，人们少能看到当代抒情散文在继承中国古代、现代后的创新性。以母爱散文为例，当代显然比现代增加了反思精神、批判意识，尤其是自我反省力量。有的还注入了现代甚至后现代表现手法，以及人生、人性的内容。如彭学明的《娘》就是一个自我忏悔的文本，也是一个"如何学会去爱"的社会人生人性问题：越亲近的人为什么越不容易相爱，反而容易形成矛盾、冲突甚至隔膜和仇恨？其实，在这些表面非常传统的主题下面，包含着散文家不断创新的可能与努力，只是在文体表现形式上被遮蔽了而已。

概言之，除了要充分重视创新性强的散文文体，还要肯定那些传统中有创新的散文文体，也不能否定主要是继承但少有创新的散文文体，因为后两者是70年来散文的主体，毕竟创新难、创新少、创新不容易被接受。另外，也不是越重创新的散文文体成就越高，更多时候在探索中的创新很难成为经典，倒是在继承传统中进行创新者容易成为佳作。如史铁生的《我与地坛》是一个传统性很强但又有创新的文本，其经典性和影响力也就在情理之中了。

三、在反思中返本开新

1949年以来的中国散文文体变革成果累累、成效显著，它与诗歌、小说、戏剧一起构成了文体变革的动人景观。不过，这种文体变革也有值得反思之处，也存在某些不足和迷失，这是需要今后研讨和纠偏的。因此，为使今后中国散文文体获得更大更好更快的发展，"返本开新"就显得非常必要，也是一个不容回避的重要问题。

所谓"返本开新"，就是改变长期以来存在的"唯西方是从"的价值理念与追求，确定中国文化、文学的本位意识。西方应是作为一个客体被我们学习借鉴，而不是主体被我们崇拜和遵从。不要说西方存在各式各样的问题，有的是根本和致命的；即使西方再好，也不能解决中国问题，尤其不能成为中国发展的灵丹妙药。因此，散文的文体变革必须确立正确的站位，立足中国本根的文化、文学、散文，然后在向外学习的同时，进行融通、激活、转换、创造。

首先，要在继承中国传统散文文体的基础上，学习和借鉴西方散文文体。众所周知，中国古代散文是以"文章"出现的，它丰富多彩，并与历史、哲学融为一体。据统计，中国古代散文文体多达160多种。然而，近现代以来，由于向西方学习，中国古代散文文体急速下降，许多文体失而不存，有的即使保留下来也趋于无用状态，这在周作人提出"美文"的概念后尤其是如此。到20世纪八九十年代，受到西方现代主义和后现代主义冲击，散文文体更加趋向窄化，除了随笔这一文体外，别的文体似乎都不显目。好在进入21世纪，散文文体开始有所回归，逐渐变得多元化。不过，即使如此，它远没有现代，更不要说古代散文文体的丰富。另外，在新时期散文研究中，一直有一种"净化散文"的声音，这对散文文体的丰富生态是有害的，也不利于散文文体的健康发展。未来中国散文文体建设，应从中国古代散文文体多样化中汲取营养，再向外国学习其思想性、文体独立意识，从中寻找出一条散文文体的现代创新之路。"美文"和"净化"是为了保持散文文体的文学性、纯洁性和独立性，这是受到西方学科分类影响所致；但如无中国文、史、哲合一，及散文多样化的传统，散文文体一定会越走越窄，最后失去活力与动能。因此，理想的散文文体应是"广义散文"与"狭义散文"的互动、对话、辩证发展。

其次，坚守中国古代散文整体统一的载道传统，避免散文的价值失范和碎片化状态。近现代以来，散文在批判和否定中国古代散文"载道"传统上用力最多，这为散文松绑和解放、获得文体的纯粹是有益的；但也使散文与时代、社会脱节，缺乏更深层的文化担当，变得过于技术化、碎片化、虚无化。许多以"新散文"自居的写作都有这样的缺点，像以随笔探索为主要追求的钟鸣也有这方面的不足。真正的经典散文应有张载所说的"为天地立心，为生民立命，为往圣继绝学，为万世开太平"，同时又有文体自觉意识，在此基础上进行大胆创新。鲁迅的《野草》和《朝花夕拾》就是其典型代表：一方面，有"载道"的立人思想；另一方面，继承中国古代散文文体的统一、完整、精致，并进行了新的创造。以此观之，当代散文文体建设还有很长的路要走，尤其要确克服形式至上和后现代主义碎片化的消极影响。

再次，对散文文体变革给予辩证理解，处理好正、反、合的关系问题。以往，我们总是用"变"的视点来要求散文文体，而对"守"与"常"不予理解和支持。其实，变与不变的关系是辩证的，各有其价值。就如钱穆所言："一阴一阳之变即是常，无穷绵延，则是道。有变有消失，有常而继存。继存即是善，故宇宙大自然皆一善。"[①]从此意义上说，散文文体之"变"是一个方向，不变之"常"是另一个量，对二者不能进行简单理解，尤其要看到其各自价值，以及互相转换的可能性。因此，在"变"的观念底下，批评文学中的散文

---

① 钱穆：《晚学盲言》上册，广西师范大学出版社2004年版，第80页。

文体过于保守；但在"常"的价值理念中，这又何尝不是天地之大道呢？因为"一阴一阳"无论如何变化，都是按照"常理"运行的。所以，对散文文体的理解应具有辩证思想："变"是为了更好地发展，但它却容易消失，难以继存；"守"是为了继承，它容易留存，但往往会失去发展活力。正确的散文文体发展需要在正、反、合的关系中生成：以"守正"开其端，也作为永恒的矢量；"变革"是反其道而行，这是一个具有助推和增殖作用的问题；最后是"合"，慢慢修正"变量"的失误，令其归于"正"，避免其信马由缰，失去规矩方圆。

总之，70年来中国散文的文体变革值得给予充分肯定与高度赞扬。但也要看到今后还有很多工作要做，这主要表现为：变革的力量还不够，应加大创新性维度；变革离不开对中国传统文化的继承，失中国之本、逐外国之末，一切变革都很难成功；经过一段时间的"变革"后，就需要进行反思和修正，以避免"反"而不"返"；创新既需要真正"创造"，又不可能是"无本之木"和"无源之水"；在强调"创新"价值时，一定不能无视甚至否定支撑它的那些"继承"的底座。从此意义上说，70年来中国散文的文体变革就绝非是个简单的问题，更不会变得一蹴而就，可谓任重道远。

第三辑

分论：继承传统与
融通再造

第十三章

20世纪90年代中国的学者散文

引言

长期以来，散文一直没有引起研究者足够的重视，那么，作为散文的一个分支——学者散文更是备受学界冷落。近些年，有人逐渐开始探讨学者散文，并试图对它的定义和范畴进行界定，这是一项很有意义的工作。遗憾的是，直至今日人们对学者散文的认识还是众说纷纭，未能取得令人信服的一致看法。有人过于简略和随意地理解学者散文，如洪子诚竟将经济学家樊纲写的经济学论文札记当成学者散文。①有人又比较复杂地理解学者散文，如喻大翔从主体角色及其性格、思维特质、文本的精神内核及艺术成就等角度来概括学者散文之特征，给人以理论的思辨性和内容的丰厚性。但将郁达夫、冰心、朱自清、丰子恺、沈从文、废名、余光中等主要是作家和艺术家身份的人说成是学者，也有些宽泛。②吴俊的分析比较明晰，但他在看重学

---

① 参见洪子诚编选：《冷漠的证词——当代学者散文精品》，社会科学文献出版社2000年版。

② 参见喻大翔：《学者散文论》，《两岸四地百年散文纵横论》，吉林人民出版社2000年版。

者身份和文本学术文化内涵时，又相对忽略了文本的文学性。①

我认为，对学者散文不能过于笼统而无限定，也不能附加太多无关紧要的内容。在我看来，学者散文主要有三个基本条件：一是学者角色，即他必须是某一领域学有所成的专家学者，那些以文学创作或以教书为生的知识分子都不能简单地列为学者之列。这样，郁达夫、冰心、朱自清、丰子恺、孙福熙、沈从文、废名、倪贻德和余光中等人就不能简单地列进学者之列，他们或是作家，或是艺术家。二是文本的学者立场，有的学者写的东西纯属学术读书札记，没有文化使命和人文关怀，那也不能成为学者散文。三是文学性。这是至为重要的，没有以文学美感打动读者这一点，再伟大的学者写出的再有学者立场的文章，那也不是散文。从这个意义上说，周建人等人在20世纪40年代曾写的许多科学小品，因为没有多少文学性，那就不是散文，更谈不上学者散文了。

20世纪90年代前，学者散文尽管相当发达，出现了许多经典作家作品，但相对来说其特点是比较分散的，作家、读者和评论家的自觉意识也比较淡弱。而到了90年代，学者散文才形成巨大声势，产生很大的影响。用吴俊的话说就是："学者散文之形成一代文学气象，那是中国文学进入九十年代以后的话题了。"②那么，如何看待20世纪90年代中国学者散文的特征及其价值？它又面临哪些阻碍和挑战？21世纪中国学者散文应该做出怎样的调整？这些问题都应做出认真的探讨和回答。

一、文化使命感和人类关怀

由于近现代中国所面临的内忧外患，每个中国人几乎都无例外地

---

① 参见吴俊：《斯人尚在 文统未绝——关于九十年代的学者散文》，《当代作家评论》1998年第2期。

② 吴俊：《斯人尚在 文统未绝——关于九十年代的学者散文》，《当代作家评论》1998年第2期。

被强烈的忧患情结所包裹，而作为感觉之神经的作家更是如此。也是在这个意义上，中国现当代作家的忧患意识特别强。到了20世纪90年代，这种状况有了明显的改变，一些作家开始转向，他们大胆地抹平深度、意义和价值，信守游戏和玩的人生哲学及其理想。即使不是这样偏向，那种强烈的忧患意识也比较淡薄了。王朔、方方等人的创作是这样，王安忆悄悄走向平庸的市民生活写作也是这样。

比较来说，倒是那些学者一直信守使命感与强烈的忧患。学者散文家林非曾在韩国举行的国际散文研讨会上就做过这样一个演讲题目：东方散文家的使命。显然，在如此纷乱的文化语境中，林非还是执着于"使命"二字。季羡林曾写过一篇散文《出国热》，发表了自己的无限感叹之情。他谈到自己的爱国观："我生平优点不多，但自谓爱国不甘后人，即使把我烧成了灰，每一粒灰也还是爱国的。可是我对于知识分子这个行当却真有点谈虎色变。我从来不相信什么轮回转生。现在，如果让我信一回的话，我就恭肃虔诚祷祝造化小儿，下一辈子无论如何也别再播弄我，千万别再把我播弄成知识分子。"（《一个老知识分子的心声》）其中对我们的文化有着难以言说的忧患情绪。舒芜有一本书，名叫《我思，谁在？》，著名学者孙郁有一篇文章曾写舒芜，题目是《寂寞心情好著书》，这里也同样充满学者的忧患与使命。洪子诚为《冷漠的证词——当代学者散文精品》所写的导言中用了两个关键词：责任和焦虑。①我认为这种概括还是比较贴切的。当人们都离开了"战场"，走入"歌舞厅"和"酒吧"，而学者们却依然在寂寞中沉思冥想，坚守着自己的学者立场与操守。

学者与作家、艺术家的区别可能主要在文化和人类命运的关怀程度上。他们更关注的是人们的思想观念、价值理想、精神气质、审美情趣、生活方式，他们思考最多的也是生命、人性、欲望、意义和幸福等核心词。

---

① 参见洪子诚编选：《冷漠的证词——当代学者散文精品》，社会科学文献出版社2000年版。

　　对生命的思考，这是90年代学者散文的重要表征。张中行学者散文最有价值的概念恐怕是"顺生"，一种自然而然，与生命相合相谐的人生观。在《生命》中张中行是这样理解生命的："地球以外怎样，我们还不清楚，单是在地球上所见，生命现象就千差万别。死亡的方式也千差万别。老衰大概是少数。自然环境变化，不能适应，以致死灭，如风高蝉绝，水涸鱼亡，这是一种方式。螳螂捕蝉，为异类所食而死，这又是一种方式。可以统名为'天杀'。乐生是生命中最顽固的力量，无论是被抬上屠案，或被推上刑场，或死于刀俎，死于蛇蝎，都辗转呻吟，声嘶力竭，感觉到难忍的痛苦。"如此理解生命真义，那是充分体会了天地自然的生命本根悲剧性了。林非反复探讨死亡及人生的意义，他曾在《死亡的咏叹》和《再说死亡》等散文中，希望人们能够消除对死亡的恐惧，而确立一种达观从容的人生态度。孔子曾说，未知生焉知死，表达了他执着于生而淡漠于死的意向。而梁遇春则反对这种"人生观"，希望确立一种人死观。他认为："为什么人死观老是不能成立呢？""让我们这会死的凡人来客观地细玩死的滋味。"（《人死观》）其实，不管人生观也好，人死观也罢，它都是人生命中的重要一环，都值得认真地去思考与探索，其最终目的不外乎是为了人更好地活着。

　　人性也是90年代学者散文表述的重要内容。这里既有美好的一面，又有异化的一面。像季羡林那篇《赋得永久的悔》是歌颂母爱的血泪之作，作者在篇末引古人的"树欲静而风不止，子欲养而亲不待"这句话表达自己对母亲的情深意长与无以言状的懊悔之意，读后令人肝肠寸断。还有林非那篇细腻动人的《离别》，从另一面反映了父母对儿子的依依惜别，从中可见人类葆有的那份比任何东西都珍贵的爱。当然，90年代学者散文还注重探讨人性之异化，最有代表性的是钟叔河发表于1996年《文汇读书周报》上的《忆妓与忆民》，以及后来舒芜为此文写成的《伟大诗人的不伟大一面》，文章主要批判白居易"性意识"的局限性。与此相关，舒芜写了不少散文批判国人至今还存在的比较落后的女性意识。值得一提的还有葛兆光的《夹在书中的旧时心事》，文章虽没有舒芜尖锐的批判锋芒，但在温软从容的叙事中却另有一番对人性异化的批判力量。作者由夹在旧书中给胡适，但没发出的求职信而感叹："斗转星移，那种在社会压力下'挤'出来的谄媚和卑微，似乎并没有散去，倒更多了一些志得意满时的中山狼习气，似乎知识分子中的实用思想已经把那份自尊轻放在了一旁，而目的就是一切的急功好利则使文化人再难得有那份从容。实在是不想举例，只是看了这张信笺，生发出'天淡云闲古今同'的叹息。"这是一种绵里裹铁、力透纸背的批驳方式。

对精神力量的呼唤也是90年代学者散文关注的问题。20世纪90年代，英雄主义与理想主义渐渐让位给世俗化的人生，智慧的光芒渐渐暗淡以至于消歇了。面对这样的变动，一些学者用散文的形式呼吁精神的归位与提升。如周国平在《救世与自救》里，开篇即说："精神生活的普遍平庸化是我们时代的一个明显事实。"作者进一步概括其三个方面的表现形态：一是信仰生活的失落，二是情感生活的缩减，三是文化生活的粗鄙。当然，周国平不认为英雄时代的缺席完全是件坏事，他倡导一种自我坚守"圣杯"的"智者"出现。陈平原曾写了一篇《校园里的"真精神"》阐述和强调北大精神的独特性和重要性。

对文化的关注可能是90年代学者散文最重要的视点和敏感点，与人类的健全发展直接联系在一起。最值得注意的是，当政治学家、经济学家和一些思想者、文化人全力倡导经济发展和表现出强烈的现代化诉求时，另一些学者却用散文的形式表达了他们对文化和人类命运的深刻担忧，这种反省与批判表达了他们与众不同的学者立场。如林非在1981年就较早提出了美国现代文化对人类文化的异化问题，他说："公路上几乎找不见人，只有一辆接一辆的汽车，匆匆忙忙地奔跑，这真是一个充满了紧张气氛的机械的世界，而人们就躲在机器里赛跑，一切都在追求着速度。""当人们将各种最流线型的高楼大厦汇集在一起之后，却也同时给自己造成了一个失掉阳光的环境，多少又重复洞穴中那种阴暗的气氛。"（《旧金山印象》）在这里，作者一面承认西方文化的进步，一面又反思其不足，表明了作为学者的中正客观的立场。到20世纪90年代，林非又推出了一系列反思中国传统文化的散文，如《询问司马迁》《"太史简"和"董孤笔"》《李自成与唐甄》《汨罗江边》和《浩气长存》等，赞扬美好的人性，批判异化的人性。余秋雨散文的魅力恐怕主要还是那些对中国传统文化异化人性的全面反思，这在《文化苦旅》《山居笔记》和《霜冷长河》三本散文集中表现得最为突出。虽然有时余秋雨散文中"导师"的身份比较明显，但对文化和人类的忧患意识却是不可否认的。1999年，吴国盛出版的那本学者散文随笔集《现代化之忧思》，直言不讳地批判以西方为车头的现代化迷失症，他甚至将现代化称为"鸦片"，他说："现代化总使我想到吸毒。现代化与吸毒之类比也许并不像表面看来那样荒唐，如果我们认真弄清现代化进程与吸毒之间那些结构的相似性，也许就会唤起对现代化本身更深的忧虑和沉思。"①值得注意的是，较吴国盛稍晚，王兆胜于1999年底至2000年初，在《科学时报》开设了一个《天地人心》随笔散文专栏，发表了约20篇作品，表达了自己的文化观念和人类理想。如果说，吴国盛这本学者散文集主要是从科学理性的角度阐述现代化的"鸦片"性质，那么，王兆胜的学者散文则主要从文学和文化的角度感悟现代文化的迷失症。在他看来，人类就如同坐在一辆无人驾驶的列车上飞奔向前，越跑越快，其后果是不堪设想的。因为被现代化神话鼓胀的现代人，以人本主义为武器，以无所畏惧的心态对待这个星球上的一切，从而失了对天地之道的体悟和敬畏之心。他们盲目相信人类的伟大力量，失了对物性的珍视与关注，在一种毫无人文关怀的设计面前"冲锋陷阵"，于是人类面临着精神、心灵的全面异化与丧失。作者呼吁，人类应该对天地自然葆有"敬畏之心"，应该"向物学习"，应该有"逍遥的境界""博大的情怀""一颗善心"，也应该充分理解"慢的现代意义"。一句话，找回在追求现代化过程中属于人类本该具有的东西，

① 吴国盛：《现代化之忧思》，三联书店1999年版，第53页。

或应该有的真、善、美，以便使人类真正摆脱现代化异化之苦，从而获得自由、饱满、健康而幸福的生活。

由于学者一直站在学术的最前沿，所以他们最关注的往往是文化和人类的发展及其命运，同时他们往往也最忧心忡忡、殚精竭虑。这就带来了90年代学者散文的忧患意识、焦虑情结，也带来了其文风的沉实和厚重。在文坛一片高歌"游戏人生"和"淡化理想"时，这种声音是曲高和寡的，自然充满高尚与神圣的境界。当然，我们也应该看到"文以载道"传统的负面影响，如果过于强调"使命感"和"人类关怀"，那既容易走向虚妄，成为一种新的"道统"，也易令文章不可爱。在与其他门类散文如作家散文、艺术家散文和记者散文的比较中审视，这一特点会看得更为清楚。

二、知识化与专业特色

翻开20世纪90年代学者散文，一种知识性气息会扑面而来，这让我想到40年代王了一（王力）的学术随笔。其中的注释引文如海浪一样飘来，其中的典故如河中之石随时随地凸现出来，其中还有大量的学术术语和语境，令人目不暇接。如果站在抒情散文角度来看，如果站在年轻人消遣的角度欣赏，这种学术随笔是最令人生厌的。但随着阅历的增长、知识的增加、思想的深入和心情的沉静，这种形式的学术散文就会非常耐读，也很有味道。就如同林语堂曾经说过的：短文小品就像吃肉丁，总让人有点不过瘾，而读英国式的长文则很有气势、内容和韵味。

因为学者博览群书，涉猎甚广，所以他们能在散文中随意举示。天文地理、诗词歌赋、琴棋书画、鸟兽虫鱼、寺庙楼阁等，你都可以撷拾即得，毫不费力。走进学者散文里，你实际就走进了历史、文化、文学、艺术等的博物馆里，而绝不同于走进某些纯作家的散文，所获得的那种"简明"和"纯净"。如金克木的《世纪末读〈书〉》就是一篇充满知识的散文，其中涉及的古今中外历史文化知识颇多，有针不容间之感。只就文中提及的中外文化典籍而言，品类就多达数十种。如《物种起源》《政治经济学批判》《甲骨文合集》《金石萃编》《易经》《尚书》《尚书正读》《左传》《论语》《孟子》《春秋》等。陈平原回忆北大的一系列散文，引证史料甚为丰富，简直可以作为历史文献来读。还有吴小如《常谈一束》里涵盖了丰富的知识，涉及古典文学、戏曲和书法等范畴。余秋雨也是如此，在他的散文中，历史资料是不可或缺的一部分，假若删除这方面的内容，那么，文章不仅少了血肉，也缺了内涵和风骨。换句话说，学者散文最能看出一个人读书的多少、积累的深浅和学养的厚薄，一个喜爱学者散文的读者不可能不对知识充满兴趣与向往。

学者散文的知识性最重要的往往不是表现在那些一般性的知识，而是能够显示作者特长的专门知识。如果毫无限制甚至是不加选择地向读者兜售，那无疑成了"萝卜白菜都是菜"，令人有晕眩之感。从读者的角度看，他之所以对学者散文感兴趣，往往主要看中的是他的专长，因为这才是他的独特之处，是他最具慧眼的地方。换句话说，如果读学者的高头讲章，没有足够知识积累的一般读者是难以进入专业语境的，而通过深入浅出的学者散文，读者就可以心领神会，走进专门学者研究的殿堂，并得到其神髓。反过来说也是这样，一个有特色的学者散文家，他往往以自己的专门知识取胜，深刻地影响着读者。如舒芜散文中的周作人、鲁迅，林非散文中的鲁迅、唐诗，张中行散文中的禅宗，王辉散文中的中国现代作家，周国平散文中的尼采，赵鑫珊散文中的建筑、音乐和诗等都是这样。当然，这些专门知识并不是没有生气的一堆垃圾物，而是经过作者心灵烛照后充满生命力的艺术表达，因此，这种专业知识就生动、鲜活和明亮起来了，由此也震撼了读者的心灵。如李辉笔下那些"风雨中的雕像"，既揭开了覆盖在中国现代作家身上的层层专门知识，又通过专门知识会通了被时代阻隔的不同的心灵，于是散文的精神与灵性便能透过生硬的专门知识显现出来。另如赵鑫珊散文的专业知识之所以没有归于死寂，就是因为它们被作者的诗心点燃了。

在学者散文中，专业性带来的最大益处可能还是由于专业训练所生成的眼光、境界和思想方法。这是一般类别散文往往所不具备的。比如，对有些问题，作家们可能有感觉，但他们很可能解释不清楚，甚至常常产生某些短见和盲点。王英琦曾写过一篇《大唐的太阳，你沉沦了吗？》，这篇文章受到人们普遍的重视和好评，也有多种散文选本选入了这篇作品。应该说，这是王英琦散文创作道路上的一次重要收获，它改变了王英琦以往散文过于单薄的不足，以其开阔的视野和厚重的历史文化感大大增强了作品的广度、厚度和深度。但是，从学者的眼界与境界来看，这篇散文又存在明显的不足，这就是关于人类文化关怀的失语。作者一面有感于中国文化的衰落，一面又对日本学者研究中国文化深怀愤恨，她写出了这样的话："呵！我国的作家、画家、艺术家和考古学家们，你们都在哪里呵？你们难道听不到大西北在对你们殷殷呼唤吗？你们难道看不到古西域艺术在向你们频频招手吗？你们都躲到哪个鬼旮旯儿去了？"当看到日本学者井上靖在《人民日报》发表关于西域的文章，作者还说："他老人家惬意了，我却窝下了心病。"作家这种以民族主义狭隘性代替人类文化开放性的情绪，是很值得人们深思的。这里，也透露出作者缺乏人类文化整体关怀的视界。与此不同的是，作为学者的散文家往往容易走出这一误区，从而使其文化观念具有开放性和深刻性的特点，焕发出思想的智慧之光。如舒芜能够拨开各种复杂的现象，看到中国传统男权文化在现代的遗留和投影，他靠的就是周作人的女性观。林非之所以那么不遗余力地批判文化专制主义思想，也是得助于鲁迅的深刻思想。还有王富仁、钱理群的散文之所以有着常人难及的敏锐、深刻与执着，显然与他们研究鲁迅，并从中受益不无关系。也可以这样说，从专业研究中获得了研究对象的精神旨趣，反过来再探讨其他的问题，那么学者散文家就有了一副"火眼金睛"，可以洞若观火，避免其狭隘性和肤浅性。如钱理群在《苦难怎样才能转化为精神资源》里说："我又确实感到孤独，连同我的'悔恨'也变得越来越不合时宜。""不知从哪里吹来的一股风，人们（其中有不少是我的同代人）对五、

六、七十代的中国发生了兴趣，制造了关于那些年代的种种'神话'。于是，所有的'苦难记忆'，仿佛一夜之间，全都消失殆尽，就像从来就没有过。""我们确实知道，中国人本是阿Q的子孙，没有记性，十分健忘；却万万没有料到，会遗忘得如此迅速与彻底。"这里，鲁迅的思想、情绪，甚至笔调和语词对钱理群都有影响。事实是，如果你研究的对象是个伟人，那你就极容易吸收这个伟人的精神气质，将之化为自己的血肉和生命。因此，当我们读90年代学者散文时，我们分明可以读出作者所受到的各自学术背景的深刻影响。

余光中说过："所谓知性，应该包括知识和见解。"①那么，90年代中国的学者散文以其知识的丰富和见解的新颖独特为特征，既令人眼花缭乱，又让人思想明了清醒。可以说，学者散文较好地将知识与智慧结合起来，相辅相成，相得益彰。这种知性散文往往儒雅大度，充满书卷气，有袖里乾坤之感。

三、理性的力量

如果从思维方式来说，学者的最大特长之一就是他们的理性自觉，这与作家、艺术家喜爱形象思维和艺术直觉有明显的区别。作家和艺术家散文往往重视形象、感觉和意象，在他们的笔下往往流溢着形状、声音、色彩、气息、意态、感悟、象征和通感之类的东西，这在冰心、郁达夫、徐志摩、朱自清、俞平伯、孙福熙、倪贻德以及20世纪90年代的刘烨园、楚楚、马莉、郑云云等人那里表现得最为明显。而学者散文重视的是逻辑的力量，即注重推理、运演、证明、议论、剖析的方法。这样，学者散文的严整性、理论色彩、思想性和气势就能够凸显出来。

通过推理与综合得出自己的结论，这是学者散文最常用的思维方法。有人通过摆事实讲道理的考证法，最后使自己的见解能够自圆

---

① 余光中：《散文的知性与感性》，《香港文学》1995年1月号。

其说；有人通过逻辑推论演绎法，从多角度接近自己的结论；还有人根据不证自明的常识来说服别人。但不管怎么说，学者散文都有或明或暗、或显或隐的逻辑力量作为内在支撑。比如，陈平原多用考证法来显示自己散文的逻辑性，他往往旁征博引，从历史的线索里寻找头绪，与他探索的精神旨向接轨，像《"太学"传统》就是一例。林非则常用逻辑推理的方式，层层递进，逐层剥开，渐达结论，如《询问司马迁》即是这样。还有舒芜也是这样，他在《"香草美人"的奥秘》中，先由抗战时孙次舟的屈原考证和闻一多的"男人说女人话"意见谈起，得出这一结论："男人说女人话"的现象，在中国古典诗词中确是相当普遍的。而后说："跟着我思索：为什么会这样？男人为什么要说女人话？"作者从周乐诗的"菲逻各斯中心"理论受到启发，于是解决了自己的困惑。再后来，作者又说："但是，我再细想，又觉得问题还没有完全解决。"于是，作者进一步思考下去。到最后，作者还担心说不完整，又说："末了要补充说明……"这显然是一篇通俗论文的逻辑结构，与一般的作家散文和艺术家散文不一样。我们还可以举出张中行的学者散文。张中行最善于动用具有分明逻辑的散文结构法，并且多用常识来说明结论。比如张中行常用的连接词是：首先，其次，再次，最后；先说，再说，最后说说；其一，其二，其三……其七；第一，第二，第三……第六。这种结构方式，可以使作品简洁清晰，明白如话，其中的逻辑如同一条线贯穿起来。但是，如果过于讲究和突出逻辑性，如张中行这样"千篇一律"，那么，这种逻辑则有不自然的做作感，大大损害作品的文学性和艺术性。再加上张中行的许多见解因为是夫子之道而缺乏新意，我想，这也可能是许多读者不喜欢甚至对张中行散文比较反感的真正原因。

在作家和艺术家散文里，作者往往不直接出来表达自己的观念和态度，而是靠叙述、描写和抒情来实现自己的愿望。所以，如何将自己隐含起来，通过曲折的方式表达自己，这是此类散文所努力追求的，一旦作者赤膊上阵自说自话，那是有违散文艺术精神的。而学者散文则不同，作者打破了散文的常规戒条，还常常自己站出来议论，以强化自己的观点。此类散文的目的就是将事情说得更为清楚明白，其表现方法也是趋于明了晓畅的。余秋雨的学者散文议论最普遍，篇幅也最长，他常常不自觉地站出来现身说法，而且多有一发而不可收之势。这种议论在《文化苦旅》中还不是特别突出，而到了《山居笔记》则俯拾即是，有时满篇满纸都是。如《苏东坡突围》里多有议论，也可能余秋雨太熟悉、太喜爱苏东坡了，也许他对苏东坡有许多自己的独到认识，或许他是想借苏东坡之"酒"来浇自己的"块垒"。作者这样写道："小人牵着大师，大师牵着历史。小人顺手把绳索重重一抖，于是大师和历史全部都成了罪孽的化身。一部中国文化史，有很长时间一直把诸多文化大师捆押在被告席上，而法官和原告，大多是一群群挤眉弄眼的小人。""对这些人，不管是狱卒还是太后，我们都要深深感谢。他们有意无意地在验证着文化的广泛感召力，就连那盆洗脚水也充满了文化的热度。""成熟是一种明亮而不刺眼的光辉，一种圆润而不腻耳的音响，一种不再需要对别人察言观色的从容，一种终于停止向周围申诉求告的大气，一种不理会哄闹的微笑，一种洗刷了偏激的淡漠，一种无须声张的厚实，一种并不陡峭的高度。勃郁的豪情发了酵，尖利的山风收住了劲，湍急的溪流汇成了湖。"应该说，余秋雨在此所发的议论对理解苏东坡的坎坷人生、生活处境、性情、品位与境界，是大有益处的，也有利于返照余秋雨本人，因为中国文化尤其是政治文化和文人文化最是复杂与莫名其妙的。尤其值得注意的是，作者常用形象的比喻将模糊的内涵清晰化，使读者有只可意会不可言传的感受。有时精彩的议论确实能起到意想不到的效果，甚而至于可以化腐朽为神奇。另如季羡林、林非、周国平、赵鑫珊和李辉等都常用议论点明散文主旨，从而增强了作品的理性自觉精神。

但也应该注意，议论也不能是毫无节制的，随时随地乱议论。议论应该是自己的精彩得意之笔，是点石成金之笔，是将平庸提升到智慧之笔。从此意义上说，余秋雨在有的作品议论太多，也太滥了。如上面提到的议论，有的地方细细品味，明显有牵强附会、过于随意之嫌。对成熟的理解本是一件难事，为表达自己对苏东坡的醇熟之美的钦羡，余秋雨费了那么多心思和笔墨，拼集了那么多比喻，且不说作者这一理解与苏东坡的"成熟"相去多远，就是这些比喻的不到位和牵强便让人感到反感。这样的笔墨不仅难以为作品增色，反而有画蛇添足之感。在我的理解中，余秋雨这么罗列比喻并不理解"自然而然"的意义，也就离苏东坡的"行云流水"成熟之美远了。

除此之外，90年代学者散文还有深刻的剖析，尤其是自我剖析的理性精神更为可贵，这近于卢梭的《忏悔录》和《一个孤独散步者的遐想》。比如舒芜曾在《〈回归"五四"〉后序》中自我解剖说："由我的《关于胡风的宗派主义》，一改再改而成了《关于胡风反革命集团的一些材料》，虽非我始料所及，但是它导致了那样一大冤狱，那么多人受到迫害，妻离子散，家破人亡，乃至失智发狂，各式惨死，其中包括了我青年时期几乎全部的好友，特别是一贯挈我掖我教我望我的胡风，我对他们的苦难，有我应负的一份沉痛的责任。"季羡林在《牛棚杂忆》的《余思或反思》里也对自己的不足进行过剖白。一是认为自己是"摘桃派"，没有参加抗日战争，而是待在万里之外"搞自己的名山事业"，所以作者说："我认为自己那一点'学问'和那一点知识，是非常可耻的。"二是指出自己在"文革"中也有"领袖崇拜"的毒质，开始还很清醒，到后来"我就喊得高昂，热情，仿佛是发自灵魂深处的最强音。我完完全全拜倒在领袖的脚下了"。林非的学者散文也比较重视自我剖析。他在《愧为学者》中说道："散漫、慵懒、不喜爱辩论，这样使我无法成为一个很好的学者。"在《恐惧》里林非又谈到自己的性格弱点："在我自己的一生中间，从心坎里升起过多少回恐惧的念头啊！"在《浩气长存》里，林非是那样崇拜荆轲、秋瑾两人，同时也指出了自己的不足："我常常感到惭愧得无地自容，为什么自己总是这样胆怯和恐惧呢？"能够真诚地剖析自己的弱点，这不仅表现了一个学者谦和的性格、高尚的人格，而且还反映了自己在审视历史时的局限和人性缺憾。因为这种理性反省，也使得90年代的学者散文有了更广大的胸怀和深刻的理性力量。遗憾的是，代表90年代学者散文较高成就的余秋雨，在整个过程中很少审视自己的局限与不足，面对别人的批评，他却处处为自己寻找借口，以求解脱。其中的原因姑且不论，说余秋雨缺乏理性自省精神却是不为过的。应该说，这也是90年代中国学者散文的遗憾之处。

结语

进入21世纪，中国学者散文的发展会怎样，这是一个不好回答的问题，也是一个必须正视的问题。我认为，21世纪除了继续坚持自由精神，除了提高作家的学问修养，很重要的问题恐怕是对学者散文这一文体的研究和探讨，没有理论上的突破与建构，那么，别的什么事情都是一句空话。另一个问题也应引起作家和研究者足够的重视，那就是学术随笔忽略文学性的现象越来越严重和突出。如果说季羡林、林非、周国平和赵鑫珊等人还比较重视文学性，以情动人，那么比较年轻的学者们则忽略甚至无视了文学性（也可能是他们本身就缺乏文学艺术感）。没有文学性的学者散文无异于一堆理性的思想堆积，那不但不会以美、情来感动读者，反而可能令读者生厌。也可以这样说，如果学者散文缺乏了文学的优美，那也就不能称其为散文了，它只能是一些学者散论或札记。

第十四章

北京文化与20世纪中国散文

作为中国现代新文学的一部分，20世纪中国散文的产生当然离不开西方文化的冲击，因此，对它的探讨就不能忽略西方文化的视角及其价值观念。不过，对比诗歌、小说、戏剧等文学样式，20世纪中国散文可能是最具传统文化特性的一个门类。这具体表现在文体的变动较小，抒情往往大于说理，美学趣味的诗意化，叙事方式的清明简凝等。从这个意义上说，对20世纪中国散文的探讨就不能无视它对中国传统文化的血脉传承。作为中国传统文化的重要组成部分或说核心内容，北京文化尤其应该受到研究者的重视。本章试从北京文化的角度切入，考察20世纪中国散文的精神旨归、文化底蕴及其文体特征。

一、魂系北京

如果以地域的方式来指代中国文化的方向，那么，北京和上海可能极具典型意义，即前者与传统文化相连，而后者则代表着现代文化。一般地说，这种划分不是没有道理的，但实际上它仍存在疑问，至少在20世纪中国散文中远非如此。我们发现，对20世纪中国散文作家来说，虽然不是所有人都与北京及其北京文化发生关系，但却存在这样一个基本事实：有相当多的散文家都魂系北京，而对上海则表示不满，甚至深恶痛绝，这既包括那些传统文化意识较强的作家，也包括所谓的现代派作家。

就专门写北京的20世纪中国散文来说，这是一个相当宽广的范畴，许多作家笔下都出现抒写北京的散文，有的还不止于一篇。更有一些专注于写北京文化的散文篇章，从中可见作家对北京文化的热爱。值得一提的是，对北京和北京文化的自觉意识成为作家进行此方面散文创作及其编辑工作的内在驱动力，如1927年孙福熙结集出版的散文集《北京乎》，1936年12月宇宙风社编辑出版的《北京一顾》，1961年林语堂出版的随笔散文集《辉煌的北京》，1992年姜德明编选的散文集《北京乎》，2000年洪烛出版的《北京的梦影星尘》等都是如此。可见，北京和北京文化在许多散文家心目中已经不仅仅是一个概念，而成为一种生命的依托，成为挥之不去的情结。概括起来，20世纪中国散文家对北京的崇尚和依恋主要表现在如下五个方面。

一是以故乡情来怀念北京。周作人曾写过一篇《北平的好坏》，文章谈到北京的优长与缺点，其对北京的喜欢始终存在心头。周作人说他的家乡绍兴不适合家居，对有着龙盘虎踞的钟山和奔流的长江的南京也没有什么感情，但却表示"北平于我的确可以算是第二故乡，与我很有些情分"，"归根结蒂在现今说来还是北平与我最有关系，从前我曾自称京兆人，盖非无故也"。① 与此相对的是，周作人极不喜欢上海，他有一篇文章直接命名为《上海气》，其中有这样的话："上海滩本来是一片洋人的殖民地；那里的（姑且说）文化是买办流氓与妓女的文化，压根儿没有一点理性与风致。这个上海精神便成为一种上海气，流布到各处去，造出许多可厌的上海气的东西，文章也是其一。"② 两相对照，更显出周作人对北京和北京文化的情有独钟。周作人的弟子俞平伯也称北京为"第二故乡"，他说："我虽生长于江南，而自曾北去以后，对于第二故乡的北京也真不能无所恋

---

① 周作人：《瓜豆集》，河北教育出版社2002年版，第76页。

② 张明高、范桥编：《周作人散文》第2集，中国广播电视出版社1992年版，第398页。

恋了。"①郁达夫也不例外，在国内各城市中他独独更爱北京，为此他也赋予了北京以故乡的情愫。他说："中国的大都会，我前半生住过的地方，原也不在少数；可是当一个人静下来回想起从前，上海的闹热，南京的辽阔，广州的乌烟瘴气，汉口武昌的杂乱无章，甚至于青岛的清幽，福州的秀丽，以及杭州的沉着，总归都还比不上北京——我住在那里的时候，当然还是北京——的典丽堂皇，幽闲清妙。""但是一年半载，在北京以外的各地——除了在自己幼年的故乡以外——去一住，谁也会得重想起北京，再希望回去，隐隐地对北京害起剧烈的怀乡病来。这一种经验，原是住过北京的人，个个都有，而在我自己，却感觉得格外的浓，格外的切。"②对北京的怀乡病反映了郁达夫的痴情。陆晶清对北京的感情甚至超过了自己的故乡，他说："我出生的地方是云南，北平当然不能算作我的故乡。可是说实话，我怀念北平，却有甚于故乡。"③故乡，它成为一个重要意象，许多散文作家都用它来表达自己对北京的一腔深情。

二是将北京当作母亲来热爱。众所周知，母爱是人类情感中最纯真的，有的作家就像对待母亲那样一心一意地爱着北平。老舍在《想北平》一文中说："可是，我真爱北平。这个爱几乎要说而说不出的。我爱我的母亲。怎样爱？我说不出……我之爱北平也近乎这个。""真愿成为诗人，把一切好听好看的字都浸在自己的心血里，像杜鹃似的啼出北平的俊伟。啊！我不是诗人！我将永远道不出我的爱，一种像音乐与图画所引起的爱。这不但是辜负了北平，也对不住我自己，因为我的最初的知识与印象都得自北平，它是在我的血里，我的性格与脾气里有许多地方是这古城所赐给的。我不能爱上海和

---

① 乐齐、范桥编：《俞平伯散文》上册，中国广播电视出版社1997年版，第32页。

② 《郁达夫文集》第4卷，花城出版社、三联书店香港分店1983年版，第135、136页。

③ 陆晶清：《怀北平》，姜德明编《北平乎》下册，三联书店1992年版，第720页。

天津，因为我心中有个北平。可是我说不出来！"在文末老舍又说："好，不再说了吧，要落泪了，真想念北平呀！"[1]还有杨刚，他直接将北平比成母亲，写了《北平呀，我的母亲！》一文，表达了同样的感情。用对母亲的感情写北京，其情深意厚，如杜鹃啼血，令人感佩！

三是对北京表达着恋爱之情。母爱虽然纯洁深厚，但有时却没有恋情来得炽烈与神奇，所以有的作家就将对北京之爱比成恋情。如冰心虽然不明白"我为什么潜意识的苦恋着北平"，但却又说："我已在纸上写出我是在苦恋着北平。""我如今镇静下来，细细分析：我的一生，至今日止在北平居住的时光，占了一生之半，从十一二岁，到三十几岁，这二十年是生平最关键，最难忘的发育、模塑的年光，印象最深，情感最浓，关系最切。一提到北平，后面立刻涌现了一副一副的面庞，一幅一幅的图画。"[2]如果说冰心的感情表达比较含蓄，那么废名则直言不讳，他直接将自己视为北京的情人。他说："我大约是一个北平的情人，这情人却是不结婚的，因此对于北平可说一点也不知道，也因此知道北平的可爱，北平人自己反不知。这样说来，同北平始终还是隔膜的。"[3]因为恋人比母亲更神秘，更奇妙，所以这种爱也就更加色彩斑斓，令人神往。不只是与北京关系密切的作家，就是典型的海派作家对北京也刮目相看，如叶灵凤说："尤其是在这软尘十丈的上海住久了的人，谁不渴望去一见那沉睡中的故都？"在经历了北京的风致后，叶灵凤又说："我真诅咒这上海几年所度的市井的生活。"他还将北平看成"一位使你一见倾心而又

① 《老舍文集》第14卷，人民文学出版社1989年版，第62—64页。

② 冰心：《默庐试笔》，《冰心七十年文选》，上海文艺出版社1996年版，第179、181页。

③ 废名：《北平通信》，姜德明编《北平乎》下册，三联书店1992年版，第483页。

无辞可通的拘谨的姑娘"。①叶灵凤与废名对北京的感受，都有着对恋人既爱恋又隔膜的心情。

四是将恋爱与母爱融为一体，表达对北京的情怀。如谢冰莹在《北平之恋》中这样说："北平，好像是每个人的恋人；又像是每个人的母亲，她似乎有一种不可思议的魔力在吸引着每个从外省来的游子。"②这种将恋爱与母爱融为一体的表达式较之单面的感情更深化了一步。

五是将北京神圣化，以超越世俗的心情来爱北京。不论用故乡情、母子爱，还是恋人痴表达对北京的爱，都具有世俗化的特点，而洪烛则将北京神圣化、宗教化了，他说："北京。我在方格稿纸上首先虔敬地写下这个地名，就像供奉心目中的一尊神——这是一座我热爱的东方文化的都市，它在人文地理方面所具备的特征契合了我性格中庄严肃穆的属于信仰的部分。"③在此，作者对北京显然有一种宗教式的情感，庄严而神圣！

北京，它只是一个普通的地名，但一个世纪以来却有那么多散文家对它念念不忘，情深意长，魂灵相系，他们用乡情、母爱、恋爱和信仰这些最内在、珍贵的字眼来爱恋北京，这说明北京已超出了一般的意义，它实际上成为一种文化象征，一些作家的精神家园，一个民族精神的梦幻。尤其在近现代以来，在有的作家笔下，北京已颓败不堪甚至已经"死"了；而许多作家却仍能看到北京所散发出来的迷人的光辉，这些作家都是现代意识很强又颇具个性的，这是一个很有意思的文化现象，值得人们深思。

① 叶灵凤：《北游漫笔》，《灵凤小品集》，河北教育出版社1994年版，第79、83页。
② 谢冰莹：《北平之恋》，姜德明编《北平乎》下册，三联书店1992年版，第755页。
③ 洪烛：《北京的梦影星尘》，海南出版社2000年版，第5页。

二、北京文化精神

许多中国散文家有着浓郁的"北京情结"，这里的原因是异常复杂的。有的因为生长在北京，如老舍；有的因为长久住在北京，如周作人；还有的因为长子的骸骨埋在北京、知己朋友受难于北京，如郁达夫。[①]但我们认为更主要的原因则在文化精神方面，北京以其中国传统文化丰厚的历史积淀，以其与人性、人情、人生甚至与现代化的发展相协调，具有永恒的生命力。

在20世纪中国散文中，北京文化精神首先表现在地理环境和风土气候上，这是因为北京具有地域文化之美，它比较适合人类居住。北京属于典型的暖温带半湿润性季风气候，一年四季极为分明：春天时干燥多风；夏天炎热多雨，昼夜温差较大；秋天晴明干爽，天高云淡；冬天寒冷，雪少风巨。这与南国的过于潮湿和四季不明形成了鲜明对照。这一点，在许多作家笔下都进行了热情的讴歌。如周作人在《北平的好坏》中认为北平"大约第一是气候好吧"，"北平的天色特别蓝，太阳特别猛，月亮特别亮"。"其次是特别干燥，没有那泛潮时的不愉快，于人的身体总当有些益处。"周作人还在《北平的春天》中赞美北平的冬天，他说："我倒还是爱北平的冬天。"[②]因为在北平纸糊过的屋子里不苦寒，人们可以手不僵冻地做事。另外，北京西部和北部为群山，其中香山最著名。它的东南部是平原，它的周围还有密云水库、怀柔水库、十三陵水库和官厅水库。市内有景山，有永定河、潮白河、北运河和拒马河流过，有北海、颐和园、玉渊潭等湖泊。因此，许多散文家才对北京的气候赞赏不已！如沈从文在《北平的印象和感想》中有这样的话："北平入秋的阳光，事实上也就可以教育人。从明朗阳光和澄蓝天空中，使我温习起住过近十年的

---

① 参见《郁达夫文集》第4卷，花城出版社、三联书店香港分店1983年版，第136页。

② 周作人：《瓜豆集》，河北教育出版社2002年版，第77页。张明高、范桥编：《周作人散文》第1集，中国广播电视出版社1992年版，第141—142页。

昆明景象，这时节的云南，雨季大致已经过去，阳光同样如此温暖美好，然而继续下去，却是一切有生机的草木枯死。我奇怪北平八年的沦陷，加上种种新的忌讳，居然还有成群白鸽，敢在用蓝天作背景寒冷空气中自由飞翔。微风刷过路旁的树枝，卷起地面落叶，悉悉率率如对于我的疑问有所回答：'凡是在这个大城上空绕绕大小圈子的自由，照例是不会受干涉的。这里原有充分的自由。'"①在此，沈从文将北京的蓝天阳光与自由相连，在地域文化中发现了人文关怀。

由于北京历史悠久，文化源远流长，所以这里的名胜古迹和风俗民情非常独特，这在20世纪中国散文中也有充分的展示。考古发现，在大约50万年前，北京周口店就出现了人类，这就是举世闻名的"北京人"。琉璃河商周遗址的发掘，使北京作为都城的历史从辽金元推演到西周初年。据载："北平为《禹贡》冀州之域，在颛顼时曰幽陵，尧时曰幽都，舜时分冀为幽州，夏、商时皆为冀州地，殷复曰幽州，周因之。武王封黄帝之后于蓟，封召公于北燕，燕盛并蓟，遂迁焉。后与六国俱称王。秦灭燕，以燕之西陲为上谷郡。楚汉之际为燕国，后属汉，仍为燕国。……元太祖十年为燕京路，至元元年改建中都，四年徙都之。九年，改曰大都。明洪武元年改为北平府，隶山东行中书省。二年，置北平行省，以北平府隶焉。九年，为北平承宣布政使司治。永乐元年升为北京，改府为顺天府，称为'行在'，罢北京（平）布政使司。十九年，改北京为京师。仁宗洪熙元年，仍称'行在'。英宗正统六年，定名京师。清顺治元年，建都京师，仍称顺天府。民国元年，定都北京，顺天府改称京兆。十七年，首都南迁，改称北平。"②从这一悠久的历史沿革中，我们即可理解北京何以有那么名胜古迹，有那么多文化民俗风情。像八达岭长城、圆明园、明十三陵、周口店遗址、天安门、陶然亭、天桥、卢沟桥、北海

---

① 《沈从文文集》第10卷，花城出版社、三联书店香港分店1984年版，第129页。

② 陈宗蕃编著：《燕都丛考》，北京古籍出版社1991年版，第1—2页。

公园、中山公园、天坛、地坛、恭王府、北京大学、清华大学等，像厂甸、京剧、四合院、胡同、庙宇、小吃、杂耍等。也因此，出现了一系列写北京名胜的散文。如梁实秋在《北平的街道》中这样说："北平，不比十里洋场，人民的心理比较保守，沾染的洋习较少较慢。东交民巷是特殊的区域，里面的马路特别平，里面的路灯特别亮，里面的楼房特别高，里面打扫得特别干净，但是望洋兴叹与鬼为邻的北平人却能视若无睹，见怪不怪。北平人并不对这一块自感优越的地方投以艳羡的眼光，只有二毛子准洋鬼子才直眉瞪眼的往里面钻。地道的北平人，提着笼子架着鸟，宁可到城根儿去溜达，也不肯轻易蹚进那一块瞧着令人生气的地方。"[①]这种北京人的保守其实是一种与生俱来的自信、从容和傲骨。叶灵凤又写道，北京的茶馆与公园中写着"莫谈国事"的帖子，而南方则是任你谈论国事然后让你自讨苦处。于是，叶灵凤说，"两相比较，北方人的忠厚在这里显现了"[②]。另外，老北京的警察为人称道，他们纯朴客气而又严于公务；人力车夫从不骗人，公平厚道。这都是北京人情世故自然可爱之处。

博大深厚的胸怀是北京文化精神相当重要的方面。与许多城市的拥挤、狭隘和肤浅不同，北京这座城市是宽广和有气度的，它能包容万有，不论你来自哪里，也不管你身居何位，更不顾你是新的旧的、富的贫的，都一视同仁。北京仿佛天容地载一样，也像大海不择细流。关于这一点，许多散文都给予高度的阐扬。如郑振铎赞美北京的宽广使人心旷神怡，忧愁皆忘；谢冰莹欣赏北京对贫者富者的平等态度。老向生动描绘出北京令人难以想象的"容涵"，他在《难认识的北平》中说："北平有海一般的伟大，似乎没有空间与时间的划分。他能古今并容，新旧兼收，极冲突，极矛盾的现象，在他是受

① 姜德明编：《北京乎》下册，三联书店1992年版，第575页。
② 叶灵凤：《北游漫笔》，《灵凤小品集》，河北教育出版社1995年版，第85页。

之泰然，半点不调和也没有。例如说交通工具吧。在同一个城门洞里，可以出入着极时兴的汽车，电车，极轻便的脚踏车；但是落伍的四轮马车，载重的粗笨骡车，或推或挽的人力车，也同时出入着。最奇怪的是，在这新旧车辆之中，还夹杂着红绿轿，驴驮子，甚而至于裹着三五辆臭气洋溢的粪车。"①林语堂则在《动人的北京》中这样概括北京的气量："北京像一个伟大的老人，具有一个伟大的古老的性格。因为城市正如人物一样，有他们的不同的性格。有些粗陋而鄙野，好奇心重，饶舌好问；别的却宽容，大量，胸怀廓大，一视同仁。北京是宽大的。北京是广大的。她荫容了老旧的和现代的，自己却无动于衷。""穿高跟鞋的摩登少女与穿木跟鞋子的满洲妇女摩肩而过，北京却毫不在乎。白须很长的老画师与青年的大学生，在公寓里对门而居，北京也毫不在乎。""派克和别克牌子的汽车与人力车，骡马以及骆驼队竞赛着，北京也毫不在乎。"②还有史铁生写的《我与地坛》也是如此，地坛以其平和的阳光、一草一木、无声的静穆，启示和澄明一颗苦恼、冲突和绝望的心，从而显示了北京的博大、包容、平等与仁慈，这正是北京文化与众不同的地方。

北京的生活方式，尤其是普通人闲适自由、安贫乐道的心怀，成为北京文化精神最富魅力的地方。与许多现代都市有着不断膨胀的欲望和高速运转的生活节奏不同，老北京是从容不迫、宁静安详、闲适自由和知足常乐的，它充满智慧的光芒，既表现在平民的日常生活中，也存放在平民的心灵深处。对此，20世纪中国散文给予了有力的表现。比较有代表性的是郑振铎的《北平》一文，作品写道："你如果要在北平多住些时候，你便要更深刻地领略到北平的生活了。那生活是舒适、缓慢、吟味、享受，却绝对的不紧张。你见过一串的骆驼走过么？安稳、和平，一步步的随着一声声丁当丁当的大颈铃向前

---

① 姜德明编：《北京乎》下册，三联书店1992年版，第294—295页。

② 《林语堂名著全集》第15卷，东北师范大学出版社1994年版，第49—50页。

走；不匆忙，不停顿；那些大动物的眼里，表现的是那末和平而宽容，负重而忍辱的性情，这便是北平生活的象征。"①林语堂在《动人的北京》中也提出类似的观点："使北京这样可爱的还有它的生活方式。它是那样地使一个人能够获得和平与安静，虽然所住的地方接近热闹的街道，但一般人生活的代价低廉，人生却是愉快的。做官的和富人固然能够在大饭店内进餐，一个贫苦的人力车夫也能够花两个铜子，买到盐油酱醋，来做烹调的资料，而且还有几片香喷喷的菜蔬呢。""然而，北京最大的美点却是普通人，不是圣哲和教授们，而是拉人力车的人。从西城到颐和园去，距离大约五哩，每次车资大约一块钱，你也许认为这是低廉的劳力；那是对的，可是，那是没有怨言的劳力呢。你对于那些车夫们的愉快心情要感到奇怪的，他们一路互相滔滔不绝地说笑和笑别人的倒运。"②一般人也许会说，这种自得其乐是愚昧的，但它却是快乐的、无忧的，也是幸福的。当一个人能够获得这样的从容不迫和诗意的生活方式，那么就没有任何东西能够将他打倒。

北京的城外城内到处充满绿色，到处有着田园风光，于是，北京既具有宽广的街道、高耸的建筑和热闹的色彩，又充满了乡村风情。这是北京文化将都市与田园两种方式进行融会的成功尝试。郑振铎在《北平》中说："春天草绿时，远望景山，如铺了一层绿色的绣毡，异常的清嫩可爱。你如果站在最高处，向南望去，宫城全部，俱可收在眼底。……千家万户则全都隐藏在万绿丛中，看不见一瓦片，一屋顶，仿佛全城便是一片绿色的海。"③老向在《难认识的北平》中说："北平的街道，那么正直；院落，那么宽绰；家家有树有

---

① 卢今等编：《郑振铎散文》上册，中国广播电视出版社1997年版，第195页。

② 《林语堂名著全集》第15卷，东北师范大学出版社1994年版，第53—55页。

③ 卢今等编：《郑振铎散文》上册，中国广播电视出版社1997年版，第193页。

花，天天见得着太阳，世界上还有那个都市比得上？欧式的楼房，不见得怎样耀眼；旧式的门面，也不见得怎样简陋。光滑的地板，通明的玻璃，住起来也不见就比着纸糊窗和砖漫地好。他似乎什么也能融化，什么也能调和，所以，在皇宫巍然矗立的旁边，可以存在着外国的租界，也可以存在着比乡下还不如的小胡同。一墙之隔，可以分别城乡，表示今古，而配合起来却又十分自然。"①林语堂在《动人的北京》中也有同样的看法："北京是一个理想的城市，在那里每一个人都有呼吸的空间，在那里乡村的静寂跟城市的舒适配合着。"②在《老北京的精神》中他又说："北京的魅力不仅体现于金碧辉煌的皇朝宫殿，还体现于宁静得有时令人难以置信的乡村田园景象。就是从这样的城市中，人们既为它的艺术格调，建筑风格和节日风采而兴奋不已，同时也会享受到一种宁静的乡村生活。"③现在的都市越来越异化了，它们越来越不适宜于人类居住，而老北京则不同，其中的一点即是都市中的"田园风情"，这是散文作家对北京文化精神的一种既现实又艺术化的观照，其中有着令人解颐的深刻见解。

当然，北京文化还有一些特点，如它神秘得不可捉摸。老向称之为"难认识"，而林语堂称之为"一个国王的梦境"，是"珠光宝气"。在这里，"不知"即是真正的"知"，因为从根本的意义上说，对北京这样的都市的任何概括都是徒劳的，也是难以达到目标的。因之，在这个意义上，老向和林语堂是明智的。如林语堂在《老北京的精神》中以这样的方式结尾："什么东西最能体现老北京的精神？是它宏伟、辉煌的宫殿和古老的寺庙吗？是他的大庭院和大公园吗？还是那些带着老年人独有的庄重天性独立在售货摊旁的卖花生的长胡子老人？人们不知道。人们也难以用语言去表达。它是许多世纪以来形成的不可名状的魅力。或许有一天，基于零碎的认识，人

① 姜德明编：《北京乎》下册，三联书店1992年版，第295页。
② 《林语堂名著全集》第15卷，东北师范大学出版社1994年版，第52页。
③ 《林语堂名著全集》第25卷，东北师范大学出版社1994年版，第5页。

们认为那是一种生活方式。那种生活方式属于整个世界，千年万代。它是成熟的，异教的，欢快的，强大的，预示着对所有价值的重新估价——是出自人类灵魂的一种独特创造。"①这种认识站在世界的高度，以人类共有的情怀，以独特创造为旨归，从而避免了狭隘性和机械论，也道出了老北京精神的精髓。

需要说明的是，我们谈论20世纪中国散文中的北京文化精神，并不排斥现代性，更不是不顾人类的健全发展及其命运，而是正相反，即有着清醒的现代理性意识自觉。我们不是站在单一的西方文化价值取向来考察现代性，亦不是将现代意识看成固定不变的概念，而是对之进行了理想的预设。也就是说，现代性必须建立在世界的坐标上，必须建立在人类的健全、幸福和快乐的基础之上，这才是真实可靠的。有了这样的立足点，我们再来反观20世纪中国散文中的北京文化精神，就会清楚地认识到：北京的地理气候之美，北京悠久的历史文化，北京博大深厚的胸襟，北京自由快乐和从容不迫的生活方式，北京的田园景象，北京的梦幻色彩，都是适合人类身心丰富饱满的养料，而对抵抗商业主义给人类带来的异化也是大有益处的。

三、文体的魅力

由于以北京文化精神作为风骨，20世纪中国散文就必然有着富于个性的文体，这就是从容的叙述、美妙的意境、诗化的语言和真挚的感情。这是一种平实中带有诗意，雍容中含了智慧，温和中蓄着炽热的文体。读这样的散文，仿佛在与作者一起轻松愉快地散步，也似变成了一朵悠闲的白云栖在蓝天之上，还像在严寒的北方棉衣在身温暖在心一样。

叙述方式在文学作品中相当重要，它不仅仅代表着作家的视角、

---

① 《林语堂名著全集》第25卷，东北师范大学出版社1994年版，第11—12页。

姿态，与作品的深层意义和语法结构有关，还表征着作家的言说方式和节奏。在小说中，这一点尤其明显，而在散文中它同样也不可忽略。有时，我们通过散文的叙述方式可以理解这个作品的风格，也可以理解作家的内心图景。以林语堂为例，他曾写过一篇散文《上海颂》，从叙述方式看，这个作品充满紧张、厌恶和讽刺，作者将上海指代为"你"，而用"我们"指代"我"，完全是将上海置之度外的姿态，其感情的距离可以想见。更重要的是，作品多用短小的句式表达，节奏快捷急促，在充满鞭笞力量的同时，也包含了作者过于浓重的感情色彩和简单的价值判断。如作品开篇就写道："上海是可怕的，非常可怕。上海的可怕，在它那东西方下流的奇怪混合，在它那浮面的虚饰，在它那赤裸裸而无遮盖的金钱崇拜，在它那空虚，平凡，与低级趣味。上海的可怕，在它那不自然的女人，非人的劳力，乏生气的报纸，没资本的银行，以及无国家观念的人。上海是可怕的，可怕在它的伟大或卑弱，可怕在它的畸形，邪恶与矫浮，可怕在它的欢乐与宴会，以及在它的眼泪，苦楚，与堕落，可怕在它那高耸在黄浦江畔的宏伟而不可动摇的石砌大厦，以及靠着垃圾桶里的残余以苟延生命的贫民棚屋。事实上，我们可以为这个伟大而可怕的都市唱一首如下的颂歌。"[①]上海虽然有其异化的可恶之处，但也必有其可爱与美好，但在林语堂笔下它却如此"可怕"，一面反映了林语堂犀利的眼光，一面又反映了他的盲点。更重要的是，与林语堂对北京从容平和的叙述方式相比，《上海颂》是失了平静之心的愤怒之歌！另外，通过林语堂的《上海颂》也映照出许多描写北京文化的散文的叙述风格：和平从容，委婉亲切。如周作人在《北京的茶食》中虽然深愧北京的点心大不如前，但仍有这样的叙述："我们于日用必需的东西以外，必须还有一点无用的游戏与享乐，生活才觉得有意思。我们看夕阳，看秋河，看花，听雨，闻香，喝不求解渴的酒，吃不求饱

---

① 《林语堂名著全集》第15卷，东北师范大学出版社1994年版，第56页。

的点心，都是生活上必须的——虽然是无用的装点，而且是愈精炼愈好。"①这段话意味深长，饱含着生活的艺术与人生的智慧。又如郑振铎的《北平》以设身处地的姿态，向游人不厌其烦地介绍北京的风土人情、名胜古迹和一草一木，极其平和细致，舒缓自如，深得温润饱满之致！这反映了作家内心的清明和乐，在表面看来不起波澜，其实内里寓含着款款的深情，意味深长！作者以下面的句子向你介绍北京："太阳光晒得你有点暖得发慌。""在红刺梅盛开的时候，连你的脸色和衣彩也都会映上红色的笑影。""太阳光满晒在身上，棉衣的背上，有些热起来。""望着骤雨打在荷盖上，那喷人的荷香和刹刹的细碎的响声，在别处是闻不到、听不到的。"②这种让自己平和、入静和放松的叙述方式，极有利于观察得细微，又能给人以温暖，更容易产生智慧。这也是许多具有北京文化精神的散文能够打动人心的一个原因。

意境和语言之美中含蓄着深情和对生命的深切感悟，这是抒写北京文化之散文的又一特长。俞平伯的《陶然亭的雪》和石评梅的《雪夜》具有代表性，而郁达夫的《故都的秋》和林语堂的《辉煌的北京》中的许多描写也颇为隽永，情深意长。下面举示郁达夫和林语堂关于北京景物的两段描写，以便加深我们对这一问题的理解：

北国的槐树，也是一种能使人联想起秋来的点缀。象花而又不是花的那一种落蕊，早晨起来，会铺得满地。脚踏上去，声音也没有，气味也没有，只能感出一点点极微细极柔软的触觉。扫街的在树影下一阵扫后，灰土上留下来的一条扫帚的丝纹，看起来既觉得细腻，又觉得清闲，潜意识下并且还觉得有点儿落寞，古人所说的梧桐一叶而天下知秋的遥想，大约也就在这些深沉的

---

① 张明高、范桥编：《周作人散文》第1集，中国广播电视出版社1992年版，第58页。

② 卢今等编：《郑振铎散文》上册，中国广播电视出版社1997年版，第186、189、190、191页。

地方。

——郁达夫《故都的秋》

秋天，在城南的大沼泽地里，经过整个夏季养得肥肥的野鸭，和躲藏在河边灌木丛中的苍鹭，开始了一年一次的南迁。公园和西山都泛着红、紫色。西山上红土与蓝天映衬混杂在一起，产生了著名的西山紫坡景观，在更高、更远的山顶，山色渐渐变成暗紫色。秋天的颜色变幻无常，尤其是在干冷的北京。大自然提醒所有的造物储存起能量，消歇下来，迎接正在临近的冬天。住在北京的南方人看到鸟类南迁，就会引发思乡之情。……很快便到了晚秋，名目繁多的无以复加的菊花在隆福寺和厂甸同时上市，正阳楼的螃蟹又肥又香。草木已变得枝叶干爽松脆，正像岁月在老人身上带来的变化一样。风吹过园子里的松树和枣树，夏季树叶轻柔的婆娑声变成秋日劲风的啸叫，夏季已成记忆，炉边的蟋蟀叫个不停。人们清扫门前院落，却无心扫净那枫叶，留下几片落叶静静地躺在院子里。……冬天再一次来临，循环往复又一年。举世闻名的北京白松像白色、瘦长的精灵矗立在山巅。裹着麻袋片的乞丐们在寒冷中颤抖着。

——林语堂《辉煌的北京》

这是散发着大地芳香的文字，有着天地情怀，它流光溢彩，动人心魄，其中饱含着对生命的深切感悟和理解。这种文字不仅营造了美妙的意境，更有着深刻的思想，还与北京文化精神息息相通。换言之，透过文字的吉光片羽，折射出的是儒家的沉实、道家的逍遥和禅宗的灵光。文本表面看来只是一种形式，其实它是有意味的形式，是承载着思想内容的船只，它航行在文学和人生的汪洋大海上。从此意义上说，描写北京文化的20世纪散文文体，总体说来是轻灵的、温暖的、徐缓的、有弹性和韧性的。

值得补充说明的是，20世纪中国散文对北京及其文化并非全取赞美态度，有的还身怀忧思，更有的对之进行了批判。像徐志摩的《"死城"——北京的一晚》即是以令人窒息的暗色调讽喻北京，说它已成为一座死城。周作人在《北平的好坏》中也指出北京的"不好"，如他讨厌京戏。鲁迅则在《长城》中这样写道："伟大的长城！这工程，虽在地图上也还有它的小像；凡是世界上稍有知识的人们，大概都知道的罢。其实，从来不过徒然役死许多工人而已，胡人何尝挡得住。现在不过一种古迹了，但一时也不会灭尽，或者还要保存它。我总觉得周围有长城围绕。这长城的构成材料，是旧有的古砖和补添的新砖。两种东西联为一气造成了城壁，将人们包围。何时才不给长城添新砖呢？这伟大而可诅咒的长城！"①鲁迅显然是站在否定长城的角度来批判国民性的，这与他将中国传统文化（包括北京文化）理解成"吃人"的历史是一致的。应该说，这是对北京文化的一种新解读，具有重要的意义。但也应该承认，鲁迅只看到了问题的一个方面，它根本不能概括丰富复杂的北京文化的所有内容。

　　20世纪中国散文是异常丰富的，它所受到的中国传统文化之影响也是相当广泛的，北京文化虽然具有相当的代表性，但它显然不能涵盖全部。不过，透过北京文化这一特殊的窗口，我们可以透视20世纪中国散文的某些特征，以便对它的精神气质、文体价值和作家的心灵世界有所理解和感悟，这既有助于散文研究本身，又有助于21世纪人类文化的重建与健康发展。

---

①　《鲁迅全集》第2卷，人民文学出版社1981年版，第182页。

第十五章

21世纪散文对传统的承继与发展

　　与小说、诗歌、戏剧相比，散文可能是最为传统的。因此，它常常遭人诟病，被认为落后和缺乏创新。站在西方先验正确的角度说，这一看法无可非议；然而，如果脚踏中国传统的立场，这样的看法就值得重新思考。因为当简单地向西方学习，尤其缺乏中国立场和文化自信的情况下，许多跟风的文学将变得可疑和无根起来，而固守中国传统的文学反倒保留了更多中国文化基因和密码。整体而言，新时期以来，中国散文走过了一条向西方学习的道路，但21世纪以来这种风气开始有所转变，即有回归和激活中国文化传统，趋向散文本体的倾向。

一、为时代歌呼的载道精神

　　强调载道与社会时代功用，一直是中国文化和文学的传统血脉，以至于有许多千古名言不绝于耳。最有代表性的是张载的"为天地立心，为生民立命，为往圣继绝学，为天下开太平"。还有范仲淹的"先天下之忧而忧，后天下之乐而乐"以及曹丕的"盖文章，经国之大业，不朽之盛事"，梁启超的"新民"说。梁启超说过："欲新一国之民，不可不先新一国之小说。故欲新道德，必新小说；欲新宗教，必新小说；欲新政治，必新小说；欲新风俗，必新小说；欲新学艺，必新小说；乃至欲新人心欲新人格，必新小说。何以故？小说有不可思议之力支配人道故。"①在新时期之初，这种载道精神在冰心、巴金、臧克家、季羡林等散文中还有表现，但到20世纪90年代这一倾向受到质疑甚至批判，它也渐渐被西化的声音淹没。进入21世纪，尤其是随着以余秋雨、李国文为代表的大文化散文、历史文化散文的式微，传统的载道散文开始形成声势。

不过，与以往不同的是，这种载道散文放低了调门，提振了精神，更关注时代与社会的具体问题，尤其是注重深刻反映和表现21世纪中国社会的变革与转型，从而成为社会良知的担承者和国民素质的提升者。这里包括环保问题、民生问题、道德问题、人性问题、男女平等问题、城乡关系问题，等等。较有代表性的散文家有王开岭、周国平、林非、谢冕、蒋子龙、陈世旭、张抗抗、张炜、贾平凹、冯骥才、史铁生、铁凝、梁晓声、王剑冰、王宗仁、周明、石英、柳萌、肖凤、杨闻宇、郭秋良、吴克敬、毕淑敏、筱敏、迟子建、王尧、李木生、潘向黎、彭程、朱以撒、贾兴安、王聚敏、王本道、郭文斌、列娃、桑麻等。如王开岭的《精神明亮的人》《谈谈墓地，谈谈生命》《大地伦理》《仰望：一种精神姿势》《一个房奴的精神大字报》《现代人的江湖》等都是问题意识较强的优秀之作，而《精神明亮的人》和《现代人的江湖》最有代表性。《精神明亮的人》是针对世纪末情绪和人心的涣散而发出的呐喊，作者说："无论何时何地，我们只有恢复孩子般的好奇与纯真，只有像儿童一样精神明亮、目光清澈，才能对这世界有所发现，才能比平日看得更多，才能从最平凡的事物中注视到神奇与美丽。而成人世界里，几乎已没有真正生动的自然，只剩下了桌子与墙壁，只剩下了人的游戏规则，只剩下了同人打交道的经验与逻辑。"②《现代人的江湖》着力探讨的是现代人的生存处境和困境。在作者看来，随着人们智力的提高，许多人尤

---

① 梁启超：《论小说与群治之关系》，《饮冰室合集》第2卷，中华书局1989年版，第6页。

② 王开岭：《精神明亮的人》，《散文》2002年第6期。

其是那些弱者都"生活在险境中"，于是他发出这样的感叹："我若是个傻瓜，可怎么活啊，面对这么多陷阱，这么多圈套和天罗地网，我何以摆脱猎物的命运？"不仅如此，就是强者也难逃"险境"，因为强中还有强中手，有时事实往往是："强者比弱者输得更惨！"于是，王开岭提出如何建立社会程序和游戏规则的问题，比如"让傻瓜也能活得好好的"。作者还由韩国前总统卢武铉的自杀，引发出社会道义问题，即人们尤其是官员应知道廉耻和羞愧。可以说，能直面当下人类尤其是中国人的生存困境，并进行哲理和美的反思，这是王开岭散文的价值之所在！林非的《命运》通过与自己分别50年后又得以重逢的老同学之坎坷经历，来反思女性命运、家庭幸福及世道人心问题。作者对同学的母亲怀了深切的同情，对在外寻花问柳、不负责任的同学的父亲进行了无情的鞭笞，并由此引发了对社会人生的关注。作者写道："经历了多少人海的沧桑之后，我才算是懂得了这一桩桩不幸的命运，缩小到自己的家庭而言，正是那一家之长丑陋与卑污的情欲，损害了妻子和儿女们正常的生活；扩大到整个社会而言，正是若干夺取了权力的寡头们，为了满足一己之私利，和推行那些随心所欲的妄想，才将数不清的芸芸众生，投入了灾难或死亡的境地。"①这种充满人道主义、男女平等、家庭与社会和谐的理念，不仅对过去的历史具有批判意义，而且对中国社会转型中许多人的欲望放纵、失德无耻，也具有现实的警示作用。还有周国平对全民娱乐、不以为忧的批判（《把我们自己娱乐死？》），铁凝对诚信与心灵环保的倡导（《一千张糖纸》），王宗仁对仁慈和博爱的呼吁（《藏羚羊跪拜》），王尧对大学教育体制的审视与批评（《一个人的八十年代》），蒋子龙对中国古代文化及其精神的推崇（《风水》），张抗抗对环保和生态的关爱（《红松擎天》）等都是如此。值得关注的是郭文斌对人生命运的思考，作者提出了"安详"乃至于"安详主义"，以便医治现代人的焦虑症，帮助现代人找回丢失的幸福。在作

① 林非：《命运》，《散文》2002年第8期。

者看来，现代人身处各种危机中而难以自拔，其可怕程度有甚于患上艾滋病和癌症，他说："烈火沸水一般的焦虑将会成为远比艾滋病和癌症更让人们束手无策的集体疾患。"而要根治此病，安详与安详主义至为重要，因为它"既是一条回家的路，又是家本身"，"要说安详主义其实很简单，安详主义不是别的，安详主义就是回到我们'自身'，回到当下，回到细节；坦然地活着，健康地活着，唯美地活着，低成本甚至零成本地活着；喜悦着，快乐着，幸福着，满足着"。①面对时代与人生的困境，散文家开始寻找其解脱之法、医治的良药，这与以往的过于沉溺于批判、比较消极悲观和绝望有所不同。

当然，作者并没有对安详和安详主义做片面化的理解，而是与服务时代、奉献精神、现代文明、科学、人道等连起来思考，希冀它获得合理健全的发展理路。确实是如此，安详是一种人生智慧，是一种生命体验，是一种精神品质，还是一种天地自然之道，它是当下时代与文化中最为缺乏的。作家的思考具有时代感，更不乏形而上的哲学意义。很显然，21世纪的中国散文较为集中地探讨人们关心的现实问题，表现出较高的文化素养和精神品质，也成就了不少经典作品。

二、激活中国抒情散文传统

一般来说，西方文化和文学较重叙事与知性散文，而中国传统更擅长抒情散文。这也是为什么有人将中国文化概括为"抒情的传统"。中国古代以来出现了众多经典的抒情散文。从《孔雀东南飞》到《琵琶行》，从《祭十二郎文》到《背影》等都是如此。然而，20世纪90年代，这一传统不为人重视，甚至有被看轻的趋向。21世纪以来，散文的抒情传统快速回归，出现了不少感人肺腑的抒情散文。

---

① 郭文斌：《安详是一条离家最近的路》，《海燕·都市美文》2009年第11期。

这些散文以真情动人心魂，从而使21世纪的中国散文充实、内敛、美好，具有长久的艺术生命力。这一类作家包括阎纲、贾平凹、梅洁、臧小平、朱鸿、蔡桂林、小红、孙晓玲、彭程、杨新雨、王兆胜、胡发云、蒋新、张清华、张国龙、吴佳骏、江少宾等。

其实，直到今天，仍有不少人对散文中的真情实感不太重视，也不以为意，这是相当错误的。真情如同散文的血液，也有人将它看成散文的生命线，如林非说："不仅狭义散文必须以情动人，就是对广义散文也应该提出这样的要求，因为这对于散文家来说，无疑是在很大程度上决定自己作品能否存在和流传下去的生命线。"①没有真情的散文往往很难深入人心，更难以发芽、开花和结果。阎纲的《我吻女儿的前额》是21世纪的重大收获，它将父女之爱描绘得惊天动地、感人肺腑，尤其是女儿的感恩之心以及女婿的淳朴令人感到揪心，并将生死进行了智慧和艺术的升华。作者在文末这样写道："吻别女儿，痛定思痛，觉得死亡也没有什么可怕。死后，我将会再见先我一步在那儿的女儿和我心爱的一切人，所以，我活着就要爱人，爱良心未泯的人，爱这诡谲的宇宙，爱生命本身，爱每一本展开的书，与世界上第一流的思想家做精神上的交流。"②这是一个白发人送黑发人的父亲对生死的感悟，它是那样清明、仁慈、温暖和超然，是人道的长歌。这样的作品在内容和写法上都是传统的，似乎并没有新意，但这又有什么关系呢？读这样一篇文章胜似读十篇百篇无关痛痒的高论，这才是文学的伟大力量之所在！女儿去世后四年，阎纲又写出《三十八朵荷花》，这种思念、倾诉与赞美如蜘蛛吐出的长丝，与读者的心弦一同颤动，令铁石心肠的人都不能不为之动容和落泪，并在心中引起长久的共鸣。梅洁的《不是遗言的遗言》是写心爱的丈夫的，那是凝聚着多少酸甜苦辣后结出的爱情果实，可在转眼间它

①　林非：《漫说散文》，《林非论散文》，江西高校出版社2000年版，第100页。
②　阎纲：《我吻女儿的前额》，《散文》2001年第6期。

就突然从树上坠落了。作者以循环往复的方式呼叫"亲爱的"，以寄托对丈夫的哀思，那种欲哭无泪的伤怀无以言喻，所以结尾作者写道："亲爱的，在忆念你的时间里，悲苦的泪水将打湿所有的时间……"①是的，美好的东西总是短暂的，生离死别的美好的爱情多么像赴死的白天鹅所发出的嘹亮之歌，它伤感而优雅、痛苦而醒悟地启示着所有的人。还有朱鸿的《一次没有表白的爱》写得委婉动人、如泣如诉，那是作者纯粹、善良、优雅而又明敏的外现，是爱情之花的盛开与闪亮，虽然这是一次没有结果的爱情。文中有这样一段话写得极为精彩："这件事情就以自己特殊的方式像一滴水似的渗透到岁月之中了，我呢，也再没有给她写信，打电话、进行联络，也再没有获悉姚伶的消息，我当然也尽量避免知道她的婚姻与家庭。我不会嫉妒她的情况很好，只害怕她的情况不好。但渗透到岁月之中的水却并没有为岁月所蒸溶，恰恰相反，它蓄于我的心底，清澈，晶莹，没有污染，它一直滋润着我的灵魂。"结尾，作者这样写道："我所能做的仅仅是，向她祝福，愿上帝保佑她！"②尽管是一次没有表白，对方也无从感应的爱，但作者却有如此的胸襟、修为、品位和境界，从而使作品充满温润、圣洁和迷人的光辉，读之令人倾倒。如果形而上地说就是，真正伟大的爱不是占有，而是给予和祝福，哪怕对方对此一无所知，这就是朱鸿这篇散文和他本人的魅力所在。臧小平和孙晓玲怀念父亲的散文也是情深、意切、文美，是难得的佳作。胡发云的《想爱你到老》是关于忠贞不渝爱情的颂歌，这在21世纪的社会氛围中难能可贵。特别值得提及的是张国龙和吴佳骏的亲情散文，两位作者虽然年轻，但感情丰沛有力、表达得质朴自然，能够深深地打动读者。张国龙的《亲情的距离》将"我"、父亲、奶奶连缀起来，形成了一条情感的依恋链；吴佳骏的《墨水灯》和《背篓谣》情深意长、诗意盎然，他们的写作都源于生活，源于对亲情的细微体验，也源于

---

① 梅洁：《不是遗言的遗言》，《海燕·都市美文》2005年第8期。
② 朱鸿：《一次没有表白的爱》，《天涯》2001年第4期。

一颗平民之心的诗性的烛照，所以能给人留下深刻的印象。

需要说明的是，21世纪抒情散文比以往提升了境界，这主要表现在：一是哀而不伤，在苦难甚至无奈中仍保持着一种积极进取的精神境界。二是由"小我"到"大我"的升华，令人在深情中体味更广大的世界和人生。三是诗意的情怀与绵长的韵致，一种经过烽火后的生命之一爆。四是更加内在与深沉，是一种如火山爆发前的积蓄与升华，这种情深显然渗透了现代思想艺术光泽。

三、日常生活化散文放出异彩

中国文化与文学传统高度重视"为人生"，尤其是日常生活成为文学的母题。这也是为什么，衣、食、住、行、性、爱成为中国人生与文学的底色和动力源泉。只是五四新文化运动以来，这种"为人生"更多地发展成为宏大叙事——启蒙与救亡主题。新时期开始，散文仍延续着这一传统，于是回归"五四"成为散文的主调。其实，20世纪90年代大文化散文的兴起，是在西方现代性向度下的一次文化启蒙，而更多的生活细枝末节被散文理念抛弃了。21世纪开始，日常生活散文随着日常生活审美化文艺思潮悄然发展。比较有代表性的是鲍尔吉·原野的日常生活散文，它们紧贴生活本身，紧贴那些细枝末节与琐屑碎片中所显示的生活的诗意与智慧。如《针》就是写母亲用这枚光洁净亮而又尖锐的小针，带着辛劳与仁爱，穿引着一家人的生活，为整体人生进行了幸福的注解。

近年来，大文化散文悄然退场，代之而来的是日常生活化散文增多，甚至出现很多小散文、微散文。大文化散文往往纵论古今、谈笑风生、笔底裹挟风雷，甚至以高密度的知识轰炸影响读者；但往往也带来巨大的负面效果，那就是情感的虚化做作，离普通读者太远，缺乏细节和不接地气，尤其失去了委婉之美和拨动读者心弦的力量。近年的散文或谈亲情、乡情、师生情，或说生活细节，或道灵感、梦幻、神秘与未知，从而显示了散文文体的回归。如冯积岐的《母亲泪》、王月鹏的《卑微的人》、王永胜的《铧犁与木锨》、朱以撒的《洗手》、耿立的《低于一棵草》、宋长征的《梧桐清音》、王鼎钧的《灵感速记》、凸凹的《梦中梦》、毕淑敏的《送你一张捕梦网》等都是如此。就连曾以《大河遗梦》《祖槐》等大文化散文著称的李存葆也于2012年发表《空中农家院》，详述他在自家养花、种菜、育果的过程与享受。以小人物、小事件、小情感进行边缘化叙事，往往更能入口入心，获得一种更加真实自然、有血有肉的亲近感和震撼力。

更重要的是，近年散文所达到的深度、厚度和高度，是靠细节、博爱、智慧与美感铸造而成的。如莫言的《讲故事的人》以两件事刻画母亲：一是母亲曾无缘无故挨打，莫言长大后撞见那人，欲上前报仇，被母亲拉住并劝慰道："儿啊，打我那个人，与这位老人，现在已不是一个人了。"二是乞丐上门讨饭，莫言用半碗红薯打发他，在看到主人吃饺子时，乞丐愤怒指责莫言没良心。因贫困年代一家人每年只能吃几次饺子，且每人只有一碗，所以莫言愤怒地让乞丐滚蛋。没想到母亲将自己的半碗饺子倒进老乞丐碗里，并训斥了儿子。这样，一个草木一样卑微的母亲一下子高大起来。郭文斌近几年写了《大山行孝记》《根是花朵的吉祥如意》《大年，引领我们回归生命本质》《文学的祝福性》等散文，将文化、博爱、祝福写满生命的时空，真正让散文回归本体，成为浸染灵魂的从容叙事。还有彭学明的《守卫土地》和彭程的《远处的墓碑》，两文都有大地情怀和生命的彻悟，是人生之道和天地之道的合奏。与以往过于悲观消极和表面化的散文书写不同，近年来的散文增加了理想主义气质，有了亮色和光芒，也多了深刻性，还带了更多温暖与活力，所以给人以饱满充实、透彻、明智之感。

四、物性散文趋向深度书写

中国文化与文学传统还有一个突出特点是崇尚大自然，尤其是喜爱其天地道心。然而，随着中国现代文学的"人的文学"发展，这一传统很快被连根挖掉了，天地自然越来越受到忽视甚至轻蔑。于是破坏、践踏甚至毁灭自然的现象成为一种难以改变的趋向。与此相关的是，包括散文在内的文学更关注人，并进而将人性缩窄成简单的爱情，于是一个作品如果没有爱情描写，没有多角恋爱似乎就不成为文学。相反，更宽广的天地自然却少有人关注，也难以成为作家的兴趣点。21世纪以来，这一倾向有所改观，不少散文开始注重天地自然中的一草一木描写，显示了更接地气的创作风格。可以说，紧紧贴近大地，细细体验天地自然的物性，并从中体验道心，从而使散文能够成为生命之花，这是21世纪散文的一大亮点。较有代表性的作家是张炜、周同宾、郭保林、郑云云、楚楚、马力、刘家科、李登建、许俊文、李汉荣、李一鸣、王族、孙继泉、高维生等。

值得注意的是，李汉荣写农村尤其是农具非常细致，有一种被心灵滋润的光芒，也有学者独特的感觉与剖析功夫。许俊文的乡土书写最有意味，它是21世纪乡土散文的代表人物。如果说20世纪90年代张炜的乡土散文写得又多又好，那么，在21世纪我特别推举许俊文。许俊文的散文虽然写得并不多，但有羽化之功，也更加自然、质朴、有力。在《泥土》中有这样美妙的句子："跳动了一个春天，喧闹了一个夏天，土地直到把所有的庄稼都送走了之后，这才坦然无忧地躺下来，在月光下深深地睡下，那飘荡在田野上大团大团的浓雾，就是它绵长而舒缓的呼吸吧。仍有一些庄稼似乎舍不得一下子走得太远，它们留在泥土里的残根，抽出零零星星的青苗（庄稼人叫做'次青'）来，挂着晶莹剔透的露珠。于是牛羊们走了来，吃几口，叫一声，吃几口，又叫一声。时令在它们的叫声中渐渐地深了。"①这不只是一种诗意表达，而是作家与大地融为一体后的深切感受，是心灵相通、琴瑟和鸣的知音之感，更是春蚕吐丝和蛹蜕成蝶后的精神的逍遥游。

在思想观念和艺术手法上进行变革，关于物以及物性的散文就

---

① 许俊文：《泥土》，《散文》2007年第3期。

有了新的突破和价值。以往的散文往往固守"文学是人学"的观念，这样就造成了忽略天地万物尤其是人的自大狂的怪现象。这主要表现在：写人的散文远多于写物，即使写物也多离不开人的视角，所以物就自然而然成为可有可无的点缀品。这就从整体上损害了天地、人、物的关系结构图式，也使文学观念与人的观念产生倾斜。近年来，我们倡导文学创作和研究中对"人道"与"天道"、人与物关系的辩证理解，也看到了不少成果。以创作为例，王月鹏的《断桥》既突破了"人"的价值观，也超越了"桥"的功能，而是赋予"断桥"以哲思。杜怀超的《苍耳》是集中写植物的，但它却赋予了植物更深沉的生命意识和价值意义，是有天地之道存矣，亦是诗意的歌唱。作者写道："一株植物就是人类的一盏灯，一盏充满神秘与未知的灯，我们都在这些光亮里存活。"当写到水烛这种植物时，作者将之视为"照彻苍茫的生灵者"，并坚信："万物有灵。当我们弯下身子，你是否发现事物都有他们的世界、他们的隐语？""一种植物，一旦有了执着，就有了高度。在民间，人们对万物的理解总是隐藏着许多神圣和巫性。""解读大地上的每一株植物，走进植物的每一个内心城堡，或许我们会得到生命葱绿的密码。"这不仅仅是诗性的语言，更是对"人是万物主宰"观念的超越，是一种获得天地大道的醒觉。还有散文创作方法的创新，这在李敬泽的《鹦鹉》、肖达的《途经秘密》中有突出表现。前者不断转换视点、人物、方法，读其文如进入多棱镜和万花筒；后者仿佛带你进入迷宫，在千回百转中得到清明的形而上哲思。如肖达写道："原来硬得如石头一样的心，也可以渐渐化开，直到汪成一捧清水。""时间在故事里延续，空间在故事里拓展，故事在故事里继续。挺好的。"

　　这就是传统散文的魅力，尽管在21世纪，它却仍不过时，仍能发出耀眼的光芒，成为散文这一文体的主力军。当然，与以往相比，21世纪的中国传统散文并不是固步自封、一成不变的；相反，它自觉不自觉地受到各种因素，比如时代风气和大文化散文的影响。不过，以发展的眼光看，到目前为止，传统散文的势力和惰性确实太大了，它必须不断地被注入新的因素，使之充满活力与更健康地发展，这是需要注意和警惕的。这也是为什么，对21世纪中国的传统散文，我们既应给予高度评价，又希望它不断地受到冲击和获得更大的生机，因为一成不变的东西是不存在的。

第十六章

好散文的境界：以2018年《人民文学》为例

在文学的四大文体中，散文最不受重视，地位也最低。如果说诗歌、小说、戏剧是朝阳，散文至多也就是余晖。所以，各种文学史几乎没多少散文的事，如果有也是其他文体的叙述之"余"，且有点千篇一律。至于散文的概念、范畴、理论、形式以及"好散文"的标准，往往都语焉不详，甚至比较模糊、混乱。读《人民文学》2018年发表的散文，为之心动，也多有心会。以此，来谈谈"好散文的境界"这一问题。

一、天地之宽的博大与仁慈

将文学分为诗歌、小说、戏剧、散文，是现代学科独立和成熟的标志，也是受到西方观念影响的结果。其实，中国古代使用的是"文""文章"这个大概念，即所谓的"有韵为诗，无韵为文"，所以，古文之下名目十分驳杂，据统计多达百余种。[①]而古代以"散文"出现的概念既不是今天所说的散文，也与古文、文章有异。因此，现代以来的散文从古代文章中分化出来，更受到西方散文影响，

---

① 参见吴承学：《"文体"与"得体"》，《古典文学知识》2013年第1期。

后有周作人提倡的较为纯粹的"美文"。[①]再后来，有人提出"净化散文"，强调散文的艺术性和纯粹性，要为散文"瘦身"。[②]还有人认为，优秀的散文不是广义的散文，也不是"再窄狭一点"，而是"更窄狭一点"的那一种。[③]在文学中，除了诗歌、小说、戏剧，难以归类的文体都被不加区分地放进"散文"。我认为，散文的魅力正在于它的博大宽广，它应该像天地宇宙一样包容万有、海纳百川。

　　与不少刊物所发的散文有些不同，《人民文学》重在一个"博"字，它很少有一个固定甚至模式化的标准，而是有天地之宽的胸襟，也有江河一样的吸纳，所以给人非常大气的感觉。在内容上，2018年《人民文学》发表的散文既有现实感，又有历史探寻；既有人物的精雕细刻，也有对天地万物的细察；既有国内众生相的描摹，又有海外和国外风情的传达；既有情感宣泄，又有理性反省；既有亲情、友情、师生情、乡情的回味，又有天地情怀的抒写；既有现实人生的投影，又有小说中关于人生的映衬；既有都市灯红酒绿的闪烁，又有乡村寂静安详的默观；既有建筑、电影、绘画的解读，又有紫砂、制墨等各种手艺的传承；等等。包罗万象，不一而足。就形式而言，2018年《人民文学》上的散文也是丰富多彩，如万花筒般折射出大千世界的光影。不少文章长达数万字，而贾平凹的《六十年后观我记》却只是一篇千字文。在众多的叙事和抒情文本中，还有日记体，而在日记体中又有对父母日记的阐释，这就是潘向黎的《最爱西湖行不足》。与许多文章的叙述不同，陈仓的《我有一棵树》是"我"与"父亲"的一问一答。在众多旅行散文中，还有苏沧桑的《与茶》，文章用的是一种以时间为序，以地点、制茶方式为空间转换支点，记者报道式的写法。许多散文向我们讲述故事，但蒋子龙却告诉我们《故事

---

① 参见周作人：《谈虎集》，河北教育出版社2001年版，第29页。
② 参见刘锡庆：《当代散文创作发展的几个问题》，《北京师范大学学报》2001年第1期。
③ 参见季羡林：《漫谈散文》，《季羡林全集》第8卷，外语教学与研究出版社2009年版，第194页。

里的事故》。在散文家热衷于历史、现实书写时，麦家却写了读书笔记《茨威格和〈陌生女人的来信〉》。还有石舒清由手机文章结集的《手机文录》。就像生活本身、世界本相一样，《人民文学》容纳了各式各样的散文内容与形式，既显示了浩大的吞吐量，也呈现出博大的胸襟，更是一种看似不加选择的精心选择。散文在此没有被作为"病梅"进行任意剪裁，也未被编辑带着各式的理念进行简单取舍，而是以一种自然而然的原生态令其自由生长。

散文当然离不开文学性、艺术性和审美性，也是在此意义上，狭义散文以及周作人所说的"美文"自有其价值。不过，无视散文的体性，尤其是不顾世界、人生、天地之博大无垠，而只想用"抒情""小品""真情实感"将散文进行饼干式压缩，或所谓的"瘦身"，也是不可取甚至是有害的。因此，我赞成"广义散文"之价值，或者说让"狭义散文"与"广义散文"并存。①如果说，当前比较一致的声音是"散文文体异化"论，认为散文是一个边界不清、界限不明、概念模糊、难以研究的文体，那么，我认为，这正是散文这一文体的价值所在，也是其本质特征。散文是与天地宇宙一样博大浩瀚的所在。在2018年《人民文学》上发表的散文，有不少是有宇宙意识和天地情怀的，如鱼禾的《界限》说："在我们的身体之外，存在的只是星辰的位移。在浩瀚不可思议的太空中，有几颗与我们息息相关的星球——太阳，月亮，地球，它们的相对位置决定了我们的年度、季节、昼夜、时辰、分分秒秒。'时间'存在的全部证据，不过是太阳的出没、月亮的圆缺、钟表指针在表盘上重复转圈，以及，一个人或一些别的生物，出生了，长大了，老了，死了。"以这样的天地情怀思考时间及人类命运，当然就超越了在人生的狭小天地所进行的追索。王彬在《垃圾鸟》一文中这样写垃圾鸟："在古埃及的传说

---

① 林非对散文的广义与狭义看法是辩证的，徐迟比喻说："广义的散文好比是狭义的散文的塔身、塔基，狭义的散文好比是广义的散文的塔顶、塔尖。"参见林非：《散文的昨天和今天》，广东人民出版社2016年版，第41页。

中，这弯曲的嘴使人联想皎洁的新月，因此垃圾鸟被尊为月神，而它鸡爪一样的脚趾，会在沼泽的土地上留下痕迹，对埃及人也多有启发，从而产生了象形文字，因此垃圾鸟又被尊为文字之神。"这样的写作就有天地之宽，是一种由现实生活、物象，通过历史与文化，以天地镜像进行映照的写法，一下子将被世俗化理解的垃圾鸟，提升到神秘、神圣的境界。贾平凹的《六十年后观我记》是一种自我观照法，他说："是相信着有神，为了受命神的安排而沉着，一是在家里摆许多玉，因为古书上有神食玉的记载，二是继续多聚精神写作，聚精才能会神。""早晚都喜欢开窗看天，天气就是天意。"这样的认知就是一种天地情怀，是认识了自己以及人类的不足与局限，理解了天地之宽后的醒觉，于是保持谦卑与顺生，倾听和遵循天地大道之运行。还有陈仓的《我有一棵树》，写"我"的父亲砍了一辈子树，后来有所省悟，知道树是有灵性的，在天地间是神圣的。所以，当"我"问父亲最想让后院的那棵树干什么时，父亲回答："年轻的时候，看到什么树都想把它砍掉，如今老了，就想让它一直长在那里。"这"不单为自己，也为了上边的老鸹"，因为树上有个老鸹窝。树上的喜鹊将屎拉到"我"头上，"我"想用竿子将鸟巢捅掉，父亲却说："喜鹊把屎拉到你头上是你的福气。"这是大道藏身的看法，一下子突破了人的认识局限。

葛全璋的《安详》是写奶奶的。这个活了105岁的人本身就是个神话，有天地的眷顾与恩惠，也是有福德的表现。作品不仅写她的心态平和、乐观从容，更写其宽厚仁慈。104岁时，老人家似乎预感到什么，让"我"将她从城里送回老家。一天，祖母拉着"我"的手，"好像还有什么话要和我们说"，作品写道："握着祖母瘦骨嶙峋的手，静静地陪着，很久，祖母突然大声问：'那个铲咱家那头猪的衰佬，还有命没？'"当祖母被告知曾欺行霸市的衰佬遭到报应后，作品又写道："祖母哦了一声，闭上了眼睛。她的呼吸倒不见急促，平缓得和平时睡觉一样。一会儿，她又把眼睛微微睁开了。她说的最后一句话是：'给他们也烧炷香吧，冇阴功啊，好歹大家食的，是一口井里的水啊……'"可见，老祖母的善良仁慈，对曾将自己逼上绝路的恶人，她仍能"以德报怨"，这是天地情怀的表现。毛子的《我家三婶》是一篇现实感、在场感和真实感都特别强的散文，在平淡的叙事中也不乏神来之笔。比如，从"我"的角度看，"三婶慢悠悠的声音，清亮得像山溪里淙淙的泉水"，"清亮的声音里听得出惊喜"，"一头齐肩的短发，圆润的脸颊红得透亮，眼睛长而大，笑起来微微眯缝着，亲善而迷人"。最重要的是，"三婶把白鹤看得很重，绝不许邻家的孩子和大人钻进园子掏鸟蛋、抓雏鸟"，因为在她看来"白鹤有一种不可思议的灵性"。然而，就是这样一位美好的女性，却在丈夫当兵期间，与一个曾游手好闲、后当上生产队队长的人怀上了孩子。而复员回家的三叔则在大队部供销点将两个女售货员睡了，而且是三人同床共枕一起睡。这一下引起轩然大波。在三叔发生男女关系前，三婶因出轨饱受村人诟病，甚至遭亲生父亲咒骂与厌恶，她自己也处于绝望中。然而，三叔的事不仅没让三婶难过，反而使她一下子轻松下来，于是二人和好并生下可爱的儿子。可悲的是，三婶40多岁就去世了，三叔却在"三婶病重时，他只通知了我和那个陌生的青年，就是三婶与外人生的那个孩子"。三叔这样对"我"说："我知道你三婶最疼爱的是你，最挂念的是他，虽然嘴上从来不说，但毕竟是她身上掉下的肉。我打听了好久才找到他，想让她能见上一面，可她还是没等到，也就一天时间，她到底没撑住。"在此，三叔的形象一下活起来，也高大起来，其善良、仁慈、厚道跃然纸上。没有天地情怀，是不可能有这样的仁厚。

自周作人提出"人的文学"后，山林文学和神怪文学就受到严厉批判，自然万物和天地之道更逸出许多作家的视野。这也是为什么，《封神榜》《西游记》等作品被周作人视为迷信，[①]不少现代作家对《红楼梦》的评价也不高。有人认为，鲁迅、周作人、胡适等许多现

---

① 参见周作人：《艺术与生活》，河北教育出版社2002年版，第13页。

代思想家、大作家都少了一种神秘感。[①]2018年《人民文学》中的不少散文有天地情怀，对自然、世界、人生充满敬畏与仁慈，这就超出单一的"人的文学"观，尤其是过于强调人的欲望和不知天高地厚的狂妄写作。其实，真正健康的优秀文学既应重视人之道，又离不开天地之道，是"制天非逆天"[②]的绿色写作，绝不能成为逆天而行的人本主义。在这方面，长期以来的散文创作功不可没，具有纠偏作用，2018年《人民文学》发表的散文也可作如是观。

二、破解世界与人生的密码

自然万物也好，天地大道也罢，其实都离不开人和人生。如无人的存在，所有的外物及其大道都只是客观存在。因此，如何透过天地之道来理解世界、人生及其经纬，这是相当重要的一环；反之，只有揭开世界与人生的谜底，我们生活的天地自然才会更加动人。2018年《人民文学》所刊发的散文就有这样的特点：在历史与现实、人与事、人之道与天地之道等关系中，彰显世界与人生的复杂图景，也展示了人性的神秘。

首先，对已知世界与人生的重新探求和体悟，以便获得更有价值的人生智慧。应该说，世界与人生在许多方面已被打开，生活于其间的人不断在前人的智慧中受益，同时也在逐渐开启自己的智慧之门。比如日与夜、生与死、时间与空间等都被历代先哲赋予了各式各样的智慧，后人一面须遵循前人的人生教导，一面又需获得新的启示。2018年《人民文学》上的散文在此都有不同程度的推进，从而显示了人生智慧的经久弥新和进境。

王剑冰的《草木时光》主要写乡村的日夜与地气，那些被哲人、

---

① 参见徐訏：《追思林语堂先生》，施建伟编《幽默大师》，东方出版中心1998年版，第13页。

② 林语堂：《节育问题常识》，《林语堂名著全集》第18卷，东北师范大学出版社1994年版，第246页。

诗人、散文家反复写过的自然现象。但王剑冰却能从中获得新意，他说："夜是有声音的，夜的声音同白天的声音不一样，白天太嘈杂，夜就像一个大筛子，把那些嘈杂过滤了，留下来纯粹的东西。"这个"纯粹"给乡村之夜赋予了新质。他还说："所谓地气，其实就是你的乡村，你的故土，是那些庄稼那些草木，是生你养你的父老乡亲，地气就是你对故土的感念，对家乡的认识，说白了，地气其实就是你的底气，是你生命的基础，你有着最扎实的最本质的最朴素的基础，你就有了活着的底气，否则你就是一叶浮萍，轻狂、无根无捞。……你的生命里总是能看到地气，能闻到土地的味道，你就会活得踏实、过得充实。"乡村、土地、二十四节气、地气，在作者的阐释中意义得以升华。其实，这何尝不是对世界本相和人生智慧的返本开新式的体认？蒋子龙的《故事里的事故》满是对世界与人生智慧的高度提纯，在幽默中有生动，在平易中见新奇，在启示中有释然。如他说："一般来说，故事有多精彩，事故就有多惨痛。""真正能将灵魂从物质中提炼出来的，也不是死，而是生的态度。""从养生学的角度看，懒惰并不是坏事。"胡竹峰的《墨书》有言："白纸黑字，白为阳，黑为阴。黑白之间，是山川草木的光阴年华，是人情也是世事，更是人生的归宿。笔墨纸砚自有生息，只有孤寂、纯净、坚韧的心灵或可抵达。"这是对黑白、阴阳哲学的新解。毛子的《我家三婶》写到三婶的婚礼与葬仪，这在一般人看来有着天壤之别的人生形式，却被作者视为并无二致，即在生命本质的意义上二者具有同构性。作品写道："从八人抬进喧闹的洞房，到八人抬进死寂的墓穴，三婶的生命仿佛只做了一个短暂的停顿。老屋场上的那些欢悦和悲怆，似乎只是抬轿人在途中放下抬杠歇了歇肩，等到抬轿人喘口气、喝口水、抽支烟，又吆喝一声继续上路。"于是，作者有了新感悟："生命只要聚集着，无论那鸣叫是欢愉还是悲怆，那舞蹈是轻灵还是沉重，便自有一份尊重、壮丽和温情！"这是对生命本质悲剧性的一种超越，是悲而不伤的轻松自由。

其次，对未知世界与人生进行大胆探求，从而不断获得新智慧和取得新进展。众所周知，人类从蒙昧时代至今，不知经过了多少历史进步，其中科学发展与人文精神起了极大的作用。如对天体的认识和医学的进步最为明显，否则我们很难想象，今天能乘宇宙飞船到达天宇和解决肺结核、心脏移植等难题。又如思想启蒙和文化软实力日益深入人心，但如不经过五四新文化运动，那也是不可想象的。再如互联网技术为整个人类带来物质生活与精神体验的自由，这是前所未有的，其中对未知世界的探寻功不可没。因为人们相信，只要不断努力，许多未知领域都可有所创获。

李登建的《血脉之河的上游》就是一篇解码之作，它"试图破译家族的生命密码"，解释从祖父到父亲再到哥哥的基因。经过梳理、探求、考问与阐释，作者得出结论："我觉得这是祖父生命中很精彩的一笔！原先我很同情祖父，以为他自卑，软弱，以为他缩在自己孤寂、昏黑的世界里，逃避一切，现在我愿意从另一个角度来理解祖父，他多么了不起！内心多么强大才能让他沉默不语，让他像老牛反刍一样，一下一下消化掉闷在心里的屈辱和愁苦，而把自己铸成一块铁！我对祖父刮目相看了，我觉得我无法和祖父相比，我没有了祖父高大结实的身板，没有了他黧黑粗糙的脸膛，没有了他的坚韧、苍劲、铮铮硬骨和无视俗世的孤傲。"此时的"我"甚至有了某种自责、自贬和自我批判："离那块肥沃而贫瘠的土地越来越远，离祖父越来越远，我已退化成一副卑怯、猥琐的模样，退化得一点不像我祖父了……"熊育群的《双族之城》集中写广东一个小镇赤坎，它因关氏和司徒氏而兴旺发达，这不仅表现在它集西方各种建筑于一处，而且还是极尽富庶和奢华之所在，更是世界一流人才辈出之地，这在世界小镇史上恐怕绝无仅有。另外，赤坎还是一个被殖民奴役的地方，充满血泪控诉。作品不仅为读者展示了一个陌生而又神圣的地方，同时留下更大的悬念，从而将未知的探讨在"知"的长长甬道上留下更长的"未知"影子。一是澳大利亚女孩赖特到赤坎寻找外曾祖父徐阿保，他曾作为"猪仔"被抓走。由于只留下名字和省份，无其他信息，赖特未能如愿，但从"我"、五邑大学研究华侨史的学者、以船为生的疍家人，以及赤坎的历史文化中，她感到安慰与满足。于是，"外曾祖父在中国的生活始终是个难解的谜"，但"赤坎被她认为是祖先的故土"。二是赤坎有个叫加拿大的村子，建筑美轮美奂，像四豪楼、华德楼、安庐、国涛楼、春如楼、逸庐、煜庐、国根楼、耀东居庐、俊庐、鋆庐，一共有11座高楼，至今仍伫立于田野上，然而，原来的村民都移民去了加拿大。作者大惑不解，也有难以言说的虚幻感："突然就有了舞台的感觉，一百年就是一台戏，演的是一场时光游戏。""这样奇妙的感受在赤坎同样出现了。赤坎的时空幻觉是逼真的、立体的，仿佛同一个舞台，不过换了一批演员登场。"最后，作者提出这样的问题："明天，赤坎会是何种模样？两大家族是聚还是散？他们与新城市还有怎样的勾连？"对这些问题，作者很难给出答案，读者也只能带着问题思考，在未来的时空中解题。

再次，对"未知"的先在隔膜有了清醒的认识，这是不可能被认知的认知，是一种更为内在的觉悟。需要说明的是，在"知"中求知，在"未知"中求知，二者有一个共同点，那就是通过努力，相信世界与人生是可以被认知的，这是一种先验的认识论，也有着认知信念。然而，还有一种认知，是不承认世界和人生能被认知，认识者和被认知者有着天然的隔膜，也不可能达到共振、共鸣与和解，这是世界与人生的本质悲剧性，也是人类悲观的理由。不过，如果换个角度看，这正是一种更高层次的理性认知，一种知不足而后获得的谦卑与自足。

在鱼禾的《界限》中，作者说有种奇特的灰鲸，它的音频高达52赫兹，而一般鲸只有15—25赫兹，因此前者发出的声音信号，其他鲸是听不到的。由此，作者推理说："在人类的少数个体内部，是否也布设着一种52赫兹的先天性？"作者还透过天宇理解人生，于是产生了一种更加难解的复杂性，尤其是在人类难以抵达的虚空中，一个人感到无奈、颓唐甚至绝望，而这一看法又是一种真正的清醒。作品说道："我们的视线，正在投向某颗米粒般的星辰。视线穿过空间只能在想象中展开。空间展开的过程在不可思议的距离中仿佛失去了尽头。看星星，意味着一个过程的无穷无尽，意味着时间的不存在，意味着我们对于巨大背景的双重失控。""我正在看着的是它们曾经的模样，是人类没有出现以前的模样，就是说我和它们并不在同一种时间之中。或许此刻它们已经消亡了，我看到的不过是它们消亡以前投射的光芒。那么，我和它们也不在同一重空间里。从始至终，我们一直处在这样的隔绝里，在这庞大不可思议的诡异中，在一种绝对的被动里。所谓时间，正和一切在视野之内的存在一样，只不过是虚拟中的又一道围墙罢了。"这种时间观是以"隔膜"和"虚妄"为前提，是一种对"不知"的"不知"。明白这一点，也就有了另一种"清醒"，这对克服人类的自大狂有纠偏作用。

世界与人生本来就是个难解之谜，我们的所有努力都是为了破解它，寻找其内在密码。2018年《人民文学》的散文在此做了新探索，有的在"知"中求新，有的在"未知"中求解，还有的在"不知"中有所醒悟。但不论怎么说，它们都代表其解码的新视角、新方式和新成果，值得给予重视和肯定。

三、相似的灵魂和心灵的对话

有人说，真情是散文的生命线。①也有人认为，与诗歌、小说等文体不同，散文最能反映一个人的真实，在散文文体中站着一个实在的人，来不得半点虚情假意。还有人说，现代的散文之最大特征，是每一个作家的每一篇散文里都表现着个性，这比以往的任何散文都来得强。现代的散文更是带有自叙传的色彩。②总之，好的散文是要走"心"的，与作家的人品直接相连，是一种低调的文学样式，是需要促膝谈心的，是要与书写对象、读者心连着心进行灵魂对话的。然

---

① 参见林非：《漫说散文》，《林非论散文》，江西高校出版社2000年版，第100页。

② 参见郁达夫：《〈中国新文学大系·散文二集〉导言》，《郁达夫文集》第6卷，花城出版社、三联书店香港分店1983年版，第261页。

而，今天的散文很难做到这一点，不是没有读者在，就是没有作家个性和灵魂在，或者缺乏对书写对象的融会贯通。2018年《人民文学》出现了不少"人心"之作，从中可见作家灵魂的浸润与飞扬。

一是熟悉，不少散文家所写的题材都是自己熟稔的。如熊育群是学建筑的，所以《双族之城》对赤坎这座具有西方建筑风格的城镇如数家珍；李登建写祖、父、孙三代，《血脉之河的上游》当然给人以了如指掌和心领神会之感；葛全璋自小由奶奶养大，即使进了城也将她带在身边，而且奶奶长命百岁，这样才有《安详》的泰然自若和细针密线；任茂谷是一个真正的游泳者，他"游遍所遇见的湖海河流"，才可能写出《牵着心海的湖岸线》；潘向黎对诗词、茶等有特别偏爱，所以《最爱西湖行不足》才能写得款款动人和感人肺腑；徐风的《手感的沧桑》对紫砂壶与制壶名家信手拈来，将顾景舟、胡中良写得活灵活现，没有相关知识是不可能的；胡竹峰对墨的知识贯通古今，所以他笔下的《墨书》可称为一部"墨史"，也是一次"心评"；马陈兵自小出入黄老校长之家，又从他那里得到诵诗真传，《潮汕浪话》才能写得非常地道；麦家"几乎看过所有译成中文的茨威格的作品"，还曾将其小说作为"照虎画猫"的"范文"，难怪《茨威格和〈陌生女人的来信〉》写得那么从容不迫、气定神闲；烟驿是高密人，所以写《村庄》时关于大楚家、城子、坊岭、崔家才能俯拾皆得。好的散文写作首先是个"人"的问题，如不能"得其环中"，远远在外，就不能得其三昧。以上这些作家作品，写的都是自己最熟悉的内容，所以才有可能写得好。

二是喜欢，散文家对笔下的人与事、风土人情、一枝一叶都有浸入之感。读2018年《人民文学》的不少散文，都被全身心的生命投入所感动，像心弦被拨动一样，这些散文给读者的不只是感动，更是心灵和灵魂的震撼。换言之，作家是用心灵、灵魂与描写对象、读者交流的，其间的韵味可谓悠远绵长。任茂谷在《牵着心海的湖岸线》中说："再次见到博斯腾湖，终于长舒一口气。""这一次，终于看到它最大的水面，最美的容貌。我像婴儿投入母亲的怀抱，尝着湖水淡淡的甜味，再一次尽情地游泳。"其情感酣畅淋漓，一种浪漫的激情在文中翻滚。马陈兵在《潮汕浪话》中也表达了自己受到黄老校长耽读古典诗词的影响："在我家天井边的石柱下、在我住的那间小侧房昏黄的十五瓦灯泡下，甚至有时在教室的课桌柜里，一个在黄泥小屋初开窍、从金陵酒肆新出发的孩子，凭着心智初开的纯净光明，赤足走进了美丽神秘而遍地是拦路棘林的古典秘境。"当然，更多的沉浸是淡然的、超然的、会心的，从而使喜爱变成一种心灵的通道，也成为融通与对话的酵母。潘向黎与父母的对话，是阴阳两界借助父母日记，加上作者的点评与补白，隐于其中的无声的呢喃。读这些被亲情激活的碎片一样的记忆，你会感到心有灵犀、灵魂对话的妙处。思念像暗室的游丝，只有当晨光透入，将它照得通体明亮，你才能感到牵扯你的长长相思。唐棣的《时间的魅影》和汪民安的《绘画中的手》也都是将身心浸润其中的作品。如汪民安表示："手就是脸。手在说话，在表述，在抒发内心，身体的内在秘密都是通过手来传达。"徐风的《手感的沧桑》更是眼、手、心并用的一篇散文，顾景舟看一眼就心领神会，他对紫砂壶的理解"天生就有技艺之外的东西，比如气质、心性、素养、品位"，所以他"以文心入壶"，由此可见壶与人的贯通与心领神会。胡中良虽然高大魁梧，但心灵手巧，颇爱做小壶和生活小品，作者写道："很奇怪，做壶的时候，人像大姑娘一般安静。你在他旁边敲锣，他听不到。"这要多么热爱才能达到的忘我境界？

　　三是对话，双方甚至多方处于近距离、零距离对话中，有的还达到互为主体、水乳交融、物我两忘的状态。有的是人物对话，如陈仓的《我有一棵树》中有这样的父子对话："有一年冬天，吃完早饭，父亲把斧子磨了磨，笑着对我说，你跟我上山行不行？我说，上山干什么，我要放牛呀。父亲说，上山砍树呀。我说，砍树干什么？父亲说，给树洗澡呀。我说，爹你哄人，人都洗不上澡，哪有给树洗澡的？而且树又不脏，怎么洗呢？父亲说，你看看，树是不是黑色的？我说，叶子是绿色的，树皮是黑色的。父亲说，树一烧是不是

会冒烟，烟是不是很呛人？我说，是呀，都把人熏死了。父亲说，所以说，树比人脏多了，你今天跟我去山上，帮我给树洗洗澡吧！"这一父子对话很有意思，妙趣横生。而且所谓的给树洗澡，即是烧炭，当炭烧好出炉，它一下子变得黑亮如玉、光彩照人，就像人洗过澡一样。当然，与人物的显对话不同，潘向黎通过父母日记进行的是潜对话。

还有人与物、物与物、人与人的对话，那种以大写的历史沧桑与生命内蕴所进行的对话，有时显得激烈奋发，有时显得宁静、悠然、自然，但都有着内在的灵魂震颤。胡竹峰的《墨书》这样写松烟制墨："一节节松枝在火中形成烟霞一样的松烟，聚合成焦枯的黑色，有树木鲜活一世的灵气，也有一声呐喊一股热风，更是文人的旧梦。很多年之后，看到古代的一些法帖真迹，兀自能觉出字面有动人的墨的微尘流动，那是日光月光星光雪光还有生命的时间之光。松木燃烧后飞升而起的烟尘自笔尖透入纸帛麻纱，说着如梦幻泡影如露亦如电的尘世。""沾润到水，在砚台上厮磨而起的墨痕如烟。水使墨枯湿浓淡与砚石的纹理一起流动，如烟云变灭交融幻化。洗笔的时候，一团墨由浓而淡，无边蔓延，丝丝缕缕游弋于水中，再次化成松烟。""墨渐渐老去，成为一块旧墨一块老墨一块古墨。一年过去，十年过去，百年千年过去，墨之火气全无，那些墨与水交融一起在笔尖流过，落在纸上，风骨回来了。沉墨如同老琴，每弹一声，心弦悸动。"这样的文字如诗似画，甚至墨与水、墨与纸、墨与岁月和生命，都在对话。这更是心灵与灵魂的对白，是充满生命悲喜的歌吟。

北乔的《坚硬里的柔软》也是一篇心灵对话的佳作，文章题目就是一种对应，充满形而上哲思。就如作者所说："坚硬与柔软，常常相生相依。硬与软，是太极阴阳的一种形式。钻石，硬度极强，但发出的迷人光芒能柔化人心。"整篇文章充满各式各样的心灵对话、灵魂碰撞以及审美的跳跃，还有难以言说的扑朔迷离与蝶变之舞。在2018年《人民文学》中，这是一篇难得的佳作。像百炼钢化为绕指柔，此文极具功力，也有诗意的情怀，更有生命的张扬，还有深厚的太极功夫。作者有这样精彩的段落："好的亮化，其实就是明与暗的精心合谋。之于人的灵魂和心情，黑暗也有神来之笔。只要你能挣脱对黑暗的恐惧，你的灵魂在黑暗中就可以自由飞翔，也只有在黑暗中，灵魂才能获得无限自由，人生的种种压力，都可以被黑暗消解。只要你愿意，黑暗可能是人生最好的酒。"年轻时，我曾吟唱这样的句子："暗夜，漆黑的夜，那是少女没有边际的一头乌发。月亮穿行，星星闪烁，你会看到天神正在为女儿披金戴银。"在以黑暗为悲的审美情调中，我喜欢看北乔笔下的黑色欢乐之舞，那也是心灵世界的生命对白。作者还说："这样的蓝，醉人心的同时，让你倍感渺小。蓝色，放飞我们的想象，又把没有任何杂质的阴郁渗进我们的呼吸。纯净的蓝色，似乎一直潜在我们内心的某个地方，也许就是人类灵魂挥之不去的底色。"蓝色、我们、天地、呼吸、灵魂，还有作者、读者，在此达到了惊人的审美默契，那种发自内心的对话，像一面湛蓝的湖水显得波光潋滟。北乔还有段妙论，他说："河流以流动的方式储存时光，深藏众生的生死悲欢，从不会主动向世人讲述岁月的故事。河水越深，之于我们的神秘和敬畏越多。河底的淤泥里，是一部动静合一的历史。我们只有打开自己的灵魂，从浪花中读懂河流的秘语，才有可能进入它记忆的内部。河流，是生命莫测、人世无常的象征。面对河流，从诗人到不识字的农夫，都能顿生许多感慨和体悟。涌动的河流，如此。一旦水面平静如镜，更会增加神秘感。尤其是我们面对一条陌生的河流，它越安静，我们的恐惧感会越强烈。"这种心灵感悟、灵魂吟唱是诗，也是生命的言说，像水中的桃花晃动着天目、地眼、人眸。特别值得提及的是，作者让戏台、"我"、雪花等无数生命意象叠加起来，进行变奏和对话，从中可见散文心灵棱镜上折射出的无限光彩，以及关于天地万物、世界、人性的变幻无常。作品说："戏台是静止的，如河流里的巨石。""人们在看台上的戏，它在看台下的人们。""戏台有大把的时间独处，终将不被世人打扰，独步在自己的世界里。人们把戏台建造成神一样的气质，而最具神性的神，恰恰又是最人性的。""一片沉默之中，雪花格外惹眼，轻盈里透着沉重，晶莹里闪烁禅意。""雪花在戏台前飞舞，仿佛无数生命在徘徊。雪花后面的戏台，回到时光深处，身影模糊，而它所收藏的记忆，正如风暴般向我涌来。渐渐，雪花的脚步停在空中，戏台动起来。""我静静地注视戏台，雪花代替了我所有的语言。"这是一种道心与禅意的深层对话，它带动所有的生命，一起在天地间轻飏。

当然，《人民文学》2018年发表的散文并不是篇篇都好，人人都妙，也有一些不足。这主要表现在：有的开拓得还不够深入，有些表面化；有的过于碎片化，在散漫中未能将精、气、神聚拢起来，像北乔的《坚硬里的柔软》这样精深曼妙的作品还不够多。当然，即使是北乔的这篇作品，它也还可以写得更精练些，避免那些游离于主旨的笔墨挡住行文的脚步。

第十七章

跋涉中前行的四川散文

中华人民共和国成立至今已逾七十载，各行各业都取得令世人瞩目的伟大成就。文学也不例外，它像一朵奇花点染了共和国的辉煌，其中散文的独特芬芳可谓功不可没。从全国各省70年来的散文发展来看，四川并不惹眼，也不能与发达省份相提并论；不过，其成就不可少觑，值得好好研讨和总结。当然，四川散文至今还存在一些不足甚至困境，需要进一步发展和提升。这是一个值得给予充分肯定和期待的跋涉者的行旅。

一、在开放包容中理解四川散文

站在全国散文发展来看，四川恐怕并不是大省、强省、名省，这既与我们的作家数量有关，也与发表作品情况有关，还与获奖的数量、质量有关。不过，一个更重要的因素不可忽略，恐怕也与我们的思维方式有关。换言之，以什么方式概括70年来的四川散文创作状况，就显得非常重要。如果以更开放的理念和心态，四川散文恐怕就会获得与众不同的结论。我认为，应将四川散文置于共和国70年发展的背景与范围中探讨，并发现其独特性，才会获得历史价值和新的意义。

首先，应从三个角度梳理和概括四川散文，避免狭窄甚至狭隘的视野。在研究中华人民共和国成立70年来的四川散文时，当然以四川籍、在本地工作和创作的作家为主，但不能忽略和遗忘另两类作家。一是出生于四川，后离川长期在外生活和工作的作家。年长一代的有郭沫若、巴金，年轻一点的有刘心武，更年轻的有郭敬明，他们都有散文作品集问世。二是非四川籍，但长期在四川生活和工作的作家，老一辈有曾克，年轻者有翟永明，她们都是河南人，与四川却有不解之缘。曾克在四川工作多年，有散文集《遥寄祖国的孩子们》；对翟永明来说，四川是她真正的家，她写过《纸上建筑》等多部散文集。其实，与四川有着亲缘关系的散文都应被看作四川70年来所取得的成就。

其次，将四川省和重庆市的散文应视为一种合力，而不必硬性加以区分。1997年重庆成为直辖市，在中华人民共和国成立以来的大部分时间里都是四川的一员。也就是说，在前40多年中，重庆市是四川省的一部分，其散文当然是四川省的。因此，在探讨70年来四川散文时，既要看到近20年重庆的独特性，也要看到前40多年重庆与四川的关系。更何况即使今天将重庆与四川严格区分，既不恰当也不科学。如莫怀戚现在无疑属重庆作家，但1985年他的散文《散步》，既是重庆的成绩，也是四川散文的收获。当然，像吴佳骏这样在近些年成长起来的散文家，就应归于重庆，而不必列入四川散文中。如此，就可使四川散文增容，也便于处理四川省与重庆市的文学关系。

再次，在散文与其他文体的关系中，既要注意边界又要考虑交叉甚至融合。这里主要牵扯两个问题：第一，散文与报告文学的关系。以往，主要是将报告文学看成散文的一部分，后来渐渐将报告文学从散文中分离出来。这虽有助于文体独立，但不利于散文形成整体性。"特写"这一体裁更是如此，有时很难将其归类，它到底属于报告文学还是散文。如中华人民共和国成立初期较长一段时间，报告文学、特写与散文不分，以至于出现各式各样的《散文特写选》。因此，在研究70年来四川散文时，面对散文与报告文学、特写时，不能硬性区分。第二，忽略与轻视散文这一文体。在文学四分法中，散文位列诗歌、小说之后，甚至不如戏剧重要，它是被作为一个余头来看待的。

在不少人的观念里，不好归类的统统放进散文的篮子，这就造成散文是一种"次文体"的情况。以这样的观念研究散文，势必出现误区：不重视诗人、小说家的散文创作。其实，不少人认为，贾平凹的散文成就最高，而不是量大、被抬高的小说。同理，研究70年来四川散文当然以散文家为主体，但一定不能忽略诗人、小说家的散文创作。难道阿来的散文就不值得认真探讨，抑或是阿来的散文就比专业散文家的散文水平低？还有出生于四川泸州的欧阳江河，他虽以诗著名，但随笔集《站在虚构这边》也是一个重要文本，值得给予关注。

因此，70年来四川散文不是越收紧越好，这样做表面似乎纯化了，其实却压缩了空间，也折断了飞翔的翅膀。只有纵横交错、整体、历史、审美地看待四川散文，我们才不至于走向死胡同，而进入更加开放、包容、融通与升华的境界。

二、四川散文与共和国一同成长

基于此，我们就会对70年来四川散文成就有一个基本理解。一是它的开放性。不论是作家作品，还是视野和影响，它都是蔚为壮观的。二是它的发展性。70年不只是后40年，还包括前30年。前30年可能从整体上没有后40年的成就大，但也不能简单否定其贡献。没有前30年，就不可能有后40年，更何况我们很难说，在散文水平上，所有的散文都比前30年高。因此，我们也要看到70年来散文发展中的曲折性。三是它的规律性。目前对70年来散文研究存在的最大问题是"一刀两断"：好像前30年与后40年是分开的，缺乏内在的关联性。另外，对前30年散文整体评价不高。这不是以科学发展眼光进行学术研究的态度，也就不可能找到70年来散文发展变化的内在规律。四是它的特殊性。四川散文与全国散文一定是同步而行的，但也不可能没有其特殊性，这就需要以实事求是的态度予以研究。

我以为，70年来的四川散文主要可分为四个阶段。

第一阶段是"十七年"时期，这是一个以歌颂与赞美为主的阶段，由此也形成了1949年后一个既现实又浪漫的时段。此期间，散文家一改过去批评与否定的倾向，转而对新社会、新政府、新思想、新气象给予深情的讴歌。最有代表性的是散文三大家，他们是杨朔、刘白羽、秦牧。改革开放以来，学界开始对散文三大家多有批评和否定，从而形成一边倒的评价倾向。其实，这是一种将文学与政治绝对分开，也是让文学与人民脱节的做法，既不能历史地看待那个年代，也未能实事求是地肯定那时的散文价值。如果站在后来散文脱离时代与人民的角度进行反观，"十七年"散文的盛况与影响力不容忽视，更不能简单进行否定。四川散文就是在这样的背景下，汇入了时代主潮，并发出自己的声响。较有代表性的是郭沫若、巴金、曾克等人的散文。巴金于1960年在《人民文学》发表《朝鲜的梦》，其中有这样的句子："八年来我不知做过多少朝鲜的梦。到现在还有一股强大的引力把我的心拉向那个英雄的国家。""那里有一个仙泉，在仙泉里洗了个澡，即使不能脱胎换骨，至少可以洗掉一些思想中的肮脏的东西。"①今天看来，此文也许有些过于抒情，但却反映了那时整个国家和时代的人民心声，也是作家真实的情感表达。其实，在这之前的《友谊集》《新声集》《创造奇迹的时代》《赞歌集》《倾吐不尽的感情》等散文集中，都可看到巴金与时代一同歌唱、为人民写作的心声，于是我们可读到这样的篇章：《空前的春天》《变化万千的今天》《我们伟大的祖国》《最大的幸福》《人间最美好的感情》《欢迎最可爱的人》《向着祖国的心》等。还有曾克的《因为我们是幸福的》《写在国庆节来临的时候》《革命战士永远无畏》，这些带有时代歌唱的散文，都发出激情与显出亮色，为祖国和人民增添了光彩。如作者写道："六年，我们的海、陆、空军和全体人民，保卫了祖国的天空，海洋和陆地；保卫了建设和幸福。我们给予一切企图侵犯者和暗藏的敌人以彻底歼灭的回击。我们决心要统一台湾。我们不但抗美援朝直到胜利，并且永远和世界和平人民站在一条阵线上，反对侵

---

① 《巴金全集》第11卷，人民文学出版社1989年版，第413页。

略战争，支持正义的民族解放斗争，发展经济和文化交流。中国和中国人，以崭新的印象活在世界人民的心里。"①站在作家的使命感和人民性立场看，这样的散文即使今天读来也是令人热血沸腾，颇有感召力的。不过，值得注意的是，即使在那个歌唱的年代，四川也还有表现日常生活情感的散文，这从某种程度上平衡了高昂的调子。如以歌唱时代著称的郭沫若，1961年写出《读随园诗话札记》，1962年写出缠绵悱恻的《访沈园》，不过其中仍有"人民性"立场，他说："沈园变成了田圃，在今天看来，不是零落，而是蜕变。世界改造了，昨天的富室林园变成了今天的人民田圃。今天的'陆游纪念室'还只是细胞，明天的'陆游纪念室'会发展成为更美丽的池台——人民的池台。"②还有艾芜在20世纪50年代出版的《初春时节》和《欧行记》也是如此。由此可见，"十七年"四川散文的精神旨归，也透出某些日常生活情调与朴实平凡之美。

第二阶段是改革开放前后，四川散文发出了强有力的声音。刘心武于1977年发表的小说《班主任》批判与反思"文革"，被称为"伤痕文学"的发轫之作。这是中国文学的一个节点，也是四川作家成功的一个标志。不过，从散文领域看，早在1976年底，曾克就写出了《心中的碑》，一面歌颂敬爱的周恩来总理，一面批判"四人帮"，同时还提到重庆的枇杷山。此文虽不能与《班主任》相提并论，但也是值得关注的一篇散文。作者在文末写道："我重新走上总理经常登上的枇杷山，面对着山城繁星般的万家灯火，飞玉似的两江碧波，把我心中的碑文刻得更深，更深！敬爱的周总理呵，安息吧！您在亿万革命人民的心里永生。"③这是一篇重要作品。它以细腻、温润和饱满的感情，连接着共和国初期的歌唱主题，对"文革"尤其是"四人帮"进行批判，也预示着未来的发展方向，还充满对周总

---

① 《曾克散文选》，四川人民出版社1979年版，第77页。
② 见《解放日报》，1962年12月9日。
③ 《曾克散文选》，四川人民出版社1979年版，第16页。

理一直关心她的生活细节的感动。艾芜于1979年写的《回忆周立波同志》，既批判"文革"，又用细节与温情赞美周立波的人品和文品。巴金从1978年开始到1986年完成了著名的《随想录》，这部代表着整个中国文学转向的散文随笔集，其实也是四川散文的重大收获。作品除了批判"文革"，更重要的是呈现讲真话的品格，还对自己进行反思和灵魂解剖，显示出一个知识分子的责任担当和精神品质。也是在此意义上，四川散文进入了新的历史时期，也达到了一个真实的历史高度。此时，马识途的散文集《景行集》和《西游散记》用平易的笔触、开放的心态、自然的感情，写出了自己的所见、所闻、所思、所望，尤其是到国外出访时所受到的感染，这与巴金散文一起成为此时期四川散文的重要收获。还有沙汀、莫怀戚、廉正祥、流沙河等也为四川散文增色不少。这些散文可能更多具有传统的精神气质，但写得真实、善良、美好，紧接现实地气，也充满人生智慧，价值不可低估。如沙汀认为："在某一历史时期的某一方面，尽管出类拔萃的作家有限，而历史终归都不是少数人创造的！它是广大群众勤劳智慧的记录。"[1]说的虽是常识，但将文学与人生联系起来却是真理。莫怀戚发表于1985年的《散步》一文，以散步中的"母与子"为题，抒写了人间至情，在精短的文章中透出情感的真挚与心灵的美好。廉正祥的《人生第一朵花》发表于1986年5月号的《散文》，它述说的是一段破碎的初恋，但内中多是美好的忧伤。它带着槐花、少女和大地的芬芳，是一次关于爱的美好绽放。流沙河的《锯齿啮痕录》于1988年出版，这也是人生智慧的凝结。作者在1986年写的序言中说："实文源于历史，真中求善。虚文源于神话，美中求善。其效用则一，皆善也。"这是作者关于"锯齿啮痕"的真谛。

　　第三阶段是进入20世纪90年代之后，四川散文大胆追求艺术变革。对传统散文的不满，最早可追溯到鲁迅的《野草》，那是用现代主义手法进行散文创造的努力，使散文变革达到一个高峰。20世纪

---

① 沙汀：《〈庐隐传〉题记》，《光明日报》，1981年11月8日。

60年代，台湾的余光中提出散文的"弹性""密度"和"质料"，希望散文能兼具各种文体之长，在一定篇幅中增加美感分量，讲究个别字词的品质，即希望"剪掉散文的辫子"。①大陆自20世纪70年代末朦胧诗兴起，至各种先锋文学之倡导，80年代中后期以来的不少人开始倡导散文变革，较有代表性的有林非、佘树森、楼肇明、金马、林道立、谢大光、刘烨园、赵玫等，②从而形成散文的变革创新热潮。在这方面，四川散文迈出了坚实步伐，最有代表性的有两位：一是钟鸣，二是蒋蓝。钟鸣自20世纪90年代以来，先后出版《城堡的寓言》《畜界·人界》《徒步者随录》《旁观者》等散文集，这是在散文观念和文体意识上实行大胆创新突破的有益尝试。钟鸣以令人匪夷所思的想象力、对动植物的重视与热爱、博采众长的杂家风范、宁静从容自信的姿态，塑造了属于他自己也是四川乃至全国的"散文王国"。对比许多散文的创新者，我认为钟鸣的成就最高，也最有原创性。当然，强调钟鸣散文的变革创新，并不等于忽略甚至否定另一些同代散文家，因为创新需要更多人支撑，一些传统散文也并非没有内在化创新，即使是那些没多少创新的传统散文也不是没有价值。事实上，改革开放前20年，四川散文家从不同侧面丰富、继承、发展了新时期散文的伟业。有人这样概括说："活跃于上个世纪八九十年代四川当代散文创作园苑的作家，不仅有李致、流沙河、阿来、裘山山、伍松乔、钟鸣、陈明云等这样的中坚力量，也有陈之光、王尔碑、意西泽仁、林文询、陈焕仁、程宝林、聂作平等一群以小说或诗歌创作为主又兼营散文的老中青作家，更有像廉正祥、戴善奎、张放、徐康、金平、洁尘、郁小平、卢子贵、赵英、朱丹枫、李加建、晓荷、邓高如、邓洪平、高虹、张怀理、汪建中、岱峻等这些成熟的中青年散文

---

① 参见余光中：《剪掉散文的辫子》，《余光中散文选集》第1卷，时代文艺出版社1997年版，第333—334页。

② 参见佘树森、陈旭光：《中国当代散文报告文学发展史》，北京大学出版社1996年版，第216页。

作家。"①这是一个庞大的散文作家群体，他们如同大厦共同支撑起像钟鸣这样的文体创新散文大家。

第四阶段是21世纪以来，四川散文全面发展创新。在这近20年里，四川散文实现了新的历史性跨越，主要有三个方面的突破和提升：其一，继续进行散文文体革命与创新。最有代表性的是蒋蓝，他先后出版《词锋片断》《黑水晶法则》《赤脚从锋刃走过》《正在消失的词语》《正在消失的建筑》《正在消失的职业》《哲学兽》《玄学兽》《思想存档》《一个晚清提督的踪迹史》《豹典》《极端动物笔记：动物哲学卷》《媚骨之书——身体政治视域下的罪与罚》等多部散文集，这不论在数量和质量上都值得称赏。某种程度上说，蒋蓝可与钟鸣对观和比较研究，也可以看成是对钟鸣散文的继承与发展。所同者，二人都走向博杂，有强烈和自觉的文体意识，思想独立超前，文字精纯；所不同者，蒋蓝比钟鸣多了些刀锋般的尖锐，更重文化的厚度。钟鸣曾这样评价蒋蓝："蒋蓝和我一样是蜀人，而且祖籍至少三代都在盐都自贡，那里有两件物事世人皆知，就是恐龙和食盐。就物理而论，一则躯体庞大，一则微末细腻，况蜀人尚滋味，且口重，嗜辛辣，都一并体现在他行文的风格中。他试图解析中国人的身体器官，不是生理肢体，而是文化器官、精神肢体。古人也言及肢体，但多归于易学，蒋蓝则偏符号学意味。仅这点也值得期待。"由此可见蒋蓝散文的价值意义。其二，以阿来为代表的生态散文书写。这是一种立足于边地、借助巴蜀藏文化进行的散文书写。在此，生态意识至高无上，人与自然和谐相处，万物宁静安详，尤其是确立的天地智慧和大道藏身法则，于是有了另一种具有超越性境界的神圣散文，这在全国其他省地较难看到。像裘山山、阿贝尔、雍措等人的散文也都有这样的特点。其三，对现实、时代尤其是底层世俗人生的热情观照。散文从中华人民共和国成立之初的为人民而歌，到后来的追

---

① 冯源、孔明玉：《在流变中的进击和跃升——对改革开放40年来四川散文创作的观察》，内部资料。

求文体创新，这当然是一次进步，但也慢慢失去读者。历史文化尤其是大历史文化散文往往背对现实人生，也就渐渐失去解析时代的能力。21世纪以来，以翟永明、杨献平、阿贝尔、陈霁、冯小娟、彭家河为代表的一些散文家，以强烈的责任感和人道主义情怀，将触觉探入乡村尤其是社会底层，写出了《每个女孩都是无泪天使——北川亲历》《生死故乡》《一个村庄的疼痛》《上帝筛子下的天使》《幸福的底色》《瓦下听风》等富有时代感和现实性的作品，弥补了长期以来散文过于强调形式主义的不足。

当然，还有更多四川散文家活跃于写作一线。整体而言，他们在全国的影响还不够大，但也崭露头角，未来可期。有学者称："谷运龙、张生全、仁真旺杰、龚静染、格绒追美、李汀、李存刚、牛放、言子、熊莺、杨雪、曹蓉、周书浩、刘光富、赵良冶、雍措等，他们无一不是四川当代散文创作领域里富有各自个性和一定特色的优秀散文作家。谷运龙的情感深沉与娓娓道来、张生全的思想醇厚与质朴文风、仁真旺杰的真率性情与话语简洁、龚静染的历史意识与深入肌理、格绒追美的雪域深情与多元视角、李汀的大地物象与细腻描绘、李存刚的医生视角与叙事简略、牛放的边地书写与文化内蕴、言子的内感敏觉和孤寂意绪、熊莺的非虚构写作与真实程度、杨雪的现实观照与诗意表述、曹蓉的细腻温婉与意味隽永、周书浩的故园观照与深层意向、刘光富的国土情怀与真诚抒写、赵良冶的思想深邃与情感真挚、雍措的藏寨描写与独特话语等，都给我们的散文阅读留下了非常深刻的印象。这些散文作家的创作不仅承继着四川当代散文书写的优良传统和美学精髓，而且共构了四川当代散文艺术的整体跃升。"①还有周闻道、陈霁、凌仕江等人的散文也值得给予关注和研讨。

纵观70年来四川散文的发展，以下显著特征应给予总结：一是经历了一个螺旋式的上升过程，由中华人民共和国成立初期的关注时

---

① 冯源、孔明玉：《在流变中的进击和跃升——对改革开放40年来四川散文创作的观察》，内部资料。

代、强调人民性，经过长时间的文体变革，又回到新时代关注社会底层的散文书写。二是散文在变革发展中变得更加丰富多彩，不论是作家队伍，还是选题内容，抑或是表现形式以及语言风格，70年来四川散文都有翻天覆地变化。三是四川散文在全国散文发展变革的大背景下，又有了自己的追求和创新。四是四川散文既有其自然发展性，又有内在的继承和影响关系，比如时代关爱、文体风格、文化追求、审美趣味等都可作如是观。

三、70年来四川散文的特点与价值

尽管从整体上看，全国散文一盘棋，有着共同的背景、倾向、风范，但仍存在地域、文化、趣味和风格等差异。哪怕中华人民共和国成立70年来人们的交流日益频繁，互联网信息沟通更加便利，但都难做到整齐化一，更何况文学的特点就是要有独特个性。将四川散文放在全国范围看，其特点也是明显的，有着不可代替的价值意义。

反思意识和探索精神是70年来四川散文的第一个重要特征。纵观中国传统文化，一个很重要的特点在于缺乏反思意识、批判精神和冒险性格，也是在此意义上，鲁迅强调国民性批判。有人认为："中国文学缺乏忏悔意识，故而少有忏悔之作。经常与这个判断一并出现的判断还有'中国文化缺乏忏悔意识'、'中国人缺乏忏悔意识'等，这些判断已经成为学术界的共识。"[①]具体到散文创作也是如此，我们较少能看到具有强烈反思意识的作品，更少有忏悔意识的作品。这就限制了散文的广度、深度与厚度，也削弱了孜孜以求的探索精神，从而导致作家常在惯性思维中徘徊，甚至形成强烈的路径依赖与重复现象。目前，许多散文的同质化倾向不能不说与此直接有关。然而，在四川散文作家身上却表现出强烈的反思、探索、突破、冒险意向，

---

① 王达敏：《忏悔意识演变与中国当代忏悔文学的兴起》，《扬子江评论》2016年第6期。

并时时令人有惊异之感。巴金在改革开放之初以《随想录》打破禁区，以难以想象的勇气与魄力在散文世界开疆拓土，从而引发反思和忏悔热潮，就是一个典型例子。钟鸣的每本书都试图突破旧的自我，他不想让自己成为自己的奴隶，所以常给读者带来惊艳。不谈内容，只看《畜界·人界》的装帧设计，就可感到这一点。整本书除了书脊和中间用一个小椭圆的黑白线装饰，其他地方全用粉红色，在妖艳的大俗中自有一番雅致。在众多的藏书中，我独爱这本，常将它放在触手可及之处，也常拿在手上欣赏和把玩。在为《太少的人生经历和太多的幻想》一书介绍内容时，作者说，散文写作最渴望的是避免"美文"与滥情，那是文学之大敌。他所感兴趣的不是形式本身，而是用各种形式所要表达的内容和意识。这无疑透露出作者的雄心，也反映了其突破传统进行探索创新的努力。还有蒋蓝的探索追求，使其散文不断走向开阔、深入和美妙。魏明伦的散文集《巴山鬼话》，其中有这样的散文题目——《毛病吟》《半遮的魅力》《我做着非常荒诞的梦》《人间鬼情》《信不信由你，不由你不信》，从中可见其独立特行的风格。在《小鬼自白》一文中，作者明确表示，最高兴的事情是独立思考，而格言则是不迷信一切格言，目标是墓碑上写"没有白话的人，值得研究的鬼"。在《我"错"在独立思考》一文中，作者这样自我反思和解嘲："我自身充满矛盾——思想非常敏锐，但感情脆弱，行动怯懦，见手铐变色，闻死刑丧胆，经不起专案组文攻武斗，只得老老实实交待历年来的'独立思考'。苟全性命于乱世，那副窝囊相，真是不堪回首。"①周闻道倡导"在场散文"，也写过不少有现场感、个人化的散文，在全国有一定的影响力。显然，这是一种不为万物所役、一直试图突破自我的追求精神。反思可认知历史和自我，批判和解剖能保持清醒，探索可永不满足地前行，这是70年来四川散文的重要向度。

边地风光和巴蜀藏文化的呈现是70年来四川散文的第二个突出

---

① 魏明伦：《巴山鬼话》，上海人民出版社1997年版，第39页。

特征。我国疆域广大，民族众多，自然风光和社会文化多种多样，这就决定了散文有着不同的风貌。四川位于西南，边地风光与地域文化丰富、深厚、神秘。读四川散文，就会被其独特的地域风情和文化特色所浸润，从而产生难以言说的美感。蒋蓝曾高度评价流沙河散文的贡献，称之为建立了一座"纸上成都"，充分展示了成都的历史、文化、风俗。其实，蒋蓝本人也用《蜀地笔记》和《成都笔记》全面描绘了四川历史文化风俗的画卷，这其中有人物、事物、风物，更有心灵感悟与精神探求，还有那些在文化裂缝中的神秘光泽。有人这样评价道："蒋蓝是诗人，散文呈现出浓郁的西南地域性，'地方性知识'与诗人的个人经验相结合，另外还具有学者性的考据功夫，淬就出一种极具个人化的叙述。"①虽然，蒋蓝笔下的成都文化有他自己的个人化理解，但其丰赡与灵光是扑面而来的，也自有一种精神品质。裘山山的《遥远的天堂》将西藏的高远、辽阔、壮丽以及独特的风物和人物写得淋漓尽致、荡气回肠。邓洪平的《山水魂》多有巴蜀边地的风光与风情描写，像《杂谷脑探月》将笔力凝聚于丛山中藏、羌族杂居之地，于是石屋、金黄包谷、果园、羌笛、月光构成了一幅美妙的图画。《盐都访古》则将盐都的两大神奇——井盐和恐龙——呈现出来，这是藏在巴蜀之地深处的富矿。在《睢水悠悠》中，作者写道："春天的川西平原，是个鸟鸣虫唱，蜂飞蝶舞的热闹世界，那里的油菜花，黄得嫩爽爽，金灿灿的；麦苗儿，绿得娇滴滴，水淋淋的。那波澜壮阔的春天气势，真个儿是：若天上黄云，飘连峨眉报国寺；似地上碧水，绿染安县睢水关。"这样的画面形象生动、诗意浓郁、精到美妙，是对川西平原的传神之笔。还有廉正祥的《清清岷江水》等散文对西南风俗画的勾勒，既展现了美丽与神奇，又包含了真诚、善意、美好，还显示了生命盎然、自然本色、喜人醉人的格调。陈霁的《白马部落》主要写四川平武白马藏羌自治乡的白马部落，它被称为"活化石"。作品不仅写到其家庭史、生活史和社会史，更写

---

① 邱华栋：《我心目中的"新散文"》，《四川文学》2015年第10期。

了其民族史和文化史。据载，在今天的重庆和四川境内，有藏族、彝族、土家族、羌族、苗族、纳西族、傈僳族、布依族、满族、蒙古族等十多个少数民族。西晋裴秀称巴蜀为"绝域殊方"，足见其与众不同、别有洞天。胡庆和的《诱人的康巴》是一部关于康巴的风俗图和文化卷，其中除了神奇更有神秘。还有格绒追美的关于康巴的散文，也值得一观。因此，70年来四川散文中的边地风光和地域文化具有独特价值意义，应给予高度肯定和研讨。

散文文体的理性自觉是70年来四川散文的第三个重要贡献。应该说，在文学四大文体中，散文的文体意识最为模糊，不要说它与诗、小说有跨界问题，就是散文内部也较难区分。比如，散文与诗歌在跨界后出现两种文体，一是散文诗，二是诗的散文，这就形成模糊甚至混乱，直到今天仍困扰着人们。另外，散文包括很多类型，有人统计在中国古代多达168种，今天的多样化类型急剧萎缩，但仍有不少存在，如小品文、随笔、杂文、随感、演讲、日记、自传等。不过，它们的界限在哪里、区别何在，至今不明。如方非曾说："随笔或小品文之在文坛上，先则只占一席位，到现在，却真是'附庸蔚为大国'了。"[①]在此，作者对随笔和小品文未做区分。唐弢曾在《小品文拉杂谈》中提出："我的所谓小品文，其实就是现在一般人所浑称的杂文。"这是将小品文与杂文混淆。如从散文文体的角度看，其间的概念最为随意、笼统和模糊，这就造成散文发展创新的困境。这是因为，当散文对自己的文体尚不明确，不要说它的成熟，就是要得到发展也难。在这方面，70年来四川散文做出了较大贡献。第一，确立了"真实"的散文观，这在巴金的散文中得到最好体现。在《随想录》中，"随"和"想"是散文的重要特点，因为这是自然而然的标志，这从许多随意性很强的题目中可见端倪。同时，巴金表示："我觉得我开始在接近死亡，我愿意向读者们讲真话。"他还有一篇文章题目

---

　　① 方非：《散文随笔之产生》，俞元桂等选编《中国现代散文理论》，广西人民出版社1984年版，第74页。

是"把心交给读者",这是一种心灵的贴近与灵魂的对话。但不论如何,"真实"是巴金《随想录》的灵魂,也是其生命线。如《怀念萧珊》就是一篇以情动人的佳作。有人还说过:"不仅狭义散文必须以情动人,就是对广义散文也应该提出这样的要求,因为这对于散文家来说,无疑是在很大程度上决定自己作品能否存在和流传下去的生命线。"①可以说,对于改革开放以来散文"真实性"原则的建立,巴金的《随想录》功不可没。第二,建构了随笔文体的自觉意识,这在钟鸣和蒋蓝的散文中得到充分体现。中国现代以来,随笔得到快速发展,较有代表性的作家有梁遇春、丰子恺、林语堂、钱钟书。比较而言,梁遇春有些欧化,丰子恺有些中国化,林语堂属于中西结合,钱钟书则属于解构中西的自由表达。在对知识的钟爱、个性的追求、自由的表达方面,钟鸣随笔与蒋蓝随笔更靠近钱钟书,但却不像钱钟书的随笔那么冷漠与刻薄。钟鸣随笔崇尚自由,爱好奇思妙想,喜欢深思,追求知性与理性,属知识分子特立独行的一类。他曾表示他喜欢两类书:一是表现了作家的信念和耐性,二是"通过自由的文体展示出自由的精神来,并且能满足我们的好奇心和怪异的想象。这就是随笔写作风格领域中的一类作家","他们的作品,都具有一种可称之为知识分子的写作风格。它包含着高度的理性批判和纯正优雅的趣味。而这正是随笔这种文体所必不可少的"。②其实,从这一角度理解钟鸣随笔也是可以的,它是偏于理性批判和纯正优雅趣味的知性、自由表达。与钟鸣的随笔不同,蒋蓝的随笔更加感性,爆发力更强,有时充满野性、剑气、侠骨和柔情,属于剑胆琴心那种,是将知识、文化、个性、思想、灵魂展开的自由云游。站在当下中国随笔散文这一视点看,很难有人能达到钟鸣和蒋蓝的境界,也没有他们这样对随笔文体的理性自觉追求。可以说,钟鸣和蒋蓝的出现,不仅为四川散

---

① 林非:《漫说散文》,《林非论散文》,江西高校出版社2000年版,第100页。

② 钟鸣:《畜界·人界》,东方出版社1995年版,第4页。

文也为全国散文尤其是随笔文体探索创新，做出了重要贡献。

关注物性与体验天地之道是70年来四川散文的第四个主要特征。众所周知，自从周作人提出"人的文学"，新文学开始走向强调人的主体性和个性解放之途，从而突破了中国传统文学的格局和局限。但一个最大的误区是，我们的文学慢慢忽略了物，失去了对自然尤其是天地之道的关注，从而过于强调人的欲望膨胀和宣泄。具体到散文领域也是如此，在政治、社会、文化的强力作用下，散文往往过度书写大写的人，而物却渐渐被淡化甚至忽略了。近些年来，散文开始关注物，尤其将物提升到一个具有主体性和形而上意义的层面。如杜怀超曾在写植物的散文集《苍耳》中有这样的话："一株植物就是人类的一盏灯，一盏充满神秘与未知的灯，我们都在这些光亮里存活。"①作者是怀着敬畏与谦逊来写植物的，其中充满天地情怀和道心。当然，还有像张晓风、贾平凹、鲍尔吉·原野、周涛、周晓枫、王族、李林荣等写物的高手。不过，也应该承认，在物的散文书写中，四川散文更加集中、突出，也更有代表性，还达到了较高的水平。钟鸣、蒋蓝两人的散文无疑是一个动植物的王国，其中可谓争奇斗艳，各有风采；阿来的散文集《草木的理想国：成都物候记》《一滴水经过丽江》《让岩石告诉我们》也是关于物的展览馆，其中充满博大、仁慈、灵性与敬畏，是一种温暖的绿色生态书写；彭家河的《瓦下听风》里对农具的描写细致入微，对锈的观察与把握颇见功力，反映了生命的明灭与闪烁；雍措的散文集《凹村》也是写物的，像动物、植物、风物都成为描写对象，更重要的是，这些物哪怕是墙、石头、风也都是有生命和灵性的。阿贝尔曾写过《在山地晒太阳》一文，其中写川地的阳光，也写到对阳光的体悟和感受，反映了四川散文的独到之处。作者写道："捧着书，我却忽略了它的境界。山地阳光热辣多情，把我与别的境界隔开，让我懒散自在，仅仅属于她无私的普照。我知道，书中也有境界，也有光芒和爱，只是它散发着，悠悠地缠

---

① 杜怀超：《苍耳》，中国人民大学出版社2017年版。

绵，月光一样渗透出来，融进了阳光。书的携带给山地阳光增添了几分特别的内涵。但我并未见这阳光有什么书卷气。"①这种物性的发现以宁静作底子，有温暖的抚摸，有天地境界，有某种难以言说的悠然甚至寂寞，但是却显得很美。刘心武在《仰望苍天》中写苍天与命运，面对挚友儿子莫名其妙的夭折，他只有"无语问苍天"，并感悟天启："在这人世间，无论我们活得幸福自在还是贫困潦倒，只要我们的理智尚可认知——哪怕是粗粗地认知——所面对的事实，我们就即使身在福中也不会张狂、身在祸中也不会惊恐，然而我们却往往面对难以认知的事实。"②这样的天问，开启了智慧之门，尤其是从"不知"中获得了"知"，一种知"不知"的灵思与醒觉。

如将中国比作一个巨大舞台，四川无疑不是主角。散文也是如此，它恐怕无法与北京、上海相比，甚至不能与山东、陕西相提并论。但这又有什么关系呢？四川散文是中国散文不可分割的一部分，也有其不可替代的价值和地位。换言之，作为70年来中国散文的一员，四川自有其精彩，也有其他省份难以企及的特点和优势。这既是一份自信，也是一种自觉，还是一次真正的出彩。

四、70年来四川散文的局限与瞻望

虽然70年来四川散文成就巨大，令人欣慰，但若以更高标准尤其是理想标准衡量，四川散文还有一些不足，需要今后进行弥补和提升。一方面，这要在与其他省份的取长补短中达成；另一方面，要跳出整个中国文学和文化的局限。这是因为中国文化、文学发展至今，仍存在这样或那样的困惑与迷茫，面临着新的调整、选择、提升。

首先，"取中用宏"，强化散文的宏大叙事功能。目前，四川散文的长处是随性、丰富、奇妙、自由、多彩，但另一面则是偏向、

① 阿贝尔：《在山地晒太阳》，《中华散文》2001年第4期。
② 刘心武：《仰望苍天》，东方出版中心1994年版，第285—286页。

个人化、碎片化。这一点可与山东散文进行比较。70年来，山东出过不少著名散文家，我们可列出一长串名字，有王统照、臧克家、王愿坚、杨朔、魏巍、黄裳、季羡林、峻青、李广田、吴伯箫、王鼎钧、丁宁、石英、李存葆、莫言、张炜、马丽华、刘烨园、张立勤、毕淑敏、王开岭等。最重要的是，山东作家写出了不少充满正能量的经典散文，像魏巍的《谁是最可爱的人》、杨朔的《香山红叶》、吴伯箫的《记一辆纺车》、臧克家的《炉火》、季羡林的《赋得永久的悔》、毕淑敏的《造心》、王开岭的《精神明亮的人》等。这些作品往往从小处着眼，于大处落笔，尤其强调人的道德、感情、心灵、精神、境界在散文中的作用，还有对时代、政治、社会的关爱，从而获得更多读者的喜爱和认同。如季羡林说，即使将他烧成灰，他的每一粒骨头都是爱国的；臧克家通过书写炉火，希望给人带来温暖；毕淑敏希望每颗心都被锻造得善良美好；王开岭倡导擦亮人的精神。在千禧之年，王开岭试图以《精神明亮的人》为我们引航，他下面的话值得我们欣赏：

　　黎明，拥有一天中最纯澈、最鲜泽、最让人激动的光线，那是生命最易受鼓舞、最能添置自信心和热望的时刻，也是最能让青春荡漾、幻念勃发的时刻。像含有神性的水晶球，它唤醒了我们对生命的原初印象，唤醒了体内某种沉睡的细胞，使我们看到远方的事物，看清了险些忘却的东西，看清了梦想、光阴、生机和道路……

　　迎接晨曦，不仅仅是感官愉悦，更是精神体验；不仅仅是人对自然的欣赏，更是大自然以其神奇力量作用于生命的一轮撞击。它意味着一场相遇，让我们有机会和生命完成一次对视，有机会认真地打量自己，获得对个体更细腻、清新的感受。它意味着一次洗礼，一次被照耀和沐浴的仪式，赋予生命以新的索引，新的知觉，新的闪念、启示与发现……

　　无论何时何地，我们只有恢复孩子般的好奇与纯真，只有像儿童一样精神明亮、目光清澈，才能对这世界有所发现，才能比平日看到更多，才能从最平凡的事物中注视到神奇与美丽。而成人世界里，几乎已没有真正生动的自然，只剩下了桌子和墙壁，只剩下了人的游戏规则，只剩下了同人打交道的经验和逻辑……①

这样堂堂正正、充满正能量的文章，在70年来四川散文中较难见到。四川散文在保持自身风格的同时，需要增加更多正能量的宏大叙事，这样才能纠偏过于个人化甚至有些碎片化的散文风格。其实，苏东坡的散文中早就充满一股浩然正气，说明四川传统文化中不缺乏这一品质。当然，山东散文也应向四川学习特立独行的个人叙事风格。

其次，以辩证眼光对文化进行选择和再造。知识、文化、思想在散文中至为重要，这也是20世纪90年代以来倡导"作家学者化"的一个原因，也是以余秋雨为代表的大文化散文大放异彩的理由。不过，也应看到，大文化散文被知识、文化、思想堵塞了审美和生命气孔，却是不争的事实。好在四川散文所中的大文化散文之毒不深，但沉溺于知识、文化和思想的情况却是存在的。这在钟鸣和蒋蓝的散文中一样存在。历史知识、文化、思想就如同燃料，如处理不好就会变得芜杂甚至危险，只有通过智慧的点燃方能使之发出光和热。以余秋雨、李国文、王英琦、李存葆、张承志等人的历史文化散文为例，由于没有处理好古今中外的复杂关系，所以导致知识大于文化、文化多于思想、思想缺乏智慧的情况，从而将不少散文写死了。如张承志在《清洁的精神》中没有前提地一味拔高和歌颂荆轲精神，认为它自古及今都是无与伦比、美得魅人的。这一看法长期以来得到人们普遍称赞，却少有人看到其背后的隐忧甚至危险。林非也写荆轲，但却站得高、看得远，尤其是有思想深度和智慧。他说：

---

① 见《散文》2002年第6期。

无论是有过什么样的议论，这一幕喑呜叱咤的历史悲剧，都将会浩气长存，永远激励着百代以下的志士仁人们。当然是绝对地不必大家都去扮演刺客的角色，尤其是在像希特勒那样被历史所咒骂和唾弃的专制魔王最终绝迹后，民主的秩序必将替代个人的独裁，刺客是专制魔王的惩罚者，却也是民主秩序的破坏者，因此一般地说来也就不再需要刺客们去建立正义的功勋了。不过像荆轲那种决绝、壮烈和高旷的精神，将会永远鼓舞大家去抛弃苟且偷安的日子，憎恶醉生梦死和声色犬马的堕落，永远憧憬着圣洁和高尚的人生目标，尽量为人类和世界的迈进作出自己的贡献。①

同样是写荆轲，张承志用的是一元化的激烈思维，所以陷入简单肯定荆轲刺杀行为的困局；林非作为学者，对中国历史颇为熟悉，又受到西方现代文明的熏陶，所以能辩证地理解荆轲的刺杀，尤其是看到这种行为对民主政治的潜在危险，处理不好就会变成恐怖主义行为。

当然，对于城乡关系、中西文化、个性与集体、自由与限度等，我们的散文中都存在某些误区。如不少作家受到梭罗《瓦尔登湖》的影响，过度赞赏农业文明，对城市文明和人类发展采取简单批判甚至否定的做法，这些都是值得注意的。苇岸是一个很好的作家，他写过《大地上的事情》，然而他的最大问题是存在传统文化与现代文化的选择困惑，对城市文明有一种恐惧。他说："二十世纪这辆加速运行的列车已经驶到二十一世纪的门槛了。数年前我就预感到我不是一个适宜进入二十一世纪的人，甚至生活在二十世纪也是一个错误。我不是在说一些虚妄的话，大家可以从我的作品中看到这点。我非常热爱农业文明，而对工业文明的存在和进程一直有一种源自内心的悲哀和

---

① 林非：《浩气长存》，《世事微言》，中国世界语出版社1999年版，第197页。

抵触，但我没有办法不被裹挟其中。"①还有刘亮程以一种来自乡村的斜视的目光，简单批判和否定都市文明时，实际上也包含了明显的局限和不足。其实，城乡关系、中西文化关系都不能进行简单取舍，而需要以辩证的态度予以选择。否则，我们如何能以作家的敏感和智慧为时代引航？从这个意义上说，包括许多中国优秀作家在内，他们在中国乃至世界的快速发展面前是失语的，也是无能为力的。

以这样的眼光和态度审视70年来的四川散文，我们发现它也存在失衡、失范和失落的情况。杨献平的《生死故乡》的价值在于，它以责任心和历史担当记录了南太行山农村的凋零与死亡，也反映了其间的困惑、矛盾、苦难与尖叫。然而，他却未能站在城乡发展的高度看待这一历史阵痛，尤其未能发现其间的人性光芒与温暖的普照。阿贝尔、彭家河等人的散文也都有这样的局限。还有钟鸣、蒋蓝、洁尘的散文都有个性、自由、感觉放任自流的不足，从而让作品有时用力过猛，有失衡、失重、失范的情况。其实，个性需要集体、自由需要限制、感觉需要理性来调适，包括在中国传统文化与西方文化的关系上，也需要融通后再造。如洁尘对杜拉斯虽然时时保持警惕，但显然在崇拜和迷恋中失去了自我，这让她的散文在有力量和灵性的同时，常表现得过于尖锐和败味。

再次，以超前性眼光为这个社会和时代的巨变发声。当下我国学术与文学的现状，主要有以下不足：我们的理论和文学不是站在时代前头，为社会做出有预见性的引领，而是被社会发展远远甩在后面。在此，除了时代和社会的发展过于迅速，令人目不暇接外，还有一个重要原因，即认知之局限。比如，"五四"时期和改革开放之初，理论和文学发挥了时代和社会的先声作用，思想启蒙、文化启蒙改变了整个国家民族的发展方向及其命运。不管是梁启超的《少年中国说》、陈独秀主编的《新青年》、胡适的文学革命、周作人的"人的文学"、李大钊的《青春》，还是巴金的《随想录》、冰心的《无土

---

① 苇岸：《太阳升起以后》，中国工人出版社2000年版，第285页。

则如何》等，都是如此。那是一个理论与文学引领社会潮流的时代。然而，随着文学的发展，它渐渐脱离了政治、社会和时代，进入一个自我言说和文体变革的所在，有些甚至背离时代，进入历史的深处，还有的对政治产生抵触甚至厌倦情绪。这就导致了理论与文学的失语甚至异化。整体文学是如此，散文状况也不例外，在片面强调艺术独立性的同时，散文走进了一个温室化的写作状态。即使有涉猎政治、时代等方面的散文，往往也写得比较肤浅，缺乏时代感、思想深度和审美趣味。在这方面，福建学者南帆的散文有较大突破。南帆散文与时代、社会发展紧密相关，他能敏锐把握各种新的变动尤其是技术、文化、思想、趣味、倾向之转换，从而写出一系列反映时代、社会发展的散文，像《快》《机器的神话》《读数时代》《网络的风流》等都很有代表性。南帆对此有明确的理性自觉，他说："散文仿佛有意无意地拒斥当今世界的现代'气质'，这个古老文体内部隐藏的美学密码与现代'气质'格格不入。""现在是散文直面现代社会的时刻。""如果散文无法正视及表述这些景观，现代社会的庞大身影只能徘徊于这个文体之外。""许多作家毫不犹豫地将机器甩给科学，文学或者美学怎能为冰冷的金属或者乏味的电子元件耗费笔墨？在我看来，这种观念可能演变为固步自封的意识——散文拒绝与现代社会对话。"[1]比较而言，四川散文较为保守，自我写作和自我玩味的意识过强，选题往往趋于古旧，立意和价值观更重自我与个性，与时代同呼吸共命运的写作有所退化，尤其是深刻反映社会、时代、政治所发生的内在变化及其复杂矛盾的作品较少，有前瞻性和预见性的未来写作更不多见。未来四川散文应在保持自身特色和优势的情况下，加大"现在感"和"现代感"，充分发挥散文敏锐反映中国未来发展和人类命运的预见功能。

散文是一种更具社会性、道德感、审美教化功能的文体，强调

---

① 南帆：《散文与现代感》，《人民日报》（海外版），2018年8月29日。

散文的个性、自由、新奇、异趣，无可厚非。但从社会发展、时代进步、国家富强、人类幸福的角度看，散文还应超越过于个人化的倾向，进入一种更为雅正、积极、美好的境界，以知识、文化、思想和智慧点燃我们面对的现象世界。70年来，四川散文已形成自己的风格，也做出了重要和独特贡献。但是，如何吸收其他省份的优长，补足自己的短板，创造更大的辉煌，这是今后应该加以注意的。祝四川散文今后获得更大发展，取得更大进步！

第四辑

年度论：时代使命与
天地情怀

第十八章

回归传统与渐趋自然：2007年散文观察

进入21世纪，中国散文开始降温，以往那种人人争着写散文的轰轰烈烈的景象不再，代之以平平淡淡甚至有些偃旗息鼓。从一个方面来说，这是散文写作的降温，但从散文的本性来说，它未尝不是一件好事！散文的过度推进极易使之"疯长""变形"和"早产"，从而失去它的本真、平淡、自然和纯粹。前几年，在散文的"热"与"凉"之间出现一个空隙，即真正的好散文较少。2007年则有一个好的兆头，出现了不少具有中国传统本色的散文精品，这是散文回转的一个趋向。

一、追寻天地之道

周作人曾说过，在中国现代诸多文类中，散文可能是受西方影响最少的一种。这里可作两个方面的理解：一是指出散文存在的不足，二是说明散文更多地保存了中国的本土经验。从文学现代化的角度看确实是如此，散文革新的步履迟缓，与时代的进程有些不合拍，处于相对滞后的状态。如果从文学的传统经验来说，在小说、诗歌、戏剧拼命反传统和向西方学习之时，散文的"保守"未必不是一件好事！新时期散文的发展也是如此，它在强调创新和向西方学习时，越来越远离了自身的传统与本性。于是，有了以下乱象：简单地理解散文之"散"，"破体"以至于"无体"；心灵变得干燥粗陋，从而失了滋润精致；思想大于智慧，甚至成为裸露的"山石"；过分强调时代和人的解放，而往往置天地大道于不顾，缺乏博大的情怀、饱满的精神和崇高的境界。

2007年散文最可喜的收获是范曾的《寂寞的世界》，这是一篇融天地于心间，羽化而成的散文精灵，是一曲通过天地大道的孔窍吹出来的美妙乐音。作者写的是聋哑人，写他们美丽的姿容，更写他们内心的宁静、温情与善良。当耳聪者经不住当下世俗的烦扰时，这些聋哑人却是幸运的。不仅仅如此，作品还将聋哑人与天地大道联系起来思考，于是写道："钝于言说者敏于心灵，这是历史上不少思维敏锐而圆融的先哲们留下的事实。'大辩若讷'（老子语）的人常常是沉默寡言的。相反的，那些唠叨的、多话的、声嘶力竭的、唾沫星子直喷的人大体思绪混乱。""单纯中的丰富、沉默中的深思使聋哑人比较容易接近道之所在。'天地有大美而不言，四时有定法而不议，万物有成理而不说'，聋哑人同样感受着这天人合一，毋庸置喙的大存在。"将天地大道作为自己散文写作的内在依据，是中国传统散文的特长，这在王羲之的《兰亭集序》和欧阳修的《秋声赋》等作品表现得尤其突出。然而，中国现代散文由于过于强调"人"的力量，而将这一点忽略了。在这个意义上说，范曾的《寂寞的世界》具有与中国传统散文对接的可能性。

值得重视的是，与范曾以往散文的重于说理和理大于文不同，《寂寞的世界》是一篇美文，其中透出心灵的光芒四射。如作者这样写道："聋哑人在舞台上演出的千手观音，简直是人类表演史上的奇迹，他们凭着光影的指挥和相互感觉的启示，一切动作是那样协调地和背景音乐严丝合缝地融洽。聋哑人知道自己美丽，他们一个个面如冠玉，臂若柔藕，他们展示出了宗教的圣洁，而千手观音所寓示的是允善允能、无所不在的关爱，聋哑人以此造型给了耳聪的群族以心智上的启发和灵魂的震动。聋哑人不只在舞台上，同样会以那充满智慧的双臂，奉献他们灵智之果于社会。"只有充满大爱、温情、善意，只有将大美和天地大道奉为圭臬，才能写出这样的文字。

由于范曾非文学家，所以他的《寂寞的世界》在结构上还有点散，在如何突破老庄思想和另创新意上缺乏自觉，这就使其作品难以达到天地至文的境界。不过，他的努力是颇有价值的。另一位关注天地之道的是韩美林，他写了《神鬼造化》一文，虽远没有范曾的理性和自觉，其文学性和结构性也远没有范曾的强烈和严谨，但通过对"天书"的思考与体悟，也分明表现了"神鬼造化"所显示的天地大道。如作者说："就像是个聋哑美人，不会说话不一定不美，为什么一定要问她姓什么叫什么呢？对古文化也一样，不用它看它行吗？不用它写它行吗？音乐里C小调F大调可以用'无标题'音乐让人们去品、去听、去联想、去享受。而这些遗存下来的文化不也是C小调F大调吗？这是大文化，是中华民族呀！"虽然韩美林没有说出来，但他所说的显然是"天地大美而不言"。

有了对天地之道的关怀，散文才不至于陷入狭隘、肤浅、自私、自利的困境，才能获得更丰富的内蕴、哲学的境界和艺术的魅力。2007年能够出现范曾的《寂寞的世界》一文值得庆幸，但可惜的是这样的作品并不多，更没有形成一种明显的倾向。

二、道义与良心担当

近些年来文学最大的误区之一是个体化与一己化的喧嚣，而时代、国家、人民、道德、良知和真善美都在摒弃之列，散文当然也不例外。所以，我们看到更多的是身体写作、下半身的张扬、象牙塔中的呓语，还有私人的恩怨和得失。唯独缺乏充满人间正气的歌唱，即使有些关心国家民族命运的散文也是概念化的，缺乏历史感和文学性。2007年的散文令人振奋，出现了不少反映时代主潮与国家民族命运的美文佳作。

最突出的是余秋雨，这个推动20世纪90年代"散文热"，对中国当代散文变革立下汗马功劳的作家，2007年又推出了《黑色的光亮》一文。黑者，墨也，是墨子的代称。在文中，余秋雨集中赞美墨子的兼爱、非攻、尚贤和尚同。文中充满对墨子的崇拜之情，也包含了对现代社会人生的批判与警示作用。其实，作者在通过墨子在倡导一种精神，一种长期以来为中华民族忽略的精神，即"黑色的光明"。有意思的是，作者用色彩阐释和区分中国古代的哲学思想，他将庄子视为飘逸的湛蓝色，将法家看成沉郁的金铜色，将孔子说成堂皇的棕黄色，将老子视作缥缈的灰白色。然后说："我还期待着一种颜色。他使其他颜色更加鲜明，又使它们获得定力。它甚至有可能不被认为是颜色，却是宇宙天地的始源之色。它，就是黑色。"这就是墨子。不论余秋雨的感觉体悟是否正确，但他的透视点、敏锐和灵气，为其散文注入了活力、魅力和深度。这是一篇思考中国文化发展和命运的力作。

耿立的《赵登禹将军的菊与刀》是一篇反映抗日战争的作品，从题材上看，它并无新意。但是，作者将一腔爱国之情如浓墨般泼洒其间，充分显示了赵登禹将军和他手下的战士的铮铮铁骨，他们都是有血性的男儿，是中华民族的脊梁。更为精彩的是，文中写到赵登禹的警卫，一个18岁的小战士，因从未见过女性的乳房，而违反纪律偷摸一个中国少女的乳房。当得知事情真相后，少女竟然解开衣服，露了乳房给敢死队的战士看。而后来，少女和她的母亲双双在门板上自尽！文章惊心动魄，如有神助，将中国军民的伟大描写得栩栩如生，令人震撼。

还有彭程的《环境忧思录》和陈祖芬的《童话与"小小世界"》，前者是倡导生态环境保护，后者则强调心灵的纯净，二者都对当下人类的生态深怀忧虑。陈祖芬的文章虽属散文随笔，但其中多有警句和灵感，给人妙不可言的感受。如作者这样说："健康阳光的人必定有一颗童心。天真是想象力和创造力的源头。""知识是财富，智慧是财富，快乐是财富，天真也是财富。""人总要长大的，但眼睛不要长大；人总要变老的，但心不要变老。""很少有人不在乎丢失财富，但是很少有人在乎丢失天真。""快乐是有'利息'的。爱和快乐可以激活免疫功能，提高身体免疫力。"在这里，陈祖芬试图用童话般的心灵这个"小小世界"来面对、改善被严重异化的世界与人生。

让文学完全服务于政治，使之成为工具，这是不对的；但将文学与政治、社会分开，甚至绝对地隔离开来，也是一种歧途。因为文学无论如何不可能离开社会和政治，只是看你怎样反映和表达。2007年的散文较前几年有明显的纠偏，即增强了社会责任感和道义的力量，从而给散文增加了厚重和活力。作为民族精神和人类情怀的发声器，散文必须反映时代的脉搏和人民的心跳，思考人类的未来与命运。

三、个体灵魂的吟唱

不论是纳天地于心间，还是与时代、政治和人民血脉相连，从根本上说，文学仍然是独特个体的心灵歌唱，而散文更是一种真诚、自由和自然的心灵独白。前面提及的作品都是如此，它们仿佛高亢的独唱震撼着人们的灵魂。不过，还有一种歌唱是低调的、吟哦的，它有时漾起心灵的微澜，让读者悸动。这是2007年散文的一大特色。

与前几年相比，2007年的不少散文具有边缘化的特点，且显得更加宁静、平淡、纯粹、自然，超然物外的诗意情怀在作品中弥漫。有的写自己的村庄，有的写自己的亲人，有的写自己的都市，还有的写文化名人，也有的写读书和收藏，更有的写一草一木、名酒名茶。不过，他们都能透进去，又自然而然地升华出来，充满人生的智慧。比较有代表性的作品有：许俊文的《乡村散板》、王尧的《一个人的苏州》、彭程的《父母老去》、舒婷的《大美者无言》、李敬泽的《中和之大美》、吴冰的《永怀爱心的妈妈》、杨继国的《淘玉记》、陶方宣的《女儿红的古典情怀》、王芸的《与昭君无关的祭奠》等。

如许俊文的《乡村散板》比以往的农村散文写得真、体会得透、表现得平实自然，诗意也更为浓郁内在。作品这样写道："风是乡村的魂。""我曾仔细观察过父亲的那双手，粗糙得跟老树皮没有什么两样，骨节粗大，十指变形，没有一个完整的指甲。""播种的时候，我常常攥着种子遐想，这些种子去了泥土里之后，它们再也不可能回到村庄里来了，就像一个个日子。""至于霜降，我想它更像是秋天念出的一句黑色的咒语。""你可千万别小看那些低级的动植物，它们其实好像会思考。""祖父自言自语地说……你说这世上谁最伟大？……祖父摇摇头，小声说出'时令'二字。"这是经过眼睛、头脑、心灵锻造的最朴实无华的"诗"。还有王尧《一个人的苏州》低吟浅唱、一咏三叹，有一种水也洗不净的矛盾、困惑和忧伤袭上心头。彭程《父母老去》平静感悟与超然达观，有一种淡得不能再淡的水墨画法。杨继国的《淘玉记》更是突破了收藏误区，有高尚的人生境界和品位，他说："这几年，也是机缘凑巧，淘了几块玉，也就可以玩玩了。至于缘分之外的，也就不敢奢求了，毕竟大千世界，个人过于渺小。在有着上亿年生命、有着上百年甚至上千年沧桑的古玉面前，我们也不过是匆匆的过客罢了。比起玉的永恒、坚韧来，人的生命还是十分短暂、脆弱的。因此，与其说是我们养玉，不如说是玉在养人。何况，凡物有聚就有散，我们都不过是这些玉的暂时保管者，又怎敢成为它们的永久主人呢？我想，有了这种心态，才真正能与那高贵、晶莹的美玉相配，也才能算是真正懂得玉的人。"语气低沉，表述简朴，道理深刻，其中人生的智慧值得品味。

当然，2007年散文也有明显的局限，这主要表现在：一是散文过"散"，缺乏提纯、升华和淬火；二是过于倾向中国传统的价值理念和审美情趣，对西方文化精神的吸收不够，从而使散文缺乏融会和张力；三是创造精神不足，过于注重公共话语和流行色调，缺乏更个人化的创造性。

因之，我对2007年中国散文的整体印象是：开始走出了模仿西方和余秋雨散文的局限，大踏步向传统回归，更贴近散文的自然本性，但散文的开放性、艺术张力和创造性明显不足。

第十九章

宁静中的沉实：2009年散文创作扫描

如果说自20世纪90年代中后期开始，中国散文进入了轰轰烈烈的创作热潮，那么在世纪之交尤其是进入21世纪，这种热度便开始降温。21世纪已愈九载，中国散文有冷却之势。从中心的角度观之，这不是一种好现象；但是，从边缘的角度理解，这又未必不是一件好事，因为它正符合散文的本性——平淡、自然、超然。在我看来，2009年的中国散文渐渐走出了异化的误区，重新回归正途，并开始蓄势待发，迈上新的征程。

一、穿越时代的理性思考

受余秋雨历史文化散文的影响，中国散文曾一度将目光投向历史。从历史深处发掘文化的内蕴，成为散文家的集体无意识。从一个方面讲，这是有价值的；但从另一方面说，它也带来一个问题，即作家对时代的忽略、盲目甚至麻木。也就是说，历史成为一块很大的磁石，它将散文家都吸走了，从而导致了作家对当下时代的缺席和冷漠状态。2009年的中国散文对历史渐渐疏远，将目光投向现实，尤其对时代有了穿透力。

王开岭的《现代人的江湖》着力探讨的是现代人的生存处境和困境。在作者看来，随着人们智力的提高，许多人尤其是那些弱者都"生活在险境中"，于是他发出这样的感叹："我若是个傻瓜，可怎么活啊，面对这么多陷阱，这么多圈套和天罗地网，我何以摆脱猎物的命运？"不仅如此，就是强者也难逃"险境"，因为强中还有强中手，有时事实往往是："强者比弱者输得更惨！"于是，王开岭提出了如何建立社会程序和游戏规则的问题，"让傻瓜也能活得好好的"。作者还由韩国前总统卢武铉的自杀，引发出社会道义的问题，即人们尤其是官员应知道"廉耻和羞愧"，这也是作者何以向卢武铉的死致敬之原因。王开岭认为："其实，每个人身后，都有一片山崖，那是早晨攀登的地方，也是黄昏抬望的地方。"可以说，能够直面当下人类尤其是中国人的生存处境和困境，进行哲理的反思，这是王开岭散文的价值之所在。唐翼明的《阅江楼清谈》较王开岭的散文的直率尖锐不同，此文含了儒雅冲淡，但它的"说道德""说诚信""论朋友""人是一只蜘蛛""人生的马车有两根缰绳"，却都是面对现实的失德、失信而言的。唐翼明说："有良心又叫好心，没良心又叫黑心，一个社会如果好心人少而黑心人多，那就离野兽丛林不远了。现在'黑心'这个词语出现的频率颇高，黑心钱、黑心药、黑心棉、黑心肉、黑心食品、黑心商人……一切假冒伪劣的物品，一切靠不正当、不道德的手段获取的利益，其实都可以冠上'黑心'二字。'黑心'二字的频繁出现不能不让人对我们社会的道德水准感到忧心。"最重要的是，在文章娓娓道来的说理中，透出人生智慧之光。如作者表示："社会上常看到不同的朋友圈，一圈人大都进取，各有成就，而另一圈人则大多沉沦，各有劣迹，这是理有必然，一点都不奇怪。"他还说："我把国内社会状况的观感归纳成八个字：'问题重重，生机勃勃'。"这样的看法还是很有穿透力的。

吴克敬的《眼前的婚姻》也是关注和反思现实的。作者从结婚、闪婚、试婚、素婚和网婚几个角度，探索婚姻及其幸福的奥秘，既给人以启示又别有意趣！尤值得一提的是，作者不是用传统的观念来看待现实生活，而是站在健全的精神高度来理解古往今来的婚姻，于是得出合乎情理、富于智趣的结论。如作者从"结婚"中认识到："家是收藏劳累和忧伤的纪念馆，有家就能享受安稳。"作者由"闪婚"

得出结论说："美满的婚姻是磨合的产物，既要有婚后的磨合，也要有婚前的磨合。"谈到"试婚"，作者又说："冲动绝对是人的一个大缺陷，特别是在婚姻生活上，一时冲动的试婚未必就有好结果，而冷静的试离婚却可能又会带来一个神话般美丽的好结局。"对"素婚"，作者认为："奢侈豪华的婚礼并非能使结婚的人美满幸福，倒是素婚的人，常可能相扶相携，白头到老。"而对于"网婚"，作者却有些向往，他说："身在其中，却又完全可以不见面，保持了网络的神秘感，无论对方的相貌如何，身高几许，详细家世，全都包裹在想象的空间里，由着自己去幻想了。而且更为主要的是，双方互不承担责任，也没有做饭洗碗、擦地晾衣服等烦人的家务事，自由地来，自由地去，有心跳，也有刺激，可把现实中很多压力和无奈释放出来。"这简直是对现代婚姻的一种百科全书式的新解，在批判中有欣赏，在现实中有梦幻，在向往中又有回归，在狂热中又有理性。作者仿佛是在一根平衡木上，在不断晃动、扭摆和颤动中寻找着自己稳固的支点。

郭文斌的《安详是一条离家最近的路》也是关注现实，思考人类异化问题的。为此，作者提出了"安详主义"，以便医治现代人的焦虑症，帮助现代人找回丢失的幸福。在作者看来，现代人身处各种危机中而难以自拔，其可怕程度有甚于患上艾滋病和癌症，他说："烈火沸水一般的焦虑将会成为远比爱滋病和癌症更让人们束手无策的集体疾患。"而要根治此病，安详与安详主义至为重要，因为它"既是一条回家的路，又是家本身"。"要说安详主义其实很简单，安详主义不是别的，安详主义就是回到我们'自身'，回到当下，回到细节；坦然地活着，健康地活着，唯美地活着，低成本甚至零成本地活着；喜悦着，快乐着，幸福着，满足着。"当然，作者并没有对安详和安详主义做片面化的理解，而是与服务时代、奉献精神、现代文明、科学、人道等连起来思考，希冀它获得合理健全的发展理路！确实是如此，安详是一种人生智慧，是一种生命体验，是一种精神品质，还是一种天地自然之道，它是当下时代与文化中最为缺乏的。作家的思考具有时代感，更不乏形而上的哲学意义。

以往，我们总是批评文学与政治、时代的关系太过密切，那是因为政治与时代一直想将文学视为工具与附庸。事实上，文学永远不可能与政治、时代脱节，没有时代脉搏的跳动，任何文学都是无力和没有意义的。从这个方面来说，文学的精神性至为重要！贾平凹《当下社会的文学立场》一文，有这样的看法："这个时代的精神是丰富甚或混沌，我们的目光要健全，要有自己的信念，坚信有爱，有温暖，有光明，而不要笔写偏锋，只写黑暗的，丑恶的。要写出冷漠中的温暖，恶狠中的柔软，毁灭中的希望，身处污泥盼有莲花，沦为地狱向往天堂，人不单在物质中活着，而活着需要一种精神，神永远在天空中星云中江河中大地中，照耀着我们，人类才生生不息。"他还说："我们需要会写伦理，写出人情之美。需要关注国家、民族、人生、命运。这方面我们还写不好，写不丰满。但是，我们要写出，或许一时完不成而要心向往的，是写作超越国家、民族、人生、命运，将眼光放大到宇宙，追问人性的、精神的东西。"在此，作者获得了关于时代、社会、民族、国家、人类和宇宙的层级式追问的向度，而其内核则是"人性和精神的东西"，由此这篇散文具有了精神的高度！铁凝的《文学是灯》坚守文学是时代、社会的精神明灯的信仰，不论对于中国还是西方的经典作家及其作品而言都是如此！在这篇文章中，作者说过这样一段话："当我们认真凝视那些好作家、好画家的历史，就会发现无一人逃脱过前人的影响。那些大家的出众不在于轻蔑前人，而在于响亮继承之后适时的果断放弃，并使自己能够不断爆发出创新的能力。这是辛酸的，但是有欢乐；这是'绝情'的，却孕育着新生。于是我在敬佩他们的同时，也不断想起谦逊这种美德。当我固执地指望用文学去点亮人生的幽暗之处时，有时我会想到，也许我们应该首先用谦逊把自己的内心照亮。"是的，要想照亮别人，首先要"把自己的内心照亮"，而这盏"文学之灯"即是谦逊，一种发自内心的敬畏之情。

20世纪80年代的文学之所以能够震撼人心，一个很重要的原因在于，它反映了时代，回答了困扰人们的种种问题，驱散了笼罩在人们心中的阴霾，点燃了社会和文化转型期的前进灯盏。今天，在即将进入21世纪的第十个年头，在形式主义渐行渐远的时候，在经过了世纪之交的困惑之后，我们的散文不能不思考中国社会、文化的转型，并穿越层层障壁，获得精神的光芒与绚丽。或许，在这方面，2009年的中国散文是个非常好的起点！

二、"情"之一字动人心魂

清人张潮曾在《幽梦影》中表示："情之一字，所以维持世界；才之一字，所以粉饰乾坤。"林语堂在《生活的艺术》中也认为："除非我们有情，否则无从开始我们的生命。情是生命的灵魂，星辰的光辉，音乐和诗歌的韵味，花朵的愉悦，禽鸟的羽翼，女子的趣韵，和学问的生命。"[①]在散文创作中更是如此，真情实感简直就是散文的生命。如林非在《漫说散文》中认为："不仅狭义散文必须以情动人，就是对广义散文也应该提出这样的要求，因为这对于散文家来说，无疑是在很大程度上决定自己作品能否存在和流传下去的生命线。"[②]2009年抒情散文比较突出，并表现出自己的突出特点，这就是内在化的心灵震动。

张国龙的《亲情的距离》是一篇情真意切、令人心颤的文章。与一般散文注重写亲情的"亲密无间"不同，作者立意于奶奶与"我们一家"有距离，而与"我小叔一家"更亲近，而"我家"与"我小叔家"之间也仿佛横亘着永难理解和逾越的深渊。于是，作者感叹道："有些时候亲情也是有距离的，父子母子兄弟姐妹之间的缘分有长有短，亲疏厚薄不一而足。长久的朝夕相处，奶奶自然把小叔家当作她永远的归宿。那是属于奶奶的真正的家，她和小叔婶娘拌嘴

---

① 《林语堂名著全集》第21卷，东北师范大学出版社1994年版。
② 林非：《散文的昨天和今天》，广东人民出版社2016年版，第42页。

不过是自家的私事，气消了一切如故。数十载时空横断，奶奶和我们之间日渐生成一层无形的隔膜。那是需要时间来冲刷的，时间甚至也无力将其濯清。在隔断的时空面前，血缘并非战无不胜，它仅能维系的不过是一种被伦理道德化的东西。"而对于小叔和小叔婶，作者也总是感到他们的冷漠。这是冷调的情感叙事。不过，在这种情感的距离下，又包含了一种无限的深情，像父母对奶奶的好，尤其是对她情感"偏向"的理解；又如，患高血压的父亲曾背着肥胖的妈妈跋山涉水，却毫无怨言；还有，70多岁又身患重病的父亲，为奶奶跪灵72小时；再如，"我"对奶奶的情意，都灌注在"她曾教我写她所拥有的唯一的汉字——廖，那是她留存在我记忆中的唯一的歌谣：一点一横飘（撇），下面藏两个习字刀，人之分开，斜着砍三刀"。作者还写到小叔的一份情意，"小叔悄然来到父亲跟前，接过了父亲手中的灵牌，示意父亲回屋稍歇。那一瞬间，我看见了小叔眼中漾起的一缕久违的手足之情"。更重要的是，作者对自己父亲的体恤和理解，在父与子、母与子之间流淌着一份血浓于水的亲情。作者这样写道："父亲曾背着奶奶摸黑翻过的就是这座山梁，我曾无数次想像那道坡，当它真切切地横亘在我眼前时，我禁不住'啊'了一声。它高高地冲向山顶，始终保持着至少五十度的倾斜姿势。我不禁怜惜地偷偷看了父亲一眼，头脑里悠然产生了一个想法——这道坡应当更名为'母子坡'。至少，在我的心目中它是永恒的'母子坡'。"这段描写令人想起朱自清写的父亲的背影，作者没有直露、表面化地抒情，而是情蕴于内，如箭在弦上蓄势待发，从而产生了极为内在的感人力量！

吴佳骏的抒情散文写得极其精彩动人，尤其在情感的开掘方面颇有深度。较有代表性的是《墨水灯》和《背篓谣》。表面看来，这两个题目都是小得不能再小了，然而，作者却能小中见大，将天下无限量的亲情发挥得淋漓尽致。《墨水灯》只是写了作者自己小时候的一个墨水瓶，由其中的红墨水，"我"与姐姐展开了无边的梦想，作者写道："姐姐比我更加珍视那只瓶子，每晚睡觉前，都要将其捧在手心，端详半天，才能安然入睡。姐姐在看墨水瓶时，脸上浮现出一

丝幸福感，仿佛她那苍白的青春琴弦上，跳出几个明快的音符。"然而，也就是这一最简单的读书机会，在姐姐也只能是一个永难实现的奢望。而"我"在这种遗憾中，发奋图强，努力奋斗。这让我想起林语堂与他的二姐，因为父亲不能让他们都读大学，只能牺牲姐姐的前途而成全弟弟！后来，这只墨水瓶改为墨水灯，在文末作者这样写道："缺少灯光照耀的姐姐，最终靠灯活着。那盏灯，是她的孩子。也许，这个孩子会使她踏上另一条苦难的道路，一辈子也得不到温暖和幸福，但能让她一辈子活得有希望和信念。就像母亲改装的那只煤油灯，虽然光源微弱，却足以照亮一个世界。"抒怀是轻淡的，但情感是深厚的，它直达你心灵的深处，令人久久难以释怀！《背篓谣》是写母子情深的，由于贫穷无依，母亲只能靠一只背篓背起全家的沉重，并很早就将更小的背篓套在"我"幼小的肩头。因而，在母子间就有了这首"背篓谣"："小背篓，挂肩上，圆圆的口子似玉缸。装柴火，装太阳；装青草，装月亮，装满童年的梦想……"虽然历尽生活的艰辛，充分地体验了贫穷的滋味，但母子之情和幸福之感却装在这小背篓中，装在背篓的歌谣中，作者说："我们一边唱歌，一边看着落日慢慢地从西天上坠落。当夕阳的最后一缕光辉被暮色吞噬，我和母亲紧紧抱在一起，眼里同时闪着泪花。"在诗意的表述中，母子之情与感恩之心溢于言表，读者的身心也仿佛受过洗礼般地清明起来。吴佳骏的写作源于生活，源于对亲情的细微体验，也源于质朴无华的表述，更源于一颗平民之心的诗性烛照。

江少宾的《今宵别梦寒》也值得一提。作者以母亲之病和父亲之忧起笔，从作为人之子的"我"的无奈和惭愧为中心，展开自己的叙事，而这中间又包含了几许难以言说的情愫。母亲得了绝症需钱无数，自己捉襟见肘。工作和孩子的重压则让自己应接不暇，父亲的绝望情绪更是令人担忧。最重要的是自责，一种藏于内心的不安和压力。所以，作者表示："每次想到这种可能，我都感到无助与灰心。单位离母亲的住处，不过十分钟的车程，但自打孩子出生之后，我便很少再去看望母亲。孩子和工作成了我生活的两极，除了准备给钱的那几天，久病沉疴的母亲几乎被我给忘得一干二净，只有失眠或者是在醒来的梦里，我才一次次地意识到，属于母亲的日子已经不多了，而父亲，也即将走完他操劳而多舛的一生。看着身边的孩子天真可人，憨态可掬，那么像我，那么像我的父亲，我时常止不住自己的泪水，在已恍然大悟醒来的梦里痛哭失声。生命真的是条河流，爱像水一样无法返回，它流给了下游的孩子，上游终将干涸，而下游永无止境。"是的，就如白居易那首《燕诗示刘叟》所说的小鸟："一旦羽翼成，引上庭树枝，举翅不回顾，随风四散飞。"也像曹雪芹所言："痴心父母古来多，孝顺子孙谁见了。"作者就是从这种父母与子女不同的感情反差来书写人性和人情，从而给人以灵魂的震撼！

我们每个人的情感都是不同的，子女对父母与父母对子女的情感也是不同的，问题的关键在于：人类有情，有珍视，有反思，有羞愧，有超越。2009年还有不少情深意切的至情散文，且多从看似平淡的叙述中流淌出来，并拨动了人们的心弦。除了亲情之外，还有友情、爱情、师生情，在此就不一一评述了。总之，正因为有了真情，有了感人肺腑的情感的激流，才能动人心魂，产生内在的持久的审美力量！近年来，不少散文越来越看不起感情在散文中的力量，甚至虚构和亵渎散文中的真情，并认为它是小儿科，且早已过时了。殊不知，真情是散文的灵魂，不是随便什么人都有真情，都能将真情委婉内在地表达出来，且真正感动人心的。就如季羡林先生所言："常读到一些散文家的论调，说什么散文的诀窍就在一个'散'字，又有人说随笔的关键就在一个'随'字。我心目中的优秀散文，不是最广义的散文，也不是'再狭窄一点'的散文，而是'更狭窄一点'的那一种。即使在这个更狭窄的范围内，我还有更狭窄的偏见。我认为，散文的精髓在于'真情'二字。"①从这个意义上看，真情在散文中绝非可有可无，而是具有根本性的。

---

① 转引自韩小蕙：《人格大师季羡林》，《散文》（海外版）2009年第5期。

三、纯朴的诗意与高尚的境界

大文化散文流行以来，不仅真情受损，就是诗意和境界也渐行渐远，人们往往更注重所谓的知识性、思想性和表现性。2009年中国散文较少看到横空出世、高谈阔论的大文化散文，而多了些生活气息浓郁、平淡自然、富有诗意的散文。从散文的本性看，这些散文更具有内在化的艺术魅力，更具有长久的生命力！在我看来，这是绚烂之极归于平淡的一种境界。

韩小蕙的《精致扬州》虽然谈到了扬州屠城的惨烈历史，但更多的是从文化尤其是从饮食文化角度赞美扬州，从而表现出从容自若、平淡的诗意、境界深远的审美趣味。比如谈到扬州女子，作者这样描绘说："女人不叫'女人'，而被唤作'玉人'，不仅貌美如花，肌肤光滑如玉，而且个个都既会作诗又会吹箫，莺声燕语，柔媚缠绵，别说能叫男人一见而销骨，二见而诺诺，三见而为之顶天立地；就是各地来的女人们，也是一见爱怜三分，二见倾心五分，三见艳羡七分。"笔墨在谐趣中平添了无数优雅淡静的诗意。另外，在《散文》（海外版）2009年第5期刊载的《澳门的心》更是一篇佳作，韩小蕙虽然也描摹澳门的山川形胜、饮食服饰，但更关注的是"心"——澳门人的心灵，因为"她里外透明，很朴实，很纯正"。从澳门那个中年妇女工作人员对每位游客说"神爱你"，到澳门人做事循规蹈矩、不苟且随意，再到澳门人每日都活在喜庆的气氛里……作者都感到一颗心的善良与美好！因此，她用形象、诗意、美妙的语言来概括澳门的心：

> 啊，这不由得叫我想起大自然最普通的一件事：一粒种子被播入地下，仁厚的大地用心地孕它生了根发了芽。从此，和煦的阳光用心地照耀它，滋润的雨露用心地浇灌它，风儿用心地梳理它的叶片，白云用心地为它塑造体型，蓝天用心地导引它向上拔节，农民用心地打造它锻造它成就它。就这样，经过长长的、复

杂的、艰苦的生长，终于，它也用心地长成了，它变成了百粒千粒万粒的丰收的硕穗——大自然又收获了一个用心生长的季节，人类又收获了一个用心做工的典范。

我也想到了人类社会最普通的一件事：一个生命的种子被植入母亲的子宫，仁慈的母亲用心地孕育了他（她），将他（她）领到世界上来。从此，母亲对他（她）的用心就是终其一生的了：用奶水哺育他（她）成长，送他（她）上幼儿园、小学、中学、大学读书，又把他（她）送上工作岗位，再为他（她）娶妻（嫁夫）生子，甚至还为他（她）照顾下一代儿女……母亲就这么用心地将自己的血肉、体力和精神，一点一滴地灌注给儿女，全部给完了之后就悄声离去了，轮到下一代母亲又继续用心地浇灌，人类就是这么一代又一代用心地递交而绵延繁衍的……

用心就是呕心沥血。

要想把我们这个世界变得更好，无他，大家都必须用心地做事。

成功其实很简单，就是用心地做好每天应该做的事。

用心做事的澳门人——澳门的这颗心啊！

这样的文字是用心育化出来，并放飞起来的，而这颗心灵则充满博爱、仁慈、温暖和善意，一如秋后的农人用木锨将粮食扬上天空，于是皮糠与谷粒判然分开！其实，作家的创作就是这样：它需要质朴无华，也需要诚实恳切，还需要感恩之心，更需要天地境界。

彭程的《返乡记》叙述的是"我"与父母自京返乡所遇到的一个个故事，这些故事与亲戚、朋友、同学都有联系。其中毫无传奇可言，甚至没有多少悬念，可谓平常、平淡、平凡，但它们却意味深长，令人回味无穷。亲情尚在，随着时间的流水并未淡漠，这固然珍贵；而父亲与旧同事相聚，这份感情却经久弥新！父亲原来工作的单位请吃饭，有几个同事退休了，得到消息临时赶来的。有的20多年没见面了，但一点儿不觉得陌生。有一位铁大叔是骑自行车从七八公里外来的。"分手时，他对父亲讲，以后再回来时一定要提前通知他，他一定赶过来，老伙计见一面不容易。两个人眼眶都有些湿润。"这样平淡的笔墨下，其实是宝贵的友情如金子般在闪烁。不！它远比金子珍贵！还有同学情谊，因为没提前打招呼，双方在街上不期而遇，于是多年不见的同学得以召集、相聚！作者写道："和这么多老同学聚，二十多年来是第一次。因为高兴，不用人劝，自己就喝了不少，头晕乎乎的，筷子接连掉到地上，说话也不利落了，倒是大家阻止我再喝下去，送回所住的宾馆房间，一沾枕头就昏昏睡去了。"这种描写极淡静，但却诚意在心，情感内敛，将人生的真诚、美好的诗意镌刻出来。还有，当"我"姑姑知道"我"女儿已14岁，竟有了这一想法："便念叨说过几年也该找婆家了，家里还有些好棉花瓤子，趁着眼神还行，先给絮几床被褥，算是姑奶奶的一份心意。"尽管是不经意的一笔，但亲情被诗意地和盘托出，更表现出农民如大地一样的仁慈和友善。我们甚至能感到，"我"的姑奶奶的爱，像山涧溪水一样自然流淌，她自己甚至没有意识到这一点。对于农民生活之艰辛和无奈，作者也寄予了无边的忧思和感喟，因为对比城里人，广大的农民像野草一样生长，即使在严寒的冬日也无可奈何！作者感叹道："午饭后，稍稍打个盹，就驶上了返回北京的国道。""车飞驰着，很快就将故乡甩在了后面。我想，随着重新回到前方那个巨大的城市，随着进入那里的生活和工作，这几天所经历、所感受的一切，很快就会被忘却，变得像影子一样虚幻。"在淡淡甚至略显冷漠的叙述中，其实包含更多的是依恋、感喟、悲悯和心疼。要做到这些，显然是需要博大、仁慈的情怀！

鲍尔吉·原野是位颇有爱心的散文家，他的《手掌化雪》就是诗意盎然的经典之作。2009年，他又推出《河流里没有一滴多余的水》，其中有宗教的情怀、幽默的机智、诗意的歌唱，更有博大的仁慈，作家的温暖一如冬日的阳光温煦和暖。他这样写道："人的勇气、包容、纯洁和善良，本来是与生俱来的。在漫长的生活中，有一些被关在心底。把它们找回来，让它们长大，人生其实没什么艰难，每一寸光阴都有用。"他又说："夜里看雨，如同白昼观风，无迹可寻。敞开窗，听一听雨的话语。雨本无言，遇到枯叶和铁皮屋顶才有问候商量。春雨是数不清的投胎者直奔大地而来，甫出三月，转骨化为初蕾青苗，经历天上人间。"这样的语言虽然质朴，但诗意饱满，一如秋后结实饱满的果实。它们更是作家与天地自然化合的精灵，在无边无际的天空自由地飞翔，没有对事、物、人、情的深切体悟，没有天地情怀，那是不可想象的。文中有一个故事：排"我"前面的姑娘要将300元钱汇给生病的父亲，而营业员正好将她的300元给"我"作稿费，这下子姑娘不干了，因为她觉得她的钱被半道截下了！巧合的是，此时营业员手上再无别的钱。无论营业员和"我"怎样给姑娘解释都无济于事！于是，作者写道："我说：这钱我不取了，我明天来。姑娘，你把钱交给营业员。营业员，你务必把姑娘这三百元钱汇到指定地方，行不？"结尾处作者这样收笔："这姑娘双手粗糙红肿，眉心出了皱纹，刚强的眼神仿佛看到了病床上的父亲。我能说什么呢？我说：你的钱一定能汇到你爸手里，一定的。姑娘朝我鞠一躬：大叔，谢谢你！"在此，作家的善意、仁爱、体恤与温暖是发自内心的，他对弱者不仅充满同情，更有着敬畏之心。就如同一位作家曾说过的："在他们之前，我们的心气也谦和了，不是对伟大者，是对卑弱者，谦恭畏敬。"鲍尔吉·原野的散文就有这样的境界和品位。

　　平原木的《开在女人身上的花朵》可谓风姿绰约！它通过书写一个女人大半生与金饰纠缠，展现了女性爱美的心灵。在一般人看来，女性爱首饰尤其是爱金首饰，一定是虚荣心、世俗心在作怪，但作者却别有见解，认为："金子最初来到女人的身边，并不是以金属身份出现的，它在金匠的手里改变了形状，它变得不像金属了，它成了一条植物的藤蔓、一朵怒放的玫瑰、一只美丽的小兽、一弯缺月、一滴水珠，以及其他一些你可以想象出的形状。""从金子到金饰的转变，就像化蛹为蝶、化腐土为钧瓷那样，金子从它最初的定义里脱胎换骨，披上了富丽、吉祥等美好词汇。金子不再是单纯的金子了，它变得有生命、有芳泽、有体温，像个浑身散发着母乳芬芳的新生儿。"这样的表述既充满诗心，又有化育之功，还有天地情怀，它将金子这个世俗之物一下子神化了，神化成一种美，一种圣洁的光辉！由此可见，作家的心中仿佛有大光的照临。作者的想象力是惊人的，感觉是神妙的，悟性几乎是天成的，不论写一块旧金被赋予新型，还是当项链被绕上女性的脖颈都是如此。作者写女子戴着的金项链，感到它已变成一条河流，在脖上、腕上、踝上，并且不断改变流动的方向。作者如此概括这位爱金饰如命的女性："她的生活，因为这串金饰的到来突然阳光普照了起来。"最为珍贵的是，这个爱金饰的女性，为了给胃出血的丈夫治病，主动将自己心爱的金饰变卖，而后来女儿要给她再买时，"她说不用了，我已经戴过金子了，与很多一辈子没有碰过金子的女人相比，我已经很幸福、很满足了"。这才是一个真正具有金子般心灵的美好女人，虽然她只是一个煤厂的女人。

王充闾的《庆生辰》是写张学良过生日的，在不同时期、不同处境，张学良过着不同的生日。更重要的是，作者从张学良的生日中看到了有异于常人的谦和、超然、幽默、智慧。比如，对于张学良这样一个官员、军人，他能从高高在上的舞台，退隐下来数十年，而最后悟道，这是相当困难，也是难能可贵的。因为张学良说："我现在就是要做个小小老百姓。""我就是过简单生活。""我最喜欢小孩子，我喜欢跟小孩子在一起，小孩子很天真。"没有变幻莫测的政治、军事风云的洗礼，没有极高的悟性和天赋，这几乎是不可能的。作者由此感叹道："十年前，张群在张学良九十华诞祝寿词中，说过一句发人深省的话：'英雄回首即神仙！'那么，汉公眼前的这种情态，无疑就是一种'神仙境界'。'顺乎本性，就是身在天堂。'此言诚不虚也。"王充闾实际上是通过张学良的人生来感悟生命和天地之道，并探讨人生快乐与幸福的真谛，这样的思索和探求是朴素的，也是诗意的。

阎纲的《她夺回失去的美丽》是写残疾人赵泽华的，但整个作品充满理解、温暖、赞美与祝福，是美好心灵的流光溢彩！作者有这样的表述："瓷人儿被打碎了，残障的生命复活了。你，'海的女儿'，一条腿行走，一只手劳作，在刀尖上翩翩起舞，与浩瀚的大海共翻涌，在长年累月的巨痛中享受快乐美丽的人生。"这是人性、人情、生命之花最富诗意的奔放！

阿贝尔的《春绘》写春水、春雨、春风、春花、春色、春梦，作者极尽感觉与诗意之能事，用画笔给春天涂彩，可谓灵光闪现，天光水色，性情通明，是难得的佳作！作者仿佛有一双通天入地的法眼，能领略万事万物的精气神、天地道心，并以百炼钢化为绕指柔的功夫，再将它精彩地表现出来！作者这样写春雨："在窗外下，从午夜开始。我喜欢整夜的春雨，开着窗睡，滴滴答答，不仅把雨声带进了梦，把空气的湿润也带进了梦。窗外是一棵花椒树和一棵棕树，失眠的时候我分辨得出雨打花椒树和雨打棕树的声响。我总感觉夜里的春雨是栅栏，而我是栅栏里的羊，卧在隔年的草料里。"他这样写春色："我偏爱夜雨过后湿漉漉的春色，明净、饱满，情色也质感倍增，从山腰到山脚，情色都是按大自然的某个参数有序递增的。你是否留意过那些新绿或者花白花红间的棕色，一条田埂或一块草地的棕色，滋润，简直是一种死后的安静与丰盛，且不单单是死后的肉身。把棕色纳入春色的范畴或许不只是视觉的学问。"这种辨别是理性的，更是直觉的；是现实的，又是梦幻的；是清晰的，也是神秘的。但是，它分明透出作家超常的诗性与才情。

要真正理解水中月、镜中花、烛之光、月之韵，就必须有一片清透灵明的心境，有内在的大光的照耀。2009年散文就有这样的特点，由于作家心地纯粹、宁静致远、富于灵心和爱意，所以能在平淡的生活中发现美好的诗意，能在凡人琐事中发现高尚的审美境界，从而增加了散文的广度、深度和厚度。

四、精神漫游与艺术探索

总体而言，中国散文一直遵循着传统的老路进行创作，即写景、抒情、写意和体悟，这是非常必要的，因为中国人信奉的是身心的明达清通，就如同气血的自然运行一样。不过，这一传统很容易形成一种惯性和模式，从而使散文写作过于单一和简单化，缺乏鲜明的个性和创造性。近现代以来，另一形式的散文创作悄然兴起，它试图对传统有所突破，追求纷纭、模糊甚至晦涩的审美趣味，强调复调叙事，以增强散文的表现时空和内在张力，这不能不说与现代主义或后现代主义因素的介入直接相关。较早的是鲁迅的《野草》，到后来是新时期新感性散文的崛起。2009年，不少散文在精神和叙事上都有一些探索，它们试图突破模式，打破常规，强化创新意识。

　　熊育群的《荒凉的盛宴》是写非洲大陆的，它不是按传统中国散文的"明晰"笔法展开，而是将视觉、听觉、触觉、嗅觉、味觉、幻觉等都集于一处，充分发挥作家的内在潜能，以书写这个陌生的异域，于是建筑、音乐、诗歌、绘画、电影等艺术形式在此得到了较好的融合，由此可见印象派等现代主义对熊育群散文的深刻影响。作者开篇写道："非洲大陆展现的曲线，深远、流畅。白纸一样的天空，无止尽地、任意地让大地画下去。一曲交响的旋律，隐然于人类的耳外，在天地间回旋。"这是诗、画、乐的交织。又如作者这样写夜色中的山峰："所有山峰分出明暗两块巨大的光斑。背光的暗影像流言和恐慌，向着草地疯狂蔓延，把金黄色的色块划成了碎片，像一个打碎的金盆，顷刻之间光芒褪去。幽蓝的暗影在大地之上串通、汇集，汪洋如水，所有的光芒熄灭，淹没在梦魇一般的晦暗幽冥里。"这里有印象派纷杂的意象，有复杂的隐喻，也包含了绘画的迷离朦胧的色彩。总之，在《荒凉的盛宴》中，我们看到的不是单向度的呈现，而是一种大型的交响，是一个天地之间的盛宴，你很难用明晰的语言表述清楚。不过，作家复杂的情感、心绪、感觉、梦幻、思考等，都在与天地自然的融会中，得到了淋漓尽致的宣泄和张扬。更为重要的是，作家力戒枝蔓，通过一个圆满的结构，将自己的精、气、神融为一体，这是许多受西方现代主义影响的中国散文难以做到的。还有，作者超越了流行的现代主义的悲观绝望情绪，在荒凉的感受中，注入了一种积极浪漫的精神向度，从而更加开阔、自由、飘逸。作者有这样精彩的结尾："抬头，天穹仍然亮着。这张白纸已经抹去了所有生动的曲线，所有的交响这时走向了阒静，世界真正安静下来了，夜云，凝固而诡异的表情高挂在天上。"

商震的《散文瞬间》表达的也是一种具有现代主义气息的深切感受。由朋友齐先生的沉默、痛苦、灰暗、无奈的生活情调，到自己"鬓角正蓬勃的白发"，再到"一股悲凉的情绪悠然而生并不断地扩大，大到让世界仅仅是我们走过的一堆杂乱的脚印"，我们不难感受作品中那种强烈、深沉的悲剧感。王岳川的《问题与立场相关——追思余虹》是纪念余虹的，但其中也不乏现代主义的思索与焦虑，还包含了某些神秘主义的因素和气氛。作者说："中国学人遭遇的问题是，西学知识是否不可以怀疑？西方的思想话语具有的虚无性是否不应该批判？这些问题我曾和余虹通宵达旦地谈。"作者还有这样的描写："余虹走后的一段日子里，我一直有幻觉，觉得余虹总在我的窗外。我经常熬通宵工作，一回头就能看到窗外的他。我想，他可能有一些未尽的话要对我说，有很多的想法要倾述。古人说，逝者会托梦给活着的人，表述他未尽的想法，但余虹一直没有托梦给我，这更是一个谜。"余虹之死是个谜，余虹没有托梦是个谜，而深夜里作者总感到余虹在自己的窗外更是个谜，这种迷惑不解促使作者思考与寻找答案，但却无解，且更加令人困惑！在文末，作者叹曰："余虹走了，还留下了很多秘密，这些秘密与我们同在……"这是一种"文化的哀伤"，更是对未知命运的追问，还是一种包含了醒觉的参悟。其实，现代主义在给中国散文带来了某种深度模式和叙事张力后，同时也带来了一种限制和阻力，这是必须冲破和超越的。

《李静散文》突破了常规散文的叙事时空，充满了个性的锋芒、理性的分析和睿智的省思，也包含了某些张力效果和神秘气息。如作者在谈读书时，将"待书如狎妓"和"待书如恋人"两种类型放在一起，并表示："这两种人千万别碰面。"因为"彼此话不投机事小，自己坏了兴致事大"。这种巧妙得近于刁钻的叙述角度和方式，一下子将读书人的异化暴露在光天化日之下！对"如来鼠"的讽喻也是如同活化，在作者看来，它虽然卑微却欲"天下归一"，使"整个世界臣服于自己"，于是不得不承受"被推土机凌空铲进了垃圾场"的可笑结局。又如，作者还认为："充分发育过的'个人'的自我超越，和从未深刻认知过'个人'的集体主义，词句的表面多相似！南辕北辙的相似。"这一认识是深入骨里的。再如，对于幽默的理解，李静可谓有会心之顷，他提出"梦醒之后幽默亡"，并表示："人得一半梦，一半醒；一半希望，一半幻灭；一半温情，一半冷峻；一半酸楚，一半欢快；一半怪诞，一半真实……才会有幽默。"这种"半半"与李密庵的"半字歌"、林语堂的"半半哲学"何其相似！林语堂说过："中国的哲学家是睁着一只眼做梦的人，是一个用爱和讥评心理来观察人生的人，是一个自私主义和仁爱的宽容心混合起来的人，是一个有时从梦中醒来，有时又睡了过去，在梦中比在醒时更觉得富有生气，因而在他清醒时的生活中也含着梦意的人。他把一只眼睁着，一只眼闭着，看透了他四周所发生的事物和他自己的徒劳，而不过仅仅保留着充分的现实感去走完人生应该走的道路。因此，他并没有虚幻的憧憬，所以无所谓醒悟；他从来没有怀着过度的奢望，所以无所谓失望。他的精神就是如此得了解放。"也是在此意义上，李静认为："人们都喜欢幽默，但是又贱视幽默，以为它是人类智慧的小小饰品。我却以为它是人类的高尚智慧登峰造极之时溢出的含蓄的讯息。"这样来理解幽默，就达到了参透世界和人生真谛的高度。总之，在中与外、古与今、历史与现实、艺术与哲思、冷与热、讽刺与包容、偏锋与平正、解放与重建等多元化的时空中，展开自己的叙述，这是李静散文的广阔深邃之处，也是其散文富有活力和生命力的关键所在！

穆涛的《信史的沟与壑》是一篇奇文，它用带有后现代的眼光重新读史，从"字缝"，也可以说从"沟"与"壑"里，读出了历史的沧桑，也读出了历史和人生的智慧，至少获得了一种重构历史的视角。一是对历史知识的兴趣和熟悉。作者进入历史，仿佛走进自家的院落，经、史、子、集，包括中医、《山海经》和《易经》等，他都能信手拈来，绝不像有的大文化散文费尽心力地钻故纸堆，搞得灰头土脸，气喘吁吁！二是能从历史知识中跳出来，发现其中的奥秘。长期以来，有不少文化散文以炫耀甚至卖弄知识为能事，在进入知识的同时也被其淹没了。穆涛则不然，他能从繁杂的知识中，以十目一行的功夫探微求真、披沙拣金，获得真知灼见，令人耳目一新。如对于中国传统的道德，作者发现它被渐渐地"瘦身"了，即由原来的天地大道一变而为专指"人的修养"，而这却在人们的意识中早已习以为常了。又如历史的学名为何叫"春秋"，孔子也"厄而作《春秋》"，而不是"冬夏"？这个似乎不成问题的问题却被穆涛提出来，并从政治地理、地域文化、天地自然、心理动因、时令节气诸方面进行阐释，虽不能说完全周延和令人信服，但还是颇有道理，令人有会心之处，也足见其卓而不群的见地。三是视角的独特性。在"信的视角"一节中，作者一改盲目信史的惯性，从三个常用语"不三不四""人五人六""乱七八糟"入手，解读历史，并提出："信本是简单的，因为被不断地转换视角，就复杂化了。"这是很有道理的。四是在严肃之中进行历史解构。对于历史，一向多有毫不怀疑的"信史"者，即使有些不"信史"者往往也是随意而为、信口开河。穆涛是有些后现代意识的，但他又是严肃的解读者，有些像庖丁解牛，像发现自古及近的"由史官而史馆"的转换即是如此。五是散文语言的自由放逸。如作者有这样的表述："政治里的好和劣是复杂的，心态，心地，心术更复杂，正是这些，愁煞史官，但也彰显史官的眼力和人格魅力。"他还说："尤其是中国的历史'课本'，有五千年的厚度，很难读，城府深，色调沉，像一个人板着脸孔，古板、刻板，缺情少趣且苦辣，像冬天里喝烧酒，要'温'一下口感才稍好些。"这是醇熟后的语言，也是自我的心语，是化解了历史后的超然与奔放。

概言之，2009年的中国散文是宁静的，我们较少看到浮动与喧哗，更多的是沉实，是一种收获后的丰足与内蕴。不过，它也存在明显的问题。一是受散文之"散"的影响，我们较少能看到"形聚、神凝、心散"的作品。打开今年的散文刊物，散漫芜杂已成散文的流行病，无精彩的题目、无精致的结构、无精凝的神韵、无简明的语言，其中最典型的代表是这类文章：一段一段写下去，不断地分出小标题，且其间并无多少关联，可谓散漫无章、形销骨立是也！这种现象甚至普遍存在于我上面赞赏的诸多散文中，这不能不令人深思！我曾提出，散文之"散"最重要的并不表现在"形"和"神"上，而应该在"心"上，这样才能避免机械地理解"散文大可写得随便"等看法。二是停留在技术层面，而难进入"道"的境界。2009年有不少散文在玩弄技巧，不少人写散文凭借的是感觉、聪慧和性情，刚开始还给人以新鲜感，但久而久之就等而下之，江郎才尽了！没有大道作为底色，任何的花样翻新都是没有生命力的。三是表面化写作和虚假的写作多，而有深度、有真情的写作少。这是因为如果散文写作仅仅停留在眼中之物，而不能经由思想的大脑，入心、生情、出神、入化，那么写作永远不能感人，更难以启人心智。因此，我倡导有深情、有深度的散文写作。四是境界与品位不高。散文说到底是人生、人性、生命、人情、人品的外化，因此某种程度上说，优秀的散文不是"写"和"造"出来的，而是"修"和"流"出来的。一个散文家与其说整日地想着创新，还不如在人品和文品进行双修，当他对天地人生确有参透，并付诸文字，一定会有天地至文产生。试想，当一个作家没有爱心和感恩之心，只相信动物法则和流氓规则，他如何能够写出温暖人心的绿色散文？

第二十章

"掷地无声"也是歌：2012年散文新向度

　　2012年是个特殊年份，其中发生过许多大事和奇事。当历史的脚步小心翼翼踏上2012年12月12日12时12分12秒，在六个"12"的并排中，我们惊异于时间的巧合。不过，与轰轰烈烈的世事相比，散文天地却有些特别，它既无惊天骇浪，亦少掷地有声者，而是出奇平淡、宁静、从容，甚至有些"一切有中归于无""绚烂之极归于淡"和"此时无声胜有声"的意味。前些年散文热火朝天，我们看到了它失范的危险；今天的散文如此"掷地无声"，我们又感到欣慰，并看到了希望之所在。

一、小中见大，别有洞天

　　若站在以往"散文"的狭小天地看，大文化散文功不可没，它以大视野、大文化、大情怀、大格局令人耳目一新。不过，如果散文都按这一方式写下去，那又是散文的末路和绝路，因为边缘文体、散步文体和业余文体毕竟是本质。最重要的是，散文的一味求"大"，很难避免失真、模式化、空洞和乏味之弊。这也是近年来大文化散文渐渐失势，散文开始寻回"自性"的原因。在此，2012年散文表现得尤其突出，它着重于一个"小"字，但又不拘于此，而是见微知著，别有一番天地情怀。

　　中国古人常讲"管窥蠡测""一叶知秋"，刘勰曾用"文心雕

龙”，他们都非常注重从小处入手，大处着眼。2012年的散文无论在
选题、人物塑造、情景描写以及叙事方式上都体现了这一点。像李敬
泽的《小春秋》、王月鹏的《卑微的人》、李登建的《众人败给了一
条狗》、王永胜的《铧犁与木锨》等都是如此。而曾写出《大河遗
梦》《祖槐》等很多大文化散文的李存葆，2012年却献给文坛一株别
样的花草，那就是写自家养花、种菜、育果的《空中农家院》。莫言
因获2012年的诺贝尔文学奖震动中外，但在授奖演讲时，他却没有进
行宏大叙事，而自称是个讲故事的人，且主要讲的是自己如草芥一样
的母亲。

　　杨献平笔下的母亲世俗多事，而又缺乏智慧。她到处受气，饱受
凌辱与蔑视，她像一株草、一块土一样，一生被人踏在脚下。所以，
作者用《如此疼痛，如此安慰》这样的题目写他的痛苦、无奈与忧
伤。不过，在文末，作者有这样的感悟：与前些年相比，他对故乡有
了一些“滋味古怪的理解和宽容”，并从“内心和灵魂”中找到“偎
贴的安慰”。从“疼痛”到“安慰”，作者虽没有莫言的博大和智
慧，但也是一种开悟和提升。张艳茜《关于路遥》中的路遥之父，他
只有1.5米，却养育了八个儿女，肩负千斤担，却总是生机勃勃。梅
洁通过一个英国青年的小事，写出了义工与慈善事业的伟大，从而有
了由小我走向大我的神圣感。韩小蕙的《理念是天堂的花朵》通过伦
敦奥运会谈理念问题，也是以小见大的形而上思考。她说：“现在，
这场盛大的国际大派对已经完结，伦敦奥运会离我们渐行渐远了。
英国人不仅圆满地完成了奥运会的所有程序，还拿到了不可思议的29
块金牌，极大地满足了民族自尊心。而狂欢之后，英国人在想什么
呢？”“他们当然不会想到，有一个中国女作家正在他们身旁，打量
着他们，思考着、探求着他们国家的理念——包括新的和旧的，正确
的和荒谬的，进步的和倒退的——诸种问题。”“而我想得最多的，
还是我们中国人从此中收获了什么。”孙丽华的《三十三年父女情》
写的虽不是生父，但也是这位继父给养女以不尽的温情、呵护、教
诲。这是家庭单位长出来的美好的人性之花。

通过微末小事写社会和国家大事，感悟天地大道，成为2012年散文的一个明显特点。这就使散文去掉了浮华，变得更加真实平易；克服了凌虚高蹈，多了具体感人的气质；超越了拾进篮子便是菜的大文化散文的冗长，使作品结构更为严谨。散文一面需要反映时代风云的洪钟大吕，另一面也需要贴近时代、社会、人生、自然、天地的小叙事，即在有血有肉、温润可感中包含自然大道的天地至文。

二、静水流深，意味隽永

中国新文学如同一场暴风骤雨，它不仅冲破了坚硬的传统堤坝，也像一匹脱缰的野马难以束缚，这是具有悖论性质的二律背反。然而，长期以来，我们总是从正面看待"五四"以来新文学冲破传统束缚的价值，对其存在的局限和负面影响则少有反思，这就造成了文学和文化选择的困惑。2012年散文的另一重大变化是，对传统文学和文化思想及其观念的吸收与超越，从而带来了更富理性、包容性和内敛的文学景观。

最值得称道的是郭文斌的《大山行孝记》，这是一颗闪着金光的珠玉，是2012年，也是中国新文学以来一个重要收获。应该说，从中国新文学的发生至今，"孝"一直是个饱受质疑、批判甚至蔑视的字眼，然而，郭文斌却以他的儿子郭大山为例，提出"行孝"的理念。这与长期以来的文化观有点儿背道而驰。表面看来这样的"掷地"难以"有声"，但其文化思考却是超前和具有战略眼光的。一个社会如无"孝"，那么有序、人伦、道义和天理就很难维持，真情与挚爱也就可想而知了。因此，重拾我们民族所具有的"孝"，让中国文学重新拥有感恩、知足、快乐与幸福的智慧，这是一个重大课题。而这一切，又是通过作者儿子大山的行孝来实现的。值得一提的是，与古代孝子大为不同，现代孝子郭大山是个大学生，且是不为传统束缚的现代孝子。这主要表现在：一是自觉自愿，二是心中快乐，三是自由自在，四是有现代意识、天地情怀和大道藏身。在此，最重要的是现代理念，大山的行孝不只对自己的亲人，而是像风挟着花粉一样，让爱传出去，将孝与爱给予大众，尤其是弱者。换言之，郭大山在家"行孝"，在社会上则是个"播爱"的义工，他是一个有现代意识的"行孝"和"施爱"人。作品写郭大山平时省吃俭用几近于吝啬，但却一次借给贫困同学上万元，这里有自己点滴节约的5000元，还有向爸妈要来的5000元。作品进一步写道："2012年春节，他又给妈妈说，借给同学×××的那一万元，咱们就不要了吧，一万元对我们不算少，但没有也能过得去，可对×××来说，却是一个大数字。这次我就不单单是惭愧了，而是觉得有一种力量拽着我的衣领，硬是把我带到一个开阔地带……就让妻告诉儿子，我们不但同意他的意见，而且欣赏他的做法。""实习结束时，儿子又给我出了一道考题，问我能不能给他的每位学生送一本我的《〈弟子规〉到底说什么》。我问一共多少人。他说大概五百人，如果算上另外一位实习老师的，大约八百人。我想了想，这等于把这本书的稿费全部捐赠了，心里多少有些不忍，但表面上还是十分痛快地答应了。他鼓励我说，老爸这次表现不错啊，有些真放下的样子了。真是羞愧。""在儿子的鞭策下，我把刚刚出版的散文集《守岁》、随笔集《寻找安详》修订版的首印版税全部折合成书，捐了出去，包括第三次重印长篇小说《农历》，直捐到出版社无书可供，真正体会到了一点放下的感觉。但我深知，离真正的放下，还远着呢。"看到这里，我们不能不为郭大山自豪，也为中国文化骄傲，因为中国年轻一代的成长不只是一种希望，更是一种现实。

与以往的创新追求不同，2012年散文更强调坚守与内敛，人情、人性、生命的含蓄表达成为一种倾向。像彭程的《对坐》是通过父母的年高体味生命况味的，而这种生命的流水却并不张扬和夸饰，而是以草下流水的方式得以呈现。换言之，这种亘古常新的人类亲情和生命流动，在作者笔下更多的不是说出，而是流出和悟出的，是无言之言和无声之声，就如同书法作品中墨线中的留白，即所谓的"计白当黑"。一如一场美好的春梦，在生命的时空中所留下的余响和想象。

还有黄金明的《父亲的荣与辱》，也是留白的作品，父亲是一个极具创造力和个性鲜明的农民，但他却被岁月的风霜雨雪镌刻得面目全非，令人扼腕叹息。吴佳骏的《水稻扬花的季节》本身就具有隐含性，它是写与自己没有血缘关系、被爸爸捡来的姐姐的悲惨命运。这一面是吴家对她的无限关爱，一面又是命运对她的奸污和蹂躏，在强权底下的弱者无能为力，只有痛苦的绝叫和无奈的叹息。当姐姐自杀后，文章是这样结尾的："我们从沉痛中醒过来时，天近黄昏。如血的残阳照在姐姐身上，像覆盖着无数散落的花瓣。我和父亲编了一个竹架，抬着姐姐回家。那正是水稻扬花的季节。晚风吹拂，蛙鸣声声。所有的稻花都在为姐姐招魂。"这似乎没有愤怒与忧伤，反而带了诗意的平静叙事，其中包含了多少弱者的无奈与控诉！作品的魅力也在这样含而不露、言有尽而意无穷的书写中得以放大和增殖。

还有周东坡的《易水寒》、路文彬的《永远的异乡人》、朱以撒的《行行重行行》、王族的《苦役》、穆涛的《老话题》、张清华的《雨夜思》及熊育群的《僭越的眼》等都是留白的佳作。许多思想内蕴和观念形态只有透过字缝，穿越行距和时空，才能有会心之顷，真正有所体悟和领会。如穆涛在谈到"黄帝的三十年之悟"时，有这样一段话："灰色是不动声色，包罗万象，黑和白掺和在一起是灰，红黄蓝掺和在一起还是灰。颜色越杂，灰得越沉。物质，当然还有思想，充分燃烧之后是灰的。天破晓，地之初是灰的。天苍苍，野茫茫，苍和茫都闪烁着灰的光质。在希望和失望的交叉地带上，是一览无余的灰色。一个人呐，灰什么都行，心万万不能灰的，心要透亮，不能杂芜。"初看起来，这些话似是而非，但细想又似非而是。这是智慧的闪亮，那就是无论何时，心灵和精神是万万不能灰的，要透亮，要有大光的照临。

三、泪中含笑，诗意盎然

与以往相比，2012年的散文更贴近日常生活，更注重社会底层，更关爱弱者，所以就少了英雄的礼赞和高亢的歌唱，而多了沉甸甸的分量，像寒风中拼命摇晃的枯草，将它单薄的身影不断地扑向大地。宗璞的《铁箫声幽》以低音与沉实的色调书写身为高级知识分子的哥哥，柴静的《日暮乡关何处是》对文化流浪者充满形而上的哲思，而那些写卑微人生（甚至物生）的作品，如《鹅殇》《卑微的人》《悬浮》《苦役》《水稻扬花的季节》等更是如此。这种悲情使2012年的散文更加深刻、温情、有力。不过，最值得称许的是，沉重的生命不倒，而是包含诗意，一如早春时节绽放的玉兰花。

熊育群的《僭越的眼》以仰天俯地的方式审视大地经络，他自称是在读大地的纹理。在参悟天地之大的同时，又感叹人类渺小。作者写道："无涯无际天地尺度的诱惑，巨大磁力的无边想象，让人飘忽……微观与宏观的人生，僭越的眼睛，内心造就的冲突与和谐，像另一幅风景打开。眼里，再也不只是寻常所见的景物。灵魂开始变得轻盈飘渺，冷然、豁然。"这是一种充满诗意的生命咏叹调，令人在黯然神伤中平添了超越性意向。杨文学的《鹅殇》写得楚楚动人，虽然它只是一个关于农村老母与家鹅的故事。这里没有绚丽，甚至少有美妙的形容词，然而，在仁慈的母亲和通人性的鹅之间，却贯通了关于纯朴、爱、感恩的低吟浅唱。王月鹏的《卑微的人》着意刻画的是农民和农民工，他们身上的温情和暖意超越了贫困与痛苦，构成了一首不成曲调的优雅之歌。洗车工被一个姑娘夸了一句："你也是一个爱干净的人。"接着，作者写道："他有些似懂非懂。似懂非懂的他使劲地点了点头。他觉得这个女孩真好，她只对他说了这一句话，却胜过太多的话。在乡下的时候，他常常看着天空，想象山的那边是另一个世界；如今流落城里，当起了洗车工，他拿着抹布在车体上熟练地擦拭，他的手心感觉到了那些尘埃的颤抖和挣扎。这些来自不同地方的车，带着不同地方的尘埃，来到他的面前。他屏住呼吸，甚至能够听到那些尘埃的微弱呼吸，感受到它们的体温，就像一个个具体的人。洗完了车，他就坐在洗车店的门前抽烟，瞅着下水道的盖子发呆。那些来自不同地方的尘埃，都被冲刷进了这个盖子底下。倘若揭开这个盖子，该会看到怎样的一个世界？他觉得下水道真是一个奇异的所在，可以容纳所有肮脏的东西。因为容纳了所有肮脏的东西，它对整个世界一定有着一份独特的理解……他常常这样胡思乱想，从早晨到黄昏，从春天到冬天，就这样想来想去，渐渐对眼下的洗车营生，涌起了莫名的感动。他不曾去过远方，很多远方的物事，都以尘埃的方式留存在车的身上。那些来自远方的车，那些选择落定在车上的尘埃，带来了远方的消息。"这是作家用心灵进行感应的"泪中的笑"，是不见色彩和飞扬的灵动的诗的吟唱。

还有朱以撒的《行行重行行》、陈长吟的《清水头》、臧小平的《妈妈花》以及王宗仁的《草原藏香》等，不看内容只看题目即能感到沉重的诗意吟唱，在这些泪中含笑的吟哦中，其实寓含的是作家内心智慧的灵光。

杨朔曾提出，自己是像写诗一样写散文。余光中等许多人的散文也太像诗。这固然使文章更有诗意，但往往让诗意浓得化不开，所以做作、生硬和牵强就难以避免。另外，由于过于强调智力，尤其是一些大文化散文沉溺于资料和理性，往往缺乏鲜活的灵机和创造，也就少有诗意。其实，好的散文应让诗意增加重量，也要让诗意变得清淡自然。在这方面，2012年的不少散文都有此特点。一如果实累累的槐花，它散发着大地的清气、性灵与芬芳。

当然，2012年散文也有"掷地有声"之作，但我觉得"掷地无声"者更多，这是难能可贵的！人生的舞台上固然需要主角，但作为边缘文体的散文更应发出众声。不过，优劣短长有时是并存的，如要指出2012年散文的不足，我认为主要有两点：一是缺乏主角的歌唱，尤其是对社会转型的重大问题缺乏关注，这就弱化和降低了今年散文的质地和境界；二是文体缺乏精练导致"散漫"，使得不少散文难成经典之作。我曾提出"形不散—神不散—心散"的散文观，希望散文在形、神上精致凝练，在心灵上散淡自由。

第二十一章

吹尽狂沙始到金：2013年散文透视

像农人秋后丰实的收获，每年岁末都是我检测散文创作实质的关键时刻。

一年中虽断断续续读过不少文章，但印象却总是零碎的、模糊的，而年底则一览无余，将读过的重读，没读过的好好欣赏，如过秤和筛选一样，佳作留香，不满者淘汰掉。最后，手上剩下为数不多的篇章。这也颇似农民的谷粒归仓，不知要去除多少秸秆和皮壳。

与2012年相比，2013年的散文增加了硬度、温度、湿度，也多了亮色和纯度。

一、忧思带着作家探索

20世纪80年代的散文是具有忧患意识的，但不知不觉间，散文开始与政治、社会拉开了距离，变成了主要写个我，甚至自言自语的文体。因而，不少散文钻进自己狭小的天地，乐于写自己那点儿小感觉和小偏好，甚而至于这渐渐成为一种时尚。从本性来说，将散文与政治、社会拉开距离，不使之成为传声筒，这是有道理的；但完全不顾政治、社会发展，甚至与之形成紧张的对立，却是错误的。在中国社会重大的转型面前，作家如不能做出很好的透视和解释，这既是作家的失职，更是作家的无能。2013年的散文既与时代拉开距离，又关注政治和社会问题，出现了不少代表作。

冯骥才的《春寒中的法国人》表面看是写法国之所见所闻，但一个核心问题仍是文化保护与民族尊严。在《知识分子到哪儿去了》一节中，作者说："市场化更深刻的问题是知识分子的消失。"在《如今多少王道士》一节中，作者又说："如今的王道士已是'专家级'了。""可是，这些年究竟谁把文化推到钱眼里了？"在《吉美博物馆的西域神女》一节中，作者几乎是心颤而又绝望似的说："站在吉美博物馆里，隔着玻璃面对着这些搬不回去的中华瑰宝，我真是惭愧万分。我们真是愧对历史，有负我们的文化。"是的，只从作品中的图片便可领略被盗走的"西域神女"之美，而站在真品面前的冯骥才之心绪可想而知！

范曾的《准将的肩章》是写戴高乐将军的，这是一篇充满正气、包含人格尊严、不失人类命运关切的文章。在二战中，位高权重者纷纷跌倒甚至跪伏于德国法西斯脚下，而不在高位的戴高乐却毅然肩负起祖国与人类的苦难和命运，投身战斗。最重要的是，面对高高在上的美国元首，戴高乐表现得不卑不亢、民族自尊。还有，戴高乐不居功、俭朴自然，死后拒绝一切厚葬，唯一的要求是长眠于爱女墓旁，墓碑上只有名字和生卒年份，简单得不能再简单。作者感叹道："世界上没有一位伟人的坟墓和最普通的村民在一起，有一个亭子在墓边，亭中24小时有宪兵站岗，这是四十多年来，法国人民对戴高乐将军的永恒的怀恋和无限的敬意。"绚烂之极后能归于平淡，这是许多大人物尤其是政治家很难做到的，范曾极力赞美戴高乐这一高风亮节，这既是知音之感，更是心向往之，文中的气象与境界令人为之倾倒。

裘山山的《人不可貌相》从面相与实际的异同展开，重点落在"人不可貌相"上。这既是对当下以貌取人、以物观人的批评，更是从小我提升到大我的逻辑延伸。开始，对于某老板，作者不以为意，后渐为所动，并对他产生敬意。老板与众不同的是，乐善好施，将赚来的钱多投入扶贫慈善。更重要的是，他自己的生活极为简朴，"手腕上没有手表，也没有手镯，什么黄花梨紫檀的，什么宝石的，通通没有什么；手指上也没有戒指，方的圆的都没有，脖子上也没有金项链或者钻石翡翠之类的东西。他也不抽烟。最为明显的是，他的手机，是一部很旧的诺基亚，表面已经磨损了，一看就是用了很多年的"。作者最后一句写得好："后来的几天，他依然操着闽南话背着手像个老板那样参加各种活动，依然给每个人分发他那个花里胡哨的名片，我也依然没有与他作更多的交谈。我只是远远地看着，在内心表达着敬重和惭愧。"一个"敬重和惭愧"一下子将文章和作者的境界提升了，让人看到了老板和作家内心的神圣之光。

还有梅洁的《古树情深》、吴佳骏的《谁为失去故土的人安魂》、李振娟的《手指上的温暖》、郭文斌的《文学的祝福性》、殷国明的《健行者寿》等都有强烈的问题意识和大情怀。殷国明在徐中玉先生百岁生日时献上了一首祝福歌，这不只是赞美徐先生坎坷丰实的人生，更是对他人格的一种褒扬：一生俭朴，过生日连一只鸡都不舍得买，而晚年他竟将集腋成裘攒下的百万元，全部捐献出来，作为学生的奖学金之用。对此，徐先生平淡如水，无半点居功！李振娟的《手指上的温暖》写的是一位乡间织女彩霞婶婶，她不仅靠一双巧手将自家装扮得如同仙境，还为别人家增光添彩。最感人的是彩霞婶婶用她彩云样的织锦和她一颗金不换的心，为一位中年丧夫、老年丧子的老奶奶重新找回生活的快乐与希望。郭文斌多年来一直进行温暖的绿色写作，他心态冲淡，心怀谦卑，尤其是怀揣大的仁慈与光芒，在《文学的祝福性》中也是如此。郭文斌这样写道："我们应该带着怎样的动机写作呢？依我浅见，'父母心肠'是一个底线。带着'父母心肠'写作，带着'父母心肠'出版，应该是作家和出版家最基本的品质。"中国哲人说过，老吾老以及人之老，幼吾幼以及人之幼。这是很高的要求，但郭文斌却将"父母心肠"看成作家和出版家的"最基本的品质"，这既反映了作者的标高和胸襟，也反映了当代中国作家及其人性的现状，忧患意识是异常强烈的。

作家是一些与众不同的人：他们不仅代表人类的正义和良知，更重要的是他们感觉敏锐，能更早地预见和感知社会转型的重大问题，并做出文学性的回答。还有，作家尤其是那些伟大作家，心怀仁慈，感情充沛细腻，人性温暖柔软，有天然的爱美之心，所以他们像云彩一样自由而浪漫，但又心系山底和山根，带着地气与沉重。作家是一些神圣的人。然而，当下的作家在人格、品位和境界上，却大幅度滑坡，很多人已远不如普通人，有的甚至跌进欲望和金钱的泥淖，周身变得乌黑发臭，心灵也变得肮脏坚硬，面目更是有些可憎。从这个意义上说，2013年有不少散文有大的情怀，读之精神一振。

二、情感注入重量和深度

　　散文与别的文体最大的不同可能是：有无真情、情感表达是否有分寸、审美效果好不好。张潮曾说，情之一字，所以维持世界。可见，情在天地间的重要性。情感当然不能一言以蔽之：有人情薄，但情到深处难自禁；有人平时情浓如火，但到关键时刻则淡如水。所以，情是丰富和复杂的，又是难以言喻的。不过，人生也罢，文章也好，有无真情和深情至为重要，而且至情是可以慢慢品味的。2013年散文继续之前的重情写作，但又有了新特点，那就是有重量和深度。衡量散文水平高低的一个重要标准是能否打动人心，能否拨动心灵的琴弦，能否让读者潸然泪下。某种程度上说，好散文要相信眼泪。

　　阎纲是写亲情的圣手，他笔下的感情如一大一小的铁锤，敲打在刚从熔炉拿出来的火红的铁块上，情感四溅，动人心魂。《不，我只有一个娘》写自己含辛茹苦的母亲，文章并无大的波澜，仅是一个个场景和细节，却像画家一样绘出了一个平凡但伟大的母亲形象，而且是千千万万个母亲中独特的"这一个"。读之令人有揪心之痛，而又肃然起敬。叶文玲的《还魂记》也是写母亲的，其情深意长，感情充沛，像一条长流不息的河带着读者走向远方，走向无法停止的思绪。余秋雨的《为母亲致悼词》情真意切，感人肺腑，文章有这样的结语："妈妈，这是我们的山路，我们的山谷。现在，野兽已经找不到了，山顶上的凉亭早就塌了，乞丐的家也不见了。剩下的，还是那样的山风，那样的月亮，那样的花树。妈妈，我真舍不得把您送走，但是，更舍不得继续把您留在世间。昨天晚上，我又找出了您年轻时风姿绰约的照片。九十一年的艰难世间，越想越叫人心疼。那就到山里去休息吧，妈妈。""谢谢大家，陪我和妈妈说了这么多话。"在短短的文字中，出现四次"妈妈"，从中可见儿子对妈妈的深情厚意。蒋新的《一滴泪湿透三千年》是写孟姜女与范喜良爱情的，这个用泪水打通历史硬壁的传说焕发出新的生机和意义。还有写父爱的，如刘醒龙的《抱着父亲回故乡》、孙晓玲的《逝不去的彩云》都是情深意长，可歌可泣，读后令人动容。

除了亲情还有师生情、友情、乡情，像肖凤的《缅怀李星华老师》、殷国明的《健行者寿》、王干的《怀高贤均》、李存葆的《乡村燕事》、厉彦林的《大白菜情结》等都是如此！因为有真情在，有深情在，所以文章精雕细刻、刻骨铭心，给人留下深刻的印象。

还有写人对动物和植物的深情的，这在2013年的情感散文中尤其突出。

如丹增的《藏狗》全力写藏獒的忠诚与勇猛，更写了藏人对藏狗的一往情深和感恩，作者写道："在藏族的习俗中，狗是人的亲密兄弟和知心朋友。狗好比人的影子，人和狗谁也离不开谁。杀狗、吃狗肉是禁忌，无缘打狗、无故虐狗是犯禁。""其实，在现实生活中，喜欢狗、赞美狗、宠爱狗的还是比较普遍，杀狗、卖狗、开狗肉店的毕竟是少数，谁读了这篇短文，不再杀狗，不再贪吃狗肉，我愿真心给他磕个响头。"任真的《兄弟》明写兄弟情谊，实写人与动物的兄弟情感，尤其写到对耕牛的深情。作者这样写："父亲受了感动，便从背篓里抓一些麦草给它，然后坐到一旁的土坷垃上看着它嚼，看着它吃。父亲看着老牛的吃相，突然想，老牛比自己干的活重，倒只吃些干草，而自己却吃着麦草上的精品。父亲感到了愧疚，便转身把自己的白面馍馍拿来，弯了腰，给老牛喂到嘴里。"这一笔写得情深，一下子写出了仁慈，写出了老牛在父亲眼中的伟大！后来，老牛的腰被小弟折磨断了，"父亲整日守在老牛身旁，把白面拌进麦叶，端到老牛跟前，然后用手一把一把喂到它的嘴里；用自己吃饭的碗打来水，一勺一勺给它喂"。尧山壁的《老枣树》是写母子情深的，但交接点和发力点是枣树，而这种写法不只是拟人化，更是对枣树的知情知性会意，是对物性的感悟与崇尚。文中写到"黑牡丹"这只母鸡，在三年困难时期，靠吃煤下蛋救人活命。其奉献精神令人唏嘘不已！作者写道："下了白蛋的第二天，黑牡丹再没有出窝，寿终正寝，无疾而终。小外甥五岁了，从幼儿园回来，哭得泪人一样，此后，两三年内不再吃鸡蛋。墙根下的鸡窝，天天有人打扫，真的像个小庙了。姐夫在里面写了一个牌位，黑牡丹，享年六岁零五个月，来家五年，产蛋一千七百九十九个。"人与鸡的情感无法用言语形容，而鸡的内心世界又岂是人能体会得到？还有李俊平的《寂静的村庄》里母亲与那只叫大花的老猫，其情也深，其景也真，其意也切，更重要的是猫的沉默与通灵，仿佛它是天地间的神物，其沉默与神秘仿佛正在一切不言之中。李存葆的《乡村燕事》写的是燕子，但它们最重情意，且未卜先知，仿佛是天地间的神灵，诉说着农家的喜怒哀乐、生死荣枯。

周荣池的《树木》和刘学刚的《草木性情》也都是为草木树碑立传，写出草木之灵性和知性，他们笔下的草木远远不是人类所蔑视的低级物，而是与人一样甚至超脱人性的精灵，其间是包含了人生智慧和天地大道的。鲍尔吉·原野的《水和水的子孙以及冰雪河流》写的是水与河流，但在他笔下，水再也不是单独的物，而是像人一样甚至比人更有灵气和智慧，所以有子有孙。作者仿佛用神来之笔，写河流的千变万化、摇曳生姿，他开篇即说："我路过的地方是这条河流的腰。水流优美地向河心拐过去，剩下一大片开阔地，是腰闪出的地方。""河有一百种表情，皱眉是急流，沉思则缓涌。最静的时候，河面落一根羽毛也会起纹，像镜子一样亮，但比镜子柔软。这时的河如早上刚刚醒来的儿童。儿童看世界，无分别心，世上没有他们不接纳的事物。儿童眼里的事物没有好坏，只有已知与未知。儿童进入世界唯一的路叫作好奇，像这条河，不停地流，只为探索，去没去过的地方，去知。"在此，物性与人性相连通，物性的心存大道得到阐释，其审美情调颇似一条彩虹悬挂于天际，给人以优雅、圆润、通明的艺术感受。

事实上，情真意切、情深似海之所以可贵，不仅仅在于对人，对那些曾给我们生命和帮助的人；同时，也包括那些有生命的动植物，那些与我们同甘共苦，甚至以命相助于我们的生灵；还包括那些看来没有生命的物，包括一抔泥土、一粒沙和一条河流，因为它们也是我们的"父母"，对我们也同样有着养育之恩。一个伟大的作家就是要有天地情怀，有大海一样的仁慈，以感恩之心和谦卑来书写所有的人、事、物，并从中寻到智慧之门和天地大道，从而点亮人生和万物的孤灯，照亮世界的每个暗角。在此，2013年散文值得给予充分肯定。

三、亦真亦幻的表现手法

散文的表现手法历来众说纷纭：有的反对传统写实的表现手法，也有人不赞成各种艺术创新，还有人希望在真实与虚空、中心与边缘、严谨与放任之间相互辩证。但不论怎么说，多年来散文文体一直莫衷一是，也少有较好的文体创新。比如，将小说手法引入散文，常给人虚假之感；用诗的方法写散文又极易滥情和做作；一些所谓"新散文"总给人"为文而文"的感觉，因为缺乏鲜活的生活，只能求新猎奇。2013年散文有一个新动向，它在时空观、生命与情感的表达、理性与感觉的运用等方面都令人耳目一新。

吴官正的《散文三题》分写蚊子、十二属相、野猫等，表面看来是传统写法和命意，但因语调诙谐幽默，又充满智慧和灵性，所以有浑然天成、语惊四座之效。如作者这样议论："还有狐和狗。有的人狐假虎威，狗仗人势。狐和狗并没有什么错误，而一些人的丑态令人厌恶。狐确有难闻的气味，但它们没有洒香水去蒙人确是真的。至于狐朋狗党，狐有无朋友，我没有研究过，狗没有党却路人皆知。有的人搞狐朋狗友，使狐和狗连带挨骂，这就是不讲道理的强加。"这是力透纸背的讽喻，从中可见作者对自然生态、社会生态、政治生态的不满与愤怒。

海飞的《一条河的记忆》将童年、现在、未来融在一条河里，于是有了天、地、人、河的贯通，也有了记忆隧道的畅通与穿越，一个个细节和意象朝读者展开。作者说："之所以记忆深刻，是因为光棍潭的女妖差一点让我做了它的伴。很多年后我才想到，其实人生之中实在是有着很多的关，一不小心你就像一缕青烟一样飘向天空。"

王安忆的《阳光下的魅影》是写罗马城的，还写到赤道矿区的流萤。在作者笔下既有传统的时空顺序，也有打破时空的穿插、叠合与渗透，更有意象的飞翔与迷离，就像凡·高笔下烈日中的向日葵与海水。这是一种思想冲突、意识流动、意象纷纭、感觉放逸和心灵花开的写法，既有现实的描写与折射，又有梦幻的想象与飞翔，是插了翅膀的精灵在天马行空。读这样的文字颇似欣赏醉拳，更像体味微醺状态的神的舞蹈，有一种难以言喻的美感享受。最为重要的是，这种表现手法极好地将古罗马的古老与神奇、流萤的灵光与暧昧，表现得淋漓尽致。作者有这样关于罗马的描写："茫茫虚空中，不知交错着多少阡陌，有一些远兜近绕回得来，有一些则回不来。那晃眼的日光，比黑暗还迷人，让人看不清。所谓的目眩，也是一种蒙塞，或者反过来，所谓蒙塞，其实是睁开第三只眼，慧眼。白炽的视线中，那些套来套去的人和物，其实是在无穷度的空间时间里穿行。如此扑朔迷离，你却又不觉得害怕，怕什么呀！大白天的鬼魅一无阴惨气，它们甚至比人类更加正大光明。"作者这样写流萤："不承认时间的流淌性质，不像流萤，附在时间上，蛊却妄图逆流而上。那些食蛊的流萤，最后变成礁石，那嶙峋的礁石丛，就是流萤的尸骸堆。这蛊啊，说是情深，其实不是，而是执念，执念于永恒。"如单纯站在传统或现代角度，很难理解其本意，然而以中国之心和西方大脑的互文性，就能体味作者的思想、情感和意识流动，一如随着蝴蝶翅膀的扇动来听大海潮水的起落沉浮。

　　肖达的《途经秘密》也是这样的作品。文中的"残局""路过自己""故事里的故事""秘密"都有点迷宫意味，也有点形而上的思考。然而，作者用的不是传统写法，也不是后现代的虚无缥缈，而是将虚无与真实相互印证，从而获得心灵的智慧的开悟。像生命的孵化，也像凤凰涅槃，作者在经历了灵魂的煎熬后蜕变成生命新芽，活泼成熟的春意随之来到人间。作者写道："时间在折纸里装着，黑也可能是白，白也可能是黑，不很分明。但是，博弈永远存在。回头看，跟时间比，博弈只是各人的乐趣，没有胜负。我和你的博弈亦如此，想停下来，把它折进时间的夹缝里，那是自己的事，只要我们愿意。是不是啊？"作者又写道："原是硬得如石头一样的心，也可以渐渐化开，直到汪成一捧清水；原是一番散淡的心情，也瞬间紧张起来，准备打点行囊起程。"作者还写道："时间在故事里延续，空间在故事里拓展，故事在故事里继续。挺好的。"我喜欢这样的句子和意境，也喜欢作者的包容与从容，更喜欢作者能够将坚冰化为清明的胸怀和境界，因为无论世界是如何矛盾冲突，善良和智慧的阳光总能将之照亮。生命的流水里，人的高明之处就在于无条件地看到它的美好的容颜，无论是在风平浪静，还是在微波荡漾，或是在惊涛骇浪里。

　　刘醒龙的《抱着父亲回故乡》打破了大多数悼念父亲的散文格式，以诗开篇，以循环往复、周而复始的方式，一直"抱着父亲"走向故乡。作品像在画布上不断地用各种色彩进行涂抹，且自由自在、任性任情、大刀阔斧，甚至有些漫不经心和大不敬似的。然而，却有着真情内在、铺天盖地、气贯长虹、浑然天成的艺术感受。读者可能读完作品也不解其意：作者怎么能够一直抱着父亲回故乡，作者何以写"请多包涵。就像小时候，我总是原谅小路中间的那堆牛粪"这样的句子，作者为什么总将父亲比成"朝云""家乡鱼丸"和"砣砣糖"一类的物象？还有，作者在似清不清、忽明又暗的情思中到底包含了什么？但是，如果站在丧父的巨大而难言的悲伤面前，站在子欲养而亲不待的角度观之，站在孝心与愚钝初醒之刻，刘醒龙的叙事方式就具有了别样的意义。这是一种箭在弦上、蓄势待发的张力之美。就像大地经由了一冬的严寒，春天吐出新绿一样，深沉的父子之情就包含在深厚的大地之中，只是没有完全爆发而出。待发而未发、知"不知"之知，方显出伟力之美。文章全篇一直写"我抱着父亲"时总发现周边有个"小影子"，直到篇末才点题："此时此刻，我再次看见那小小身影了。她离我那么近，用眼角都能看得清清楚楚。她是从眼前那棵大松树上飘下来的，在与松果分离的那一瞬间里，她变成一粒小小的种子，凭着风飘洒而下，像我的情思那样，轻轻化入黄土之中。她要去寻找什么，只有她自己清楚。我只晓得，当她再次出现时，一定是苍苍翠翠的茂盛新生！"这似乎是很清楚了，但又没有说透，而是让思考、悬念和想象留于其间，让大地的滋荣向天空开放。

总之，立足于中国的情理和智慧，将中西的表现手法进行融通，在脑与心的互动中产生共鸣，为思想、情感和心性而表现，这是亦真亦幻式散文的独特之处。

如果说2013年散文还有什么不足，那就是许多作品仍写得散漫、急切，缺乏精雕细琢，经典性不强。其实，古今中外的散文名篇都像一把好的紫砂壶，它要经过选料、沉积、设计、精工细做等，还要以名茶、人心、时光养之，否则就不可能将天气灵气和世间的氤氲集于一身，达到艺术的自然天成。

第二十二章

现实性·物性·神圣：2014年散文亮色

一、现实批判与审美观照

如果将新时期作为一个长波段来看，散文大致走过了这样的历程：打倒"四人帮"和改革开放之初，作家积极参与现实变革，并呈现出强烈的现实主义色彩；然而，时间不长，进入20世纪90年代以来，作家开始进入寻根状态，尤其是到历史的深处发掘矿藏，于是历史文化大散文风靡一时；进入21世纪，尽管钻进历史故纸堆进行散文写作的作家开始回头，但仍然频频回顾，对历史文化散文仍然难以割舍。可以说，近20年来，散文在进入历史文化深处有所获益的同时，也失去了其现实性关怀，尤其是失去了关爱现实的能力与兴趣，而在二者中间，后者比前者更可怕！某种程度上说，当散文家抛开了现实人生，尤其是中国转型过程中复杂的矛盾与纠葛，其创作也就被社会和读者抛弃了。这也是长时间以来散文失语和暗淡的一个重要原因。

近年来，这一状况有所改观，其最为突出的表现为：城乡之中的现实人生尤其是其困境引起散文家的关注，这让我们想到20世纪80年代的景象。80年代散文有对文明与野蛮的冲突、知识分子问题、改革开放等的热情探讨，而今的散文则回应环保生态、农村人口流失、社会腐败、文物保护等问题。但总体而言，外在的、偏激的甚至跟风式的写作为多，其声势也难望80年代散文之项背。2014年，这种状况有所改变，现实性强的散文比往年明显增多，更为重要的是，其理念、境界、水平也有了质的飞跃，从中可见到一种新的趋向开始形成。

批判与否定中的理解与亮色，是2014年散文的一个新特点。

在前些年的现实批判中，刀锋剑笔者多，悲观甚至绝望者多，社会仿佛一下子变得黑暗无比、令人憎恶，而反思、理解、通达和醒觉者明显不足，智慧的生成则更难。2014年，这一状况有所变化。

王必胜的《单位》是批评当下的中国单位制度的，他用绵里裹铁的笔法，用前后对比的手法，用含了一股责任担承的勇气，来进行书写，其中也包含了某些智慧。作品有这样的结语："单位，是社会的缩影，对它也许不能有多大的要求和苛求；它也是人生之驿站，一个生命劳作的停驻点而已；或者，是观察人生和世界的一个窗口，从这里找寻世道人心的斑驳景象。如此，对于它，也许是平常心态看待，若有若无，或近或远，草色遥看近却无。或者，面对单位的种种，面对如此纷繁的单位世象，你何不学一回李白的豪放：仰天大笑出门去，我辈岂是蓬蒿人。"在此，批判锋芒似乎暗淡了许多，但作品的力量和感染力却增强了。

梁鸿的《梁庄：归来与离去》仍是写梁庄的，但与她以前笔下的梁庄相比，显然多了些亮色，尽管这一亮色在春节的气氛中像镀了一层金。作者写过年之后的梁庄人像南去候鸟的北归，转眼使梁庄变得非常荒芜："犹如被突然搁浅在沙滩上的鱼，梁庄被赤裸裸地晾晒在阳光底下，疲乏、苍老而又丑陋。那短暂的欢乐、突然的热闹和生机勃勃的景象只是一种假象，一个节日般的梦，甚或只是一份怀旧。春节里的梁庄人努力为自己创造梦的情境。来，来，今天大喝一场，不醉不归，忘却现实，忘却分离，忘却悲伤。然而，终究要醒来，终究要离开，终究要回来。"尽管由于亮色的烘托与点染，反使乡村更显荒凉和寂寞，但它毕竟为中国日益衰老的乡村增加了炫美的余晖。

杨献平笔下的大姨妈一家人，可能是最悲惨也是最不可思议的，因为那里聚集了太多的仇恨、残酷、不幸与异化，尤其是外表美丽但心灵狠毒的三表嫂成为乡村社会的一个变音符号。不过，即使如此，作者仍用《就像我和你，心和心》这一题目指引了方向："梦中，大姨妈以泼妇姿态出现，而且极其逼真。这是为什么呢？我躺在床上回想许久，方才觉得，与自己生命攸关的每个人，其实都不会走远，无论何时，他们都会在你的身体乃至灵魂的某一处，并且会以持续一生的顽固方式，与同历者须臾不离。就像我与你，心和心。"这一笔至为温柔，也富于大爱，它仿佛暗寓着自我反省，也包含了对世道沧桑与人心之恶的某些理解。开悟是最好的理解，它直达作家内心，像风摇动荒滩上的芦苇以及它的根本。

海飞的《没有方向的河流》写的是自己的奋斗史，一个由社会底层不断提升的作家成长的过程。其间，包含了更多的人间苦痛与人生世相。不过，作家并没有沉沦下去，而是获得一种达观与智慧，那就是与河流一样的生命的奔波与飞扬。作品写道："我躺在野地上，我就是一条没有方向的河流。或许有一天我会成为河床，但我至少也以河的形式存在过。此刻，请允许我欢叫一声，并开始想念小说中那匹叫大河的马。"当天风将乌云驱散，阳光普照大地，一个人的身心就会像花朵一样绽放，这是海飞散文超越现实苦难和悲剧的美好感受。其中，生命的体悟和彻悟是根本性的。

莫言的《喧嚣与真实》也是直面现实人生及其困境的，但其可贵之处不在于对现实人生喧嚣的提示与批判，而在于对现象的理解和超越。在一般人笔下，喧嚣是令人难以忍受甚至是厌恶的，但莫言表示："喧嚣也不完全是负面的，喧嚣也是社会进步的一种表现。""我们作为一个生活在社会生活中的个体，应该习惯喧嚣，我们要具备习惯喧嚣跟发现正能量的能力，我们也要具备从喧嚣中发现邪恶的清醒，要清醒地认识到，喧嚣就是社会生活的一个方面，而使我们的社会真正能够保持稳定进步的是真实。"这样的认识就比较辩证，也真实可信，还反映了作家心性的成熟与从容。

批判中有瞻望，尤其是有着战略性和审美性的思考，这是2014年散文的第二大亮点。

应该承认，对现实的批判是有必要的，尤其在很多散文退回到历史文化的书写，沉醉于风花雪月，有的甚至是以整理国故为能事，有责任担当的散文更显得珍贵。但也应该看到，不少批判性的散文容易陷入这样的误区：为批判而批判，无明显和自觉的目的性，品位不高，价值观念混乱，从而使其处于较低的水准上。更有甚者，批判性散文走向了杂文，也带来过于喧嚣和表面化的局限。更值得注意的是，批判性散文往往缺乏文学性和审美性，更缺乏健康的发展方向，是一种缺乏未来维度的散文形态。在这方面，余秋雨2014年写出的《苍南随想——新型城镇化的审美课题》有明显突破。在文章中，作者一面批判历史上的宗族械斗，一面将现代化和机械化所带来的概括为"机械之斗"，因为"机械不是凶械，但是，如果种种机械聚集成了一种超量的存在，它的'非人化本性'也就会侵凌人的自然生存，于是也就会变成另一种'凶械'"。不过，作者更赞赏的是苍南人从环境和田园美学的角度来建设家园，并提出"建筑师农舍"这样的城镇化未来构想："这样，我们的身心也就会被一种更高等级的审美感受所融化，而我们的后代也就拥有了一个广阔无比的美学课堂。"应该说，对于当下的中国尤其是广大农村来说，这样的构想有些书生意气甚至乌托邦性质，但其战略思考与审美期待无疑是有意义的。因为在全国上下世俗文化盛行、恶搞文化风靡之时，美与美感就不仅仅是一个健康问题，更是一种境界和品位的显示。余秋雨对城镇化过程中建筑师美学课堂的呼吁，为其散文增加了一份清亮的愿景。

由于长期以来散文的被边缘化和自我边缘化，所以它渐渐失去了对当下社会尤其是转型中重大问题发言的能力，所以只能回到历史和风花雪月中自我陶醉。这虽带来了散文的冷静与客观，但也使其慢慢失去了读者和影响力。2014年成为一个重要界碑，这不仅表现在有更多散文开始走进现实人生，并为时代把脉，更表现在不少散文在批判现实时获得了理性自觉，也有了相当的包容心和智慧，还进入了一种具有前瞻性的审美思考与构想中。

二、物性体悟与天地道心

近现代以来，中国文学一直强调"人的文学"，而许多作品如《封神榜》《西游记》这样的古典名著，则被周作人贬为"非人的文学"。这就导致了中国新文学观念的偏向，即过于重视和强调人，而忽略甚至贬斥万物，有时还简单地以"人"的标准和法则衡量天下万物。也是从此意义上说，中国新文学变成了单纯的"人的文学"。散文亦不例外，尽管在"人的文学"旗帜下，有时也涉及物，但它们往往作为附属品和陪衬者存在，很少获得主体性。

2014年出现众多写物的散文，仿佛是一次"物"的大展览、大聚会。这里的"物"包括动物、植物、生物，范围非常广泛。较有代表性的有李存葆的《龙城遐想》、南帆的《到来一只狗》、刘亮程的《驴知道世界上的路》、杜怀超的《苍耳》、丹增的《牦牛颂》、沈苇的《动物之魅》、安然的《亲爱的花朵》、铁穆尔的《云》、鲍尔吉·原野的《夜色和火的笑容》、曼娘的《一盏茶背后的温暖》、郭震海的《草木人生》、王月鹏的《另一类桥》、刘恪的《影子与时光对话》等。值得注意的是，这些作品与"人的文学"观念不同，它们被赋予了对物性的深切理解和大道的张扬。

一是站在人与物平等的角度理解天下万物。如果将"人的文学"作为价值观和人生观，那么许多动物、植物和生物就是渺小的，甚至是卑微的，它们是为人类所用的载体。在这种理念的指导下，人成为天地间的精灵和万物的主宰。但是，站在人也是万物中的一环，人与万物没有严格意义的区分，都是天地之间一微粒的角度思考，万物也就容易进入人们的视野，成为被描写、理解的对象，并给人们带来启示。南帆笔下的不速之客——名为卡普的狗，原来遭受的是何等的冷遇，但后来它却以忠诚和勇敢，使主人开悟："我们以主人自居，慷慨地提供食物和居所，可是，这并不能弥补对于它的感情亏欠。""一条狗总是毫不保留地将自己抛给了主人，所以，'缘分'的认可包含了承接的勇敢——这种勇敢意味的是，用一双胳膊托住另一个生命的重量。"这样一种认识是建立在消泯人类中心主义后的开悟，是以生命平等为前提的。杜怀超以一颗谦卑之心写苍耳这种植物，如果站在以人为中心的理念下，苍耳何其微哉！但作者却有自己的独特理解："我对苍耳的名字充满着神秘的诠释，苍耳苍耳，苍与耳，苍是苍老的苍，天下苍生的苍。原本是伧，伧人，粗鄙的人，他们在穷困潦倒或者天灾人祸面前，能够捡拾的唯有这种贴地生长的苍耳。苍耳，难道是大地上一只渺小而又巨大的耳朵？渺小是她的形状，巨大是其听觉世界里海纳百川的情怀。贴住大地的深处，谛听天下黎民百姓的疾苦？越卑贱的植物越是能够保持清醒与静谧，宁静致远。"这样的认识，是基于植物学、药物学的理解，更与对世界、人生的体味有关，如无万物齐一观念，那是很难做到的。

二是人与物的沟通、对话、交流所产生的知音之感。不少作家虽关注物，但许多时候人与物之间的关系是不平等、有距离、主客二分的，所以古人有"玩物丧志"之说。这就很难走进"物性"之中，更难以产生物我两忘的共鸣，获得更高的智慧。2014年的不少散文突破了这一局限，带来了对物的穿透性力量，以及意想不到的魅力。郭震海的《草木人生》是将草木与人生并观的，因为他相信："村庄里的人的心灵仿佛与树木相通。""树是有灵性的，它和人类共同生存在同一片蓝天下，伴随着四季的更替，演绎着不同季节的风情。"甚至"大树之间肯定也会对话"。刘亮程是一个专注于写驴的作家，他说："我自认是一个通驴性的人，我懂得驴，看一眼就知道驴想什么。"为此，作家对驴才心怀感恩、信任与珍爱。刘亮程又写道："我一直骑马随在毛驴后面，我觉得跟着驴走可靠。我用手机给它拍了好多照片，出山后发在微博上。中午休息时我跟驴交流了一会儿，我顺毛摸它的脖子，它用嘴拱我的胳膊。它认识我，知道我一直跟着它。""对博格达行仰望礼时，我注意到毛驴的头也抬了起来，那一刻，博格达峰雄伟庄重耸立在我们一行人和一头驴的眼睛里。"如果没有对毛驴的爱，没有人与动物的交流与会通，没有知音之感，作品是不可能写得如此深入和迷人，如一首古老的真诚的歌谣。曼娘的关于茶的书写也是如此，在作家笔下，茶已非物，而是有姿容、颜色、语言、心灵和灵魂的。当朋友将白马寺1500年的银杏树叶捎来，泡入茶中时，作者写道："白瓷茶碗更加显衬出银杏叶片的碧绿和柔美，她静倚其中，犹如卧莲不着水。微晾的热水浇注下去，叶片翩跹飞舞，我的心也随之莺歌燕舞起来。在氤氲茶烟中，一股清新的香气从茶碗中飘浮开来。汤色清净如初，没有沾染一丝一毫叶片的色彩，含一口入喉，满腔唇齿间却留下春的气息。""双目微闭，我用足够的耐心去回味那一口清香，我用足够的细心去聆听她在我身体里的每一步行走，茶香愈发清爽，流动愈发明快。"这不是一般的写物抒怀，而是进入物我两忘境地，仿佛是物与我已成为久别重逢的知己，正在雪天夜话、促膝谈心、互为激荡，于是产生了难以言喻的诗意。安然的《亲爱的花朵》更是一首物我两忘后的优雅的诗。作品中有这样的话："睡莲美丽如迷。端望它时，无论揣着的是怎样一番好坏心境，遽然间，总是生出嫣然百媚，置心情于清扬旷远。影影绰绰间，似乎可以捕捉到己身以睡莲形式存在的感觉。是遍体通透，心地稳泰，有如行坐于永恒的光明中。"表面看来，这是人在写物，实际上是人与物的对话，是一种知音间的交流，呈现出互为传导、美妙共生、一片通明的境界。

三是以物为师所达到的成长与升华。如果从智力的角度看，或许可以说人在万物之上，而万物为走马，甚至如沙粒一样被踩在脚下；然而，从生命长度、智慧的角度观之，人类恐怕要拜万物为师，因为人生易老天难老。在《三国演义》的片头歌中，就有这样的句子："滚滚长江东逝水，浪花淘尽英雄，是非成败转头空，青山依旧在，几度夕阳红。"问题的关键是，在"人的文学"观念下，我们很少对天地万物持有一份尊重，更谈不上敬重和崇拜了。2014年散文在这方面有所推进，不少散文心怀敬畏之心来写一草一木，哪怕是一支没有生命的毛笔。如朱以撒在《风过枝头》中写到水果的色彩与滋味就充满一种崇尚之情，作者觉得它是这个世界最美的，也是大地带给人的恩赐。通过"摇曳"，作者写道："蓬松的芦花和我每日用于指腕间的毛笔太相似了。一杆笔集中了走兽的万千毫毛，没有入水时，它们会蓬松地张开，像一朵花开到了最大。一个善于用毛笔的人，此时的心也像花那般地打开，娴雅起来。""每一个人的内心，都会蕴藏着无尽的对毛笔的喜爱。柔软的笔锋带来了许多乐趣，导引日子走向深入，许多类型的锋颖在指腕间过往，渐渐带出了其中的微妙分寸，多一分少一分地下力，快一分慢一分地牵引。笔是软的，宣纸也是软的，研墨之水也是软的。我的指腕在柔软中穿行，捕捉那似有若无、恍兮惚兮的感觉。由于柔软而无处发力，或者下力了，却被毫端化得虚无之至。"作者这样概括说："一个人长期把握一种柔性之物，他对于一些人事看法也有了修正，不是从柔软中生出许多奇思异想，而是越来越平淡、持中。不过，柔毫还是不会给它的主人呈现一个边界，就像我们不知道尽头在哪里，或者不知道如何直到尽头。"这是从毛笔的柔软中所体悟的柔性哲学，也可以称之为女性美学，它不相信强力，而是相信以柔克刚、知雄守雌的大道。没有师法自然，没有谦卑之心，尤其是没有从天地万物中受启的能力，这是不可能的。刘恪在《影子与时光对话》中有这样的段落："叩一声楠竹，山体会回应出节奏，毛竹丛丛簇簇连成大地的毛发，斑竹带旧，箭竹着刺，苦竹入味，只有竹的世界，吟咏长啸，和衣而卧，归来田陇，牧童在牛背上短笛轻吹……想来每个人都不过是竹枝的人生，一曲箫音，把黄、蓝、褐、绿混合吹奏，无论是鸟鸣兽吟，都是声音的色彩融入一个人灵魂转换为自然的极品：天籁。人若不能天籁就只能粪土。"这种对天籁的崇尚，对人声的轻视，就是师法自然、敬畏天道的最好说明。因此，刘恪最后补充说："人类因为想象的贫乏，才向鸟借用翅膀，向天空借用光线的。"这样的书写显然是超越了人的局限，进入了天地道心之中，也带来了其独特的思想深度和高远的境界。

　　在中国古代文学中并不乏天人感应的传统，但经过近现代文化的冲击，这一传统被批判和解构了，这就带来了对人的无限放大，于是人在获得个性和智慧的同时，也失去了天地自然的规约。2014年散文在人与自然之间形成了互动和对话，也接受了天地之道的启迪，从而使其冲破了"人的文学"的限制。这是将古代文化与现代性所强调人的主体性相结合，经过新的再造之后产生的超越性意向。

三、神秘世界与吉光片羽

中国古代文学是一个充满神秘的灵性世界，不要说《山海经》和《封神榜》，就是《西游记》《三国演义》《红楼梦》也是如此。然而，近现代以来，文学过于信奉现实主义，形成了对浪漫主义的拒斥甚至否定，以至于许多作家都缺乏神秘感、浪漫的想象力以及灵感。更多的文学创作走向了匍匐于现实之上的匠气表达。散文也不例外，长期以来，多的是日常生活的碎片化书写，而充满神圣感的写作并不多见，这就限制了文学性与哲学性的高度。2014年散文有了某些新气息，虽然还不能说达到了整体水平的提升，但至少有的作品可以圈点。

李存葆的《龙城遐想》是写山东省诸城市的恐龙化石的，这本身就有些神秘，因为这个小城因恐龙的数量和等级震动世界，2012年被国土资源部命名为"中国龙城"。恐龙曾统治地球长达1.6亿年，而人类文明只有5000年历史。作者在此打了一个比方：假如将有着46亿年历史的地球当成一天的24小时，那么，恐龙在地球上存活了50分钟，有着5000年历史的人类在地球上仅有0.1秒钟。自称为天地万物主宰的人类，在这一比照中显得多么狂妄和愚蠢，也反证了恐龙的伟大与神秘。李存葆还写道："地球是太阳系中的一员，而太阳系仅是银河系中一个微不足道的小支系……若用当今最先进的天文望远镜看宇宙，则能在11亿光年的范围内，发现有三百余万个银河系。每个银河系内，仅恒星就有约五百亿个，其大多数的体积比太阳大过万倍，光度也强过千倍……宇宙到底有多大，有人说，即使将全世界最伟大的数学家全部汇集在一起，用最先进的计算机来计算，全人类都在他们后面添零，也难算出无限的宇宙之大。"基于这样的宇宙观、自然观，李存葆才有着自己的人生观和价值观，才能以审美的态度对待这个世界。于是，他说："我站在超然台上，仰望夜空。繁星安详地闪烁着，天空是在当今难得一见的蔚蓝色与翡翠色。亮晶晶的星星像宝石缀满幽远高深的天幕，银河如同一条宽阔的白色锦缎，穿过无垠的天际伸延开去。唯有大自然的原始美，才能美化一切。在这样星斗满天的夜晚，我们才是大自然的婴儿，惬意地静卧在宇宙的摇篮里。"这不仅是诗，而且是作者登高望远后对天地宇宙神秘的一种洞若观火，之后获得一种智慧与灵光，从而使其散文超越了狭隘的世俗陋见。

卢岚的《如是，美人鱼落起了泪》也是一篇神秘之作。作者笔下的美人鱼并非只有安徒生塑造的美的形象，而是将古今中外关于美人鱼的故事综合起来，从而展示了关于美人鱼的各种认识和想象。作品写道："美人鱼这种动物已经够空幻，连荷马也不曾给它一个具体形象，更何况它的眼泪，它的咕噜噜的抱怨。你知道美人鱼会唱歌，以甜如蜜的歌声来引诱男人，使他们入睡，然后把他们杀害。这些黑心肝毒心肠会流泪，会跟踪，会抱怨。你还不知道呢！""美人鱼的力量来自声音的迷人，任何女性的声音都不能超越它，因为它拥有一种凡人以外的神圣本质。""美人鱼被认为是带来死亡的动物，它们的歌声总跟死亡连结在一起，但不招人讨厌或使人感到恐惧，反而给每一代作家、艺术家带来灵感。"这一超出世俗认识和普通常识的看法，使美人鱼变得摇曳生姿、富于变化，更充满丰富的想象，其文笔的灵动仿佛是天空向大地撒落的花瓣。

王兆胜的《人神之间》，写的是山东莱州——古掖县（也被称为"过国"）的神秘。这个被众多神仙看重的修炼之地，不仅山川神妙，而且人也多有仙气，至少在夜的辉煌中包含了人与神通的神秘。文章这样写道："莱州夜景甚壮观，天下少有。作为一个县级市，其广场壮丽、人山人海、灯火通明、人人快意，常至深夜而不散。我不知道古代是否如此，但这让我想起'掖县'这个称呼。莫不是这个'掖'真的通'夜'，是因'夜'市发达与浪漫得名？或可不可以说，只有在'夜'而不是'日'中，神仙方能自由出入，'过'往来去，与民同乐，充分享受天上人间的盛况？或反过来说，因在'夜'

里，世人方能借天地灵气，与神仙通，充分享受白天的现实世界所难有的放松与超升？无论怎么说，只有在'夜'的华美与张扬中，一种犹如身处北宋汴梁的金碧辉煌，使我有不知是在'天上'还是'人间'的迷醉与醒觉，像醉中被清风吹彻一样。这是难以言说的将现实融入梦境，又在沉醉中体验人生短暂的凄楚与欢喜。"也许，只有在人与神之间，尤其是二者的相得益彰中，灵性与美好才能达到最佳状态，才是最有意义的。

还有许多作品都与神秘有关，从而使2014年散文突破传统时空，进入一个更广阔自由的世界。王宗仁的《望柳庄》写的是青藏高原一位老将军的传奇，更是写柳树在此成林的传奇。其中有这样一个细节："不少树苗在呈现了短暂的旺盛生命之后，像走累了的人，卧在了戈壁滩，死了。"老将军不忍，让大家安葬了这些死去的树苗。然而，"同志们实在太怜悯这些树苗，像它们活着时三天两头给其浇水，将军也常常把自己洗漱过的水泼在树丘上。奇迹发生了，次年夏天，一棵死去的柳树猝不及防地从墓丘上发出了新芽，死而复生，后来竟然长成了一棵大树"。这一笔充满神秘，但也符合自然规律和世事人情，读之令人震动，也给人以会心之感。丹增的《牦牛颂》也是写青藏高原的，作者将所有的美好都奉献给高原上的牦牛，并赋予了其带有神圣色彩的诗的传颂。作品写道："牦牛那穿越时空的明亮、坚毅的眼睛，堪称这个星球上最富活力的生命之井，永远不会被风雪覆盖，不会被坚冰封冻。""牦牛站立巍峨挺拔，行走雄伟苍劲，被誉为'高原之舟'。""白色牦牛是神的象征，是牛群中的尤物，给人以无穷的幻想与无限的神秘。藏族把白色作为吉祥、纯洁、温和的象征，千百年来，西藏高原的雪的世界，高原特色礼物中缺不了一条白色哈达，饮食中少不了白色酸奶，迎接贵宾铺的是白色毡子，欢乐节庆洒向空中的是白色糌粑。念青唐古拉山、玉穷那拉，这些神山的化身都是一头白色的牦牛。"作者还写道："我不愿意说骆驼是沙漠的怪胎，毛驴是幽默的小丑，我只觉得牦牛是藏民族的生命和希望，人骑在牛背上，就像站在巍峨的山冈。奔腾的牦牛像跃涧的猛虎，安静的牦牛像不倒的佛塔，每当成群的牦牛在高原缓缓游动，似乎脚下的群山就开始悠悠行走。"这些诗一样的句子，内里不仅仅包括作家的诗心与灵感，更多的是对天地间万物所包含的神秘的高扬，是一个作家真正了解了世界与人生，尤其是在人的局限性中看到了天地自然的神秘与伟大，之后获得的一种升华。

鲍尔吉·原野的《夜色和火的笑容》诗心浪漫，吉光片羽中飞翔着美好的体验，也注入了对天地自然的神秘哲思。与丹增等作家不同的是，鲍尔吉·原野试图抓住的不是牦牛，而是夜色与火，是那些无法规范、定义、形容甚至想象的自然现象。不过，也正因为如此，才充分调动了作家的灵感与智慧，也给作家、读者以及所描绘的对象以无限的余地。如作者这样写夜："夜的河边，像听见许多人说话，含糊低语变成咕噜咕噜的喧哗。河在夜里话多，它见到石头、水草都要说说话，伸手拍打几下。漆黑的夜里，看不清河水，月色没给涟漪镶上银边。河水哗哗走，却见不到它们的腿。"又如，作者这样写火："最华丽的东西是火。它烧起来，身子左右扭摆，雍容如绸缎。绸缎是对火外形最贴近的描述，尽管人不敢用手去摸它。火碰人，但不让人碰。火苗软，四肢如婴儿身体一般蜷曲自如。冰冷的铁遇到火，说火比水还要柔软。火的手像在水上吹过波纹的微风。许多东西怕火。但火不清楚这件事，它想摸一切东西，从山峰到花朵。火把双手放在冰上，想把冰抱起来，但冰开始流泪。冰的全部身体只是一滴泪。""火的衣衫比绸缎更明亮，如斑斑般的罩光，又如向上飞的鱼。金红的鱼从火里蹦蹦跳跳，钻入虚空。"再如，作者这样写星星："当我们听说我们眼里的星光是千万年前射过来的之后，不知道应该兴奋还是沮丧，能看到千万年的星星算一种幸运吧？而星星今天射出的光，千万年后的人类——假如还有人类的话——蝾螈、银杏、三叶草或蕨类才会看到。如此说，等待星光竟是一件最漫长的事情。群星疏朗，它们身后的银河如一只宽长的手臂，保护它们免于坠入无尽的虚空。"这种对天地万物的敬畏之心与神秘感受，使得鲍尔吉·原野的散文灵光四射，又有深沉的哲学，只是它很少用理性进行思辨罢了。

这里牵扯到价值观和人生观的问题：在可知论者看来，这个世界非常简单，就是人的世界，所实行者也是人的法则，自然万物皆在我脚下，为我所役使；但在不可知论者看来，这个世界是神秘莫测的，人是天地宇宙的一粒微尘，甚至连这也算不上。在万物之中，人只是其中之一，它虽有才智和长处，但在许多方面也许还不如草木，因此，人类应学会谦卑，尤其是要有大道藏身，以审美的灵光照耀这个世界。

当然，2014年散文仍有不足：一是对中国当下转型中存在的重大问题和矛盾，缺乏富有穿透力的写作，许多作品仍然停留在现象表述和概念的指向上。二是没有解决对散文贵"散"的理解问题，包括鲍尔吉·原野这样的优秀作家一直以碎片化方式进行写作，所以给人的感觉往往是灵感有余，整体观照与思想推进不足，没有完整性的散文往往缺乏风骨和力量。三是有的文章太长，舍之遗憾，取之不满，因此，在有限篇幅内将文章写得精致，这是我对未来散文发展的一种期待。无论如何，散文也是一门艺术，它是需要精心构思、提纯、升华和点燃的。然而，现在的不少散文写得过于随意，艺术性不强，这就很难成为经典作品。

第二十三章

深思·彷徨·亮色：2015年散文印象

　　20世纪90年代到世纪之交，是中国散文发展的一个高峰。那时，散文昂扬奔放、舍我其谁的优越感成为散文家的主调，文体的探索与创新也不绝如缕。之后，散文开始如抛物线般下行，由原来的在舞台中心变为边缘的景致，甚至一度出现过于消沉和悲观的乱象。近几年这一现状有所好转，开始出现某些调整，而这在2015年散文中表现得最为明显。

一、将思考镶在历史深处

　　理性之思是散文的永恒主题，也是新时期以来的一个重要维度。无思考的散文既不是好散文，也没多少价值意义，只是思想的表现方式有所不同而已。不过，也应该承认，20世纪八九十年代的中国散文尚处于百废待兴之时，时代的潮流汹涌向前，许多作家还来不及思考，即便有思考也不深入；进入21世纪，由于过于多元化的价值选择，尤其是后现代主义及新媒介的影响，许多散文开始变得碎片化、平面化、庸俗化，其思想性也就大大流失了。2015年散文在深思上有所推进，并呈现出令人称道的风貌。

　　陈忠实的《不能忘却的追忆》通过对"包产到户"第一村——小岗村的回忆，来思考当年那场中国广大农村轰轰烈烈的伟大变革，在钦佩带头人严俊昌这位"伟大的农民"的同时，又将笔触伸向历史深处。同时，又写到原是"文革"造反派的刘景华，因了解情况后对杨伟名等人产生同情，以及刘英雄的举动和离奇经历。作者说："这一刻，我顿然悟到一个尤其关键的时间概念，即一九七八年这个非同寻常的年份。严俊昌们的幸运就在于秘密结盟于一九七八年，而杨伟名的悲剧概出于一九六二年这个特殊的年份，及至更不堪的随后发生的'文化大革命'的一九六八年。"这是一篇具有深度和独特思考的反思之作。

郭文斌的《根是花朵的吉祥如意》从历史文化深处发掘我们时代所需要的重要内容。众所周知，今天中国文化面临着重大危机，它处于中西、城乡、传统与现代的夹缝中，这也是自"五四"以来为我们留下的巨大的问号。比如，从陈独秀、鲁迅以来，我们的新文化一直在批判"孝"，有人甚至将之视为万恶之首，是封建专制主义的帮凶甚至是罪魁祸首。因此，整个新文化就是鼓励个性对孝道的突围。从历史发展和中国现代化进程看，对中国传统的"孝"进行反思甚至超越，这不无价值，它至少可冲破中国传统文化对人性的束缚；但问题是，当孝道被完全看成负面甚至罪恶渊薮时，也就面临着现代性异化的危险，因为没有孝顺与感恩就不会有人的健全与发展，也就会走向"非人"。也是在此意义上，郭文斌提出："孝、敬、惜是人生这个大鼎最重要的三足。只有做到孝、敬、惜，才能把这个鼎立起来。孝、敬、惜的本质是感恩，是我们与这个世界沟通的桥梁。感恩的心、敬畏心、珍惜心，是一个人最重要的三种能量。一个人如果缺了孝，缺了敬，缺了惜，他就缺少了在社会中立足的根本，他要成功很难，要健康很难，要幸福也很难。""拥有了孝、敬、惜三心，就是拥有了感恩与爱，我们的心就是一个永远年轻的心，有生机的心。如果放弃孝、敬、惜这三足，那都意味着人生的大鼎永远举不起来。"这是对近现代以来过于强调人的个性所导致的欲望过分膨胀的反拨，也是为现代中国人开出的药方。不过，如何辩证理解和运用"孝、敬、惜"，使个性和创造性不被遮蔽，作者却语焉不详。中国古代的孝道思想确实存在弊端，有时甚至走向人性的反面。但无论怎么说，郭文斌的思考是深刻的，是充满天地之道的。

　　还有郭浩月的《饥饿是种深刻的记忆》、李国文的《三石之弓及其他》、穆涛的《汉代告诫我们的》、祝勇的《变形记》、肖凤的《在"奥斯维辛集中营"，想起了威廉·夏伊勒》等都有深刻的思索。如穆涛谈到古代的"政治秀"，就提出这样的看法："世上的事情，开头时都是千头万端的，但到了高耸地带，差不多只剩下一个，就是叫格局或境界的那种东西，这道大坎迈不过去，就别硬撑了，认命吧。更重要的是，一个人对自己要有清晰的判断，水平不过的话，不要一味的往上爬。"这对于没足够能力担当大任的某些官僚来说，无疑于一剂良药。但要注意的是，理性的思考应有一定限度，有时它过分了就达不到目的，甚至产生南辕北辙的效果。这是因为理性有时比感性更盲目，它会成为概念、逻辑等的俘虏，从而成为一个飘浮的悬空者。2015年的哲思散文应在理性深思中，穿透思想的迷雾，进入智慧的大光中。

二、站在时代的船头

　　20世纪八九十年代中国散文最值得称道的是它的时代性。此时，作家不约而同地与国家发展同呼吸共命运，在巨大的忧患中饱含着对一些重大问题的关注，如经济体制改革、知识分子命运、反思"文革"等。然而，21世纪散文开始回到历史，沉溺于小我，甚至变成玩世不恭的杂耍与恶搞。这一倾向到近几年才开始有所好转，不少散文开始回到现实，转向对社会和时代变迁的热情关注。

　　不过，前几年关注时代的散文有一个最大的不足，那就是过于悲观甚至绝望地看待中国的变革与发展，尤其是对农村社会变动往往充满现象性描述，而真正能把握这个时代脉搏的散文并不多见。这是因为：第一，包括广大农村在内的中国变革从来没有像今天这样复杂多样，也从未面临当下这样的艰难选择；第二，不少作家和学人过于相信西方的理论和逻辑，并用其简单看待和解释中国的问题，这种两张皮的现象极容易形成误读；第三，长期以来作家逐渐脱离了基层、大地、民间，处于优裕的都市高楼生活，加之知识分子形成的贵族化心态，他们很难也不愿关注现实，尤其是缺乏对广大底层民众的理解兴趣；第四，不少出身底层的写作者，由于视野与文化的限度，其底层写作往往难以跳出一己感受，也难避免滥情与渲染的情绪，所以很容易将自己的局限变成写作的局限。基于此，许多关注和表现时代的散文往往并不令人满意：不是失之肤浅，就是过于情绪化，或者成为写作者的一个噱头，与中国社会的深刻变动和巨大转型相去甚远，也就无法解释这个时代，更不要说具有引导性了。

2015年的散文在时代面前显然比以往变得更自信了，也多了不少平静、从容与向往，不少作品也试图寻找那个不易得出的答案。像一个舵手，他站在时代的船头迎风破浪、放眼远望，尽管不时被波浪与雾气挡住了视线。较有代表性的有詹谷丰的《为一棵古树让路》、梅洁的《迁徙的故乡》、吴佳骏的《我的乡村我的城》、江子的《流民图》、谢枚琼的《鸟之殇》、杨柳的《地图上的新娘》、王兆军的《回乡办书院》、南帆的《泥土哪去了》、王月鹏的《速度寓言》等。这些作品关注的是当下城乡发展所面临的重大问题：国家利益如何在超越个我和私我的过程中被升华，在城镇化过程中文化应被放在一个什么位置，弱势群体尤其是农民工怎么面对物质和精神的双重困境，等等。像王月鹏思考现代社会"速度"神话所致的人生、人性异化问题，寻找生活、内心、精神的安放处，尤其对"虚无"等的形而上理解给人不少启发。尤其可贵的是，2015年的散文在面对时代发言时，更多了些理性的思考、形象的展示、艺术的魅力，像王兆军的从容叙述与杨柳的笔底风云都值得一观，其中能触及我们这个社会与时代继续向前的方向与路线，至少给我们不少有益的启示。

当然，对于中国未来的发展走向和关键性问题，2015年的散文仍显得力不从心，也充满彷徨。一是容易为具体事件束缚，不能由具象达到普遍性问题；二是缺乏世界性发展这一坐标，过于局限在中国尤其是农村的格局；三是缺乏更大的视野，即以理想的人类的发展目标来看待中国的转型与发展。如对于农民工进城，我们的散文普遍从异化角度写其苦难和挫折，但少有从现代性牵引的角度看待其成长。换言之，有无农民工通过自己的双手，在物质、精神上都获得了巨大提升，成为一种"新人"，这样的视角较少为散文家重视。更多作家仍以传统的单一的农业文明角度来看待中国社会的转型与变动，从而得出简单的结论。可以说，"彷徨"是当下中国散文面对时代的关键词，它缺乏方向性、前瞻性、正能量，从而给人在原地打转的印象。

三、诗意审美的欢愉

在2015年的散文中，还有一些偏于记游、忆旧、抒情类的，这些作品更多地显示出审美性、文学性以及诗性，就像阳光透过纸窗将昏暗的房间一下子映亮一样。这样的文学书写往往具有力透纸背之功，颇似墨汁在宣纸上渗透。

铁凝的《孤独温暖的旅程》和李敬泽的《伟大也要有人懂》都是不过两千字的短章，却都能点到穴位，有审美的化解之功。借汪曾祺在孤独中的自得其乐，铁凝表示："于是我常想，一位囊中背着一朵蘑菇的老人，收藏起一切孤独，从塞外凛冽的寒风中快乐地朝自己的家走着，难道仅仅是为了让家人盛赞他的蘑菇汤？""这使我始终相信，这世界上一些孤独而优秀的灵魂之所以孤独，是因为他们将温馨与欢乐不求回报地赠予了世人，用文学，或者用蘑菇。"这是一个让人感到温暖的细节与总括。

彭学明的《守卫土地》、宋长征的《梧桐清音》、朱以撒的《洗手》、鲍尔吉·原野的《雨滴三题》都是诗性散文，它们用美好的心性与灵性将世间生活照亮，就连痛苦甚至灾难也变得摇曳生姿。彭学明这样写哥哥在翻耕土地时的情景："犁铧亮闪闪的，新耕的泥块子也亮闪闪的，还看得到从犁铧上拓印出来的道道纹路。湿热的地气，从新耕的泥块子上冒出来，*丝丝缕缕*，飘出泥土的清香。哥的两片脚板，就像两尾摆动的鲤鱼，时而被翻耕过来的泥土严严地盖住，时而又从泥土中悄然钻出。""土地就是一张硕大的地毯了，平坦细密，柔软厚实，一脚踩下去，那被踩的脚窝又会蓬蓬松松地散开、胀起。那土真肥，黑黑的，油光发亮。用手一捏，立刻就捏成了黑色的糯米团，黏黏的，溽溽的，能扯出丝丝线线。一丝笑意，不由自主地浮现在哥的嘴边。"与许多人写农民的辛苦劳作不同，彭学明看到了热爱土地的农民那份对大地的执着，也看到了出于喜爱所带来的享受。尤其是透过一个个细节，我们看到了作家的心灵，那个被阳光照亮的博大世界。

张清华的《桃花转世》、凸凹的《梦之梦》、李汉荣的《音乐灵魂》是沉甸甸的诗，是在生与死、现实与梦境、人生与音乐之间所展开的平衡。张清华在悼念陈超之死时表示："生命在轮回中繁衍并且死去，犹如诗歌的变形记，词语的尸骨与感性的妖魅同时绽放于文本与创造的过程之中。仿佛前世的命定，我们无法躲避它闪电一样光芒的耀目。多年以后，诗人用自己的生命重写或刷新了这些诗句，赋予了它们以血的悲怆与重生的光辉。"这是对生和死这一永恒话题的烛照，是一种灵魂的彻悟与飞翔。凸凹面对现实的困境，在梦中寻找安妥，在一般人看来这或许有些消极，但能真正认识到睡梦的意义并不容易。李汉荣用音乐的五线谱谱写着人生和生命，在吉光片羽中常有某种体悟与灵光闪现。

注重诗意和审美的散文往往都比较宁静，即使在惊涛骇浪中，作家也如踏浪般从容不迫。在他们笔下，所有的坎坷都会变成坦途，所有的泪水都会化成欢笑，所有的磨砺都会成为阶梯，于是才能有天地之宽和永恒的灿烂。其实，对于作家而言，问题的关键不是现实状况，而是其内心图景如何，是他们有没有博大的情怀与仁慈。

如果说2015年的散文有何不足，那就是多年来我批评的碎片化、庸俗化和肤浅化。碎片化使散文缺乏集中、提纯、升华，如一堆随意铺陈的碎屑随风飘荡。庸俗化令散文缺乏深度、厚度和境界，像被生活的污水漂洗过一样，许多散文方向朝下。如有作品写在普纳山品茶，寓意是很好的，但当写到在茶地屙了一泡晨尿时，一下子让读者倒了胃口。肤浅化弥漫整个散文界，许多理解和解释往往经不住专业知识和理论的检测，如对农民工和乡村变革的认识往往失于简单。总之，散文写作不是大可随便，而是"易写而难工"的一项事业，绝不能草率为之。

第二十四章

回归生活与守住本真：2017年散文概观

如将散文放在一个较长的时段，并与小说等文体进行比较，当下散文有不断边缘化和走低之势。这主要表现在：一是20世纪90年代以来的余秋雨"大文化散文"热，一直处于降温状态，至今20年过去了，不仅没有升温，反而持续下降。二是全民创作散文、喜读散文的气氛有所减弱，不要说小说家、诗人，就是散文家的散文写作热情也在锐减。前些年各种散文选本尤其是年选层出不穷，2017年似乎淡化多了。散文的边缘化情形明显有所加剧。三是好散文变得愈加难得，一年的散文读下来，真能感动你，有一定境界品位的并不多见，能影响时代并产生积极效果的散文更少。因此，从散文热度和中心化角度观之，2017年散文并不令人满意。但换个角度，站在边缘化和平淡作为散文的本性这一角度看，2017年散文又有不少闪光点和亮色，一些方面较以往还有明显的推进和深化。其中，"回归生活常态"和"守住人生本真"成为2017年散文写作的要点。

一、形而下的及物写作视域

散文创作曾一度有这样的倾向：追求知识、喜爱新名词，热衷于思想和意义，崇尚哲学思辨，这对于散文走出平庸进入形而上是有益的。但其最大的问题是，散文容易变成空洞的说教、不着边际的哲理阐发和不接地气的呓语式写作，尤其是变得不可爱甚至面目可憎。近些年来，这一状况明显有所改变，2017年表现得尤其突出，即散文创作目光向下，有的甚至以书写自己身边的琐屑为能事。表面看来，这确实有点不可思议，但实际上代表着一种新趋向，即散文写作观念的回归。

写一己个人生活点滴的散文在2017年特别多。从自己出发，让散文中有"我"，有自己的个性，有能触摸到日常生活的体温，有发自内心、能感化他人亦能感动自己的生命热情和力量，甚至能牵引出隐藏于内心深处的孤独寂寞、无奈绝望，这是2017年散文中最动人的一页。2017年散文对生活的本真化书写，既有欢欣的时刻又有永远无法理平的人生皱纹，这是一首最为真实的生命之歌。在舒晋瑜的《老之将至》中，女儿和父亲间的感情因父亲的病与死亡，被书写得深入骨髓。在父亲的绝症面前，作为小女儿的"我"无能为力，在绝望中拼尽全力挽救父亲的生命，但最后仍是一场徒劳。全文带着作者独特的伤怀与心悸，写出了普天之下的父女情深。作者说："窗外灰蒙蒙一片。严重的雾霾沉沉地裹住这城市的每一处角落，我们戴着墨镜、捂着口罩，冷漠着别人，也封闭着自己。只有亲情是温热的血液，流淌在我们的身体里，温暖着孤单的心灵；只有亲人的笑脸，胜过耀眼的阳光，足以穿透厚厚的云层。"这一情怀只有失去最亲之人才有共鸣。与舒晋瑜浓烈的感情不同，赵炎秋的《怀念母亲》用的是散淡之笔，但也将母亲坎坷的一生描摹得感人肺腑。作品有这样的感触："没有了母亲，也就没有了家，没有了家的感觉、家的牵挂，没有了那个最无私、不求任何回报地爱着你的人。"这是一句浸入骨髓的话。亲情、爱情、家乡情往往像空气和水一样，当我们拥有时并不珍惜，一旦失去就永远寻不回来。所以它是最易被忽略也往往是最深刻的，它源于灵魂深处的召唤，是生命之根脉，所以深得作家喜爱，也是经久不衰的母题。2017年散文在此有所细化、深化，也有了更多的醒悟，从而使作品更加内在化。

对物的关爱与书写，是近些年散文的一个趋向，这在2017年散文中尤其突出。动物、植物、无机物，都成为作家书写的目标，一些有特色的作家尤其是年轻作家像铁屑之于磁石般乐此不疲。如简单列举出来，2017年写物的散文就有：刘郁林的《头刀韭菜》、萧笛的《花语》、南帆的《送走三只猫》、田周民的《动物吉祥》、郑义的《怀念猪》、张羊羊的《记忆词条》、杨永东的《红棉袄》、莫景春的《沙语》、浇洁的《蔷薇花开夜未央》、陆春祥的《关于天地，关于生死》等。这些关于物的散文像野草一样弥漫于散文的领地，并开出其各式各样的花朵，亦散发着各自的芬芳。

"小"是2017年散文写作的另一关键词。有不少"小"散文甚至"微末化"写作，我称之"微散文"写作。"微散文"写作最大的优点是日常生活化、了如指掌的熟知、以小见大的清明、灵动和富有诗意的审美情调，这些都使散文写作在深广度上有所开拓和推进。如朱以撒的《进入》主要是谈"钉子"，这个题材在一般人看来并无多少写作意义，却被朱以撒赋予了灵性、神性和魅力。从小时候在山野被钉子扎入脚底，到拒绝拆迁者被称为"钉子户"，到将树木、楼房看成大地和城市的钉子，再到现代生活中以钉子代替榫卯结构，再到将钉子钉进树木……到处都是钉子。这种以钉子之小涵盖日常生活本质的方式，反映了作者看问题的方式，这是一种眼睛向下、向小的视野。

不以理念写作，不好高骛远，不作玄想奇思，而是紧紧贴近日常生活，贴近自然大地，关注那些在我们身边的微末事物，这是2017年散文的一个显著特点。这些题材看起来显得低级甚至微不足道，但却是及物的，也是大有深意的，包含了形而上的理性思考。

二、天地情怀与形而上境界

2017年的散文并不因取材的日常生活化和选材之"小"而降低了境界和品位。相反，许多作品能以小见大，见微知著，颇多心会。这就避免了碎片化散文写作的平面感、无知无聊感、无意义感。事实上，从"小"中看到"大"，由"无"见"有"，自"低下"发现

"高贵"，这是需要更高境界的。

一般说来，人与人之间往往充满矛盾困惑，很难达到理解或谅解。这往往成为不少作家创作的困境与死穴。穆蕾蕾的《架下蔷薇香》则是这样"读日子"："从前认为彼此理解很重要，后来明白沟通是人和神的事，理解远没有包容高大。因为理解往往像利用别人与自己的相似在证实赞美自己，而包容更多的是肯定接纳对方与自己的不同。像造物主的奥秘从来不为人所知，甚至为人所歪解抱怨一样，可造物者又何尝与人一般见识，他无数次的包容与给予使人感受到莫大的爱与抚慰——这就是没有一个人看见大自然的胸怀能不喜爱低头的缘故。我们虽不理解大自然的奥秘，但大自然默默给予我们，如果有爱，有哪份爱比这样的包容更伟大永恒？"

对人施爱，这往往是容易的，但将爱施加于动物，尤其是那些弱小的生灵，往往需要宗教情怀。冯秋子的《冬季》是写父亲生病的，但却更关爱鸟儿的冷暖。天冷前鸟儿已住进家里通火炉的烟道，所以无法通过烟道为父亲取暖。于是，"我哥哥想出一个不是办法的办法，生灶火，烧热做饭的大铁锅，炙烤房子，为父母取暖"。面对"大鸟小鸟早晚叫唤"，一家人不仅没气恼，反而处处为它们着想。作者写道："我踩板凳上去看鸟，小鸟全部被挤卧在草木垫里看我。它们的屎尿拉到墙洞边缘。我看见了母亲放进去的那块叠衲了好几层的布。其实她知道鸟不会使用她的布，把她的布当作褥子或者床单，只会在上面拉一些屎撒一些尿，她还是往进乱放东西。她怕鸟受冻，想不出给鸟取暖的更好办法，跟我哥哥一样，被鸟难住了。""母亲担心小鸟掉下来，让人移走了放在墙根底下的水桶，她在地上铺了一块大棉垫。"笔底的温情令人为之动容。这一家子能舍身为鸟着想，用博大的爱呵护幼小无助的生灵，由此可知他们对人的爱一定是值得信赖的。

对于更低级的物种甚至无机物也能施于同情之理解，这是2017年散文更大的收获。以朱以撒的《进入》为例，它由钉子这个微末事物，演生出现代意识和天地情怀。作者说："如果不是一个人感同身受觉得疼痛，对一棵树表示怜悯，同时自己又具备强大力量，明了拔取的方法，那么这棵树至死都是身怀钉子。""不由得想到立足的大地，有多少坚硬之刺进入它的深处，永远拔不出来，夜阑更深时，能否听到它无奈的呻吟。"能感知树木之痛，并体味大地所受到的伤害，这是朱以撒散文所达到的高度、深度和境界。

写作是需要境界的，其中天地情怀所生的博爱至为重要，由形而下上升到形而上哲学层面亦并非说说而已。在2017年的散文中，能达到这样的境界虽不多见，但仍有一些作品充满希望之光，并让我们欢欣鼓舞。

三、新的理念和新的方法

与其他方面一样，散文也需要创新，这既表现在观念上，也表现在方法上。然而，多年来散文创新就如同推着巨石上山一样艰难。何以故？因为天底下往往无新鲜事，真正的创新太难了。还因为传统往往像条巨大的锁链，没有特殊情况，我们很难挣脱它。2017年散文的创新意识不强，但仍有一些创新努力和创新作品。

余秋雨是开大文化散文风气之先的作家，其创新性不言而喻。但多年后，他的散文开始平淡下来，其大文化散文亦风采不再。2017年发表的《书架上的他》是一篇平淡之作，作品是写好友陆谷孙的，其平淡委婉之叙述深深契合了回归生活和显示本真的主旨。不过，此文有两点值得注意：一是余秋雨确实会写文章，平淡之事经他叙述，大有波澜壮阔之感；二是虽写友情与生活琐事，但又不拘于此，而是着力于文化问题。他说："文化在本性上是一种错位，与社会潮流错位，与政治运动错位，与四周气氛错位。古今中外真正的文化，都是如此。我们过去习惯的理论正好相反，宣扬'文化呼应时势''到什么山唱什么歌'，但那是'跟风文化'。"他还说："真正的文化是连'问题'也不谈的，只着力基础建设。'主义'和'问题'，在文化上都只是潮流而已，哪里比得上基础建设？""我们选择的文化就是一支安静的笔，是一双孤独的脚，却又庞大到永远无法完成。无法完成，还不离不弃。"这些观点是有新意的，它至少可以突破娱乐文化、大众文化、跟风文化的罗网，为文化尤其是基础文化找到稳固的基地与依靠的码头。

贾平凹的《当下的汉语文学写作》在诙谐幽默中包含写作伦理等重要问题。作者有三点颇有启示：一是将一己写作提升到更高的高度。他说："你所写的不是你个人的饥饿感，你要写出所有人的饥饿感。而当你个人的命运与国家的、民族的，或社会的、时代的命运在某个节点上契合了，你写的这个节点上你个人的命运就成了国家的、民族的，或社会的、时代的命运，这样的作品就是伟大的。"二是对中国城镇化道路的认识。他说："从理性上我在说服自己：走城镇化道路或许是中国的正确出路，但从感性上我却是那样的悲痛，难以接受。"三是直言自己对一些农村问题的困惑。他说："当下的农村现实，它已经不是肯定和否定、保守和激进的问题，写什么都难，都不对，因此在我后来的写作中，我就在这两难之间写那种说不出的也说不清的一种病。"这些思索颇有价值，它为2017年的散文增加了深度与厚度，也有了某些新思路与新向度。

2017年的散文还有一些创新性，较有代表性的有许俊文的《欢乐颂》、傅菲的《床》、凌仕江的《偬人》、朱朝敏的《行无嗔》等。许俊文将父亲之死赋予欢乐送别的方式，既衬托了死亡之悲，又超越了人生苦难与死亡之痛，从而进入一种带有喜剧色彩的超越性里。作品在题记中说："父亲的这株水稻，终于被时间收割了；我弯下腰，在他曾经生长的地方，捡起几粒遗落下的稻子。"在结尾，作者写道："父亲下葬的那天，雪下得更大了。走在送葬前面的唢呐手，顶着漫天风雪，一路吹奏着《百鸟朝凤》，喜气洋洋的音符从村庄一直撒到墓地，置身其中的我，恍若有一种面朝大海，春暖花开的感觉。想必父亲也是。"以诗的心怀及泪中的笑，送别苦难卑微的父亲，这种对人生的穿透力是具有永恒性的。傅菲的《床》是用心灵折射出来的最柔美的一束天地之大光，它带着体温、经验、幸福感与感恩之心，还有对天地自然间的生命密语。读这样的文字似入仙乡，有一种丝绸样的美感与柔弱哲学。这是2017年散文的重要收获。

2017年的散文还有明显不足，这主要表现在：一是碎片化写作过多，有时要找到一篇形神凝聚而心散的散文很难。二是私我写作过多，大我写作较少，与时代、政治、社会的关联度不强。余秋雨所说的"文化错位"固然重要，但若将文化与时代、政治、社会相对立，也是有问题的。文化既是寂寞中事，同时也需要与时代相呼应，难道李大钊的《青春》这样的散文就没有文化，在新的时代就不需要吗？三是多数散文境界和品位还有待提升。以余秋雨的《书架上的他》为例，整篇文章多有对"我"自己光荣历史的展示甚至炫耀，而对对立面和异己者则心怀不满，这不能不说毫无原由，但也反映了作者缺乏洒脱和超拔的境界。如与穆蕾蕾的《架下蔷薇香》对读，这一点就非常明显。在《反面在提醒什么？》中，穆蕾蕾说："如果接纳不喜爱的事物，即你的对立面，这点最能体现一个人的智慧。"在《读日子》中，穆蕾蕾又说："平庸如我，活一天，总有些对不起这些给自己做背景的大自然。大自然那么沉默忍耐包容，手脚却捧着我这样一个拥有诸多问题动不动就烦恼的俗物。"以这种谦卑心来对待人事就会获得新的体验。余秋雨的"架上"与穆蕾蕾的"架下"两相比照，其境界与品位高下立判。问题的关键是，余秋雨如何能获得一种谦卑，完成自己的不断成长与超越性。四是缺乏前瞻性写作。贾平凹关于乡土文学的困惑一面说明了文化选择的难度，一面说明了作家对时代与未来价值观的模糊不明。面对中国当前的重大转型，敏感的作家要做出自己的正确判断，既需要理解的兴趣，也需要文化积淀，更需要文化眼光，一种穿越历史迷雾的超前性眼光。而这一点，往往是最难做到的。

第五辑

作家论：天人合一与
心灵叙事

第二十五章

林语堂的小品散文

一、小品文时代不可或缺的一员

20世纪30年代的中国面临着内忧外患。一时间，风云乍起，战争不断，经济萧条，民生凋敝，危机四伏，全国上下如同一个火药库随时可能爆响。然而，与此相对的是，小品散文却异常活跃。这既表现在小品散文专刊《人间世》《宇宙风》和《太白》等的创立，也表现在许多刊物纷纷开设小品散文专栏，发表大量小品散文，还表现在作家争相撰写小品散文。同时，20世纪30年代还是小品散文理论研究的繁荣期，除鲁迅、茅盾、郁达夫、林语堂、周作人、阿英、叶圣陶、丰子恺、沈从文、朱光潜、胡风等人撰文探讨小品散文，还出现了好几本小品散文理论著作，如李素伯的《小品文研究》、陈光虞的《小品文作法》、冯三昧的《小品文研究》、贺玉波的《小品文作法》、石苇的《小品文讲话》及钱谦吾的《语体小品文作法》等。谢六逸这样描述20世纪30年代小品散文发展之盛况："十年前新体诗盛行，各报的附刊跟各种杂志都登载新体诗，这两年小品文忽然流行，作家又多喜写小品，非文艺的刊物也注重小品，大有从前新体诗的盛况。"[①]将20世纪30年代小品散文与20年代新诗相提并论，说明它的

---

① 李宁编选：《小品文艺术谈》，中国广播电视出版社1990年版，第259页。

身价真可谓如日中天。

　　然而，小品散文却不是铁板一块，存在着不同的小品散文观，这里主要有两派：一是以鲁迅为代表的社会政治性小品散文，强调它的"匕首"和"投枪"功能；二是以林语堂为代表的文学性小品散文，即强调它的闲适和性灵。一时间，围绕小品散文的性质展开了激烈争论，文坛非常热闹。画家汪子美还用漫画形式讽刺林语堂等人躲在"世外桃源"，倡导不食人间烟火的小品散文。在这幅《春夜宴桃李园图》漫画中，自右至左依次是：苦茶和尚、逸夫山人、语堂居士、平伯学究、子恺画师和老舍秀才。还有一段文字，极力渲染和讽刺林语堂等人的情态，现录于下：

　　　　时维二月，序属仲春。是夜月色甚佳，星斗徘徊。园中桃李灿烂开矣。名儒"语堂居士"及"苦茶和尚"，联笺雅召四方山野高士邀客，来园中饮酒赏花。于是国风文坛"藏鹿卧鹤"之士，皆翩然而至。一时杯觥交错，谈笑风生。龟能解韵，鹤可唱咏。举止无粗线条，吐露尽细表情。各述经验，不外小桥、明月、凉风。有所探讨，无非种竹、看花钓鱼。并没有"阿比西尼亚"名词掺杂入耳，致伤大雅。酒酣，由"语堂居士"抻纸援笔，草《春夜宴桃李园序》一文，落英缤纷中，但见走笔如龙，一挥而就。文曰：夫宇宙者，万载之文章，苍蝇者，百代之小品；而人生若梦，幽默几何？古人桃源避秦，良有以也！况小碟嗑我以瓜子，大块吃我以豆腐。会桃李之芳园，序文坛之雅事。群季俊秀，皆为"公安"，吾人文章，独尚"中郎"。"拉丁"未化，简字善行。开"人间"以"书屋"，飞"宇宙"而生"风"。不有佳作，何抽版税？如稿投来，酬依千字五元。

　　漫画非常精细微妙，文字写得生动有趣，足见作者才情和技艺，也可代表20世纪30年代文坛对林语堂等人小品散文的一种认识。可以说，汪子美从一方面确实抓住林语堂等人的要害，即过于注重身边小事，而相对忽视了社会和政治问题。但也应看到汪子美概括得偏激，它没看到林语堂等人更广大的一面，更未能看到他们的深意。如林语堂倡导："盖小品文，可以发挥议论，可以畅泄衷情，可以摹绘人情，可以形容世故，可以札记琐屑，可以谈天说地，本无范围，特以自我为中心，以闲适为笔调。内容如上所述，宇宙之大，苍蝇之微，皆可取材。"①就是在小品散文创作中，林语堂等人也不是完全陶醉于桃花源式的情境中。问题的关键一面是"写什么"，另一面是"怎么写"。

林语堂全力倡导和从事小品散文创作无异与周作人20世纪20年代对小品散文的努力是分不开的。二人有明显的相似处。一是选题以身边琐事为主，注重生活细枝末节，人们不屑顾及的"苍蝇之微"成了他们乐于表达的内容。如林语堂的《论西装》《夏娃的苹果》《大暑养生》《说避暑之益》《我的戒烟》《会心的微笑》《新年恭喜》《吃糍粑有感》《纸烟考》《蚤虱辩》《编辑滋味》等。因题材作者最熟知，也最富生活气息，极得自然、轻松和亲切的韵味。二是在思想上都反道学，也无意做大文章、谈大道理、发大议论，所以，二人都提出小品文无关国家兴亡宏旨，只给人以明理、通情、知味的功能。三是追求趣味。与周作人一样，林语堂非常重视小品散文之"味"，在他看来，"味"不仅是小品散文的选题角度、表现手法，更重要的是精神旨趣和美学品格。林语堂甚至提出，小品文有味则活，无味则死。四是笔调轻松。林语堂与周作人小品散文都是闲适派，从容不迫，自然散漫，无拘无碍，如野花闲草，似空中飞絮，他们都倡导小品散文应有这样笔调：如风雨之夕，火炉旁边，有几个知友良朋，或酒或茗，促膝而谈，极得自由散淡之意。林语堂曾在《哈佛味》中说："初回国时，所作之文，患哈佛病，声调太高，过后受语丝诸子之熏陶，始略明理。"作为《语丝》代表人物之周作人对林语堂的影响可想而知。但同时，林语堂小品散文又有自己的鲜明特

① 林语堂：《发刊〈人间世〉意见书》，《论语》第38卷，1934年。

点，概括起来主要表现为独抒性灵和欢愉情怀。曹聚仁曾说："小品文便是自己告白的文学，顺着这条路子，产生了林语堂的人间世派散文。"①

二、性灵小品散文作家

周作人小品散文也有灵气，这主要表现在他对世界和人生中人性、物性和天地之心的品位。如同参禅老僧，周作人面壁独坐、双目微闭、双手合十、心神宁静，以惊人的悟性品味天地人心。然周作人的性灵宁静与淡漠，给人不起波澜之感，知者谓之有，不知者认为无。而林语堂的性灵则不同，它炽热如火，活跃似雀，天真像孩童。林语堂小品散文的性灵充盈、奔放、欢快，如满溢欲出的幽深潭水，似草原的万马奔腾，如鼓声阵阵，百鸟欢歌，小溪淙淙。林语堂极其服膺明末小品的"独抒性灵，不拘格套"。性灵者何？不过是内心真实独到的思想、感情和趣味而已。在林语堂看来，"性灵"关乎文章"命脉"，他说："文章何由而来，因人要说话也。然世上究有几许文章，那里有这许多话？是问也，即未知文学之命脉寄托于性灵。"②如此强调性灵是林语堂与周作人的不同之处。

林语堂小品散文之性灵丰沛流逸，充满激情，其表达方式也是浩浩荡荡，如江河滚滚。林语堂如此表述性灵观："人称三才，与天地并列；天地造物，仪态万方。岂独人之性灵思感反千篇一律而不能变化乎？读生物学者知花瓣花萼之变化无穷，清新富丽，愈演愈奇，岂独人之性灵，处于万象之间，云霞呈幻，花鸟争妍，人情事理，变

---

① 曹聚仁：《小品散文》，《曹聚仁文选》上册，中国广播电视出版社1995年版，第303页。

② 林语堂：《论文》（下），《林语堂名著全集》第14卷，东北师范大学出版社1994版，第153页。.

态万千，独无一句自我心中发出之话可说乎？"①短短数言，没有道学腔调，也无八股文风，完全发自胸腔肺腑，句句都带体温、湿度、韵致和美感，与那些味同嚼蜡、拾人牙慧的高谈阔论、经世救国之大文相去甚远。应该说，中国文学自八股取士以来，文章越作越空洞，越来越脱离自身和真心真情。开口闭口国家民族，有言无言道德人心，于是，无限上纲、牵强附会、陈词滥调、虚假做作、花言巧语、涂脂抹粉充斥文章。中国现代新文学就是针对这一弊端提出"人的文学""平民的文学"等主张。但是，新文学作家在破除旧八股时有的又陷入新八股，以至于有不少文章越写越空、越虚、越假、越乏味，到"文革"这种文风发展到了极致。而性灵文学就是说真话，说那些灵性的话。当然，性灵对人来说并非随时可有，这既需要自我个性、知识、见解、胆识、修为等，又需要气氛、境遇及心情，这后者林语堂称之为"会心之顷"。他说："人谓性灵是什么？我曰不知。……大概昨夜睡酣梦甜，无人叫而自醒，晨起啜茗或啜咖啡，阅报无甚逆耳新闻，徐步入书房，明窗净几，惠风和畅——是时也，作文佳，作画佳，作诗佳，题跋佳，写尺牍佳；未执笔，题已至，既得题，句已至。"②当性灵来，文思泉涌，作家确有笔墨不逮之感。袁伯修曾说"墨不暇研，笔不暇挥，兔起鹘落，犹恐或逸"，亦指性灵之来快。因为有神妙之性灵，所以林语堂小品文常在闲适笔调中有这样的特点：气势跌宕，韵律铿锵，节奏性强。因此，林语堂小品文除了长句和闲谈文句，还有短促激昂的句子，而这又以四言为多。可以说，这种发挥性灵、情趣盎然、文思跌宕、才情奔涌、如酒如醉的小品散文气质是周作人所没有的。

20世纪30年代林语堂小品散文多精致之作，且充溢性灵和趣味。西装是常而又常的物件，书写它难有新意，擅长经国大品者肯定会

---

① 林语堂：《论文》（下），《林语堂名著全集》第14卷，东北师范大学出版社1994年版，第153页。

② 林语堂：《论性灵》，《宇宙风》第11卷，1936年。

不以为意。而林语堂却给西装赋予新的现代意识。他在《论西装》中说："平心而论，西装之所以成为一时风气而为摩登士女所乐从者，唯一的理由是，一般人士震于西洋文物之名而好效颦；在伦理上，美感上，卫生上是决无立足根据的。"西装"令人自由不得"，"间接影响呼吸之自由"。林语堂甚至说："中西服装之利弊如此显然，不过时俗所趋，大家未曾着想，所以我想人之智愚贤不肖，大概可以从此窥出吧？"这确是见微知著，能在常人不以为意的细枝末节处发现新意，并自由表达出来，极见灵性。《大暑养生》写出汗和吃冰淇淋。这种生活小事有何可写，又有何意义？而林语堂偏偏能发现真知，现出灵性，他说："出汗为人权之一，人不出汗，有伤天赋。……海禁未开，《饮冰室文集》未风行之时，暑天人皆饮茶出汗，以为调剂。盖汗为人身之生理作用，所以保体温之均衡，茶饮汗出，温度自低，精神焕发，人身大快。且汗之多寡，与人身之温度过剩，适成比例，毫厘不爽，亦可见造物之妙。饮冰则使体温骤低，自然反应，腹中反热，既热之后，又欲使之再凉，则再饮冰，长期如此，吾胃苦矣。"今日地球一年热似一年，原因者何？恐怕与人类对自然植被的破坏有关，与人类对环境的污染有关，与工业化学品的大量生产有关。而对此恶果，人类不去反思，反而采取饮鸩止渴的方式，如吃冰淇淋、吹空调，而这更会加剧环境的恶化。如林语堂这样由"出汗"和"饮冰"反思人类命运，没有性灵而人云亦云如何能办到？如此小品散文恐怕不能简单地说它"将人的心磨得圆滑"。《文章五味》更是妙笔生花之作，林语堂用甜、酸、苦、辣、咸五味比拟文章，灵气浑发，透人心扉。《新年恭喜》一看题目便知无什么内容可写，凡凡常常，几近泛滥，更难见出新意。然林语堂却独出机杼，见解不俗。他提出："旧历新年，确是一种欢天喜地的景象，人人欢喜，皆大欢喜，此所以为新年。据我想，新年应当为儿童的节日，为我们恢复赤子之心的时期。"然而，"前几年，听说公安局禁放炮，禁放爆竹"，"人若除夕之夜不敢放炮，怕入监牢，还养什么浩然之气"？在林语堂看来，禁放烟炮不只是失了欢乐气氛，更失了赤子之心，使国民之心灵变得严肃、干燥。人生在本质上是悲剧性的，倘不能在寂寞中增些欢乐，在干燥里多些滋润，在无望中添些希望，那么人生还有何趣味和快乐？林语堂甚至认为，新年"甚至努力赌博也无妨，初一至初五为限"，这与他赞扬西方的"愚人节"，评忽必烈禁赌是"无知"，其理相同。

三、超越悲感的欢愉叙事

欢愉情调是林语堂小品散文的另一特点。林语堂小品是欢悦的，是一路带着笑声走来，如山间牧童唱欢快的牧歌，天上伴悠悠闲云，地上有百鸟婉唱，还有河水在绿草下长流。欢快反映了林语堂的人生态度。与鲁迅、周作人等人的悲观不同，林语堂很像孔子和苏东坡，对世界与人生虽有本质的悲剧体验，但却不沉溺不悲感，而是用热爱待之，这份深情如水般渗透进大自然的一草一木、一花一石、一鱼一鸟。林语堂的心灵就如海绵，焦渴地吸吮生活的水分，体味着自然和生命的玉液琼浆。在《诗样的人生》中，林语堂以虔诚之心感恩天地自然的厚爱与福泽。明澈的天光照耀，温暖的春日融化，和煦的秋风吹拂，轻扬的雪花滋润，令人有陶醉之感。此时的大地迎接着天空的绵绵细雨，万物则破土而出，生命洋溢。在无形力量的控御下，世界神奇无比，生命像鲜花般处处开放。林语堂就是用这样抒情的笔调写这个世界的人和事，表达自己的一腔柔情、万般爱意。林语堂这样写人生："我以为从生物学的观点看起来，人生几乎是像一首诗。它有韵律和拍子，也有生长和腐蚀的内在循环。……到中年的时候，才稍微减轻活动的紧张，性格也圆熟了，像水果的成熟或好酒的醇熟一样……以后到了老年的时期……假如我们对于老年能有一种真正的哲学观念，照这种观念调和我们的生活形式，那么这个时期在我们看来便是和平、稳定、闲逸和满足的时期；最后生命的火花闪灭，一个人便永远长眠不醒了。"这是诗化的笔调和人生观，就如同陶渊明一样，外在世界不论如何，他都能够用这颗和乐的心灵将其审美化、诗化。在生命的暮年，林语堂非常留恋这个世界，他看到花朵开得那么娇艳，小鸟唱得那么欢乐，孩子笑得那么甜美，而自己却伴着孤灯两眼昏花，老泪横流。在青春和生命逝水般地流去里，林语堂说出这句话："生命，这个宝贵的生命太美了，我们恨不得长生不老。"①林语堂小品散文的欢愉情调还表现在幽默上，这是林语堂的一大贡献。幽默将小品文的审美品格提升到新的境界，即具有喜剧色彩的美学品格。《论西装》反对盲目模仿乱穿西装。由于叙事时运用幽默，所以作品富有喜剧意味。作品写道："在一般青年，穿西装是可以原谅的，尤其是在追逐异性之时期，因为穿西装虽有种种不便，却能处处受女子之青睐，风俗所趋，佳人所好，才子自然也未能免俗。"幽默给作品笼上轻松自如、欢乐痛快的情调。语言也表达了林语堂小品的欢愉。与周作人等的苦、冷、涩不同，林语堂强调语言雅、健、达、甜、醇、美，从而增强了林语堂小品文的通脱和开朗。

林语堂小品散文的审美格调是欢愉的，但这并非说它只一味甜美和欢唱。事实上，林语堂小品散文具有双重的生命意识：一是外在化的乐感，二是内在化的悲感。换言之，林语堂小品散文虽有生命的悲剧意识，但不像周作人、俞平伯等将它投射在对象物上，而是用喜悦与欢笑冲淡了它。林语堂曾说过："人类对于人生悲剧的意识，是从青春消逝的悲剧的感觉而来。"他还说："我们都相信人总是要死的，相信生命像一支烛光，总有一日要熄灭的，我认为这种感觉是好的。它使我们清醒，使我们悲哀。"②可见林语堂与周作人等一样都有着生命的悲感，不同的是，林语堂并未因循悲剧的路子走下去，而是采取悲中求喜、苦中寻乐的方式。他的信念是：既然人生具有本质的悲剧性，谁也难逃干系，那么，个人都应超脱自由，都应在有限的人生中好好领略这个世界的爱和美。这样，在离开人生舞台时，他才

① 林语堂：《八十自叙》，宝文堂书店1990年版，第71页。
② 林语堂：《生活的艺术》，《林语堂名著全集》第21卷，东北师范大学出版社1994年版，第161页。

能自豪地说，对于人生我不枉此行。由此，我们就可理解林语堂小品散文的悲剧底色和欢愉情调：用欢愉冲淡人生悲剧，从而使心灵获得自由与解放。试想，在20世纪30年代的黑暗境遇里，林语堂之所以不遗余力地倡导幽默，原因复杂，但使国人快乐、调节身心、摆脱困境当是其一。

《秋天的况味》写对秋的独特感受。与俞平伯、叶绍钧等对秋的浓郁悲感不同，林语堂认为秋的意味不是悲与愁，而是成熟与快乐。这是很好的对照点，对同一事物，一者赋予它哀愁，而另一者则赋予它欢乐。如果将小品散文当成一幅画，林语堂与周作人等的区别是：底色都是悲剧意识，周作人等人涂以苦涩，林语堂则涂以欢快。林语堂和周作人等小品散文最大的区别在于：后者以悲剧情怀记取和品味世间万物，从而染上了伤怀的情调；前者则尽量用善与美、歌与笑、理想与希望去消解世界和生命的悲苦。打个不恰当的比方：林语堂小品散文如超出"悲苦"污泥的荷花，迎着朝阳、含着喜悦、充满希望地生长着。

第二十六章

林非散文的"知心语"叙事

在小说研究中，叙事艺术极其重要，尤其是当叙事学大行其道之时，叙事仿佛成了一个魔术盒，它可以放飞各式各样的谜底。然而，在散文研究中，我们很难用叙事学的理论和方法进行分析。因为散文文体具有它的特殊性，是以真实自然、平淡散漫为其本质特性的，这也是为什么当下的许多散文往往简单地吸收了西方小说的叙事技巧，结果文章写得表面好看，甚而至于摇曳生姿，然而却并不感人，更无太多的价值。不过，即使如此，借助小说研究的一些技巧、方法和理念来探讨散文，也不是毫无意义的。长期以来，我们的散文研究一直拘泥于传统的艺术技巧，很少顾及叙事观念的变化，就如有学者指出的："在传统的散文研究中，对散文叙述的认识过于浅表单一，也过于保守狭窄。亦即是说，在以往的散文研究者看来，散文叙述基本上属于文章学的范畴，而与20世纪以降的叙述学理论无关。"[①]看来，用兼具古典和现代的叙述视野进行散文研究，就是必需也是必要的了。林非散文的叙述方式表面看来比较传统，其实是颇具现代性的，是一个具有深厚古典文化素养，又充满自觉的现代思想意识的学人的一种现代表达。

---

① 陈剑晖：《诗性散文》，广东教育出版社2009年版，第154页。

一、把心交给读者

如果按照西方现代小说的某些叙事观念，散文写作和研究是不可想象的，也是要闹大笑话的。比如有人曾这样说："在最近几十年里，确实只有在关于如何写作畅销书的手册里，我们才能找到完全公开要求作者想到他的读者并相应地进行写作的劝告。严肃作家中居支配地位的时尚，就是把任何能够看得出来的对读者的关心，都看成是艺术本来光洁无瑕的脸上的商业性污点。要是有人贸然问谁是严肃作家，答案很简单：就是那些从未被人想到在写作时头脑里有读者的人！"①且不论这一观点是否符合现代小说的叙事观念，也不论其正误，只从散文本性这一角度观之，它就是大错特错、有失水准的，因为现代观念最注重自我、个性的张扬，最强调自由、平等意识的发挥，也是在此意义上，林语堂倡导散文应"以自我为中心，以闲适为格调"②。林非散文的叙述模式之一就是特别强调"我"与读者心连着心，将自己的心交给读者。这具体表现在以下方面。

第一，寻觅朋友与知音。林非散文有一个重要特点，那就是对朋友与知音的看重和呼唤，这既表现在文章的题目上，也表现在文章的内容上，还表现在文章的遣词造句中。比如，他写过的文章题目包含朋友和知音的就有《友情的回忆》《深圳会友记》《养狗的朋友》《异邦的知音》《知音——在"鲁迅挚友许寿裳先生殉难50周年纪念会"上的讲演词》《话说知己》《话说知音》《渴望着追求更多的知音》等。又如，即使"朋友"等词不在题目中出现，林非的许多散文都是写友情和知音的，像《绝对不是描写爱情的随笔》《"男子汉，你好！"》《许世旭印象》等都是如此！再如，在文章中，我们常能看到林非将读者视为朋友和知己。以《我写故我在》为例，此文并不长，但在其中，作者三次谈到"读者"，而两次是称"读者朋友"。

---

① W. C. 布斯著，华明、胡苏晓、周宪译：《小说修辞学》，北京大学出版社1989年版，第101页。

② 林语堂：《〈人间世〉发刊词》，《人间世》第1期，1934年4月5日。

第一次是说："只有像这样写成的散文，才有可能帮助信赖自己的读者，逐渐地树立讲求真实的高尚品格，真实地认识自己，真实地认识自己民族的现状，从而树立严肃、诚恳和充满责任感的伦理观念，使得我们的民族向着光明和希望之路升腾。"第二次是说："要做到创新不失个性，个性必须创新。应该以现代人的心态，写出现代人的思想感情，才会有益于即将进入21世纪的读者朋友。"第三次是说："其实在散文领域内，最迫切的事情还在于写出充满真情实感和具有丰盈美质的篇章，以便赢得更多的读者朋友，从而为建设健康而合理的文化作出更大贡献。"①很显然，朋友、知己、知音成为林非散文叙述的一条内在线索，作者是因朋友而感动、感兴成文，也是将读者看成自己的朋友和知音来抒发一己真情的，所以，林非散文不像许多散文那样充满隔膜、冷漠、敌意，而是温暖如春一样的融和、舒畅。

第二，与读者进行平等的知心交谈。林非曾表示："散文写作确实是应该十分诚挚地向读者交心，并且跟他们进行对话，让他们充分了解作者真切的自己。我在写作中始终想努力遵循这样的原则去从事。"②在许多散文中，林非都是这样做的。一方面，他会将自己的研究和读书心得毫无保留地告诉读者，试图使人从中受益。最有代表性的是那本《读书心态录》，在该书中，林非既没有向人卖弄学问的癖好，更无教训人的口吻，即使是提出自己的看法和阐释自己的见解，他也是心平气和，带有探讨和商榷式的语气的。如作者写道："清代集文字狱大成的康熙和乾隆这两个专制皇帝，思想控制的手段确实是相当毒辣的，这种养成奴才习气的残暴政策，确实是绵延不绝，甚至遗留到了'文化大革命'期间，真可谓是皇恩浩荡啊！因此我深愿热衷于称颂康熙和乾隆这两个帝王的学者们，想一想龚自珍

① 中国散文理论研究会、福建师范大学中文系编：《中外散文比较与展望》，福建教育出版社1996年版，第9、11页。
② 《林非论散文》，江西高校出版社2000年版，第163页。

和黄遵宪这些沉痛的话语，也许还不是毫无益处的吧。"①一个"深愿"，一个"也许还不是毫无益处吧"，都是商量和询问之意，毫无霸气和道学气。同时，林非虽是著名学者和作家，但却从不避讳自己的私生活，尤其不隐瞒自己的缺点和不足，而是毫不顾忌坦示于人。如在《童年琐记》中，林非谈到自己对父亲的爱和恨，尤其是父亲的吃、喝、玩、乐以及在外养妾之事，这些在童年林非心中留下了挥之不去的阴影和苦涩滋味。应该说，对于这些所谓的"家丑"，一般作家不会向外张扬，但林非却将读者看成可倾心交流的朋友和知己，于是才有他悲伤的回忆和徐缓的倾诉。在《恐惧》《生与死》等作品中，林非又承认自己有畏惧心理，不能像有些人那样直面死亡的压迫，更不能像秋瑾等人那样大义凛然对待专制和死亡。在《愧为学者》中，林非剖析自己的治学，认为作为一个学者他是有愧的。他说："我读了一辈子的书，写了一辈子的文章，还想这样读下去和写下去，可是当不少朋友称呼我为学者的时候，真感到惭愧不已。""散漫、慵懒、不喜爱辩论，这样使我无法成为一个很好的学者。我近来还觉得写了几十年的理论文字，实在太疲劳了，而且老是运用概念去推理，似乎也太枯涩了，深愿抓住所剩无几的时光，精心地去描摹对于人生和宇宙的感受，宣泄出浓郁的感情，升华着深邃的思索，跟读者朋友们坦诚地对话。无论这愿望是否能够实现，我和学者的距离似乎都会变得更遥远了。"②在此，林非说自己不是"很好的学者"当然是自谦，但他以更高标准来要求和剖析自己，寻找自己学术上的不足，却是真诚无欺的，而他将读者看成知心朋友进行交流的对话方式由此可见一斑。

第三，舒缓、低沉、快乐的调子。林非的散文不乏与读者推心置腹的真诚与热烈，比如，有时是一个插入段落，有时是一个开场白，就像中国的戏曲开演前先有热闹的敲锣打鼓一样。但更多的时候，林

① 林非：《清代的文字狱》，《读书心态录》，中国言实出版社2002年版，第85页。

② 林非：《离别》，文化艺术出版社1997年版，第295、298页。

非散文是一种与读者交心对话时的舒缓与低沉，就如同中国的乐器二胡、琵琶，它们演奏起来的声响是那么悠长而缠绵。写母爱的篇章是这样，写其他女性的文章也是这样，就是写游记的文字也是这样。《母亲的爱》是写自己母亲的，那是一位和普天之下有着博大情怀的母亲一样的母亲，但她又个性鲜明，自尊、忍辱负重、仁慈、纯洁、坚强，令人想起胡适的母亲。为了表达自己对母亲的深爱和感恩，林非有时是站出来直抒胸臆的，但主要还是舒缓而又略带悲伤地弹奏着自己的心曲。在他的生活中都很少打开的这个角落，却在散文中与读者交心，因为他相信总有读者能听懂他这段心曲，也相信大千世界一定有和他一样的人，更希望读这篇散文的读者尤其是男性能尊重、热爱、保护和感恩于母亲（包括女性）。也正是在这样舒缓和低沉的调子中，读者才能获取心灵的浸润和震动，就像春雨润物细无声一样。还有《再见，山内一惠小姐》一文也是如此，作者在舒缓中略带一丝感伤地叙述日本女子山内一惠的生活和经历，并对其家庭、婚事的不顺表示担忧。不过，林非散文的这种调子并不是一直低沉的，而是有明朗的快乐和希望点燃的，叙述从而有了积极健康的色泽和亮度。如作者写母亲如何硬着心肠劝说儿子远走高飞，而儿子又是怎样对含辛茹苦、寂寞无奈的母亲恋恋不舍，其间的母子情深、相依为命仿佛让人想到夕阳西下时对高山的眷念。然而，林非又是这样结尾的："正是这种崇高的母爱，不断地催促和激励我生出无穷的勇气，也下定了决心要出外去闯荡一番。终于在一个夏日的黎明，迎着凉爽的晨风，告别了古老和闭塞的家乡，去寻觅新颖和开阔的另一种世界。"[1]这又让我们想象，经过阴冷的暗夜，一轮朝阳从东方升起，虽然它仍带着露水般的凉意，但希望在前，精神为之一振！对于山内一惠也是如此，林非说："一个不幸的家庭，会使子女也变得忧郁和沉思。这善良的孩子，心里背着多少往昔沉重的负担，就这样打发了自己的青

----

[1]　林非：《母亲的爱》，《离别》，文化艺术出版社1997年版，第303页。

春，不过这也未尝不是一件好事，她会因此更慎重地选择自己的前程，而且在获得了更多的知识之后，她肯定又会争取做一个取得平等地位的女人，将这看得比什么都重要。""在夜风里，汽车走远了，我在心里默默地说道：'再见！'我觉得她追求的幸福之路，是很艰难的啊！然而这种对高尚境界的追求，难道不就是一种幸福吗？"①深长的感喟中有一种苦涩的滋味，但又因为理想、纯洁、超然的精神使叙述快乐和明朗起来，一种心灵对话就这样在作者与读者之间悄然展开。

"把心交给读者"必须有其前提：一是有自己的心，一颗坦荡、真挚、热烈、善良、美好的心；二是有平等、博大、仁慈、自由的现代意识和胸襟，因为在专制主义底下是最怕见到阳光的；三是谈话风，舒缓、低沉、快乐的基调能引人入胜、渐入佳境，有时新见、魅力、意味是谈出来的，就像在村口大槐树底下那些老人，沐浴在温煦的秋阳中，他们开始天南海北地神聊各自的经历一样。林非散文敞开心怀，面向读者，促膝而谈，娓娓道来，别有一番韵致和情调，这在当下中国散文中并不多见。正是有了这种"谈话风"，才使得林非散文无高高在上的官气和架子，也没有令人生厌的学究和道学气，更没有矫揉造作、滥情伤情甚至悲观绝望的酸腐气，而是亲切、自然、快乐、平和而又超然，读之令人有沁人心脾、流连忘返、意味深长之感。

二、童心与智思辉映

一个作家的高下，当然与其精神境界和价值观脱不了干系，但他怎么看和怎样写也不可忽略，因为这代表了他的眼光和表达式。林非散文不单纯是现代学人的文化和人生思考，也不是简单的童年回忆，

---

① 林非：《再见，山内一惠小姐》，《离别》，文化艺术出版社1997年版，第190页。

而是在童年与中年、老年之间进行的一种相互映照，也可称为一种童心和智思的复调叙述。其最突出的表现是，在童年、少年、青年的稚气中不乏成人的稳重和理智之思，而在中年和老年的成熟中又有着孩子般的童心。

在中国传统文化中，"童心"一直是文论中一个非常重要的概念和美学范畴，而最有代表性的是李贽，他说："夫童心者，真心也。若以童心为不可，是以真心为不可也。夫童心者，绝假纯真，最初一念之本心也。若失却童心，便失却真心；失却真心，便失却真人。人而非真，全不复有初矣。"①可见，真人、真心、真情是联系在一起的。林非散文即是如此，其中除了一颗真心和真性情外，最重要的是作者善于用童心观察世界和进行文学表达，具体来说有以下几点。

首先，童年生活成为林非描写的一个中心，这在《记忆中的小河》《童年琐记》《山》《读书梦》《一个中学生的悲剧》等中都有反映。与不少作家着意展示如美梦般的童年生活不同，林非散文中的童年生活并不迷人，甚至有些灰暗、悲哀和沉重，因为父亲、县长还有那条污浊的小河都曾给他留下阴影；然而，这并没有改变他的童心，母爱、友情给了他以真善美的源泉，这使得林非获得了童心之慧眼。

其次，童心成为林非散文一个审美透视点。作者总能发现天地自然和万事万物的美，也喜爱看他人身上的优点，这在《从乾陵到茂陵》《黄龙的水》《走向长海》《爽朗的笑声》等作品中都有显现。如作者写道："人多么应该鉴赏山山水水的美景，用这些纯洁、明朗和神奇的印象，谱写出自己生命的乐曲，使这些乐曲变得美好、丰满和崇高，这样才会无愧于自己所徜徉的大自然。"②不过，值得注意的是，林非并不只写人与事的外在美，而是更重其内在美，尤其

---

① 李贽：《童心说》，《焚书》卷三，《李贽文集》，北京燕山出版社1998年版，第126页。

② 林非：《黄龙的水》，《林非散文选》，山东文艺出版社1993年版，第132页。

是那些平凡之美。如他这样写刘大杰："我绝对不能夸口说，他是一个仪表非凡的人。他的脸庞似乎过于狭长了，下颚也翘得太高，前额却又过于短促。""听着他将诗歌、图画、音乐和哲理融合在一起的那些话语，瞧着他乌黑的头发、晶亮的眼睛和颀长的身体，分明又觉得他是个风度翩翩的美男子，一种华赡的精神气质笼罩着他壮实的躯体，这难道不是最高境界的美吗？"①最有代表性的是写于1995年的《"白字先生"》一文，它在林非散文中可称得上是篇奇文。奇就奇在，林非为文一向严正，是谦谦君子，而此时64岁的他，却童心大发，用侧锋行笔，对"白字先生"戏而谑之，读之令人发笑和顿生啼笑皆非之感！像女老师将"虹霓"读成"虹儿"，"文革"中的工人师傅将"李商隐"说成"李商稳"，将"封建士大夫"读成"封建土大夫"，将"轻于鸿毛"念成"轻于鸟毛"，将"咄咄逼人"叫成"出出逼人"，都是如此。作者还这样写工人师傅队长："最有趣的是传达林彪出逃的文件，抑扬顿挫地宣讲他'摔死在鸟（乌）兰巴托'，其实大家早就从小道消息中知悉这个特大马屁精的下落了，因此当有位同事听这队长念出的'鸟'字时，忍不住扑哧一声笑了出来，于是又引起这队长的勃然大怒，说是对于这样牵涉到党和国家命运的大事，竟会如此的不严肃，可见知识分子还远远地没有改造好。"②念白字本就是一个幽默，那么面对别人的嘲笑，工人出身的队长全然不觉而勃然大怒，就更加幽默了！作为一个老年学者，林非的"童心"在此表现得淋漓尽致。在《汉城纪行》中，林非曾说过："我是他们中间年岁最大的人，却羡慕儿童的游戏，实在是件怪事。"③其实，这并不奇怪，是作者的一片纯粹的童心使然！

再次，仰视与敬畏是林非散文富于童心的另一表达式。在写到荆轲、司马迁、秋瑾、冰心、秦牧等人或山川风物时，林非散文都是以

---

① 林非：《文学史家刘大杰的憾事》，《世事微言》，中国世界语出版社1999年版，第104页。

② 林非：《离别》，文化艺术出版社1997年版，第221—222页。

③ 《林非散文选》，山东文艺出版社1993年版，第67页。

一个孩童仰慕的方式进行表达。如作者写秦牧，"每一回跟秦牧相遇时，我总觉得自己是站在一座巍峨的高塔旁边"，"这位追求着人类崇高理想的散文家，在我的脑海中不住地升腾起来"。①又如写太行山，作者说他"站在太行山的峡谷中间，很兴奋地仰望着身旁两座挺拔的峰峦。真想唱一支久别重逢的歌。巍峨的太行山似乎也在俯视着我"。在《山》一文中，作者写的是自己家乡的观音山，其实它只是个小丘，但林非却这样写道："正是这小丘，正是母亲当年的教诲，使我懂得了山的含意，懂得了攀登的含意。"②可以说，以孩子般的童真敬畏，仰视天地万物和他敬佩的人，不仅使林非散文谦和、坚韧、内蕴和纯情，还使其充满理想主义和英雄主义的情绪和风采。

最后，林非散文的语言表达显示出了童趣美。展读林非的散文，我们会常遇到这样一个问题：一面是学理性、书卷气很强的语言，另一面又有一些不加修饰、出口成章、自然天趣的语言。如果一般化地理解，我们一定认为后者是败笔；但我认为，它是童心的自然外露，是散文走向自然、活泼、烂漫、朴素、天成的重要表现。这颇似清澈的山间泉水，一路充满欢快、自由和真趣。如《爽朗的笑声》一文，写"顿时整座楼房精神抖擞起来"，有小学生的腔调。又如在《深圳会友记》中，作者形容林真"鼓着腮帮哈哈大笑起来"，也是童子语言。最明显的意象是"亮晶晶"这个词，它成为林非散文中儿童话语的象征符号。在作品中，作者反复运用了这个词，数目多达十几次，并且还用它作为文章题目，如"亮晶晶的城镇"。我认为，"亮晶晶"不仅是林非散文中出现频率较高的一个词，而且是他儿童话语的中心词，更是作者透明童心的一个很好的注释。另外，林非散文中还常出现拟人化的比喻，如"话儿多得像天上的星星，数也数不清"，"满脸展开的笑，真像一朵美丽和芬芳的花，盛开在各自的心里"，

① 《当代散文名家精品文库·林非卷》，四川人民出版社1997年版，第200—201页。
② 《林非散文选》，山东文艺出版社1993年版，第286、297页。

"瞧着玻璃窗外的儿童乐园，只见悬在高空里的汽球，沿着一条铁轨向前移动，里面还坐着游人呢，小得像木偶似的，看不大清楚"。①显然，这些比喻具有孩子般的稚趣、想象和亮色，完全不同于成人话语的生硬、呆板、沉重，对作品起到了很好的调适和滋润作用。

不过，与以童心之眼看世界相对应，林非散文还有另一个审美视点，那就是作者常用饱经沧桑的眼睛和心灵去审视和体验一切，既得出许多清醒睿智的体会，又形成一种独特的审美经验和话语方式，而这二者统一起来才是真正的林非散文的叙述方式。此时，作者既是一个经历繁复人生世相的长者，对自然、社会、人生、家庭、生命都有独到的领悟，又是一个具有现代意识，善于思考、辩证、探究的学者，他能隽永深长地说出历史、现实存在的诸多问题，能对未来的前景提出建设性的意见。比如，对于生命，作者在《大漠行》中写道："没有水，就没有生命；没有水，就没有欢乐。"在《千佛洞掠影》中写道："如果没有满含着生命的绿色，这世界就将要枯萎了。"对于友情，作者在《一颗燃烧的心——怀念散文家吴伯箫》中写道："好些人长久地生活在一起，说不出有多么的熟悉。""信任是一种巨大的道德力量，它可以使人们变得纯洁起来。"对于意志，作者在《女人，你的名字是弱者吗？》中写道："经历过灾难的人，如果能升到灾难的顶端，俯视过去的坎坷，也许能产生一种超越悲伤的感情，增添自己的智慧、哲理和品德，当然这是只有坚强的人才能做到的。"②另外，林非散文的语言常透出古朴、典雅的学者气度，这与具有童心的表达迥然不同。在《初探九寨沟》中，作者开篇就写道："比起黄龙这一方方小巧玲珑的水塘，九寨沟的一百零八个湖泊，却显得浩淼寥廓。如果说黄龙是由鬼斧神工雕成的精致盆景，那么九寨沟就是大自然本身浑厚涵茫和无比美丽的表现。那一大片碧绿澄澈的

---

① 林非：《汉城纪行》，《林非散文选》，山东文艺出版社1993年版，第64—66页。

② 《林非散文选》，山东文艺出版社1993年版，第73、76、208页。

水，汪洋恣肆，十分壮观，正是凭着它雄奇而又秀美的姿势，才衬出了群峰的挺拔，和天空的高远。那一朵朵翱翔的白云，那一株株突兀的大树，那一簇簇鲜艳的野花，掉在多少湛蓝的湖泊里，留下了深沉而又缥缈的痕迹。"①这显然有别于他那些童子般稚拙的语言风格，而透出古典的诗意与学者的风光流韵。

三、同情之理解与祝愿之歌

陈寅恪曾说："凡著中国古代哲学史者，其对于古人之学说，应具了解之同情，方可下笔。""所谓真了解者，必神游冥想，与立说之古人，处于同一境界，而对于其持论所以不得不如是之苦心孤诣，表一种之同情，始能批评其学说之是非得失，而无隔阂肤廓之论。"②对林非散文之研究也应当如此，我们发现在叙述方式上，林非散文也具有类似的特点，那就是：对笔下的景与情、人和事，不论曲直、正误、是非，甚至是那些难解之谜，他都抱定一种同情之理解，并常发出一种立足于长期和未来的美好祝愿！这与许多散文的滞涩、阴暗、隔膜甚至恶毒形成鲜明对照。正因此，林非散文的叙述模式是通透、开放、富有人情味和颇具磁性的。

因为心中有大爱，所以林非的散文总是饱含着同情之理解的叙述，这是作家心中永存的温暖之歌。《一个女人和她的儿子》《分手》《一个中学生的悲剧》《老人》《再见，山内一惠小姐》《来不及哭泣》等都是如此。作者不仅同情主人公不幸的命运，也以充满理解、关爱、同情的叙述令人感动和释怀。如《卖艺者的乐园》写的是在美国旧金山的卖艺者，看到他们生活艰辛，孤立无援，作者的心中感到非常难过和寂寞。对于那个连一支洞箫都卖不出去的年轻

---

① 《林非散文选》，山东文艺出版社1993年版，第134页。
② 转引自刘克敌：《陈寅恪与中国文化》，上海人民出版社1999年版，第146页。

人，对于那个表演球技的卖艺人，林非都以委婉的同情叙述着，给人留下了深刻的印象和感动。在叙述了友人给卖洞箫者一个冰淇淋后，作者开始展开联想，接着又写到表演球艺者的技术高超，随后他这样表述说："他停止了自己的表演，将半空中掉下的四个球，紧紧抱在怀里，像是怕长了翅膀飞走似的。这时候，早就站在他旁边的一个孩子，高高地擎起了铜盘，恭敬地向围住他们的观众鞠躬。""人们像退潮似的向四面散开了，剩下的几个人将小银币扔进孩子的铜盘里。""卖艺者把球丢在地上，搂着这孩子的颈脖，像是有点儿昏晕似的，孩子赶紧挽住了他。球在地上缓缓地滚着，到了对面晶亮的玻璃橱窗底下，就都不再动弹了。"[①]这是一个极平常的场面，但在林非笔下却富有深情，又极为细致，其同情和理解像拨动着自己的心弦一样，令人深为所动！这让我想起鲁迅对动物表演的同情心，一束能穿透人性麻木、隔膜和硬化的心灵之光由此透进了读者心中。《晨曦里的回忆》写的是作者童年遇到的一对年轻恋人，文中既写了姥姥的通情达理（"想不到她竟会原谅和同情这一对违背旧伦理的逃亡者，如此的宽宏大量使我觉得十分感动"），又写到自己对年轻恋人的同情与佩服，更重要的是对一草一木都深怀同情和理解，因此文章写来才能款款动人，风姿绰约。作者写自己"沿着宅院四周的小河，蹑手蹑脚地散起步来，因为我怕吓跑了那些会唱歌的鸟儿"。他还说，"我眺望着眼前一大片青翠的高粱叶子，在微风里轻轻地颤抖，像细语，像吟咏，像悄悄地呼唤着我"。他又写"清晨的微风不住地抚摸着我，欢唱的云雀也召唤我在田野里游逛，而布满在小径两旁的草叶上，一滴滴晶莹的露珠，映照着红红的朝霞，像是替我撒下阵阵缤纷的光彩，我禁不住伸出手去，想采撷它几颗，在手掌里轻轻地翻滚，可是刚碰着手指，就悄悄地掉在泥土里，破碎了，消失了"。[②]这不仅是诗，也不仅有博大的爱做底色，更在于作者与天地万物的平等交

---

① 《林非散文选》，山东文艺出版社1993年版，第23页。
② 林非：《离别》，文化艺术出版社1997年版，第209、210页。

流与心灵会通，因为在作者看来，哪怕是一只鸟、一棵草、一滴露水，都是生命的灵光闪烁，都是和人一样可以敞开心扉交谈的知音。正是因为有了同情之理解，林非散文的叙述才能超越冷漠、生硬、狂妄、肤浅和躁动，而进入一种心灵的绵密细腻的吟唱之中。就像一个人不论遇到什么艰难、困苦和挫折，儿时的摇篮曲和慈母温暖的手，都会将其所有的悲伤抚慰和展平一样。

因为心中有大爱，因为眼中有美好的希冀，因为对世间的人与事有更多的同情之理解，所以林非散文总有希望的大光照耀，而"美好的祝福"则是他散文叙述的另一表达式。作者有时直接用这样的题目进行表达，像《青春的祝愿》《春节的祝愿》《春的祝愿》即是如此。在《旧金山印象》中，作者写那些在二战中为国捐躯的美国官兵的坟墓，希望"让他们悄悄地安睡，让他们都去做一个美丽的梦，人总是应该追求纯洁的境界罢"。在《东京乘车纪闻》的结尾，作者写道："疲倦的旅人们，祝你们今晚回家以后，有一个绚丽的梦，梦中那变幻的色彩，比街上闪烁着的霓虹灯，不知道要迷人多少倍？"在《你好，吐鲁番！》结尾处也写道："是啊，在这样振荡着人们心灵的大沙漠中间，怎么能不唤醒他们艺术的才华？而在这样灵秀和智慧的民族面前，一定会迎接更为美好的明天。我在心里默默地祝愿着：你好，吐鲁番！"在《怀念方令孺老师》中，作者还写道："我希望有更多的年轻朋友们，都知道曾经有一位善良和智慧的妇女，她毕生都热爱着纯洁和高尚的文学，渴望和追求着光明的世界。"在《音乐的启迪》中，作者表示："我们今天的文学创作确实也应该像那些出色的乐曲一样，出现许多充满了魅力的艺术风格，这样的话，它肯定也会不胫而走，渗透到人们的心里去。"[1]在林非散文中，这些美好的祝愿俯拾皆是，有送给个人的，有献给集体的，有赠予民族国家的，还有寄望于人类的；有的给了赞美者的，有的给了批判者的，

---

① 《林非散文选》，山东文艺出版社1993年版，第10—11、49、130、245、322页。

甚至还有的给了厌恶者的；有直接祝愿的，有间接祝福的，还有的在叙述中包含着祝愿的内容；有以现实生活为依托的，也有立足于未来的，还有寄寓在美好的梦境，可谓不一而足！不过，这些美好的祝愿都源于一颗善心，一颗希望别人都好的博大的爱心。需要说明的是，表面看来，这只是一些祝词，其实它是文章的一种特殊表达，它既反映了作者的心灵世界，是一颗诚实、美好的感恩之心的外化，又是作者试图寻找知音的希望之声。在这其中，文学的艺术魅力就容易在作家和读者之间传达和沟通了。

也许这个世界有太多的缺憾或不足，也许这个世界太不易得到满足和幸福，也许这个世界太需要温暖与鼓舞，也许这个世界太需要希望和梦想。但是，林非散文却总是用同情之理解来审视世界和人生，然后赋予其美好的祝福！这是爱之火、心灵之光、生命之灯、智慧之镜，使读者能从中感到快乐、满足、幸福和希望！这也许是美好的文学尤其是优秀散文最大的价值意义吧？

总之，林非散文不是那种高谈阔论式的导师宣讲，不是自言自语、自我陶醉的自恋体，不是不知所云式的梦呓，更不是自大狂式的狂欢和宣泄，而是一种有读者在、将心交给读者、富有童心和爱心、细腻绵长的谈话风，并且是一种与朋友、知音交流的自由的絮语体。这种叙述模式和文风特别亲切、自然、优雅和动人，有君子之道和绅士之风，这在当下的中国散文界是较为难得的，也是相当可贵的。

第二十七章

贾平凹散文的魅力与局限

在中国当代散文家中，贾平凹无疑颇具特色，也很有建树。不过，目前关于贾平凹散文的研究，总体说来并不令人满意，最明显的不足有三：一是从浅显层面一般化地进行理解和概括，忽略了其隐性结构和潜话语空间；二是停留在单个作家论的范畴，缺乏更宽广的文学史背景作为参照；三是一味地褒扬遮蔽了对局限性的探讨，论者的批评精神和作家的自省意识处于缺席状态。本章试图突破当下贾平凹散文研究之限度，寻找新的立足点、生长点和归结点。

一、天地之道与神秘主义镜像

"五四"开始的中国新文学有一个重要特点，即是对"人"和"人的解放"给予了高度重视，周作人、钱谷融甚至直接提出"人的文学"和"文学是人学"的观念。从人和文学被遮蔽和异化的角度看，这当然是历史的巨大进步。不过，在强调人的主体性时，许多作家又走向另一面，即过于夸大"人"的地位、作用和力量，而对天地自然和宗教等采取简单化的态度。如郭沫若《女神》中的"天狗"，一面是人的个性解放之象征，一面又是对天地失了敬畏的典型，否则它就不会发出这样的呐喊："我是一条天狗呀！我把月来吞了，我把日来吞了，我把一切的星球来吞了，我要把全宇宙来吞了。我便是我了！"陈独秀曾提出要打倒一切偶像，他说："一切宗教，都是一种骗人的偶像：阿弥陀佛是骗人的；耶和华上帝也是骗人的；玉皇大帝也是骗人的；一切宗教家所尊重的崇拜的神佛仙鬼，都是无用的骗人的偶像，都应该破坏！"[①]本来，人是天地自然之子，是宇宙中之一微粒，然而许多新文学作家却将这种关系颠倒了，人成为凌驾于一切之上的"神"，而这对于中国现代散文精神来说是有负面影响的。

到中国当代散文阶段，这一状况也没有得到根本改变，许多作家对天地自然没有敬畏，甚至连基本的尊重都没有，更多的仍是人的圈子和视点，以及人的欲望的无限膨胀，于是作家在"人"的世界里迷失了自己。最典型的是李敖曾自称是"'天文地理，无一不通；三教九流，无所不晓'的一代奇才"，并自我吹嘘说："天下幸亏有我。""五十年来和五百年内，中国人写白话文的前三名是李敖、李敖、李敖。"[②]这是多么可怕的世界观和人生观！许多散文家也是人本主义者，他们较少关注天地之道，更多地将自己局囿于"人"的范畴，于是现实、社会的人生书写成为其主要旨归。也可以这样说，许多中国现当代散文的空间观，往往是人间的、现实的、一维的，而又是可知解的。

贾平凹散文的空间意识比较独特，它既是现实的又是梦幻的，既有对人的理解又有对天地自然的探察，更重要的是其立体感和不可知的神秘力量。换言之，在贾平凹的世界里，天地自然是神秘莫测、难以了知的，而作为个体的人却是弱小甚至卑微的。在这样的对应关系中，人与天地自然就形成了强大的张力效果，而作为天地自然的一分子——人就可以细细地体味天地之宽及宇宙的神秘伟力！《丑石》实际上阐述的是人接受"天启"的过程；《狐石》充满人与狐相牵的天意与神秘感，在长方形的石头上，竟有鸡血般的红和几乎跳石而出的狐，这本身就匪夷所思！《关于埙》讲的也是缘分，因为埙能发出

---

① 陈独秀：《偶像破坏论》，《独秀文存》，安徽人民出版社1987年版，第154—155页。

② 李敖：《笑傲五十年》，中国友谊出版公司1999年版，第8、13页。

土声，透出地气。还有《风竹》是作者与天地心气相通的佳作，因为在竹子上风才显形，成为天籁、地籁和宇宙自然之大籁。为此，作者说："风是通过竹的眼睛看万事万物对自己到来的反应变化而完满天地和宇宙自然的意志的，而竹又在这种完满中变为天地和宇宙自然的一个分子。实在是一种奇迹，我观察着竹丛观察得久了，这风竹上的意志的完满又通过我的眼睛，传递于我的心灵，使我竟也得到了生命的觉悟和完满呢。"可以说，在空间的意义上，贾平凹不像许多作家只着意于可视的现世世界，而是体悟人生、天地自然和宇宙的神秘。这也是为什么，贾平凹那么着意于写山、水、月、石、花、梦、影、云、风、雨、电、露等天地自然意象，因为这其中充满着大道无形和永恒的神秘！后来，贾平凹写的太白山系列散文，其空间意识又有变化，它进入了更为离奇、模糊、神秘、荒诞的层面，这是在现实层面和人力所难以企及的，从而将中国当代散文的空间进一步拓展了。

进入立体、多维、神秘的天地自然和宇宙图景中，这使得贾平凹散文少了狭窄、单薄、小气、功利和干枯，而多了广阔、深厚、大气、书卷味和滋润，也使之从整体上超越了中国当代散文的世俗化格局，具有了超然自得的境界与意态，这是贾平凹散文宁静、空灵和玄妙的一个深在的原因。这颇似密林览胜和深海探宝，胜境和宝藏固然迷人，更重要的是追寻未知的乐趣，是林语堂所说的大荒中自由自在的探险的欢乐！

不过，在不可知的神秘主义底下，贾平凹散文也有致命的"软肋"，它直接限制了作品的发展后劲，也使作者失去了稳固的根基和生命飞扬的翅膀。这就是潜伏于作家心灵深处甚至潜意识中的绝望感、邪气和鬼气。在《少女》中流溢的是人类即近毁灭的末世感，人们争先恐后行淫作乐，最后竟以性的礼仪完成了由"人"变"石"的庆典，在这种看似神话传奇的故事里，其实逃不脱可怕的绝望人生观！还有邪气和鬼气的弥漫。应该说，一定的神秘感对作品是有益的，但过于强化之就容易误入歧途，走火入魔。贾平凹在《关于埙》中说："埙却更有一种魅力，我只能简单地把它吹响，每一次吹响，楼下就有小孩吓得哭，我就觉得它如来了鬼。"所以在《〈埙乐〉前言》中，贾平凹说："虚涵着的一种魔怪，上帝用泥捏人的时候，也捏了这埙。"还有在《红狐》等作品中散发的怪异邪气的审美趣味。本来为常人所恶的妖冶艳媚的狐狸精，在贾平凹笔下却成了日思夜梦"最灵性最美丽最有感应的尤物"了。中国书法讲究人正、心正、身正、笔正和字正，而贾平凹散文却被浊气、邪气和鬼气入侵和伤害，这是其散文缺乏孟子的"丈夫气"和苏东坡的"浩然正气"，也是逐渐滑坡的关键所在！如果说在早期，贾平凹散文还是健康、元气充沛、英气内敛的，那么自20世纪90年代开始问题便多了起来，到后来不少散文虚脱无骨、神采皆失了。如《〈秦腔〉记》即是一篇病容不展、有气无力甚至连句子都不通畅的失败之作。

正确把握人与天地自然的关系至为重要，散文家更是如此。不顾天地自然的存在，或简单地否定天地自然的广大神秘，这是无知的表现，也是散文肤浅短识的主因。但同时，将天地自然之神秘无限放大，将人置于被奴役状态，甚至陷入邪气和鬼气的重围，也非人生的智者。贾平凹散文的长处是进入了第一层面，但却陷落于其中不能自拔，即在顺应博大的天地自然和领悟其道时，没能充分发挥人的潜能和创造性。某种程度上说，人要克服他在宇宙中的生存困境，人生的智慧和心灵之光不可或缺！

二、老旧之美与进化论的历史观

在中国现当文学中还有一个既成的观念，那就是新的、年轻的就是进步和好的，而旧的、老的也就成为落伍和坏的同义语。这种进化论的思想甚至有与之对应的经典文本，如《新青年》《少年中国说》《新民说》《青春》《新潮》《新月》《青春之歌》《青春万岁》等都是如此！这样的进化论优点在于，突破了中国传统文化保守不变的一面，注入新鲜强劲的生命活力；但其问题是，简单地否定了"老的"和"旧的"，甚至于唯"新青年"是从。

好在20世纪中国并未完全被这一进化论的声音淹没，其中一直有一种异质存在。比如林语堂在20世纪30年代就批评说："今人所要在不落伍，在站在时代前锋，而所谓站在时代前锋之解释，就是赶时行热闹，一九三四年以一九三三为落伍，一九三五又以一九三四为落伍，而欧洲思想之潮流荡漾波澜回伏，渺焉不察其故，自己卷入漩涡，便自号为前进。"①基于此，他赞赏秋天的况味，欣悦于老年的智慧、成熟和优雅，并以中国文化的古老长寿而自豪！梁实秋的《旧》、施蛰存的《论老年》和季羡林的《老年》等散文都是对"新青年"文化情结的反拨。这里值得一提的是，贾平凹散文在"老旧"文化思想的张扬上很有代表性。

贾平凹虽没有直接以"老"和"旧"为题写作散文，但他的选题、理念、思想、韵致并不一意求新，而是崇尚老旧的，当然他也并不排斥新的。在20世纪80年代初，一山一水、一草一木、一花一石成为他的主要描写对象，选题老旧，并无新意；后来的《商州三录》写的也是一些边缘落后地区的老旧故事，似乎与时代格格不入；进入90年代，他的《太白山记》和记人记事也是陈旧的，甚至有些远离了时代，颇具远古风貌。也可以这样说，贾平凹散文的题材有意无意远离了时代的喧嚣和气息，呈现出偏远边地和古老朴拙的特点。另外，以"静虚村"人自居的贾平凹甘处边缘，这本身就与你追我赶、急躁的当下人拉开距离，呈现"守旧"的一面。不过，贾平凹并没有因此就否定他笔下的人事，而是从审美的韵味上看到了其价值光彩，因为在他的思想观念中并不是以"新与旧""老年和青年"作为自己价值判断的标准。换言之，人性、文化、文学与艺术的美是古今中外贯通一体的，这其中虽有因时而变的因素，但其性质和本色却又是历久弥新的。作者这样说："如今的商州，陕西人去过的甚少，全国人知道的更少……这块不规不则的地面，常常就全然被疏忽了，遗忘

---

① 林语堂：《今文八弊》，《林语堂名著全集》第18卷，东北师范大学出版社1994年版，第118页。

了。"　"这是久久被疏忽了，遗忘了，外面的世界愈是城市兴起，交通发达，工业跃进，市面繁华，旅游一日兴似一日，商州便愈是显得古老，落后，撵不上时代的步伐，但亦正如此，这块地方因此而保持了自己特有的神秘。今日世界，人们想一切办法以人的需要来进行电气化，自动化，机械化，但这种人工化的发展往往使人又失去了单纯，清静，而这块地方便显出它的难得处了。"因为这不仅是一块"美丽、富饶而充满野情野味的神秘的地方"，而且上面有着"勤劳、勇敢而又多情多善的父老兄弟"。①有人甚至直接称贾平凹有"老人的意识"，这不是没有道理的，因为即使在老旧的"落后"里，也不失文化的美质！这也是为什么贾平凹更欣赏王木犊式的人物，喜欢古朴浑厚的陶罐与书画，喜欢文章的古朴灵秀。

　　不过，在老旧文化底下，贾平凹也有失误之处，这就是暮气太重，有着虚无绝望的人生观。在《红狐》中他直言自己的颓废："我不喜欢阳光进来，阳光总是要分割空间，那显示出的活的东西如小毛虫一样让人不自在。我愿意在一个窑洞里，或者最好在地下室里喘气。墙上没挂任何字画，白得生硬，一只蜘蛛在那里结网，结到一半就不见了。我原本希望网成一个好看的顶棚，而灰尘却又把网罩住，网线就很粗了，沉沉地要坠下来。现在，我仰躺在床上，只觉得这荒芜得好，我的四肢越长越长，到了末梢就分叉，是生出的根须，全身的毛和头发拔节似的疯长，长成荒草。宽哥说，这屋子真是一座废园。我说，那就要生出狐狸精的。"可见，贾平凹的小说《废都》并不是没有来由的，它是一颗颓废心灵的告白。一般而言，贾平凹这种荒芜颓废感并非没道理，它甚至说明作者超常的感受力和悟性，问题的关键是他失了健康的人生观作底力，而对文化的生命延续力理解也是有误的！我认为，"废而存"才是西安这座城市的伟大之处，而贾平凹只看到了前者。

　　贾平凹在突破"新青年"文化，确立老旧文化观念的同时，又不

---

　　①　《贾平凹散文自选集》，漓江出版社1992年版，第273、279页。

自觉地沾染上了暮气与虚妄，致使其散文创作常有浊气、霉气从中溢流而出，给人以压抑、颓败甚至是糜烂的感觉，这是值得作者注意和深思的。问题的关键不是对偏向和极端的追求，而是适度，是在新与旧、青年和老年的二元对立中找到一个平衡点，一个在相生相克中富有张力的艺术效果。

三、生殖崇拜与性器迷恋

总体说来，中国现当代散文的性意识是比较淡弱的，这往往是由散文这一文体的干净纯洁理念决定了，也与长期以来中国人的性禁忌有关。因为在一个谈性色变的国度，不要说散文，就是现实生活也像被蒸馏过的水一样难见"色"味。所以，一个世纪以来的中国散文基本是性缺乏的，这与"衣、食、住、行、性"为人生之常态极不协调。

不过，如细细考察，在这一散文整体的大势底下仍有一条与性相关的潜流，它虽不为人注意，但却是不可忽略的。最典型的是周作人，他一反时论对郁达夫小说《沉沦》性描写的否定，而强调其不可忽略之价值。在《性的心理》《猥亵论》《猥亵的歌谣》《〈性教育的示儿编〉序》等作品中，周作人有着理性的性意识，是中国现代散文中较早的性启蒙者。后来，李敖、董桥、赵玫、海男等人也都在散文中表现出性意识。如董桥写过《性感的品味》《作家与避孕》，在《中年是下午茶》中有这样的话："中年是危险的年龄：不是脑子太忙、精子太闲；就是精子太忙、脑子太闲。中年是一次毫无期待心情的约会：你来了也好，最好你不来！中年的故事是那只扑空的精子的故事：那只精子日夜在精囊里跳跳蹦蹦锻炼身体，说是将来好抢先结成健康的胖娃娃；有一天，精囊里一阵滚热，千万只精子争先恐后往闸口奔过去，突然间，抢在前头的那只壮精子转身往回跑，大家莫名其妙问他干吗不抢着去投胎？那只壮精子喘着气说：'抢个屁！他在自渎！’”①如此开放大胆而又理性的性讽喻在中国现当代散文中是少见的。

贾平凹有着强烈的生殖崇拜，他曾这样解释自己的名字：“十五年前，这学生从那地方初到中国西部的最大一座城市去，在一所高等学府就读，教授问：名姓？他说××凹。教授对‘凹’字颇感兴趣，遂问籍贯，再回答：瘪家沟。是的，天底下没有姓瘪的，它是学生家乡的土语，专用词，代表雌性生殖器的。教授惊得几乎掉了眼镜：‘荒唐！’立即将村名同‘凹’字相联系，对这学生很有些大瞧不起。”②可见，贾平凹有着强烈的女性生殖崇拜意识。在另一本书中，贾平凹还画过一幅男子裸体画，在男裸者的两腿间是一根高高耸立、燃烧着并放出光芒的蜡烛。显然，这是一个阳物崇拜的隐喻和象征，表现出作者惊人的想象力与丰富的文化隐含。值得注意的是，这种生殖崇拜意识在贾平凹20世纪90年代后的散文中有突出的表现。

写于1980年的《母亲》是个典型的女性崇拜文本，作者着意于写妻子身上蕴藏的女性和母性力量，它具有无私、伟大、超越和美妙的性质。此时，贾平凹虽然将性隐匿起来，但生殖文化的魅力是非常巨大的。其实，贾平凹早期散文的女性、月亮等意象都是女性崇拜和生殖崇拜的外化。如老子所言：“谷神不死，是谓玄牝。玄牝之门，是谓天地根。”（《道德经》第六章）有学者认为，“谷神”与“玄牝”都是跟生殖崇拜和女性崇拜有关的概念。而且，“谷神”与月亮崇拜也有关系，也可以说“谷神”即是“月神”。至少可以说，“月谷”观念的基础是生殖崇拜。③到了20世纪90年代，贾平凹散文的性意识和生殖崇拜慢慢凸显出来。如在《关于父子》中，作者将父子孙三代的复杂关联进行了文化心理学上的解释，这是一篇颇具内蕴的散文。其中还有这样的话：“做父亲的在已经丧失了一个男人在家中的

---

① 陈子善编：《董桥文录》，四川文艺出版社1996年版，第510页。

② 《贾平凹自选集》第2卷，作家出版社1994年版，第149页。

③ 参见萧兵、叶舒宪：《老子的文化解读》，湖北人民出版社1994年版，第551—554页。另见何新：《诸神的起源》，三联书店1986年版，第56页。

真正权势后，对于儿子的能促膝相谈的态度却很有了几分苦楚，或许明白这如同一个得胜的将军盛情款待一个败将只能显得人家的宽大为怀一样，儿子的恭敬即使出自真诚，父亲在本能的潜意识里仍觉得这是一种耻辱，于是他开始钟爱起孙子了。这种转变皆是不经意的，不易被清醒察觉的，这似乎像北方人阳气重而喜食状若阴器的麦子，南方人阴气盛而喜食形若阳具的大米一样。也不妨走访一下，家有美妻艳女的人家谁个善于经营花卉盆景吗？有养猫成癖的男人哪一个又是满意着他的家妻呢？"这种观点是否确当暂且不论，但由于性意识和生殖崇拜文化的渗入，从而使作品的内涵更丰富、思想更深刻，却是不容置疑的。

但是更多的时候，贾平凹散文的性意识和生殖崇拜没有进入文化层面，而是误入歧途，出现了异化，这主要表现在其对性器的过于迷恋上。换言之，在不少地方，贾平凹的性意识和生殖崇拜目的不是求"道"，而是重"器"，于是作品中充斥着大量无聊的性器描写，而粗鲁甚至丑恶的语言俯拾皆是，有的描写令人作呕！如在《人草稿》中，贾平凹这样写道："太白山一个阳谷的村寨人很腴美，好吃喝，性淫逸，有采花的风俗。……吃喝好了，最大的快乐是什么呢？操×。其次的快乐呢？歇一会再操。下来呢？就不下来。……六十二岁的老公公强吮了儿媳的奶头被儿子责骂，做父亲的竟勃然愤怒，说你龟儿子吮我老婆三年奶头我没说一句话，我吮一回你老婆的奶头你就凶了？"作者还说，父母"夜夜听儿女的房，房内安静，真恨儿女不教不行，就编了男的阳具是鸟，女的阴器是窝，要鸟进窝，进窝了又不停让鸟出鸟进几十次，数百次，询问鸟是否屙在窝里？"这里的"阳谷"和"人草稿"都有了性隐喻，但其无聊、庸俗、粗陋和恶心是无以复加的！在此，我们甚至看到了作者有着较为强烈的意淫倾向！《少男》写的是一个向往仙女的少年郎君，因为对妻子失了爱意，所以"每日劳动回来，脱光了衣服躺在床上抽烟，吃喝新妇端吃端喝，故意将自己的那根肉弄得勃起，却偏不赐舍。新妇特别注意起化妆打扮，但白粉遮不住脸黑，浑身枯瘦并不能白艳。有时主动上来与他玩耍，他只是灰不沓沓，偶尔干起来，怀着仇恨，报复般地野蛮击撞"。对于被丈夫"遗弃"的村妇，作者写其他村妇"她们仇恨仙人的遗孀，唾她，咒她，甚至唆使自己的丈夫去强奸她，使她成为村中男人的公共尿壶，而让那作仙男人的灵魂蒙遭侮辱"。显然，这是一种充满施虐情结的描写，我们看不到作家一丝温暖、仁慈、友爱和光辉，从中透露出作家内心阴暗面的呼之欲出！还有《寡妇》和《公公》两文也是如此，作者将夫妻性交写成"像牛犁水田，又像是猫舔浆糊"，将丈夫看子洗澡说成"儿子在涧边瞧着一副耷奶和浑圆屁股唱歌"。写公公与儿媳时又这样写道："夜里掩堂门安睡。公公在东间卧房，女人在西间卧房，惟一的尿桶放在中间厅地。公公解溲了，咚咚乐律如屋檐吊水，女人在这边就醒过来。后来女人去解溲，当当乐律如渊中泉鸣，公公在那边声声入耳。"文章还暗含了公公（死后化为大娃娃鱼）与儿媳生下三个儿女一事。我不知道作家何以进行如此的描写，它既不优美，也不健康，甚至毫无意义，有的只是令人作呕的感受，反映的是作家内心的不洁和人格的变异。

性与生殖如果不与文化、爱、健康和美好结合，而是充满了粗陋、庸俗、黄色、暴力甚至变态心理，这样的散文就必定走向可怕的境地，这与作家背上垃圾袋子和毒气瓶子到处投放有何区别？贾平凹散文有的确实充满着生殖崇拜的文化意蕴，从而为中国当代散文增添了光彩；但更多的却是失败的，充满低级趣味、污浊与毒素。这将他不少的后期散文污染得臭气熏天，不忍卒读。

四、乌云压顶与毒汁噬心

我不赞同学界对贾平凹的散文所持的两种偏激观点：一是将它完全否定，认为一无是处、不值一观；二是将它看成极品，有着无与伦比的价值。在我看来，贾平凹以农民之子的身份，以甘处边缘的心态，以刻苦耐劳的精神，以惊人的悟性与才情，确实创作了很有特色、境界和品位的散文，尤其是前期散文多有佳作，这是其他当代散文家难以替代的。换言之，贾平凹的散文独成一家，特色鲜明，是中国当代散文家之代表人物。但同时，由于各种原因，20世纪90年代以后，贾平凹散文渐渐走了下坡路，到后来有迷失自己和走火入魔之弊。那么，是什么原因令贾平凹散文陷入难以自拔的困境呢？

第一，与他的生活经历和病体有关。在20世纪80年代的散文创作中，贾平凹以一支金不换的彩笔出手不凡，那时虽时有杨朔痕迹，但境界、格调和才情少有能与之比肩者。可是进入90年代，婚变和病变使其文风急转直下，此时写成的《太白山记》虽不乏新意，但"病气"已明显侵入散文肌体。可以说，"病"是贾平凹散文与人生中的一个关键词。早年的自卑自轻和孤独寂寞是一种"病"，只是隐而未发；90年代后"体病"带来的是心灵和精神的颓唐，以至于思维方式和审美情趣也带有"病"痕。他说："病是一种哲学。""爱情是一种病。"前一看法未尝不可，但后一看法确实就带有病态的性质了，当爱情成为一种病，那它的美好与持久就很值得怀疑了。其实，小说《废都》和散文中的病相，都是贾平凹身心"病变"的反应。否则就很难理解，为什么在他眼里这个世界如此"病态"，以至于不可救药了。

第二，是他性格和人生观中的弱点慢慢暴露出来了。一般说来，作为农民之子往往具有两面性：一是具有心地纯良、坚忍不拔、情深意重、谦逊和平、深厚容忍和积极向上等优良品质，二是具有分裂变异、脆弱虚无、刻薄寡情、狂妄放任、自卑嫉妒和悲观失望等不良倾向。我认为，这两种相反的性格在贾平凹身上或多或少、或轻或重地存在着，只是前期光明面显得更突出，但后来暗调开始抬头，并逐渐侵袭了其美好的一面。这也是为什么，"灰色"与"暗调"一直是贾平凹心河中涌动的一股浊流。如作者自己说："我说不清我是个什么样的人物：得意时最轻狂，悲观时最消沉，往往无缘无故地就忧郁起来了；见人遇事自惭形秽的多，背过身后想入非非的亦多；自我感觉偶尔实在良好，视天下悠悠万事唯我为大，偶尔一塌糊涂，自卑自弃，三天羞愧不想走出门去，甚至梦里曾去犯罪：偷盗过，杀人过，流氓过，但犯罪皆又不彻底，伴随而来的是忏悔，自恨。"①另外，贾平凹还说自己像林彪，不喜欢阳光，喜欢没有窗户的房子，窗帘从来没有拉开过，窗户也从来没有打开过。他又承认自己的悲观："对人生我确实不是特别乐观。"他还说："自私本身是身体里边有，人性里边有这个东西。人性里边有贪婪啊、自私啊、吝啬啊、狂妄啊、骄傲啊、示狠啊、凶杀啊、偷盗啊、窥视啊这些成分。环境不一样的时候，这些就冒出来了，遇到啥环境冒出啥来。比如说很贫困的时候，自私的成分就出来了。"②由此可见，贾平凹的骨子里就有着某些缺陷，而且人生观也有问题，当处于逆境时它们就甚嚣尘上，难以控制了。他显然不会相信孟子的"人性本善"之说，也不会欣赏那些舍己救人、大公无私和宁死不屈的人性和品格了。在我看来，如果一个作家心中没有大光，没有纯洁无私的大爱和大德，其异化当然就在所难免了。

第三，是由他特殊的信仰和审美趣味决定的。贾平凹"是个逢庙就烧香、见佛就叩首的人"③，他还自称"我多半是鬼变的"，"谁叫我测字，谁让我判断，一般都比较准确……那一次有世界杯，我们在外头一路走，走哪都看电视，每天晚上预测，没有不准的"。"西安市发生过几次凶杀案爆炸抢劫案，起码我预测过三次。"④很显然，这种民间信仰或曰迷信，决定了贾平凹散文的神秘感，也决定其绝望悲观的人生观。当一个作家把天地自然和个体人之间的关系完全颠倒，即只承认前者对后者的摆布时，他的宿命论就不可避免。还有，贾平凹受《易经》《金瓶梅》《红楼梦》《聊斋志异》以及张爱

① 贾平凹：《我的台阶和台阶上的我——人道与文道杂说之三》，《贾平凹散文自选集》，漓江出版社1992年版，第580页。

② 贾平凹、走走：《贾平凹谈人生》，上海社会科学院出版社2004年版，第33—34、203页。

③ 贾平凹：《最近的心情》，《坐佛》，太白文艺出版社1994年版，第4页。

④ 贾平凹、走走：《贾平凹谈人生》，上海社会科学院出版社2004年版，第133、137、141页。

玲、川端康成等的负面影响较大，这些不自觉地渗透于其文学创作中。如《聊斋志异》中的狐狸多是美好的，但贾平凹笔下则多充满妖邪之气。《红楼梦》中的"真假观"本来具有人生的智慧，但在贾平凹那里则成为说不清楚的"糊涂"。还有张爱玲固然有其精妙处，但她又是"有毒"的，像喜欢在衣服上洒汽油、喜闻焦糊味、对荒芜和糜烂气息的崇尚、人生观的过于绝望等都是如此，贾平凹不以为意，反而对她极尽夸赞之能事，究其因一是并非出于理性自觉，二是很可能趣味相投！在《读张爱玲》一文中，贾平凹有这样一段话："看到《倾城之恋》《金锁记》《沉香屑》那一系列，中她的毒已经日深。——世上的毒品不一定都是鸦片，茶是毒品，酒是毒品，大凡嗜好上瘾的东西都是毒品。张的性情和素质，离我很远，明明知道读她只乱我心，但偏是要读。"在此，贾平凹说的"中毒"是褒不是贬，但我认为，他确实是中了张爱玲不健康的毒，只是他不自知而已。需要指出的是，越到后来贾平凹的审美趣味越走偏锋，越庸俗不堪，这不能不与他吸收前人时"取其糟粕"有关。

　　第四，归之于他成名后放松了个人修养，处于自我失控的状态。贾平凹与许多名人一样，在一度辉煌后，不是继续努力修炼和完善自己，而是放任自流，不加检束，甚至自毁长城。因之，中国名人往往缺乏瓦尔德内尔和曹薰铉式的求道之人，而多的是聂卫平、余秋雨式的精神矮子，这也是为什么中国名人多是昙花一现之辈！年九十且已失明，但却仍致力于学术研究的钱穆曾有言："唐诗在中国文化学术史上，亦自有其标格，如是而已。然中国之一切诗辞文章之作者，果其于经、史、子三者无深造，斯其为诗文亦不足观。所谓一为文人，便不足道是也。"①何以故？因为唐诗再好也只是文人的作品，难以达到经、史、子所包含的"大道"，具体而言，即道、德、仁、义。因之，我一直认为，一个没有"大道"蕴于心间的作家，很容易充满"文人气"。贾平凹正陷入了泥淖之中。如有人这样记述道："还有

①　钱穆：《晚学盲言》上册，广西师范大学出版社2004版，第180页。

一次，一个香港女作家来访贾平凹，那小妮子看上去很美，小说写得又特开放，在她眼里，好像所有的男作家都想和她有一腿，她当着老贾的面把《废都》贬得一无是处。老贾说你完了没有？美女作家感觉特棒，理也不理他，两片红艳艳的小嘴唇嘀哩嘟噜说个没完，老贾窝了一肚子火，本来打算请她上酒楼的，结果临时改变主意，请她吃西安著名小吃葫芦头，吃完问她：你知道葫芦头是啥？美女作家一脸茫然：是啥？老贾答：是猪的肛门和痔疮。美女当街哇的一声吐出来，裙子大腿到处都是脏物，恨不得要抽他一个耳刮子，而贾大才子早钻进出租车兔子一样跑没影了。"①在此，作者陶方宣对女性的不敬与可厌自不必说，如果真有其事，则足见贾平凹有着怎样的胸襟、格调与趣味！此等行为不要说代表人类良心与爱心的作家，就是普通男子也不屑于为之。

笔者曾在20世纪80年代读到贾平凹的小说《连理枝》，当时为其美好的爱情理念深深地打动，也对作者充满感激与敬仰之情。这是一种美好感受，是灵魂被震撼和升华后无以言喻的幸福体验。这种被文学打动的情景在此之后又出现过两次，一是读路遥的《平凡的世界》，二是读茨威格的《一个陌生女人的来信》。然而，读到贾平凹后期的作品包括散文则真为他惋惜，为什么美好的东西渐渐远去，而庸俗、无聊、丑恶的东西不断地往外冒涌呢？

也许当下的贾平凹声誉日隆，比以前更加富有，但他是否更快乐、充实和幸福，我们不得而知。作为农民之子，作为受过人生磨难的贾平凹，似乎不应甘心情愿让乌云当空，令毒液攻心，自毁自己的功业，而应该寻到明媚、智慧的阳光，从对人生的不断进境中获益。尽管求道之路艰辛困苦，但美好的散文和人生不可能舍本逐末。我希望贾平凹能够走出误区，再创辉煌。

---

① 陶方宣：《凡人贾平凹》，《散文百家》2006年第5期。

第二十八章

熊育群散文的审美世界

当下，作品不断涌现的中国文学已进入一个可有可无的境地：可看，亦可不看；看了是那样，不看也没什么；看多了收获不大，少看一点倒也清净。有时，阅读甚至会变成一种痛苦：不要说佳作难觅，感动不再，而且到处充斥着虚假做作、俗不可耐、低级趣味和肮脏无耻。新出现的作者是如此，在文坛上享有盛誉的名作家也不例外。你得到的往往不是精神的丰实和提升，而是如空中的羽毛般向下坠落。这一现象的出现，当然原因多多，不过，最根本的一点还在于作家本身，他们许多人已变得越来越世俗、功利甚至无耻了！熊育群的散文让我眼前一亮，它没有与当下的文学同流合污，而是牢固地坚守着文学的神圣、高尚与优美，并在此基础上进行新的探索。这是一首交织着欢乐与悲悯的生命之歌，它来自作家敏锐的内心，也来自大地深处的根部。

一、生命的孤寂

一个人为什么写作，他创作的意义何在？这个看似古老、不成问题的话题，如今倒真成了问题。不少著名作家以每年一本甚至多本书的速度写作，创作的内驱力可想而知；有作家将眼中之景、书本知识、日常感受，像泼墨般挥洒，其文学水平一定是失准的；有的作家为了名利一味地迎合时尚、追新猎奇，甚至以粗俗的性描写来"动人"，其境界和品位不言自明。也就是说，现在太多的作家是为一己的功利写作，这当然与文学创作的本义越来越远，甚至南辕北辙了！

文学从它的产生之日起，就是一种发自内心的活动。不论是所谓"杭育，杭育"的"劳动说"，还是"诗穷而后工"的"苦难说"，抑或是席勒、王国维的"游戏说"，即便是梁启超的"新民说"也都是如此！古人有所谓："诗言志，歌永言。""是以'在心为志，发言为诗'，舒文载实，其在兹乎？"①王国维直言："文学者，游戏的事业也。人之势力，用于生存竞争而有余，于是发而为游戏。""而个人之汲汲于争存者，决无文学家之资格也。"②卡夫卡在致斐丽斯的信中曾表示："什么叫写作，写作就是把自己心中的一切都敞开，直到不能再敞开为止。写作也就是绝对的坦白，没有丝毫的隐瞒，也就是把整个心身都贯注在里面。"接着，他又说："但是，对写作来说，坦白和全神贯注却远远不够。这样写下来的只是表层的东西，如果仅只于此，不触及更深层的泉源，那么这些东西就毫无意义。"③可以说，是生命"更深层的泉源"之不得不发、不吐不快，才使真正文学之产生有了可靠的依据和理由。

熊育群的散文创作不是为了应景，也不是为了稻粱谋，更不是为了名与利，而是发自内心的一种活动，是自我生命的自然流露，是生命深处源泉的奔放，尤其是一朵孤寂生命之花的绽放与凋谢。熊育群的散文不论有着怎样的外在形式，其中都有一个孤独寂寞的生命在探索、寻求、挣扎，仿佛是在严寒来临之际自北方南归的大雁，他吟唱的是夹杂希望和失望的寂寥之歌。像空穴来风，当孤寂的生命充盈作家的内心，他也就必然发而为声，金声玉振。在熊育群的散文世界

---

① 刘勰：《明诗》，《文心雕龙》，吉林出版集团有限责任公司2015年版，第8页。

② 王国维：《文学小言》，《王国维文集》第1卷，中国文史出版社1997年版，第25页。

③ 伍蠡甫、胡经之主编：《西方文艺理论名著选编》下卷，北京大学出版社1987年版，第299—300页。

中，我们常看到"一个人"的孤独形影，他仿佛是一个行者，一个流浪者，一个过客。更为重要的是，作者对世界、人生、生命的痛苦、虚无、荒诞式感受，是被闲抛野掷后的感喟与无奈，是现代主义文学的典型特征。

作者在散文题目中常用这样的词：哀伤的瞬间、悲情、神秘、过客、身影、时光游戏、荒野、黄昏、孤寂、灵魂秘语、古堡、阴影、窒息、飘忽、废墟、梦境。这是一股扑面而来的现代主义气息，它表征着作者与现实世界的疏离，是一个孤独者的面影。不仅如此，在散文之中，这种生命的孤寂一直是熊育群的主题词，对人是如此，对动植物是如此，对景色也是如此，一种被隔离与放逐的情怀浓烈而激荡。如作者这样写道："突然感到哀伤，像被子弹击穿，像被寒风袭击，绝望中几乎不能自拔。看看外面，天空并没有黑；阳光依然美好，树木间那些闪烁的光斑点燃秋日的妖艳；市井的嗡嗡声，仔细聆听，可以分辨出孩子的喊叫、老人显得冗长的交谈、车轮碾过大马路时的轰鸣……我却感到世界在瞬间改变，像面对无底的冰窟，像内心的黑暗淹没了一切。我看到了那种清醒，那种能把人一生呈现出来的清醒，它使我战栗。这种情形就像一个人在黑夜里行路，突然的强光把一切照亮，但只是闪耀了一下，一切又都陷入黑暗，我却呆在原地，怔怔地、惘然地，但我已知道自己的来路与去向，知道了自己周围的异样的风景，知道生命的道路在前方断裂。"①比在黑暗中感到的孤独战栗更可怕，在"阳光依然美好"的情景下，作者仍然感到哀伤、恐惧、绝望，从而表现出更加强烈的现代主义情绪。

《生命打开的窗口》是写母亲死亡的，也是思考人生、生命之真义的，其现代主义的气息在作品中云蒸霞蔚般弥漫开去。从接到母亲病故的消息，到为母亲去洗遗像，到坐着火车往家赶，到为母亲送葬，到父亲在站台送自己再次踏上旅途，这其中展示了作者多少

① 熊育群：《哀伤的瞬间》，《春天的十二条河流》，贵州人民出版社2006年版，第33页。

人生的感喟与虚无。仿佛被投入生命的炼狱，一个丧母的游子必须经受百味人生，他方能理解生死、体悟虚无、感叹无奈！在失去母亲后，作品结尾有这样的描述："我依然在黑夜里赶路。母亲也曾沿着我走的路，在夜色中向我走来。远方的城市灯火迷离，我在红光一片的天穹下睡眠，钢筋水泥的高楼把我层层包裹。路上的母亲心里满是母子相聚的憧憬。今夜我赶着路，月台上是父亲送别的身影。汽笛一声，影子如同惊跑着的记忆，一切悲伤似乎都随站台的退却而恍惚而淡薄，人生的一幕拉上了帷幔。清澈的夜空，只余明月如钩。"①是的，当母子将脐带分开，当游子离开母亲和故土远走天涯，当母亲的肉身从这个世界上消失，所能留下的只有如海的深情，而其他任何事情都像雪泥鸿爪一般，生命的孤寂与荒诞就是如此！《哀伤的瞬间》是现代主义色彩更加强烈的作品，作者在这篇千字文中直接思考人的存在和生命的意义问题，在这个庞大的都市之中，孤独、冷漠、麻木、恐惧、隔膜、逃离、幻灭司空见惯。作品有这样的结语："当你一次又一次被哀伤的瞬间击中，你感觉到了自己放大的瞳孔，感受到了幻灭。机械生活中迟钝了的神经，会在这一刻苏醒，发现高楼的空隙间，飞过的一只小鸟，体会了它无处可栖的窘境。看到一片黄叶坠落地面，划出了优美的弧线；阳光像雨露一样延绵不绝，洒向大地，时间的滴答声就躲藏在它的后面，大音稀声。生命的感觉重又折磨着你，让你不断追问活着的意义。"②很显然，这是现代主义对"存在"所发出的深度的质问。

从自己生命的孤独开始，作者发现这个世界和人生的不合理，更理解了人之存在的本相，从而体味悲剧的人生图景，这样，熊育群才能超凡脱俗，进入个体化的深度写作之中，从而摆脱当下文学的世俗、庸俗、功利、粗陋以及无耻，在精神的世界里探索。这颇似屈原、鲁迅的"路漫漫其修远兮，吾将上下而求索"的精神境界，也像

① 熊育群：《春天的十二条河流》，贵州人民出版社2006年版，第31页。
② 熊育群：《春天的十二条河流》，贵州人民出版社2006年版，第35页。

卡夫卡、萨特作品的审美趣味。在此，我们不能说熊育群已达到前人的高度，但其血脉精神还是一以贯之的。尤其在中国现当代散文中，现代主义远比现实主义和浪漫主义薄弱的情况下，熊育群的努力探索还是颇有价值的。

二、心中的光焰

受现代主义和后现代主义影响的作家，往往极易陷入这一困境：在悲观与绝望中沉沦与消损，有的甚至变得冷酷、麻木、糜烂。即使像鲁迅这样一直在绝望中抗争的伟大作家，其作品也摆脱不了暗调与消极，如他将中国历史文化概括为"吃人的宴席"，他坦承："我的作品，太黑暗了，因为我常觉得惟'黑暗与虚无'乃是'实有'。"他还在《影的告别》中这样说："我不过一个影，要别你而沉没在黑暗里了。然而黑暗又会吞并我，然而光明又会使我消失。然而我不愿彷徨于明暗之间，我不如在黑暗里沉没。""我将向黑暗里彷徨于无地。你还想我的赠品。我能献你什么呢？无已，则仍是黑暗和虚空而已。但是，我愿意只是黑暗，或者会消失于你的白天；我愿意只是虚空，决不占你的心地。"①这往往带来了鲁迅作品的沉重和阴冷。熊育群的散文当然不能与鲁迅作品媲美，但有一点值得肯定，那就是在对人的存在进行现代主义的思考时，并没有沉下去，也没有黑暗和阴冷下去，而是充满光明，即有着从心灵折射出来的诗意光辉。

熊育群较少关注国民性等问题，更少描写人性之丑恶，而是善于捕捉天地自然、人生和人性中的爱与美，这具有火焰一样的诗情画意。所以，在他笔下，一草一木、一沙一石、一物一人都沐浴在神圣的阳光之下，都享受着雨露的滋润，都有着丝绸般和风的吹拂。如写到景物时，作者说："梵高在法国南部阿尔激情迸发。地中海的阳光是如此灿烂，太阳激发了大地的情欲，太阳点燃了万物的生命，太阳

<hr />

① 《鲁迅全集》第2卷，人民文学出版社1981年版，第165—166页。

把大地上生长的骚动呈现出来,进入一种宏大的节奏。太阳引导他创作了世间最辉煌、最富生命感受的油画。"①我们在此能看到作者的博爱与壮美,一如自高天而下痴情于大地的瀑布,因为这本身就是一首诗。当写到故土时,作者也是情不自禁,其情感颇似游子回家扑进母亲的怀抱一样,浓郁、深厚而缠绵,如永远拉不断的二胡长音。还有写到母亲时,真可谓情深意长啊!值得注意的是,熊育群对动物的描写,令人感动得心颤,这主要是因为作者怀了仁慈,充满大爱,最有代表性的是《悲情白色鸟》和《异类》。前者是写自己曾在侗家的木楼上与伤鸟相遇,在鸟儿的求救声中,"我"为听不懂它的"语言"而万分无奈;后者是写麻阳河对岸的一群黑猴,写在泰山路边的鸟巢,借此思考动物性、人性等问题。

本来一只受伤的鸟再普通不过了,作为天地宇宙的主宰,人类完全可以不理它,甚至将它变成美味佳肴,因为在生命面前——不要说动物,就是人的生命——我们许多作家的心地都变得越来越坚硬了,可以说坚如磐石。然而,熊育群却不是这样,他这样描写鸟的求救:"灯光下,它全身雪白,有仙鹤一样的腿,黑色的喙又尖又长,那双像句号一样圆的眼睛,望着靠近的我,射出了愈来愈重的犹疑、惊慌与企求。在蓝色夜幕里,它全身散发出银色光辉,它的绝世而惊人的美丽,让这间乡村木楼充满了不凡的气息。""我伸出双手,把它捧起。鸟柔软的身体依靠在我的掌心。我感到了它冰凉的体温。它几乎是求救般地向我哀鸣,圆圆的眼睛望着我,眼里蓄满了难以抑止的哀伤。黑色的眼睛流不出眼泪,却分明溢着泪光。"但是因为"我"不懂鸟的语言,即使懂了也无法在远离医院的山谷将它救活,于是,"我"只有眼睁睁地看着鸟的死亡。由此,作者想到自己以及整个人类的困境,他说:"面对自然的声音,我像那只白色鸟,长久地沉默在黑暗的包裹里,孤独、恐慌、幻影重重。""我的情感与思想陷入

---

① 熊育群:《永远的梵高》,《罗马的时光游戏》,中国青年出版社2004年版,第28页。

困境，我的心灵深处，一如大自然，庞杂而神秘。语言的木梯伸入不到那一重幽闭，就像人类的思想不能进入茫茫的宇宙。"①作者还写到黑叶猴，赞美它们如墨团一样的美，更赞美它们对游人"不离不弃，一路相送"的恋恋不舍；同时又说："我走到一棵树下，黑叶猴攀坐在树杈间，它正以一双黄色的眼睛张望着静默无边的天空，那种痴望的眼神里一片荒凉、无助，生存的孤独仿佛要在这一望中洞穿存在的谜底。我从它的眼神里感受到了生命的虚无。"当看到泰山路边的空巢，作者感叹道："这两个鸟巢却荒凉，没有一丝生命的气息。心突然被打动，意识到了一种普遍的事实——原来鸟儿一直住的就是这样简陋的地方，一阵雨也会把它们淋个透湿。鸟缩在雨水中会感到不适吗？飓风中会感到惶恐不安吗？它们就一直这样生存着，从没有想过像人类把自己的居所弄得越来越舒适越来越奢华、享受。鸟儿，当你在蓝天张开翅膀，亮开歌喉，那快乐的一刻是不是把所有的不快都忽略掉了？都变得蓝天一样无忧了？"②因为有博大及物的仁慈，有温暖柔软的心性，有对美的崇尚与爱护，所以作者的孤独寂寞就被点燃了，并发出了光和热。应该说，对动物能够如此体贴、理解、呵护，并从中体悟到形而上的意义和天地大道，这在当下中国作家中是不多见的。

在熊育群的散文中最具特色的是对艺术中爱与美的张扬。这在欧洲游记等作品中表现得最为淋漓尽致。如将多瑙河写成"蓝色的旋律"，将巴黎女孩写得香艳而美丽，将凡·高的画写得一片辉煌，将罗丹等的大理石雕像写成"燃烧的激情"，等等。在作者笔下，欧洲仿佛是艺术的代名词，也是爱与美的象征，这是一种如同来自天堂的神圣之音。如作者发出这样由衷的赞美："罗丹的石头是这样惊心动魄，石头上燃烧的生命，让人看得见灵魂。一场轰轰烈烈的爱在逝世

---

① 熊育群：《悲情白色鸟》，《春天的十二条河流》，贵州人民出版社2006年版，第43、48—49页。

② 熊育群：《异类》，《春天的十二条河流》，贵州人民出版社2006年版，第54、56—57页。

一百年后，仍然让人目睹，如在现场，让鲜血在血管中奔涌，让身子颤抖。那一场相爱，竟把生命变成了一条激情跌宕、汹涌澎湃的大河，冲决岁月的河床，在悠远的历史中留下灾难般的遗迹——这一切都在石头中。罗丹把自己的爱表达到了极致！让人类那颗爱着的心超越了人世的沉浮变幻与生死。"①当一个人对这个世界一直保持着爱与美时，他就不会过于悲观和绝望下去，而是充满灿烂的微笑与蓝色的梦幻，熊育群的散文之所以没有被现代主义的沉重压弯、压断、压垮，就在于他心中一直充满着博爱和优美，有光焰的闪耀与跳动。

如同太阳运行，每日都有自己的黄昏、晚霞与黑暗；同时每天又总有一个朝阳冉冉升起，它带着博爱、闪光和生命的呼唤给人与万物以希望。熊育群散文之弥足珍贵就在于此：一是其现代主义的存在忧思，二是其心灵的光芒闪烁。心中的光焰照亮了一切，包括作家自己的精神世界。

三、迷醉之舞

尼采曾提出"日神"的概念。他这样下定义："日神……他是'发光者'，是光明之神，也支配着内心幻想世界的美丽外观。""关于日神的确可以说，在他身上，对于这一原理的坚定信心，藏身其中者的平静安坐精神，得到了最庄严的表达，而日神本身理应被看作个体化原理的壮丽的神圣形象，他的表情和目光向我们表明了'外观'的全部喜悦、智慧及其美丽。"②其实，"日神"精神完全可以用之来概括熊育群散文的"心灵的光辉"，面对生命的本质悲剧性，"日神"的光辉转化到内心，再从内心折射出来，于是熊育群才能有他对悲剧的超越性意向：宁静、平和、仁慈、庄严。这就是

---

① 熊育群：《激情溅活的石头》，《罗马的时光游戏》，中国青年出版社2004年版，第13页。

② 尼采著，周国平译：《悲剧的诞生》，三联书店1986年版，第4—5页。

上面所谈的爱与美。

　　不过，在熊育群的散文中还有一种非常不稳定的东西，它变幻、奇妙、神秘，有时还有些踉跄，它打破了日常生活的秩序与束缚，具有超常的力量和表征，这颇似尼采所说的"酒神"精神。尼采认为："酒神状态的迷狂，它对人生日常界限和规则的毁坏，其间，包含着一种恍惚的成分，个人过去所经历的一切都淹没在其中了。这样，一条忘川隔开了日常的现实和酒神的现实。""在酒神状态中，却是整个情绪系统激动亢奋，于是情绪系统一下子调动了它的全部表现手段和扮演、模仿、变容、变化的能力，所有各种表情和做戏本领一齐动员。"①具体说来，熊育群散文的"酒神"精神主要表现在以下几个方面。

　　一是情感的醉舞。熊育群散文中的情感具有浓烈化的特点，它是作者由心灵深处迸发出来的真情，像亲情、爱情、友情和天地之情等都成为作者抒写的对象。如果说不少人的散文在情感表达上注重蕴藉，强调节制，那么熊育群的散文则是浪漫奔放的，有时又如江河涌流，是一种醉意放任的状态。作者这样描绘："石头从石头上消失了，大量充满了爱与欲的男女人体诞生。他们是那样富有激情，每一块肌肉都散发出生命的梦想、期待和超越，这是爱超越于现实进入梦境般的雕塑。罗丹对于女性的迷恋与崇拜，以至于他雕像的每一个毛孔，都在因异性的触摸而颤抖，甚至手还不曾触及，每一根毛细血管就已感到了电击一般的颤抖，灵魂在紧缩，一丝一缕，在洁白如玉的大理石上律动着，连呼吸都屏住了——罗丹女人体雕塑洋溢出性的激越与诗一样的沉醉，她们是色情的，又是诗意的；心灵的颤栗——肉欲里分明有强大而深沉的爱。"②一方面是写罗丹雕塑，另一方面是写自己，写自己的情感涌现和流向。这是一种迷醉后的情愫，它浓郁

　　① 尼采著，周国平译：《悲剧的诞生》，三联书店1986年版，第28、320页。
　　② 熊育群：《激情溅活的石头》，《罗马的时光游戏》，中国青年出版社2004年版，第11页。

如朝霞，新鲜如柳芽，热烈如火焰，快捷如急鼓点，气势如奔马，令人有应接不暇、周身紧张、心灵震颤、热血沸腾之感！

二是表现手法的扑朔迷离。总的说来，熊育群的散文有中国传统散文的质素与底蕴，也吸收了现代主义的精神气质。除了上述谈及的对人的存在本真的探索外，表现手法的现代主义特色也是非常明显的。就表现手法来说，熊育群在散文结构、叙述手段、语言等方面都有自己的特点，最主要的有三个方面：

第一，结构时空的交叠纷杂。中国传统散文的结构方式不论如何，是正叙、倒叙还是插叙都比较清晰，给人以时空的透明感，现代主义散文的结构则趋向陌生化甚至混杂。熊育群的散文就有这样的特点，最突出的是《生命打开的窗口》。这不是一篇时空线条明晰的作品，而是像电影蒙太奇一样不断变幻：一会儿在回家的路上，一会儿又回到寄身的都市；一会儿身处现在，一会儿又回到过去的记忆中；一会儿在描摹看客，一会儿又在写自己对看客的观察；一会儿抒情，一会儿说理；一会儿写景，一会儿又分析自己的潜意识；一会儿写人间，一会儿又设想冥界。这是一个无法用理性来分辨的迷离世界，犹如在雨中戴着眼镜看飞逝的流萤，一种陌生隔离和醉眼恍惚的感觉荡漾于心间，这种方式极有利于表达丧母之痛、人生之苦和存在的虚无。作品在开篇运用了一种迷离的表现法，在行进的列车上，"我"看外面的风景。作者说："玻璃深处，晃动着初冬的田野；玻璃之上，面孔、惘然的目光，浮在一个虚拟的空间，任由凶猛的大地穿透身躯，重叠与运动。黄昏，火车轰隆轰隆，时近时远的声音在回荡。玻璃中的土地收敛光线，大地的轮廓渐次幽暗，一片朦胧，像人的意念在显现。"[1]这只是文章的一个片断，但在时空的杂乱交叠中令人感到陌生无序，只有悲伤孤独的意识和恐惧的潜意识在底下流动，从而打开了一个"回家看亡母"的游子的心扉。如果按照传统手法，像作者这样表达母子永别前的复杂感情，那是相当困难的。

---

① 熊育群：《春天的十二条河流》，贵州人民出版社2006年版，第22页。

　　第二，叙事的变幻莫测。在小说中，叙事是非常重要的一个单元，其实在散文中它同样存在，只是中国传统散文的叙事往往比较简单明晰，不值得深入探讨罢了。有学者将中国当代散文叙述中的现代主义因素，概括为三种模式，即隐喻性的叙述、跳跃断裂式的叙述和反讽戏谑式的叙述。^①熊育群的散文也有这样的特点，只是对西方的表现主义、印象派、象征主义、意识流、超现实主义等吸收得更多一些，表现也更为明显。如《脸》这篇散文就是一个隐喻，一个故乡、民族、历史、文化、人性的"脸谱"记忆，它的不变是艺术、人生和生命的传承，它的变是人性的异化。又如《春天的十二条河流》《生命打开的窗口》《复活的词语》等都属于跳跃断裂式的叙述，作者一任意识的流水流动、迸发和回旋，从而带来了叙述的多彩多姿。再如《春天的十二条河流》《生命打开的窗口》也有反讽戏谑式的叙述，像父亲以巫师的身份，用古老的工具到处为人驱邪，并在草纸上写下一个个符号。对父亲之死，作者使用了这样的戏化笔法："巫师在沉沙河上坐着去世了。巫师是在冥思时远逝的。……成群的鸟飞翔着，像一个巨型蘑菇开在河边，那蘑菇的根就在巫师坐磁卡的地方。……在河水退了的沙滩上，巫师已被一层层鸟粪埋没了，像被一层坚硬的茧壳包裹了。发现巫师的人把鸟粪敲开，巫师就像一个新生儿一样从子宫里露了出来。但搬动躯体时，巫师在顷刻间垮塌下来，像一堵墙一样垮塌下来。之前还清晰的面容，就变得五官模糊了，分辨不清了。等到两天后我看到巫师时，都不能确定是不是爹。"^②以这样的笔法来写巫师本身就有些滑稽，而巫师又是自己的爹，作为叙述人的"我"以如此冷漠的态度进行渲染，更加重了苍凉的韵味，其戏化的特点是非常突出的。

　　第三，语言的斑驳陆离。熊育群的散文语言吸收了现代主义的

---

　　①　参见陈剑晖：《中国现当代散文的诗学建构》，江西高校出版社2004年版，第177—184页。

　　②　熊育群：《春天的十二条河流》，贵州人民出版社2006年版，第17页。

一些特点，它敏锐、流动、绵密、粘连、色彩斑斓，从而增加了散文的厚度、密度、质地和张力，也给人以陌生化的艺术感受。值得强调的是，与西方意义上的现代主义文学语言的晦涩难解不同，熊育群在其中又加入了诗意的灵动、亮色和优雅，从而避免了长期以来困扰现代主义散文的一个死结，即对现代主义文学陌生化语言难以进行臧否。如果说，受西方影响较大的中国现当代散文（包括鲁迅的《野草》）如被层层浓雾包裹得密不透风的天空，那么，熊育群的散文则如一个美人穿着一袭轻纱，在夜幕的晚霞映衬下翩然而至。从思想深度、意境营造和语言锤炼上来说，熊育群的散文远不能与鲁迅的《野草》相提并论，但在积极的人生观、中西文化的融通、语言的清明上，对鲁迅却是有超越性的。作者在《异类》中说："春天的空巢是如此触目，像坟墓一样表达了一种掩蔽在时空深处的死亡。当万木呈现一片葱茏蓊郁，枯竭的树枝是那么刺痛人的眼睛。想象里总是那对永远不会出现的鸟翅，它们曾经无数次飞近树冠，放下嘴里的树枝、草叶、食物，那些在想象中飞翔的姿态划过了我人生空洞的日子，划过了那些情绪迷离的晨昏。"①与鲁迅的《秋夜》一样，这里充满现代主义的孤独寂寞，也饱含诗意，不过，它比鲁迅的作品多了泪中的欢笑，多了飞翔与歌唱的轻灵和潇洒，多了一份积极进取的梦的飞翔。在另一篇文章中，熊育群绘声绘色地写道："森林在大地蔓延，满眼青黛，蓝天纯净如洗，堆雪的白云，悠悠然悬于头顶，它的暗影都是青的，大地上的宽广的河流舒缓前行——这是我所见到的风景。它似乎在向着我的想像靠过来，又似是而非，那些在想象中出现过的山坡呢？"②很显然，这一描写可与鲁迅的《雪》并观，二者都宁静平和，充满润泽与希望，但熊育群的语言色彩更加绚烂，视野也开阔多了。

---

① 熊育群：《春天的十二条河流》，贵州人民出版社2006年版，第57—58页。

② 熊育群：《多瑙河的蓝色旋律》，《罗马的时光游戏》，中国青年出版社2004年版，第52页。

三是背景的虚幻神秘。熊育群的散文不仅将思维投入现实人生、人性和生命之中，还将触角探向潜意识和梦境，发现存在的虚无，这与许多现代主义散文有共通之处。不过，熊育群的不同之处在于，对天地自然之不可知充满兴趣，这主要表现在他对我们生存世界的虚幻神秘之探索。比较典型的是其对湖湘之地，尤其是对汨罗江与洞庭湖交界处十二条河流之神秘有着浓厚的兴趣。作者说："巫师时时进入冥思，希望通过冥想达到通灵人的境界。巫师感觉到河流上飘忽的灵魂，每晚都像风一样流动着，它们是河流上的河流，在几重空间飘浮、游移。尤其春秋时期和战国时期的亡魂让巫师内心惴惴不安，巫师看到了他们遥远而朦胧的面目，他们表情痛苦、凄厉，是疯狂杀戮后无人装殓、安抚的孤魂野鬼。"①《灵魂高地》和《神秘而异常的事物》也都表现了人生的神秘。还有人与鸟、人与猴子、人与自然之间语言的障碍，都让作者思考天地之诡秘神奇。在罗丹的雕塑、凡·高的绘画和小约翰·施特劳斯的音乐中，熊育群看到了天地自然的神秘，因为这二者之间一定有一种联系，可以开启艺术家心灵的隐秘与非凡的创造力。难怪作者这样说："《蓝色多瑙河》《维也纳森林的故事》《春之声》，像来自大地的语言，声音饱含了土地的希望与喜悦，它宽广、舒缓、柔情，像春天散发的气息，在一片片薄如蝉翼的阳光里飘飞，像幽蓝的鸟语，唤醒了蛰伏于季节的诗意。在辽阔而轻柔起伏的大地上，我向着作曲家小约翰·施特劳斯真实的感受靠近，体味着激发他灵感的这片土地——大地与音乐的联系是神秘的，是什么使得生活于它上面的人创作出了这么多优美的旋律呢？"②就像大地能够生长出红、黄、白、蓝、紫、粉等花朵一样，熊育群显然试图理解生长美妙音乐的大地之神秘，这是与天地自然的对话。问题的关键不在于从中得出答案，而是有没有这样的背景和想象，有没有

① 熊育群：《春天的十二条河流》，贵州人民出版社2006年版，第14页。
② 熊育群：《多瑙河的蓝色旋律》，《罗马的时光游戏》，中国青年出版社2004年版，第52页。

在天地宇宙间纵横驰骋的自由与梦想。如果说，在作品的结构与表现手法上，熊育群做着各式各样的醉舞，那么，在天地自然这个阔大神秘的舞台上悠然地舞动，就使熊育群的散文进入了一个新的境界。

确实是如此，艺术需要舞蹈，更需要醉舞，一种超越世俗人烟和功名利禄的随心所欲。当然，这种醉舞也是有"矩"的，那就是一个作家的道德良知、真善美和天地大道存乎于心间。一般的舞蹈是美好的，而好的醉舞更是美不胜收，令人沉醉。读熊育群的散文是一种享受，有时读他的文字真如痛饮了玉液琼浆一般，有一种飘飘欲仙的感觉。

我们每个人都要面对快乐与悲伤、痛苦与幸福、爱与恨、生与死的困境。在生存与存在面前，悲鸣是容易的，要快乐也不难，但最难的是在虚无中享受快乐，在泪水中歌唱，就像庄子所做的那样，像一阵轻风飘过一生。熊育群的散文明知人生之虚无荒诞，却仍然要高声放歌，犹如浪漫而优雅的彩虹划过天空，这是难能可贵的。

当然，也应该指出，熊育群的散文有其明显的局限性，突出地表现在：一是不同文章的水平参差不齐，有的很好，而有的则一般。二是大多数文章还比较松散，可能受到20世纪90年代以来散文"破体"的影响，即"形"可以"散"，"神"也可以"散"，于是缺乏凝聚。如果作者能够在"形不散、神不散、心散"①上多些思考，我想他的散文会更上一层楼。三是对有些重要的问题用力不够，没有进一步地展开和探索下去。比如，对天地之神秘和大道，作者虽有涉及，但缺乏进一步的拓展和深化，这就使其散文有光彩一现之憾！我们希望熊育群的散文有天地大光的照临。

---

① 参见王兆胜：《"形不散—神不散—心散"——我的散文观及对当下散文的批评》，《南方论坛》2006年第4期。

第二十九章

厉彦林散文的天地正气

时下的文坛有一种奇怪现象：许多名家写不出名篇佳制，而一些名不见经传者却不断有佳作问世。厉彦林先生不是文坛中人，但他挚爱散文，并且出手不凡，数量和质量都令人惊异！《地气》（人民出版社2018年版）就是他的一个重要收获，也给文坛带来不少新鲜气息。

该书前后分别有《序》《跋》。"序"是"地气重凝"，对"地气"进行了较好的诠释，其中有言："遵天道，守地理，就是信仰自然规律。我陡然想起一句老话'人活一口气'。这口气肯定就是地气积蓄的元气、涵养的正气。"其中对于"天道""地理""地气"的理解，是关乎天地之道，也是指向浩然正气的。"跋"是"天光照耀"，将写作提升到一个更为开阔和智慧的境界。作者这样说："宇宙浩瀚，阳光照耀人类共生共存的这个地球。天光，盈满天宇、无边无际、无始无终，倾听大地呼唤，呼应万物心律，赐予我们温度与光景——我们每个人都公平自由地生活在同一个地球上，没有贵贱之分，也无高低之别。无论你地位显赫，还是一介草民，哪怕你曾经如何焦虑、偏激，甚至有背离常理的言行，阳光总是公平公正地照耀和恩惠每一颗心灵。阳光不锈，青春不朽。阳光让世界通透清晰，人间充满光芒与希望、温暖与感动。仰望天光，是一种昂首的姿势，是一种信仰，是向往光明和辉煌的渴望。"在此，有了阳光的照耀，作者就进入超越世俗的天地情怀和道心里了。

《地气》里虽然也有《中国红》《人民》这样的作品，但主要不是宏大叙事，多是写农事、农人、土地、故乡，尤其是以沂蒙山那个名不见经传的小山村为抒怀中心。这就决定了作者把姿态放得很低，让根系牵扯着乡土，使情感连带着真情实意，写出了与自己经历直接相关的发自内在感动的普泛人生。《父爱》有这样的细节："那里的冬天奇冷，山里人衣服单薄，除了筒子棉袄和棉裤，里边没有什么毛衣、衬衣，因而寒冬腊月常常冻得打哆嗦。有时父亲把他那厚棉袄披在我身上，只感到很沉，但很暖和，闻到一种很熟悉、很亲切的汗味。"还有父亲大老远给"我"送吃的："只见父亲提着一捆煎饼和煮熟的鸡蛋，脸冻得发紫，帽子和棉裤上挂满了雪花，口中呼的热气在胡子上结了一层霜。我赶忙给父亲倒了一杯白开水。父亲双手捂着杯子，望望我，巡视一下我们室内的摆设，摸摸我的被子。"这样的细节非常鲜活，一下子跳出视线，进入我们每位读者的心中记忆，它有体温，有亮色，有刻痕，有悠长的韵味，长久挥之不去。没有在农村大地上被汗水和泪水洗过，被炎热的太阳晒过，被苦难的人生浸泡过，作者是永远写不出这样的感受的。作者还这样写父爱："父爱正如沂蒙山的清茶一般，不很清澈却也透明，虽含苦涩却清香，虽淡然却深刻。其实父爱的深沉与厚重就蕴含在平淡如水的现实生活中，只有用心去品味才能感受到，并由此真正地读懂人生。"作者的高明之处在于：能从平凡中看到伟大，从普通中看到神奇，从淡然中看到超然，能发现一种像大地上种子发芽、树木上开花结果的人生和艺术魅力。像冬天孕育了春天的繁茂一样，厉彦林的散文靠的是深厚的生活，也得益于敏锐的观察，以及丰富的人生体验。

厉彦林散文善于发现日常生活中的真善美，尤其是从最底层、普通的人生中发现美丽如花的人生。作者的母亲很普通，她的善良与温暖如同阳光般播撒在儿女心间。《舍命保花》写的是牡丹和母亲。牡丹是"舍命不舍花"，而母亲何尝不是如此？作者写道："感觉这牡丹花如同我娘，为了儿女不顾自己的命，泪水立刻盈满了我眼眶。""我终于明白：娘只要看见花朵，闻到花香，即使生活贫寒，心窝里也幸福温暖，洋溢人性的魅力与光芒。面对一生平凡平淡的日子，娘倾尽自己的最大努力，供养孩子们不受任何委屈和伤害，快乐自由地成长。这品格竟和牡丹花一样。"文章末尾说："想起生活清苦却爱花的娘，周身就顿增直面风雨的力量！"这样的描写一下子将母亲的美好心性写活了。其实，厉彦林散文中还有一个特点，即通过母亲传达出来的这种真、善、美的力量，折射的是更为坚实远大的背景，那就是纯净美好、甘于清贫和乐于奉献的沂蒙山精神。那块土地上散发出永恒的人性和生命之光。

最值得称道的是作者对万物的描写。以人写情尤其是写天地正气固然重要，但透过万物来写世界、人生之美好有时更为重要。在《童年卫士》中，作者看到了老黄狗的忠诚勇敢，更看到了世间的缘分。作者说："狗重情义，也通人性。人与植物、动物相逢、相遇、相识都是缘分。珍惜平等相处的时光，就会留下美好的记忆和温馨的情感。"这是对物性的参透与天启的回应。《赤脚走在田野上》用爷爷的话说："地是通人性的，不能用鞋踏的。如果踏了，地就喘不动气了，庄稼也就不爱长了。"这看来是一种对土地的深厚情感，其实包含了一份对天地的敬畏，更反映了作者心通天地大道的法门。当一个人能走出人之道，进入天地之道的境界，他就会获得天地之气的佑护，进入一个更为博大无垠的世界。当下许多文学创作之所以失之肤浅，一个很重要的原因在于它们只从人之道来看待问题，结果失去了更为广大的天地宇宙，更难获得一种天启。

厉彦林的《地气》还有一个值得注意的地方：它突破了长期以来消极的乡土书写，进入一个为乡村正名和定位的过程中。长期以来，乡土文学的普遍倾向是破败、衰落与荒凉的，在整个城镇化过程中，乡村日渐不堪甚至消亡，其山光水色与正能量不再。厉彦林的散文则为我们谱写了乡土风情的颂歌，一种被地气充盈的美妙的诗意，它甚至成为城镇化和现代化不可忽略的巨大存在。这与那些消极书写中国乡村的文学形成了鲜明对照，也成为重新发现文学和文化乡村的范例。《村庄的灵光》是一首关于村庄的美妙诗篇，也是为文学注入底气和正气的自信力量；还是乡村振兴和青山绿水理念的文学书写。作者提出："大自然和村庄恩赐我很多，我却把村庄贴心暖肺的关怀与眷恋带进了喧嚣的城市。""我坚信，在亘古不变的传统耕作方式面前，任何语言都苍白，任何描述都无力。""土地和家园是乡亲们灵魂的永久住所。——他们辛劳地耕种，用那执着与沉重，支撑着城市膨胀的浮华与奢望。""村庄是人类生命的图腾，简陋却更具内涵和质感，原始却自然真实，贫瘠却纯粹安谧，承载和创造着农业文明史。""宽厚和仁慈的土地，凝结和承载着厚重的历史，即使被踩在脚下，也依然坚韧博爱。这就是土地的禀性和品格。""蓦然回首，发现一棵树、一条狗、一眼井、一座破庙，包括挂不上嘴的逸闻趣事原来都那么珍贵，青山绿水涵养着刻骨的乡愁，拴系着生命的根脉。"这就充分肯定了乡村及其文化的价值，对于消极和简单地书写乡村的倾向而言，无疑是一种突破和超越。在《城市中的土味儿》一文中，作者还表示："农村是中国人的故乡。""城市从乡村中娩出、崛起、长大。"他还直言："我无意贬低城市。城市与乡村是一母同胞的孪生兄弟，砸断骨头连着筋。我以为，在携手快速发育成长的过程中，这对双胞胎应坚守土地的色调、品质和味道。"说白了，就是在城镇化过程，中国不能失去乡村的长处与根性，否则我们的城市文化就会被异化。事实上，不论是文化发展还是文学创作，今天人们的观念都有偏颇，即认为乡村已没多少价值，它像一个被榨干了乳汁的母亲一样，被弃之不顾，认为它离美好的生活和希望渐行渐远了。从这个意义上说，厉彦林的散文《地气》赋予了乡土文学以新的生机活力，可称之为"新乡土散文"写作。

如果说《地气》有什么不足，那就是文章有些零碎，缺乏细致打磨。不少文章写出了非常新鲜的感觉、细致生动的细节，但没能很好地进行构思、剪裁，并不断地深化主旨，这就给人这样的感觉：印象、现象的笔墨多，而深入开掘得不够。另外，作者的天地情怀理念在序跋中表现得非常明确，但在每篇文章中没能得到合理布置和系统安排，从这方面看来，文章的选题、主旨、结构有些随意。

总之，《地气》确实是元气充沛、有感而发、情真意切、心怀大爱、有大道存矣的一部散文集。它可能在艺术上并不完备，有的方面开掘得不够深入，但就像"地气"本身一样，它来自大地深处，带着天地正气，是生命的底色，也饱含着原始的动能，所以呈现出一种贯通天地的力之美。在当下不少散文变得表面化、孱弱、虚假之际，《地气》一书显得尤为可贵。

第三十章

高宝军散文的刚与柔

　　时下的许多散文尤其是所谓的文化散文有一个通病，那就是囫囵吞枣、食而不化。这颇似农民种地，用巨大的铧犁将土地翻了一遍，但却未经精耕细作，所以满目仍是刺眼的僵硬的土块。其实，散文写作既要用目、鼻、口、舌，也要通过头脑，更要入心，要经过灵魂的锻造，方能避免概念化、知识性、时尚风和观念化的影响与遮蔽。高宝军的散文集《大美陕北》（人民文学出版社2010年版）是由作者胸膛和血管里流动出来的音符，它敲打在陕北这块诱人的大地上，从中我们能听到动人心魂的乐音。由此，我们分明能体会到一个陕北农民之子的心路历程。

　　就如同陕北的高天厚土一样，陕北人有着宽厚博大、刚直不屈、古道热肠、风趣幽默的性格，这在作者《吃钢咬铁的陕北人》一文中被表现得淋漓尽致。在作者看来："陕北人浑身都是特点，走路像冲锋，干活像吵架，请人吃饭像绑架，但这都是些表面现象，最本质的特点在深层。"作者进而概括道：麻利、耿直、洒乐、抱团、讲义气、拿得稳，这才是陕北人的独特之处。在《高原看云》《大雪中的陕北》《吴起秦长城》《陕北吹鼓手》等篇章中，我们也可见陕北独特的风土人情和壮怀激烈。更为重要的是，文中充盈着一股浩然正气，这里既有对天地自然的敬畏，也有对历史烟云的追忆，更有对现实人生的感喟，还有对未来生活的向往。在《吴起秦长城》中，作者写道："每当一个日出、日落的时候，你都睁大眼睛，屏住呼吸，打量着历史的脚步走向哪里。是战争的余音，还是和平的黎明；每当一次潮涨、潮落的时候，你在侧耳静听，静听那人类的心声、时代的节律如何跳动，是悲伤的窒息，还是幸福的愉悦。心诚则灵，天人感应。"这是钢与火交相撞击的声响，是一个陕北汉子心灵深处发出的震天动地的呐喊。也正是在这种天地之气的光照之下，高宝军散文才能产生一种伟力之美，成为一首高贵豪迈、波澜壮阔、悲欢交织的正气之歌。

　　尽管写陕北的落后与贫穷，甚至也不回避其弱点与丑陋，但在高宝军散文中没有阴气、恶气、晦气和毒气，而是饱含阳刚之气，一如喷薄欲出的朝阳将所有的大地山川和人道沧桑照亮。不过，如果仅局限于此，高宝军散文就易变得表面化、浅薄、断裂，从而失去丰富和蕴藉之美。高宝军散文以阳刚为骨骼，同时又以柔情为血液，这样不少篇章充满温暖、委婉和深情，从而使作品更加富有意味、美感和动人的力量。《高原看云》是作者的代表作，虽身在粗犷、单一、寂寞的黄土高坡上，但作者却能写出云的千姿百态，它仿佛是嫦娥舒展着广袖在辽阔的陕北高原尽情起舞，没有高超的艺术技巧和袖里乾坤的功力是很难做到的。《陕北吹鼓手》表面看是一种悲壮的力美，但其中更动人的是款款深情，作者写道："到了过白事埋人的场合，吹鼓手吹唢呐的曲调就变了形式。这时候，他们吹的是《西风赞》《哭长城》，奏的是低沉音、慢节奏。回荡在孤山旷野的凄惨哀音，时如小河潺潺淌流水，时似寒夜月下洒白雪，加上孝子贤孙撕心裂肺的哭声，一下就把人推入悲伤凄凉的氛围。随着如泣如诉的唢呐声，哭声便由小到大，不一会儿便淹没了唢呐声。"在《陕北说书》的开篇，作者一往情深地写道："每当想起往事，我不由得想起离别多年的家乡；每当想起家乡，我总能想起陕北说书现场的情景。那质朴的故事，让我无数次感动：那委婉的唱腔，总能把我乡愁扯得很长很长……"还有《陕北人哭灵》中的"看了让人流泪，听了让人心碎"般的场景。在《陕北女子》中，作者对陕北女子极尽委婉赞美之能事，尤其对她们在苦难中坚强快乐的心性给予极高评价，其中展示了高宝军这个血气男儿柔情似水的一面。需要强调的是，作者不仅仅将自己的深情施之于人，还毫不吝惜给予动物甚至于一草一木，这是需要博大的胸襟与情怀的。《石磨》一文既有对妇女的同情，又有对拉磨毛驴的理解，还有对老磨盘的感叹，作者写道："推磨是一种特别寂寞的营生，蒙着眼睛的毛驴懒洋洋地转圈儿走，蹄击磨道发出沉闷的响声；箩子在箩床上不住的磕碰，发出单调的声音，无论人还是驴，都不由得打瞌睡。农村的女人总是忙，一边磨面一边还背着年幼的孩子，孩子很快就睡着了，口水流进母亲的领口。这种寂寞和无聊最容易让人进入幽思，陷入回忆，展开想象，勾起陕北妇女对亲人的无限思念。常在推磨中，你会听到妇女们哀伤委婉的小调。""随着现代加工机械的普及，昔日农家必备的石磨早已退出历史舞台，现在都静静地躺在瓦砾中、荒草间，年轻一点的人们，已经很少知道它的用途和曾经的辉煌了。我记下自己的回忆，以此向历史老人表达深深的歉意！"这样的文字是质朴无华的，是低缓从容的，是阴柔伤怀的；然而，它们又是温暖、滋润、光明的，像寒冬的缕缕阳光透进你的心田，点燃起人生的希望与梦幻。我读散文，常常会略过那些高调和大词，而寻找作家生命和人性的光泽，那些在暗夜中闪动的忽明忽暗的星光，那些颤动于早春枯枝上的嫩芽和露珠，才能深入读者的内心，唤起美好的艺术感动与共鸣。高宝军的散文中最可宝贵之处即在于此，在作家内心有着一股春水般的柔情，所以它才能冲破坚冰，走出大山，流进人们的心海。而正基于此，作家的阳刚壮美才能高耸入云、圣洁美好，产生更深远的气势与力量。

在叙述方式上，高宝军的散文是动态的、复调的，这就避免了简单呆板之弊。

首先，他不断变换叙述角度，眼中之景、心中之情也就不断变化，而对生命、人生、人生的思索亦渐入佳境。较有代表性的作品是《高原看云》和《陕北看山》，作者并非固定于一点构思作品，而是移步换景、心随意动，从而展示陕北不同的风景，也感悟世道沧桑和人生、人心的经纬。可以说，这是充满灵动、变幻、智慧的佳作，充分显示了作者丰富的人生阅历、深厚的艺术功力和灵敏的悟性。如作者在《陕北看山》中先从"初春看山，须平须静"，到"晚春看山，须稳须定"，到"盛夏看山，须思须辨"，再到"秋日看山，须谐须谑"，最后是"冬日看山，须宜须懂"，其中的变幻可谓充满玄机。接着，作者又分别从春晨、夏晨、秋晨和冬晨四个角度看山，于是各得不同的气象与感受。在此，如果没有经验、性灵与智慧，是不可能达成的。

其次，他在散文的笔法中，多加上四言、五言、七言等诗句，从而增加了作品的古雅与典丽，也改变了散文的节奏和质感，由此更增加了作品的气势、书卷气和金石声。

再次，作者将方言土语渗入散文，从而使以普通话为主的叙述变得更加生动亲切。如在《乡村秋晨》中有这样的句子："太阳初露头，晨景更迷人。白雾悠悠山头绕，炊烟袅袅村口升，东边天空喷朝霞，西山阳洼似铺金，村庄顿时成为那神话中的仙境。"这里既有诗意，又有说书人的语气，顿时使文章典雅精致起来。在《陕北方言有学问》中有这样一段话："陕北人说小孩子不穿衣服是'浑不溜溜'，让人立刻就像看见一个浑身上下溜溜圆的光屁股娃娃。如他们把喜欢的东西称'心锤锤''宝蛋蛋''毛芯芯'，把姑娘或小孩子的手叫'绵手手'，脚叫'脚片片'、脸叫'脸蛋蛋'、腿叫'腿把把'、眼叫'毛眼眼'，说起来朗朗上口，听起来格外亲切。"总之，由于高宝军散文叙述富于变幻，语言生动传神，色彩斑斓，所以给人千变万化的天然美感。

由于来源于底层坚实的生活，也因为对生养自己的一方水土的虔敬之情，还因为对文学艺术的不断锤炼，高宝军散文方能结出累累果实，发出大地的芬芳，从而产生动人的力量。当然，如何使作品更加精练、深入和醉人，作者可能还有较远的路要走，这包括对天地大道的追寻，对人性、人情的细察与明思，对艺术灵明和神秘感的点化，还有对人世间苦难的打捞与智慧式的超越。真正动人心魄的往往不是有弦之歌，而是无弦之乐在茫茫天宇间的永恒回响。

第三十一章

孙继泉散文：与大地同呼共吸

至今我还没有见过山东散文家孙继泉，但通信已久，也读过他的一些散文，所以留下了比较深的印象。[①]他的声音温润平和，不急不躁；他的信写得认真，一丝不苟。这让我看到他散文风格形成的原因。后来，孙继泉寄来他的书，这让我对他的创作有了更全面的认识和理解。随同书，孙继泉还捎来他的照片，这令我有些感动。在照片上，继泉被田野的绿树包裹，手与树枝相牵，脸上充满光芒和笑意，他的质实与幸福感让我羡慕。我知道，孙继泉是大自然的儿子，但他却没有远离更没有背叛她，他总是偎依和守护在大自然母亲的身旁。

我也是农民之子，也曾在泥土、庄稼与树木之间生活了十八个春秋，但后来恢复高考制度，我就远走高飞来到都市，离开生我养我的村庄与大地。如今，紧张的都市人生就像一个笼子将我这只小鸟囚禁起来，这使我多年难得回到故土一睹她的容颜。不知道曾经的风声、雨声和夜间庄稼的拔节声还能否听到，不知道那熟稔于心的邻居故人和狗马驴骡还在不在？我虽身在都市，但对乡村的感情与思念与日俱增。读孙继泉的散文，我仿佛重归故土和家园，它的一言一笑、一愁一怒、一呼一吸、一叹一息立即活现在目前。这是很不容易的，它不

---

① 写本章时我与继泉先生没有见面，后来他来北京见过面。至今，又有多年不见。2019年我到曲阜、邹城培训学习，参观孔林和孟子故里。因不准请假，只能与继泉通电话聊天。

仅需要生活，更需要心灵的诚实、悟性、温柔与细腻。这是对农村与大地一知半解或高高在上的人写不出来的，也是戴着有色眼镜和总爱做梦的人写不好的。这也是为什么，现在的许多乡村散文给人的感觉太虚幻不实，太娇性嗲气的原因。孙继泉的大地散文则不然，它的一呼一吸都是发自大地的胸膛，有声色、有温湿、有热力、有底蕴。

从散文中可见，孙继泉原来也是个农民，后来到了城市，但他并没有忘记大地，而是常去田间村庄溜达，与其说这是为了写作倒不如说是重温，重温大地母亲曾给予他的血液与心跳。在这其中，我最喜爱孙继泉对大地、村庄与农民的尊重、热爱与虔心，那是像对待慈母一样的一份感情，它透出善良、真诚与仁慈。即使如此，作者仍能感到自己与农民的距离。在《为乡野祈祷》中有这样的话："我走到他们中间。我看看他们，他们也看看我。我把他们都看到了，他们也都看到我了。他们有的瞥上我一眼，又继续自己的劳动，有的拿眼却将我盯视一阵，在这种盯视中，我慌忙摘下墨镜，将它藏在衣兜里。因为我在他们的目光中感到了别一种东西，感到了不快和敌视，一种劳动的人对不劳动的人的敌视与不满。我用汗湿的手使劲摸着装在兜里的墨镜，扪心自问：我不是一个劳动者吗？我为什么竟如此心虚？其实我是一个地地道道的劳动者，一个真正的而不是冒牌的伏案劳动的人。"能够将心与农民贴得如此紧密，能够如此内在地体恤农民的感情者，如今是越来越少了。

正因为有着一颗不变颜色的农民和大地之心，所以孙继泉笔下的人与物才能细腻逼真、别有新意、底蕴丰厚、意趣绵绵。在他笔下的人都是平凡得不能再平凡了，但这些平凡者却有着美好的素质。《居民》写的是护林人老宋，其中有这样的描写："老宋说，他知道哪种野物什么时候到泉边饮水，他总是躲开那个时间。有人提议让老宋在泉边下套子逮獾、捉狐狸，老宋没作声。"一句话就将老宋的善良写出来了。在《鲁南观察》中，作者写到一个做篱笆的中年人，他姓甚名谁我们都无从知道，作者却告诉我们：这个中年汉子虽个子高大，手掌粗糙，但却能做出极其细致的编制活计，而且是如此认真耐心，不厌其烦。这种描写因为过于俭朴而有些遗憾，不过这倒为我们留下了更大的想象空间：在这个高大粗糙的中年汉子心中，肯定有着水样的柔情，有慧心善意，有一个个编织的梦。作者虽然没让汉子说一句话，但他的内心仿佛已展现在人们眼前。还有《乡村逗留》中的那个少年，作者只给他画了一幅肖像，但却让我们的心灵颤动，这是由于作者深知这个少年，或者说他自己就曾是这样的一个少年。作品写道："在一条高低不平的小巷里，我们迎面碰上一个少年，身体精瘦但双眼乌亮，头发上翘，像个刺猬，一些流行歌手爱把头发弄成这个模样，并染上颜色。同行中的一位女子惊呼：'瞧这小伙多酷。'听了这话，那少年像被触疼了似的扭头便跑，不一会儿就不见影了。而我们拐出这条巷子的时候，却看到他在悄悄地追随着我们。后来这个少年一停一顿一直把我们'送'到村外。我想我们的这次山村之行，惟一可能改变的就是这个山村少年了。我们走后，那位年轻女士的话也许会化为一块甘饴，融蚀他的神经，让他彻夜难眠，使他在日后的生活中变得愈发'怪异'。一句话，可能改变一个人的人生走向。如果他足够聪慧，说不定他会成为村里最有出息的人。"这个少年的心肯定被搅动了，这必然生发出他对美好生活的新的渴盼，并成为他前行的动力。如果作者没有一颗与农民——社会最底层的人——水乳交融的心，他是不可能捕捉住这些美好的爱的光彩的。

对人是如此，对物也是这样。孙继泉都与它们息息相通、心领神会。因此，在作者笔下，大地之上的每一个生灵，包括一草一木甚至无生命之物，都鲜活起来，并披上了圣洁的灵光。一只蝉、一只蛙、一条鱼、一条蚯蚓、一棵树、一棵幼苗、一片麦子、一条河水、一座坟、一道车辙，在孙继泉看来，都是生命的象征，也包含在爱的深处，所以他就有了自己的感受与体悟。比如，他说："我曾经几次坐火车在莽莽中原大地上一走就是一天，中原是个产麦子的地方，然而这片平原给我印象最深刻的却不是麦子，而是静静地端坐在麦地里的坟堆。有的是一座，有的是一丛，坟堆旁边多半长着三五棵楝子树，给人家园般的温馨感觉。"在常人眼里毛骨悚然的坟，在孙继泉眼里则有着"家园般的温馨"，没有对于生命本真的认识，是不可能有这样的感觉的。在《春天的伤痕》里，作者写大地上各种幼芽之出土生长，我仿佛看到了一颗爱心，它小心翼翼地呵护着这些弱小的生命，并为它们的美丽与坚韧而歌唱，对"幼苗产生敬畏"。有趣的是，作者写到菜地中被遗漏的"异类"，即因了农人的不小心或没有原因而生长起来的生命：像蒜地里长着一棵开黄花的雪里蕻，葱地里长着两棵开白花的芫荽。他画龙点睛地写道："我想，这样的生命才活得舒展和完整。"没有对自由的深入理解，也不能发现此点。从这里，我看到了孙继泉的细致处。还有，孙继泉对树情有独钟，他曾表示："花是树的语言。""一树播撒着甜软香气的桐花，我想它该是一场热烈的演讲了。""直到现在，我才惊讶地发现，原来在我所认识的树当中，只有香椿树是不开花的。……不说话当然有它不说话的原因和理由。我一点也没有因为它不说话而觉得它有什么不好，也许它更让人同情和感动！人们一次又一次地掰下它的叶芽，它却什么也不说。"我认为，孙继泉与大地上的万物不仅仅是共鸣的问题，它更源于深厚博大的爱与仁慈，即对生命和无生命事物的悲悯情怀。读这样的作品，我常常能够触及人性的柔软处，这在现时作家中不容易看到。在这样的前提下，孙继泉有这样的话："假如是我一个人，我倒更喜欢逆水行走，这样就好像时刻都在与水拥抱。"（《村里少了一个人》）"你还看到一只七星瓢虫驮着美丽的纹饰顺着一杆麦棵往上爬，你顺手把它捏在手里，原是想把它捏碎的，终于不忍，就放了它，它不慌不忙地又走开了。"（《小麦日记》）"一片田野如果连野兔和蛇都养不住，那才真正让人害怕。"（《丢失的田野》）"一个活得好好的人面对一棵站着死去的树，总会心生感伤。"（《季节深处》）"用不多久，一片水泥新村将在谷底诞生，而眼前这片温热了六百年的石头建筑就会变成一个冰冷的空壳，像一只挂在树枝上的蝉蜕。"（《乡村逗留》）你也许会说这些句子是诗，不错，但我更看重作者诗性之下的质朴、稳重与温暖，就像将身心都深入在大地之中的蚯蚓一样，这与不少站在树上或浮在云端诗意地描写乡村与农民的情况完全不同。谁能真正理解蚯蚓的呼吸与呢喃？更重要的是，谁又能说这种无声不是更深沉有力的歌唱？问题是，能听出蝉的高歌固然是一种耳聪，但能听到蚯蚓的无声之歌更是一种无闻之听，这就如同老庄所言——"大音希声"。一句话，在孙继泉的散文中，我听到更多的不是一种高歌，更不是让人心烦的聒噪，而是宁静、平和、雍容和善意的心语，是一种不容易听到的"无声之声"。那是一个来自大地，而又偎在大地胸膛上的人在倾听与言说，而这种听与说又没有直接的目的性和方向性，更多的是一种让自己快乐与幸福的自给自足。

如果一个作家只用一些流行的观念写作，那么他必然将笔下的生活蒸馏；而当他局囿于生活的环境不能自拔，他的写作又必然封闭甚至变得盲目。一个有价值和前途的作家，他应该既不离开本土，又能超越其限制，用一种新的观念来烛照他笔下的生活碎片，整合出新的大地。在这一点上，孙继泉做得比较成功。他既将自己的脐带与大地相连，又不乏现代的生命意识与人类情怀。当然，我也并不是说，现在的孙继泉散文已达到了相当高的程度，或者说没有瑕疵，如果我对他有什么希望的话，那就是希望他打破碎片化、感觉性和非典型性的不足，在现在的基础上进行整合、深化和典型化。换言之，有些东西当然可以写，但最有代表性的东西似乎应该紧紧抓住，用更多的心力与笔墨，写出更具艺术生命价值的散文来。这是我的希望与祝福。

孙继泉是山东邹城人，邹城是孟子的家乡。对于孟子的家乡我一直充满神往，儿时就知道"孟母三迁"的故事，后来深为孟子的理论学说所动，那种天地之子和大丈夫气概对我有深刻影响。我虽然与孙继泉未曾谋面，但似乎有知音之感，这恐怕与他是孟子的故人和散文中透出的孟子精神不无关系。孙继泉散文与孟子的关系如何，当然是另一问题，但二者都有一颗天地善心，充满纯朴与质实，有一种英气之光将人照耀，这是相通的。我认为，在孟子的故乡，孟子精神当然不会轻易消失，孙继泉散文中就有。

后 记

　　"五四"开始的新文学，尤其是周作人提出"人的文学"后，中国文学获得长足发展，从此开启了现代性发展之路。不过，我们也由此进入一个怪圈，即越来越失去自信，越来越习惯于从西方拿来，对中国传统则渐行渐远。以散文为例，改革开放以来的作家因其更重传统，向西方学习得不够，从而导致整体的创新焦虑症，有人甚至给散文判了死刑。

　　其实，散文既可向西方学习，又需要继承优秀传统。在这方面，散文比小说、诗歌更显自身优势，即它没简单跟在西方后面亦步亦趋。在各种文体中，散文可能有些持重滞后，但它比较理性、中正、辩证地对待中西文化。所以，在"五四"时期，散文的创新性较强，但并不失其传统；改革开放之初，散文表面滞后，实际上也有明确的创新性；21世纪以来尤其是近些年，散文在继承中发展创新，越来越趋于理性自觉。

　　因此，在文学潮水退却后，散文的实质面目显露出来，其成就也远不像以往那样，被认为大大低于小说、诗歌等文体，在某些方面它弥补了新文学简单追求和模仿西方的不足，且以其自身优势占据着不可代替的地位。这就是我们所获得的散文的文化自信。

　　基于此，本书主要有以下思考：第一，立足于中国本位，尤其是从中国优秀传统文化的角度，探讨中国现当代散文的价值意义，特别是克服将散文简单捆绑在西方马车上的毛病，避免进行西方化的价

值取舍与评断。换言之，本书既有现代性视域，又有中国优秀传统文化的视野。第二，打破"人的文学"观，在坚持个性、理性、人性、创新性的同时，从"天地情怀"的高度看待中国现当代散文，并探讨其得失成败。这样，"天人合一"与"人的文学"就获得了相互印证和彼此激活，并焕发出新的生机活力。第三，注重情感的渗透和心灵的感应，以突显散文的世道人心和天地之心。只有用"人心"和"天心"照亮散文，才不至于滑进理性主义和逻辑主义的陷阱。第四，精读和细读散文，在审美过程中，由作品提炼出观点，而绝不是遵从时下的概念先行、理论神话、逻辑至上，因为理论的过度阐释和概念的简单征用，会直接扼杀散文研究，也使文学研究之路越走越窄，甚至趋于僵化状态。

本书共分五辑：第一辑是导论，阐述我的散文观；第二辑是总论，宏观论述散文中包含的天地之道和艺术灵心；第三辑是分论，中观分析散文是怎样在继承中创新的；第四辑是年度论，以展示散文在时代和社会变化中，怎样突显天地情怀与境界的；第五辑是作家论，在具体的条分缕析中彰显散文家对天地人心的理解。总之，这是一个由远而近、由大而小、由粗而细、由暗到明的研究理路，就如一位马车驭者，他手中只握几根绳索，就可让四马在前面有序前进甚至纵横驰骋。当然，要真正用"天地之心"驾驭"散文境界"并非易事，这令我时有颠簸之苦和倾斜之虞。好在通过刻苦努力，终于完成了研究任务。

感谢肖风华社长的大力支持，也感谢责编古海阳先生，感谢广东人民出版社及为此书付出辛劳的所有人。也要感谢吴周文先生、陈剑晖先生，我们三人共同主编打造这套"文化自信与中国散文丛书"，既是一种开拓又是友谊的见证，因为散文研究太需要协同合作、共同努力推进了，否则对不起这项伟大的事业。

2019年8月16日于北京沐石斋